Atemübungen schildert einen Tag im Leben von Maggie und Ira Moran, einem seit 28 Jahren verheirateten Ehepaar, wie es auf den ersten Blick für den amerikanischen Mittelstand exemplarisch erscheint.

Am frühen Morgen fahren die beiden von ihrem Häuschen bei Baltimore mit dem Auto los, um Serena, Maggies bester Freundin, bei der Beerdigung ihres Mannes beizustehen, und sinken nach einem ereignisreichen Tag voller Erinnerungen, überraschender und auch überhaupt nicht überraschender Begebenheiten, voller Erwartungen, Hoffnungen, Enttäuschungen spätabends müde ins Bett: am nächsten Tag muß man früh raus, um Tochter Daisy zum College zu fahren. Ein Tag zwar nicht wie jeder andere, aber doch ein Tag, der mit seinen Aufregungen, Mißverständnissen, Verstimmungen, seinen Schrecken und seinem Glück ganz im Rahmen dessen bleibt, was sich in dieser Ehe an festgelegten Mustern und Ritualen angesammelt hat. Und die sind, dank des psychologischen Feinsinns der Autorin und ihrer bewährten Fähigkeit literarischer Darstellung, weltweit übertragbar; die Gesetzmäßigkeiten, die Anne Tyler aufspürt und die sie zwischen Komik und leiser Tragik hin und her wendet, sind von verblüffender Authentizität.

Anne Tyler, die 1941 in Minneapolis geboren wurde, ist in North Carolina aufgewachsen. Die promovierte Slawistin ist mit ihren mittlerweile zwölf Romanen eine der erfolgreichsten Autorinnen der amerikanischen Gegenwartsliteratur. So wurde ihr Roman ›Die Reisen des Mr. Leary‹ vom ›Time Magazine‹ zu den fünf besten amerikanischen Romanen des Jahres 1985 gezählt, und ›Atemübungen‹ wurde mit dem Pulitzer-Preis ausgezeichnet. Anne Tyler lebt mit ihrer Familie in Baltimore.

Im *Fischer Taschenbuch Verlag* sind von der Autorin außerdem die Romane ›Nur nicht stehenbleiben‹ (Bd. 5154), ›Die Reisen des Mr. Leary‹ (Bd. 8294) und ›Caleb oder Das Glück aus den Karten‹ (Bd. 10829) erschienen, bei S. Fischer ›Segeln mit den Sternen‹ und ›Fast ein Heiliger‹.

Anne Tyler

Atemübungen

Roman

Aus dem Amerikanischen von
Reinhard Kaiser

Fischer Taschenbuch Verlag

151.–200. Tausend: August 1993

Ungekürzte Ausgabe
Veröffentlicht im Fischer Taschenbuch Verlag GmbH,
Frankfurt am Main, Dezember 1991

Lizenzausgabe mit freundlicher Genehmigung der
S. Fischer Verlag GmbH, Frankfurt am Main
Die amerikanische Originalausgabe erschien 1988
unter dem Titel ›Breathing Lessons‹
bei Alfred A. Knopf, New York
© 1988 by ATM, Inc.
Für die deutsche Ausgabe:
© 1989 by S. Fischer Verlag GmbH, Frankfurt am Main
Umschlaggestaltung: Buchholz / Hinsch / Hensinger
unter Verwendung einer Lithographie von Jim Dine
›The World‹ (for Anne Waldman), 1971 (30×40″).
Mit freundlicher Genehmigung ›The Pace Gallery‹, New York
Druck und Bindung: Clausen & Bosse, Leck
Printed in Germany
ISBN 3-596-10924-8

Gedruckt auf chlor- und säurefreiem Papier

Eins

1

Maggie und Ira Moran mußten zu einer Beerdigung nach Deer Lick in Pennsylvania. Maggies Jugendfreundin hatte ihren Mann verloren. Deer Lick lag an einer kleinen Landstraße ungefähr neunzig Meilen nördlich von Baltimore, und die Beerdigung sollte am Samstagmorgen um halb elf stattfinden; so hatte sich Ira ausgerechnet, daß sie um acht losfahren müßten. Das machte ihn mürrisch. (Er war kein Morgenmensch.) Außerdem war samstags im Geschäft am meisten zu tun, und er hatte niemanden, der ihn vertreten konnte. Und obendrein war ihr Wagen in der Karosseriewerkstatt. Er hatte eine gründliche Überholung gebraucht, und sie konnten ihn frühestens am Samstagmorgen Punkt acht abholen, wenn die Werkstatt öffnete. Ira meinte, es sei vielleicht besser, nicht zu fahren, aber Maggie meinte, sie müßten. Sie und Serena waren eine Ewigkeit miteinander befreundet, oder fast eine Ewigkeit: seit zweiundvierzig Jahren, seit der ersten Klasse bei Miss Kimmel.

Sie nahmen sich vor, um sieben aufzustehen, aber Maggie mußte den Wecker falsch gestellt haben, und deshalb verschliefen sie. Sie mußten sich hastig anziehen und das Frühstück herunterschlingen, Nescafé mit warmem Wasser aus der Leitung und kalte Getreideflocken. Dann machte sich Ira zu Fuß auf den Weg zum Geschäft, um einen Zettel für die Kundschaft anzubringen, und Maggie ging zur Werkstatt. Sie trug ihr bestes Kleid – mit einem Zweigmuster in Blau und Weiß und weiten Ärmeln – und neue schwarze Pumps, wegen der Beerdigung. Die Schuhe hatten nur halbhohe Absätze, aber sie kam in ihnen langsamer voran als sonst; sie war eher an Kreppsohlen gewöhnt. Außerdem war ihr die Strumpfhose ziemlich weit nach unten gerutscht, und nun mußte sie kurze, unnatürlich staksende Schritte machen, wie ein kleines, klobiges Aufziehspielzeug, das den Gehweg entlangholpert.

Zum Glück war die Werkstatt nur ein paar Blocks entfernt. (In diesem Teil der Stadt war alles bunt gemischt – kleine Holzhäuser wie ihr eigenes standen zwischen Ateliers von Porträtfotografen, kleinen Schönheitssalons, Fahrschulen und Pediküre-Instituten.) Und das Wetter war wunderschön – ein warmer, sonniger Septembertag, es wehte ein Lüftchen, das gerade ausreichte, ihr das Gesicht zu kühlen. Sie strich sich den Pony glatt, wo er sich zu einer Stirnlocke kräuseln wollte. Ihre modische Handtasche, passend zum Kleid, hatte sie unter den Arm geklemmt. Sie bog links um die Ecke, und gleich dahinter lag »Harbors Karosseriewerkstatt«, die abblätternden grünen Werkstattore waren schon hochgezogen, und aus dem höhlenartigen Inneren drang stechender Farbgeruch hervor, der sie an Nagellack erinnerte.

Sie hatte den Scheck schon ausgefüllt, und der Meister sagte ihr, die Schlüssel seien im Wagen, so daß sie im Nu fertig war. Der Wagen war im hinteren Teil der Halle abgestellt, ein älterer, graublauer Dodge. Seit Jahren hatte er nicht mehr so gut ausgesehen. Sie hatten die hintere Stoßstange gerichtet, den kaputten Kofferraumdeckel ersetzt, an verschiedenen Stellen ein halbes Dutzend Beulen ausgebügelt und die Rostflecken an den Türen überstrichen. Ira hatte recht: eigentlich unnötig, einen neuen Wagen zu kaufen. Sie setzte sich hinter das Lenkrad. Als sie den Zündschlüssel drehte, tönte das Radio los – *AM Baltimore* mit Mel Spruce, eine Talk-Show, bei der die Hörer anrufen konnten. Sie stellte nicht gleich ab. Sie schob den Sitz zurecht, den jemand zurückgestellt hatte, der größer als sie war, und bog den Rückspiegel nach unten. Ihr Gesicht blitzte ihr entgegen, rund und leicht glänzend, die blauen Augen an den Innenwinkeln zusammengekniffen, als würde sie sich wegen irgend etwas Sorgen machen, während sie sich in Wirklichkeit nur bemühte, in dem Halbdunkel etwas zu erkennen. Sie legte den Gang ein und rollte langsam aus der Halle hinaus. Draußen stand der Meister vor seinem Büro und blickte mit gerunzelter Stirn auf einen Schreibblock.

Die heutige Frage in *AM Baltimore* lautete: »Was macht die ideale Ehe aus?« Gerade hatte eine Frau angerufen und verkündet, gemeinsame Interessen seien das Wichtigste. »Zum Beispiel, wenn beide die gleichen Sendungen im Fernsehen mögen«, erläuterte sie. Es war Maggie völlig gleichgültig, was die ideale Ehe ausmacht. (Sie war seit achtundzwanzig Jahren verheiratet.) Sie kurbelte ihr Fenster herunter und rief: »Tschüs denn!« und der Meister sah von seinem Block hoch. Sie glitt an ihm vorüber – eine ausnahmsweise einmal selbständige Frau, mit geschminkten Lippen und halbhohen Absätzen, in einem Auto ohne Beulen.

Im Radio sagte eine sanfte Stimme: »Ja, also ich heirate jetzt zum zweitenmal. Beim ersten Mal war es rein aus Liebe. Es war echte, wahre Liebe, und es hat überhaupt nicht funktioniert. Nächsten Samstag heirate ich aus Sicherheit.«

Maggie blickte auf die Senderskala des Radios und sagte: »Fiona?« Sie wollte bremsen, aber statt dessen beschleunigte sie und schoß aus der Werkstatteinfahrt direkt auf die Straße. Ein von links kommender Pepsi-Lastwagen krachte ihr in den linken vorderen Kotflügel, die einzige Stelle, an der bisher noch nie das Geringste kaputt gewesen war.

Früher, wenn Maggie mit ihren Brüdern Baseball spielte, tat sie sich oft weh, aber sie sagte immer, es sei alles in Ordnung, aus Angst, sie würden sie nicht mehr mitspielen lassen. Sie riß sich dann zusammen und rannte, ohne zu humpeln, weiter, auch wenn ihr das Knie ganz schrecklich weh tat. Jetzt fiel es ihr wieder ein, denn als der Meister herbeigelaufen kam und rief: »Was zum...? Ist alles in Ordnung?«, da blickte sie höchst würdevoll geradeaus und sagte ihm: »Gewiß doch. Warum fragen Sie?« und fuhr davon, bevor noch der Pepsi-Fahrer aus seinem Wagen steigen konnte, was in Anbetracht der Miene, die er aufgesetzt hatte, vielleicht auch das Beste war. Aber ihr Kotflügel gab wirklich ein sehr beunruhigendes Geräusch von sich, es klang wie ein Stück Blech, das über Kies schleift, und sobald sie um die Ecke gebogen war und die beiden Männer – der eine sich am Kopf kratzend, der andere winkend – aus ihrem Rückspiegel verschwunden waren, hielt sie an. Fiona war nicht mehr im Radio. Statt dessen stellte eine Frau mit einem rauchigen Tenor Vergleiche zwischen ihren fünf Ehemännern an. Maggie schaltete den Motor ab und stieg aus. Sie sah, wo das Problem lag. Der Kotflügel war nach innen gegen den Reifen gedrückt worden; es wunderte sie, daß sich das Rad überhaupt noch drehen konnte. Sie hockte sich an den Bordstein, packte die Unterkante des Kotflügels mit beiden Händen und zog. (Jetzt fiel ihr ein, wie sie sich dann in das hohe Gras im Außenfeld geduckt und heimlich und vorsichtig ihre Jeans über die blutige Stelle am Knie hochgekrempelt hatte.) Graublaue Lacksplitter fielen ihr in den Schoß. Auf dem Gehweg ging jemand vorüber, aber sie tat so, als würde sie nichts bemerken, und zog noch einmal. Diesmal ruckte der Kotflügel, aber nicht so weit, daß der Reifen frei gewesen wäre. Sie stand auf und klopfte sich den Staub von den Händen. Dann stieg sie wieder in den Wagen, aber eine Minute lang saß sie bloß da. »Fiona!« sagte sie noch einmal. Als sie den Motor wieder anließ, brachte das Radio Reklame für Bankdarlehen, und sie schaltete ab.

Ira wartete vor seinem Laden, er wirkte fremd und seltsam elegant in seinem marineblauen Anzug. Ein Schwall borstiger, von grauen Strähnen durchzogener schwarzer Haare hing ihm in die Stirn. Über ihm schwang ein Blechschild in der leichten Brise: SAM'S RAHMENLADEN. BILDERRAHMUNG. ZIERRAHMEN. IHRE HANDARBEIT PROFESSIONELL PRÄSENTIERT. Sam war Iras Vater, der mit dem Geschäft nichts mehr zu tun hatte, seit sich vor dreißig Jahren herausgestellt hatte, daß er ein »schwaches Herz« hatte. Maggie setzte dieses »schwache Herz« immer in Anführungszeichen. Sie hatte es sich zum Prinzip gemacht, nicht zu den Fenstern der Wohnung über dem Laden hinaufzusehen, wo Sam seine Tage in beengter, von Nörgelei erfüllter Untätigkeit zusammen mit Iras beiden Schwestern verbrachte. Wahrscheinlich stand er auch jetzt dort oben und sah hinunter. Sie parkte neben dem Bordstein und schob sich hinüber auf den Beifahrersitz.

Wie sich der Ausdruck auf Iras Gesicht veränderte, während er sich dem Wagen näherte, war sehenswert. Zunächst war er erfreut und hoch zufrieden, dann bog er um den Kühler und hielt kurz inne, als er den linken Kotflügel erblickte. Sein langes, hageres, olivbraunes Gesicht wurde länger. Seine Augen, die ohnehin so schmal waren, daß man kaum sagen konnte, ob sie schwarz oder nur dunkelbraun waren, verwandelten sich in verständnislos dreinblickende, schräge Schlitze. Er öffnete die Tür, stieg ein und warf ihr einen bekümmerten Blick zu.

»Es gab eine unerwartete Situation«, erklärte Maggie.

»Auf dem Weg zwischen hier und der Werkstatt?«

»Ich habe Fiona im Radio gehört.«

»Das sind fünf Blocks! Bloß fünf oder sechs Blocks!«

»Ira, Fiona heiratet.«

Mit Erleichterung stellte sie fest, daß er von den Gedanken an den Wagen abließ. Irgend etwas auf seiner Stirn klarte auf. Er sah sie einen Augenblick an und sagte dann: »Fiona – und wie noch?«

»Deine Schwiegertochter Fiona, Ira. Wie viele Fionas kennen wir denn? Fiona, die Mutter deines einzigen Enkelkindes, und jetzt will sie einen wildfremden Mann heiraten, bloß aus Sicherheit.«

Ira rückte den Sitz weiter nach hinten und fuhr los. Er schien auf irgend etwas zu hören – vielleicht auf das Schleifgeräusch des Rades. Aber offenbar hatte sie es mit dem Ruck am Kotflügel geschafft. Er sagte: »Wo hast du das gehört?«

»Im Radio, beim Fahren.«

»Melden sie so etwas jetzt im Radio?«

»Sie hat dort angerufen.«

»Kommt mir, ehrlich gesagt, irgendwie ... wichtigtuerisch vor«, versetzte Ira.

»Nein, sie war schon richtig – und sie hat gesagt, daß Jesse der einzige gewesen ist, den sie je wirklich geliebt hat.«

»Das hat sie im *Radio* gesagt?«

»Es war eine Talk-Show, Ira.«

»Also, ich weiß nicht, warum heutzutage jeder seine Privatangelegenheiten in der Öffentlichkeit breittreten muß.«

»Glaubst du, daß Jesse es vielleicht auch gehört hat?« fragte Maggie. Der Gedanke war ihr gerade gekommen.

»Jesse? So früh? Wenn der vor Mittag aufsteht, ist er gut.«
Maggie widersprach nicht, obwohl sie gekonnt hätte. In Wirklichkeit war Jesse ein Frühaufsteher, und außerdem arbeitete er samstags. Ira wollte nur sagen, daß er träge und faul sei. (Ira war viel strenger mit ihrem Sohn als Maggie. Er konnte an ihm nicht einmal halb so viele gute Seiten entdecken wie sie.) Sie blickte nach vorn und achtete auf die vorübergleitenden Läden und Häuser, die wenigen Fußgänger mit ihren Hunden. Es war der trockenste Sommer seit Menschengedenken gewesen, und die Gehwege sahen aus wie mit Kalk bestäubt. Die Luft hing wie dicker Mull. Vor einem Lebensmittelsupermarkt putzte ein Junge die Speichen seines Fahrrads zärtlich mit einem Tuch.
»Du bist also in die Empry Street eingebogen«, sagte Ira.
»Was?«
»Wo die Karosseriewerkstatt ist.«
»Ja, die Empry Street.«
»Und dann bei Daimler vorbei . . .«
Er war wieder beim Thema Kotflügel. Sie sagte: »Es war, als ich aus der Werkstatt herausfuhr.«
»Soll das heißen, direkt dort? Direkt an der Karosseriewerkstatt?«
»Ich wollte bremsen, aber ich trat auf das Gaspedal.«
»Wie konnte das passieren?«
»Da war plötzlich Fiona im Radio, und das hat mich aus der Fassung gebracht.«
»Aber Bremsen ist doch nichts, worüber man nachdenkt, Maggie. Du fährst Auto, seit du sechzehn bist. Wie kannst du da Bremse und Gaspedal verwechseln?«
»Ich habe es eben getan, Ira. Verstehst du? Ich war aus der Fassung, und da·ist es passiert. Laß es jetzt gut sein, ja?«
»Ich meine, Bremsen ist doch mehr oder weniger ein *Reflex*.«
»Wenn dir soviel daran liegt, dann zahle ich es eben von meinem Gehalt.«
Jetzt konnte er nichts mehr sagen. Sie sah, wie er noch einmal ansetzte, sich dann aber anders entschied. (Ihr Gehalt war lachhaft. Sie betreute alte Leute in einem Pflegeheim.)
Wenn sie früher Bescheid gewußt hätten, dachte sie, dann hätte

sie den Wagen vor der Fahrt innen saubergemacht. Das Armaturenbrett war mit Parkscheinen übersät. Auf dem Boden zu ihren Füßen lagen leere Getränkeschachteln und Papiertaschentücher herum. Und unter dem Handschuhfach quoll ein Geschlinge aus schwarzen und roten Drähten hervor; wenn man die Beine übereinanderschlug und zufällig daran stieß, ging das Radio aus. Sie fand, das war Iras Sache. Irgendwie fabrizierten Männer überall, wo sie auftauchten, Drähte und Schnüre und elektrischen Kram. Vielleicht merkten sie es nicht einmal.

Sie fuhren jetzt auf der Belair Road nach Norden. Auf beiden Seiten der Straße zog sich jetzt eine wirre Kulisse hin. Lange Strecken mit Spiel- oder Sportplätzen und Friedhöfen und dann plötzlich Ansammlungen kleiner Läden – Spirituosengeschäfte, Pizzerias, kleine, dunkle Bars und Gasthäuser, die unter den riesigen Parabolantennen auf ihren Dächern noch kleiner wirkten. Und noch ein Sportplatz. Außerdem nahm der Verkehr jeden Augenblick zu. Maggie war überzeugt, daß alle zu irgend etwas Fröhlich-Geselligem, das zu einem Samstagmorgen paßte, unterwegs waren. Auf den meisten Rücksitzen drängten sich Kinder. Um diese Zeit begannen die Turnstunden und das Baseball-Training.

»Neulich«, erzählte Maggie, »fiel mir das Wort ›Fahrgemeinschaft‹ nicht ein.«

»Warum mußt du es denn behalten?« fragte Ira.

»Das ist es ja gerade.«

»Wie bitte?«

»Man sieht daran, wie die Zeit vergeht – weißt du? Ich wollte einer Patientin erklären, daß ihre Tochter nicht zu Besuch kommen würde. Ich sagte: ›Heute ist ihr Tag bei der – hm‹, und dann fehlten mir die Worte. Mir fiel das Wort ›Fahrgemeinschaft‹ nicht ein. Aber es kommt mir so vor, als wäre es letzte Woche gewesen, daß Jesse ein Spiel hatte oder zum Hockey-Training mußte und daß Daisy ein Wichteltreffen bei den Pfadfindern hatte … Oje, damals habe ich den ganzen Samstag hinter dem Lenkrad verbracht!«

»Apropos Lenkrad«, meinte Ira, »bist du eigentlich mit einem anderen Fahrzeug zusammengestoßen? Oder war es bloß ein Telefonmast?«

Maggie grub in ihrer Handtasche nach der Sonnenbrille. »Es war ein Lastwagen«, antwortete sie.

»Du meine Güte. Hast du ihn beschädigt?«

»Ich habe nicht darauf geachtet.«

»Du hast nicht darauf geachtet?«

»Ich habe nicht angehalten, um nachzusehen.«

Sie setzte ihre Sonnenbrille auf und blinzelte. Alles wirkte jetzt gedämpft und eleganter.

»Du hast dich von einem Unfallort entfernt, Maggie?«

»Es war kein Unfall! Es war bloß eine von diesen, na ja, von diesen Kleinigkeiten, die eben vorkommen. Warum eine große Affäre daraus machen?«

»Also, nur damit ich da jetzt nichts falsch verstehe«, sagte Ira. »Du kommst aus der Werkstatt gesaust, rammst einen Lastwagen und fährst einfach weiter?«

»Nein, der Lastwagen hat *mich* gerammt.«

»Aber du warst schuld.«

»Ja, vermutlich, wenn du unbedingt einen Schuldigen haben willst.«

»Und dann bist du einfach weitergefahren.«

»Genau.«

Er schwieg. Kein gutes Schweigen.

»Es war so ein riesig großer, schwerer Pepsi-Lastwagen«, sagte Maggie. »Praktisch ein Panzer! Ich wette, er hat nicht mal einen Kratzer abbekommen.«

»Aber nachgesehen hast du nicht.«

»Ich hatte Angst, ich würde zu spät kommen«, sagte Maggie. »Du warst es doch, der unbedingt so früh losfahren wollte, damit wir ein bißchen Zeitreserve hätten.«

»Dir ist klar, daß die Leute in der Werkstatt deinen Namen und deine Adresse haben, nicht wahr? Der Fahrer braucht bloß zu fragen. Wenn wir zurückkommen, wird vor der Haustür ein Polizist auf uns warten.«

»Ira, hörst du jetzt bitte auf damit?« bat Maggie. »Siehst du denn nicht, was mir alles durch den Kopf geht? Ich bin unterwegs zum Begräbnis des Mannes meiner ältesten, liebsten Freundin; nicht auszudenken, was Serena jetzt durchmacht, und ich bin noch einen ganzen Bundesstaat weit von ihr entfernt. Da muß ich im Radio mit anhören, daß Fiona heiratet, wo doch vollkommen klar ist, daß sie und Jesse einander noch immer lieben. Sie haben sich immer geliebt und nie aufgehört, sich zu lieben; es ist bloß, daß, hm, daß irgendwie ein Draht fehlt. Und obendrein soll sich mein einziges Enkelkind mit einem Schlag an einen nagelneuen Stiefvater gewöhnen. Mir kommt es vor, als würde alles auseinanderfliegen! Alle meine Freunde und Verwandten fliegen davon, wie ... wie das sich ausdehnende Universum oder so! Jetzt werden wir dieses Mädchen nie mehr sehen, ist dir das klar?«

»Wir haben es sowieso nie gesehen«, sagte Ira besänftigend. Er bremste vor einer roten Ampel.

»Und dieser neue Mann könnte ein Widerling sein«, meinte Maggie.

»Ach, Fiona wird sich bestimmt etwas Besseres suchen, Maggie.« Sie warf ihm einen raschen Blick zu. (Früher hatte er über Fiona nie etwa Gutes gesagt.) Er spähte zu der Ampel hinauf. Schräge Fältchen liefen wie Strahlen von seinen Augenwinkeln nach hinten. »Natürlich würde sie *versuchen*, eine gute Wahl zu treffen«, sagte Maggie bedächtig, »aber auch der einsichtigste Mensch auf Gottes weiter Erde kann nicht jedes Problem vorhersehen, nicht wahr? Vielleicht ist er aalglatt und nett. Vielleicht ist er einfach sehr lieb zu Leroy, bis er sich dann in der Familie festgesetzt hat.« Die Ampel schaltete um. Ira fuhr weiter.

»Leroy«, sagte Maggie nachdenklich. »Glaubst du, daß wir uns jemals an diesen Namen gewöhnen werden? Klingt wie ein Jungenname. Klingt nach einem Football-Spieler. Und wie sie ihn aussprechen: *Lee*-roy. Provinziell.«

»Hast du die Karte mitgenommen, die ich auf dem Frühstückstisch hatte?« fragte Ira.

»Manchmal denke ich, wir sollten einfach anfangen, ihn auf unsere Weise auszusprechen«, sagte Maggie. »Le-*roy*.« Sie überlegte.

»Die Karte, Maggie. Hast du sie mitgenommen?«

»Ist in meiner Handtasche. Le *Rwah*«, sagte sie, wobei sie das R wie ein Franzose rollte.

»Eigentlich haben wir doch gar nichts mehr mit ihr zu tun«, sagte Ira.

»Wir könnten aber, Ira. Wir könnten sie noch heute nachmittag besuchen.«

»Was?«

»Überleg mal, wo sie wohnen: Cartwheel, Pennsylvania. Es liegt praktisch an der Straße nach Deer Lick. Wir könnten also«, fuhr sie fort, während sie in ihrer Tasche kramte, »zu der Beerdigung fahren und ... Oh, wo ist bloß diese Karte? Zu der Beerdigung fahren und zurück auf der Route Eins nach ... Du hör mal, ich glaube, ich habe die Karte gar nicht eingesteckt.«

»Großartig, Maggie.«

»Ich glaube, ich habe sie auf dem Tisch liegen lassen.«

»Ich habe dich gefragt, als wir losgingen, erinnerst du dich? Ich habe gesagt: ›Nimmst du die Karte mit oder soll ich?‹ Und du hast gesagt: ›Ich stecke sie einfach in meine Handtasche.‹«

»Also, ich verstehe gar nicht, warum du solches Theater deswegen machst«, erwiderte Maggie. »Wir brauchen doch bloß auf die Wegweiser zu achten; das schafft doch jeder.«

»Ein bißchen komplizierter ist es schon«, erwiderte Ira.

»Außerdem haben wir die Angaben von Serena, die ich mir am Telefon notiert habe.«

»Maggie, glaubst du allen Ernstes, mit irgendwelchen Angaben von Serena würden wir je dort ankommen, wo wir hin wollen? Ha! Irgendwo in Kanada würden wir uns wiederfinden! In Arizona würden wir landen!«

»Also, du brauchst dich gar nicht so aufzuregen.«

»Wir würden unser Haus nie mehr wiedersehen«, fügte Ira hinzu.

Maggie schüttelte ihre Handtasche, und es fielen eine Brieftasche und eine Packung Papiertaschentücher heraus.

»Serena war schuld, daß wir bei ihrem eigenen Hochzeitsempfang zu spät kamen, weißt du noch?« sagte Ira. »In diesem komischen, kleinen Festsaal, nach dem wir eine Stunde lang gesucht hatten.«

»Wirklich, Ira. Du tust immer so, als wären alle Frauen vertrottelt«, sagte Maggie. Sie gab die Suche in ihrer Handtasche auf; offenbar hatte sie auch den Zettel mit den Angaben von Serena nicht dabei. Sie sagte: »Ich habe nur ihr Bestes im Sinn. Fiona wird uns als Babysitter brauchen.«

»Als Babysitter?«

»Während der Flitterwochen.«

Er warf ihr einen Blick zu, den sie nicht recht deuten konnte.

»Sie heiratet doch nächsten Samstag«, erklärte Maggie. »Eine Siebenjährige kann man nicht mit in die Flitterwochen nehmen.«

Er sagte immer noch nichts.

Sie waren jetzt außerhalb der Stadtgrenze, und die Häuser wurden spärlicher. Sie kamen an einem Gebrauchtwagenplatz vorüber, dann ein struppiges Waldstück, ein Einkaufszentrum inmitten einer Betonwüste, auf der die abgestellten Wagen von ein paar Frühaufstehern verstreut standen. Ira begann zu pfeifen. Maggie hörte auf, mit den Riemen ihrer Handtasche zu spielen, und wurde still. Es gab Zeiten, da sprach Ira den ganzen Tag lang keine zehn Wörter, und selbst wenn er etwas sagte, konnte man nicht erraten, was er dachte. Er war ein verschlossener Mann, der sich gern abkapselte – sein größter Fehler. Aber was ihm nie auffiel: sein Pfeifen sagte oft alles. Ein unerfreuliches Beispiel: nach einem furchtbaren Streit in der ersten Zeit ihrer Ehe hatten sie alles wieder einigermaßen ins Lot gebracht, und dann ging er zur Arbeit und pfiff dabei ein Lied, das sie nicht identifizieren konnte. Erst später fiel ihr der Text ein: *I wonder if I care as much, as I did before – Einst lag sie mir am Herzen, doch wo liegt sie jetzt* . . .

Oft kam die Gedankenverbindung auch durch irgendeine Belanglosigkeit oder Nebensächlichkeit zustande – *This Old House*, wenn er sich anschickte, irgendeine kleinere Reparatur am Haus zu erledigen, oder *Leinen los, jetzt geht's auf Fahrt*, wenn er ihr half, die Wäsche hereinzutragen. *Rosen an der Côte d'Azur* . . . pfiff er, ohne es zu merken, wenn er fünf Minuten vorher auf dem Fußweg einem Haufen Hundekot ausgewichen war. Und natürlich kam es auch vor, daß man einfach nicht wußte, was er pfiff. Wie jetzt gerade zum Beispiel: irgend etwas Schmalziges, etwas, das sie vielleicht bei der Radiostation WLIF spielen würden. Vielleicht hat er es auch nur beim Rasieren gehört, und dann bedeutete es gar nichts.

Ein Schlager von Patsy Clyne; das war es. *Crazy – Verrückt* von Patsy Clyne.

Mit einem Ruck richtete sie sich auf und sagte: »Auch vollkommen normale Menschen passen auf ihre Enkelkinder auf, Ira Moran.«

Er sah sie verblüfft an.

»Sie nehmen sie monatelang zu sich. Ganze Sommer lang«, fügte sie hinzu.

»Aber sie kommen nicht unangemeldet zu Besuch.«

»Gewiß tun sie das!«

»Ann Landers sagt, Besuche ohne Anmeldung seien taktlos«, sagte er.

Ann Landers, seine höchstpersönliche Heldin.

»Und blutsverwandt sind wir ja nun auch nicht«, meinte er. »Wir sind nicht mal mehr Fionas Schwiegereltern.«

»Wir sind und bleiben Leroys Großeltern, bis wir sterben«, entgegnete Maggie.

Darauf wußte er keine Antwort mehr.

Die Straße führte jetzt durch eine grauenhaft durcheinandergeratene Gegend. Niemand hatte irgendwie eingegriffen – hier war ein Grill-Lokal aus dem Boden geschossen, dort eine Swimming-Pool-Ausstellung. Ein kleiner Lieferwagen voller Kürbisse parkte am Straßenrand: SOVIEL SIE TRAGEN KÖNNEN FÜR $ 1,50 stand auf dem mit der Hand gemalten Schild. Die Kürbisse erinnerten Maggie an den Herbst, aber es war inzwischen so heiß geworden, daß ein wenig Schweiß auf ihrer Oberlippe stand. Sie kurbelte ihr Fenster herunter, schauderte vor der heißen Luft zurück und kurbelte es wieder hoch. Der Luftzug, der von Iras Seite herüberkam, reichte ohnehin aus. Er lenkte mit einer Hand, der linke Ellbogen hing aus dem offenen Fenster. Die Ärmel seines Anzugs waren hochgerutscht, und seine Handgelenke schauten hervor.

Serena hatte immer gesagt, Ira sei ein Rätsel. Damals war das ein Kompliment gewesen. Dabei ging Maggie noch nicht einmal mit ihm, sie war mit einem anderen Jungen liiert, aber Serena sagte immer wieder: »Wie kannst du ihm bloß widerstehen? Er ist so ein Rätsel. So geheimnisvoll.« – »Ich brauche ihm nicht zu widerstehen. Er will nichts von mir«, hatte Maggie geantwortet. Aber auch sie hatte sich schon Gedanken gemacht. (Serena hatte recht. Er war ein Rätsel.) Serena selbst jedoch hatte sich den offenherzigsten Jungen von der Welt ausgesucht. Den alten, lustigen Max! Von Geheimnis keine Spur. »Und das ist meine glücklichste Erinnerung«, hatte er einmal gesagt. (Er war damals zwanzig und schloß gerade sein erstes Jahr an der Universität von North Carolina ab.) »Ich und diese beiden Brüder aus der Verbindung, wir machen eine Tour. Aber ich hatte ein bißchen zuviel getankt, und auf dem Heimweg sacke ich hinten auf dem Rücksitz weg, und als ich aufwache, da haben sie mich raus nach Carolina Beach gefahren und dort am Strand gelassen. Hatten mir einen Streich gespielt: Ha-ha. Sechs Uhr morgens, ich sitze da und sehe bloß Himmel, dunstigen Himmel, eine Schicht hinter der anderen, und ganz hinten gehen sie irgendwie einfach ins Meer über, ohne die geringste Trennungslinie. Ich stehe also auf, reiße mir die Kleider vom Leib und renne in die Brandung, ganz allein. War der glücklichste Tag meines Lebens.«

Und wenn ihm damals jemand erzählt hätte, daß er dreißig Jahre später an Krebs sterben würde und daß dieser Morgen am Ozean das deutlichste Bild war, das Maggie von ihm in Erinnerung behalten hatte? Der Dunst, die warme Luft an der nackten Haut, der Schock des ersten kalten, salzig riechenden Brechers – es kam Maggie so vor, als wäre sie dabei gewesen. Sie war plötzlich dankbar für das sonnenbeschienene Durcheinander von Reklametafeln, das draußen vorbeizog; sogar für die stickige Vinylpolsterung, die an ihren Unterarmen klebte.

Ira sagte: »Wen will sie eigentlich heiraten, möchte ich mal wissen.«

»Was?« fragte Maggie. Sie war nicht ganz da.

»Fiona.«

»Ach so«, meinte Maggie, »das hat sie nicht gesagt.«

Ira versuchte einen Tanklastzug zu überholen. Er bog den Kopf nach links und hielt Ausschau nach Gegenverkehr. Im nächsten Augenblick sagte er: »Wundert mich, daß sie das nicht auch verkündet hat, wo sie schon einmal dabei war.«

»Sie hat nur gesagt, sie würde aus Sicherheit heiraten. Einmal habe sie aus Liebe geheiratet, und es habe nicht funktioniert.«

»Liebe!« meinte Ira. »Sie war siebzehn. Sie kannte nicht mal die Grundlagen der Liebe.«

Maggie sah zu ihm hinüber. Was denn die Grundlagen der Liebe seien, wollte sie fragen. Aber er schimpfte gerade vor sich hin, wegen des Tanklasters.

»Vielleicht ist es diesmal ein älterer Mann«, sagte sie. »Ein irgendwie väterlicher Typ. Wenn sie doch aus Sicherheit heiratet.«

»Dieser Kerl merkt ganz genau, daß ich ihn überholen will, aber er schert andauernd auf meine Spur rüber«, sagte Ira.

»Vielleicht heiratet sie bloß, damit sie nicht mehr arbeiten gehen muß.«

»Wußte gar nicht, daß sie arbeitet.«

»Sie hat eine Stelle, Ira. Das weißt du ganz genau! Sie hat es uns erzählt! Sie hat in einem Kosmetiksalon angefangen, als Leroy in den Kindergarten kam.«

Ira hupte den Tanklastzug an.

»Ich weiß gar nicht, warum du dich überhaupt mit Leuten zusammensetzt, wenn du dir nicht die Mühe machst, auch mal hinzuhören«, sagte sie.

Ira erwiderte: »Maggie, stimmt heute irgend etwas nicht mit dir?«

»Wieso?«

»Warum bist du gleich immer so aufgebracht?«

»Ich bin nicht aufgebracht«, sagte sie und schob ihre Sonnenbrille höher. Sie konnte ihre eigene Nase sehen – die kleine, abgerundete Spitze, die unter dem Nasenbügel hervorschaute.

»Es liegt an Serena.«

»Serena?«

»Wegen Serena bist du so aufgeregt, und deshalb reißt du mir den Kopf ab.«

»Natürlich bin ich aufgeregt«, sagte Maggie. »Aber deswegen reiße ich dir noch lange nicht den Kopf ab.«

»Doch, das tust du, und deshalb redest du auch ununterbrochen von Fiona, wo du jahrelang überhaupt nicht an sie gedacht hast.«

»Das ist nicht wahr! Woher weißt du, wie oft ich an Fiona denke?«

Ira wechselte auf die andere Spur und überholte endlich den Tank-
laster.

Jetzt waren sie tatsächlich auf dem Land. Von einem schwarzglän-
zenden Hund bewacht, spalteten zwei Männer auf einer Lichtung
Holz. Die Bäume hatten ihre Farbe noch nicht verändert, aber sie
machten schon diesen leicht abgetragenen Eindruck, der anzeigte,
daß es nicht mehr lange dauern würde. Maggie starrte auf einen
verwitterten Holzzaun, der ein Feld umgrenzte. Komisch, wie
sich ein Bild in der Erinnerung festsetzen kann, ohne daß man es
bemerkt. Und dann sieht man das Original und denkt: Ach! Die
ganze Zeit über war es da, wie ein Traum, der einem den halben
Morgen lang stückchenweise einfällt. Dieser Zaun zum Beispiel.
Sie waren immer noch auf der Straße, die auch nach Cartwheel
führte, sie hatte diesen Zaun auf ihren Spähtouren gesehen und
sich unbewußt eingeprägt. »Rickrack«, sagte sie zu Ira.

»Hm?«

»Nennen sie diese Art von Zäunen nicht ‹Rickrack›?«

Er sah auch hinaus, aber es war schon vorüber.

Sie saß in ihrem Wagen, den sie in einiger Entfernung vom Haus
von Fionas Mutter abgestellt hatte, und wartete, ob sie Leroy für
einen kurzen, winzigen Augenblick zu Gesicht bekommen
würde. Ira hätte mit ihr gestritten, wenn er davon gewußt hätte. Es
war damals, als Fiona gerade weggezogen war, nach einer Szene,
an die sich Maggie nie gern erinnerte. (Für sie war es »Dieser
scheußliche Morgen«, und sie ließ ihn aus ihrer Erinnerung verschwinden.) Oh, in dieser Zeit war sie wie besessen gewesen; Leroy war damals noch ein Baby, und was verstand denn Fiona von
Babys? Immer hatte sie Maggies Hilfe gehabt. So fuhr Maggie an
einem freien Nachmittag nach Cartwheel, stellte den Wagen ab
und wartete, und tatsächlich, bald kam Fiona mit Leroy auf dem
Arm heraus und ging in der anderen Richtung davon. Ihr Gang war
lebhaft, ihr langes, blondes Haar schwang wie ein Vorhang vor und
zurück, während das Gesicht des Babys als kleiner, heller Knopf
über ihrer Schulter hing. Maggies Herz machte einen Satz, als
wäre sie verliebt. Und in gewisser Weise war sie auch verliebt – in
Leroy und in Fiona und sogar in ihren eigenen Sohn, wie er dastand

und seine Tochter unbeholfen an seiner schwarzen Lederjacke wiegte. Aber sie wagte es nicht, sich zu zeigen – jedenfalls, noch nicht. Statt dessen fuhr sie nach Hause und erzählte Jesse: »Ich war heute in Cartwheel.«

Er machte große Augen. Einen verwirrten, verwirrenden Augenblick lang sah er sie an, bevor er sich abwendete und murmelte: »So?«

»Ich habe nicht mit ihr gesprochen, aber ich bin mir sicher, daß sie dich vermißt. Sie ging ganz allein mit Leroy spazieren. Sonst niemand.«

»Glaubst du, das interessiert mich?« fragte Jesse. »Wieso denkst du, daß *mich* das interessiert?«

Aber am nächsten Morgen lieh er sich den Wagen. Maggie war erleichtert. (Er war ein liebenswürdiger, freundlicher, warmherziger Junge mit einer fast unheimlichen Begabung, andere Menschen für sich einzunehmen. Die Sache würde im Nu geregelt sein.) Er blieb den ganzen Tag weg – sie rief jede Stunde zu Hause an, um es zu prüfen – und kam erst zurück, als sie schon das Abendessen machte. »Na?« fragte sie.

»Was, na?« versetzte er, stapfte die Treppe hinauf und schloß sich in seinem Zimmer ein.

Da wußte sie, daß es ein bißchen länger dauern würde, als sie erwartet hatte.

Dreimal – an Leroys drei ersten Geburtstagen – waren sie und Ira ganz regulär zu Besuch gewesen, vorher abgesprochene Großelternbesuche mit Geschenken; aber für Maggie waren die wirklichen Besuche ihre Spähtouren, die sie fortsetzte, ohne sie eigentlich zu planen, so als ob lange, unsichtbare Fäden sie nach Norden zögen. Sie hatte geglaubt, zum Supermarkt unterwegs zu sein, aber plötzlich fand sie sich auf Route Eins wieder und schlug schon den Mantelkragen hoch, um nicht erkannt zu werden. Dann saß sie auf dem einzigen Spielplatz von Cartwheel herum und besah sich neben dem Sandkasten müßig ihre Fingernägel. Oder sie lauerte am Parkweg, auf dem Kopf die hellrote Perücke von Iras Schwester Junie. In manchen Augenblicken dachte sie, so würde es jetzt immer weitergehen, bis sie alt wäre. Vielleicht könnte sie eine Stelle als Schülerlotse annehmen, wenn Leroy in die erste Klasse kam. Vielleicht könnte sie als Pfadfinderführerin gehen und sich eine Pfadfinderinnenuniform ausleihen, wenn man eine haben mußte. Vielleicht könnte sie Leroy auch zum College-Ball begleiten. Na, also. Kein Grund, sich verrückt zu machen. Jesses düsteres Schweigen und die Lustlosigkeit, mit der Fiona die Babyschaukel auf dem Spielplatz anschubste, sagten ihr, daß die beiden bestimmt nicht lange getrennt bleiben würden. Oder?

Und dann folgte sie eines Nachmittags Fionas Mutter, die Leroys Sportwagen zur Main Street hinaufschob. Mrs. Stuckey war eine schlampige, unförmige Frau, die Zigaretten rauchte. Maggie hatte nicht das geringste Vertrauen zu ihr, und mit Recht, denn jetzt stellte sie Leroy doch tatsächlich einfach draußen vor der Cure-Boy-Apotheke ab und ließ das Kind allein, während sie hineinging. Maggie war entsetzt. Jemand konnte Leroy entführen! Jeder Vorübergehende hätte sie entführen können. Maggie näherte sich dem Wagen und ging vor ihm in die Hocke. »Liebling?« sagte sie. »Willst du mit zu Oma kommen?« Das Mädchen starrte sie an. Sie war damals, na, vielleicht achtzehn Monate, und ihr Gesicht wirkte überraschend erwachsen. Ihre Beine hatten die Rundlichkeit des Säuglingsalters verloren. Die Augen waren von demselben milchigen Blau wie die Fionas und blickten sie etwas stumpf und leer an, so als würde sie Maggie nicht erkennen. »Ich bin's, Oma«, sagte Maggie, aber Leroy begann sich zu winden und den Kopf zu verdrehen. »Mama?« rief sie. Es war unverkennbar, sie sah nach der Tür, hinter der Mrs. Stuckey verschwunden war. Maggie richtete sich auf und ging rasch davon. Sie spürte die Zurückweisung wie einen körperlichen Schmerz, wie eine Wunde in ihrer Brust. Von nun an machte sie keine Spähtouren mehr.

Als sie hier im Frühling entlanggefahren war, waren die Wälder mit weißen Hartriegel-Blüten übersät gewesen. Sie hatten das Grün der Berghänge aufgelockert, so wie ein paar Einsprengsel Schleierkraut einen Blumenstrauß auflockern. Und einmal hatte sie ein kleines Tier gesehen, eines, das man sonst nicht sah – kein Kaninchen und keinen Waschbär, sondern ein schlankeres, wendigeres –, und sie hatte scharf gebremst und den Rückspiegel verstellt, um es noch einmal zu sehen, aber es war schon ins Unterholz gehuscht.

»Serena macht immer alles so schwierig«, sagte Ira gerade. »Sie hätte doch telefonieren können, gleich nachdem Max gestorben ist, aber nein, sie wartet bis zur allerletzten Minute. Er stirbt am Mittwoch, und am Freitag spät abends ruft sie an. Zu spät, um vom Automobilclub noch eine Straßenauskunft zu bekommen.« Mit gerunzelter Stirn blickte er auf die Straße vor sich. »Ehm, du glaubst doch nicht, daß sie mich als Sargträger will oder so?«

»Sie hat nichts davon gesagt.«

»Aber sie hat gesagt, sie brauche unsere Hilfe.«

»Ich nehme an, sie meinte moralischen Beistand«, sagte Maggie.

»Vielleicht ist Sargtragen moralischer Beistand.«

»Wäre das nicht eher körperlicher Beistand?«

»Naja, vielleicht«, sagte Ira.

Sie glitten jetzt durch eine kleine Stadt, wo verschiedene kleine Läden das gleichmäßige Bild des Weidelandes unterbrachen. Neben einem Briefkasten standen mehrere Frauen und unterhielten sich. Maggie drehte den Kopf und sah sich nach ihnen um. Sie fühlte sich ausgeschlossen und wäre gern bei ihnen gewesen, so als würde sie diese Menschen kennen.

»Wenn sie will, daß ich als Sargträger gehe, bin ich nicht richtig angezogen«, sagte Ira.

»Aber selbstverständlich bist du richtig angezogen.«

»Ich bin nicht im schwarzen Anzug«, meinte er.

»Du besitzt gar keinen schwarzen Anzug.«

»Ich bin in Marineblau.«

»Marineblau ist in Ordnung.«

»Außerdem habe ich diesen Knacks im Rücken.«

Sie warf ihm einen Blick zu.

»Und eigentlich habe ich ihm ja auch nie besonders nahe gestanden«, sagte er.

Maggie ließ ihre Hand zum Steuerrad hinübergleiten und legte sie auf seine. »Keine Sorge«, sagte sie. »Ich wette, sie will bloß, daß wir dabei sind.«

Er verzog die Backe zu einem kläglichen Grinsen.

Wie seltsam er war, wenn es um den Tod ging! Selbst mit harmlosen Krankheiten kam er nicht zurecht und hatte Gründe gefunden, nicht ins Krankenhaus zu kommen, als ihr der Blinddarm herausgenommen wurde; er behauptete, er habe sich erkältet und könnte sie anstecken. Jedes Mal, wenn eines der Kinder krank wurde, behauptete er, es sei nichts. Sie würde sich alles nur einbilden. Bei dem geringsten Hinweis darauf, daß er vielleicht nicht ewig leben würde – wenn es zum Beispiel um die Lebensversicherung ging –, setzte er eine starre Miene auf und wurde störrisch und reizbar. Maggie hingegen hatte manchmal fast Angst, daß sie ewig leben könnte – vielleicht wegen all dem, was sie zu Hause miterlebt hatte.

Und wenn sie als erste sterben würde, würde er wahrscheinlich so tun, als ob auch das nicht geschehen wäre. Wahrscheinlich würde er mit seiner Arbeit fortfahren und ein Liedchen pfeifen, wie immer.

Welches Lied würde er wohl pfeifen?

Sie überquerten jetzt den Susquehanna River, und rechts ragte der viktorianisch aussehende, filigranartige Oberbau des Conowingo-Kraftwerks auf. Maggie kurbelte das Fenster herunter und lehnte sich hinaus. In der Ferne konnte sie das Rauschen von Wasser hören; es kam ihr vor, als würde sie Wasser einatmen, als tränke sie das zerstäubende Naß, das wie Rauch von tief unterhalb der Brücke aufstieg.

»Weißt du, was mir gerade eingefallen ist?« sagte Ira und hob die Stimme. »Diese Malerin, wie heißt sie doch gleich? Sie wollte heute morgen in den Laden kommen und einen Stapel Bilder bringen.«

Maggie schloß ihr Fenster. »Hast du denn den Anrufbeantworter nicht eingeschaltet?«

»Was würde das bringen? Es war ja schon verabredet.«

»Vielleicht können wir irgendwo halten und sie anrufen.«

»Ich habe ihre Nummer nicht dabei«, sagte Ira. Und dann: »Vielleicht könnten wir Daisy anrufen und sie bitten, es ihr zu sagen.«

»Daisy arbeitet jetzt«, sagte Maggie.

»Mist.«

Maggie mußte an Daisy denken, adrett und hübsch, mit Iras dunklem Teint und Maggies zierlicher Figur. »O je«, seufzte Maggie, »wie schade, daß ich ihren letzten Tag zu Hause verpasse.«

»Sie ist doch sowieso nicht zu Hause; du hast es gerade gesagt.«

»Aber später wird sie da sein.«

»Morgen siehst du noch genug von ihr«, brummte Ira. »Mehr als genug.«

Morgen wollten sie Daisy ins College fahren – ihr erstes Studienjahr, ihr erstes Jahr fern von zu Hause. Ira sagte: »Den ganzen Tag im Wagen, da wirst du sie am Ende gründlich satt sein.«

»Nein! Ich werde Daisy nie satt sein.«

»Darüber reden wir morgen«, sagte Ira.

»Ich habe eine Idee«, sagte Maggie. »Wir sparen uns den Empfang.«

»Was für einen Empfang?«

»Oder wie man das nennt, wenn man nach einer Beerdigung zu jemandem nach Hause geht.«

»Von mir aus gern«, sagte Ira.

»So könnten wir früh zu Hause sein, auch wenn wir noch einen Abstecher zu Fiona machen.«

»Herrgott noch mal, Maggie, bist du immer noch bei dieser Schnapsidee mit Fiona?«

»Wenn die Beerdigung, sagen wir, gegen Mittag zu Ende wäre und wir von dort direkt nach Cartwheel führen –«

Ira schwenkte nach rechts ein, der Wagen neigte sich auf dem Schotter zur Seite. Einen Augenblick lang dachte sie, es sei ein Wutanfall. (Sie hatte oft das Gefühl, immer näher an den Rand seiner Geduld zu geraten.) Aber nein, er hatte an einer Tankstelle gehalten, einem altmodischen Gebäude mit weißen Schindeln, vor dem zwei Männer in Overalls auf einer Bank saßen. »Karte«, sagte er kurz und stieg aus.

Maggie kurbelte ihr Fenster herunter und rief ihm nach: »Guck doch mal, ob sie einen Snack-Automaten haben, ja?«

Er winkte und ging auf die Bank zu.

Jetzt, wo der Wagen stand, sickerte die Hitze wie schmelzende

Butter durch das Dach. Sie spürte, wie es um ihren Kopf immer heißer wurde, und stellte sich vor, ihr braunes Haar würde sich verfärben und einen metallischen Ton annehmen, wie Messing oder Kupfer. Träge ließ sie ihre Finger aus dem Fenster hängen.

Wenn sie Ira nur bis zu Fiona lotsen konnte, dann war alles andere einfach. Schließlich war er nicht immun. Er hatte dieses Kind auf seinem Schoß gehalten. Er war auf Leroys Taubengurren in dem gleichen respektvollen Tonfall eingegangen, den er auch bei seinen eigenen Kindern, als sie klein waren, angeschlagen hatte. »*So ist das also! Was du nicht sagst! Also ich glaube, jetzt, wo du es sagst – so etwas Ähnliches habe ich auch schon gehört.*« Bis schließlich Maggie (immer leichtgläubig) fragen mußte: »Wie? Was hat sie dir erzählt?« Er hatte ihr dann einen seiner schrägen, verschmitzten Blicke zugeworfen, und das Baby, so kam es Maggie manchmal vor, ebenfalls.

Nein, er war nicht immun, er würde Leroy sehen, und sofort würde ihm wieder einfallen, wie sie miteinander verbunden gewesen waren. Man mußte die Menschen erinnern, das war alles. Wie es heute in der Welt zuging, war es so leicht, zu vergessen. Fiona mußte vergessen haben, wie sehr sie am Anfang verliebt gewesen war, wie sehr sie hinter Jesse und seiner Rock Band her gewesen war. Sie mußte die Erinnerung absichtlich ausgelöscht haben, denn sie war genausowenig immun wie Ira. Maggie war nicht entgangen, was für ein enttäuschtes Gesicht Fiona gemacht hatte, als sie zu Leroys erstem Geburtstag kamen und es sich herausstellte, daß Jesse nicht mitgekommen war. Jetzt war es eine Frage von Stolz, von verletztem Stolz. »Weißt du noch?« würde Maggie sie fragen. »Weißt du noch, die erste Zeit, als ihr nichts weiter wolltet als zusammen sein? Weißt du noch, wie ihr überall zusammen unterwegs wart, jeder eine Hand in der Gesäßtasche des anderen?« Damals war es ihr irgendwie angeberisch vorgekommen, aber jetzt trieb es ihr Tränen in die Augen.

Ach, dieser ganze Tag war so furchtbar traurig, einer von diesen Tagen, an denen einem klar wird, daß am Ende jeder jeden verliert; und sie hatte Serena seit mehr als einem Jahr nicht geschrieben oder auch nur ihre Stimme gehört, bis sie gestern abend anrief und dabei so heftig weinte, daß sie die Hälfte ihrer Wörter verschluckte. In diesem Augenblick (während sie einen Luftzug wie warmes Wasser zwischen ihren Fingern spielen ließ) hatte Maggie das Gefühl, das Vergehen der Zeit mit allem, was dazugehört, sei mehr, als sie ertragen könne. Serena, so wollte sie sagen, denk doch: all das, von dem wir uns versprochen haben, wir würden es nie, niemals so machen, wenn wir erwachsen wären. Wir würden nicht trippeln, wenn wir barfuß gehen. Wir würden nicht am Strand liegen und uns bräunen, sondern schwimmen, und wir würden nicht mit erhobenem Kinn schwimmen, um die Frisur vor Nässe zu schützen. Wir haben versprochen, wir würden das Geschirr nicht gleich nach dem Abendessen abspülen, weil wir dann nicht mit unserem Mann zusammensitzen könnten; erinnerst du dich? Wie lang ist es her, daß du das Geschirr bis zum Morgen stehengelassen hast, um bei Max zu bleiben? Und wie lang ist es her, daß Max auffiel, daß du es nicht mehr tust?

Ira kam zurück, im Gehen faltete er eine Karte auf. Maggie nahm die Sonnenbrille ab und trocknete sich die Augen mit ihren Ärmeln. »Hast du gefunden, was du suchtest?« rief sie ihm entgegen, und er sagte: »Oh...« und verschwand wieder hinter der Karte, immer noch im Gehen. Die Rückseite des Blattes war mit Fotos von landschaftlichen Sehenswürdigkeiten bedeckt. Jetzt war er auf seiner Wagenseite angelangt, faltete die Karte zusammen und stieg ein. »Wenn ich bloß den Automobilclub hätte anrufen können«, sagte er und startete den Motor.

»Ach, ich würde mir keine Sorgen machen«, meinte sie. »Wir haben jede Menge Zeitreserve.«

»Eigentlich nicht, Maggie. Und sieh mal, der Verkehr wird immer dichter. Alle alten Damen machen jetzt ihre Wochenendtour.«

Eine unsinnige Bemerkung; es waren hauptsächlich Lastwagen unterwegs. Vor einem Möbelwagen und hinter einem Buick und einem anderen Tanklastzug fädelten sie sich wieder ein. Vielleicht war es auch derselbe Laster, den sie vor einer Weile überholt hatten. Maggie setzte wieder ihre Sonnenbrille auf.

VERSUCH ES MIT JESUS, DU WIRST ES NICHT BEREUEN, stand auf einer Reklametafel. Und dann BUBBA MCDUFFS KOSMETIKSCHULE. Sie fuhren jetzt nach Pennsylvania hinein, und ein paar hundert Meter war die Straße eben, wie ein guter Vorsatz, aber dann folgte wieder der gewohnte, elend holprige Straßenbelag. Man hatte weite Blicke in die sanft geschwungene, grüne Gegend – ein Kinderbild von einer Farmlandschaft. Vereinzelte schwarze Kühe grasten an den Hängen. MEILENZÄHLER-TEST. ANFANG, las Maggie. Sie setzte sich aufrecht. Im nächsten Augenblick blitzte ein winziges Schild auf: 0,1 M. Sie sah nach dem Meilenzähler im Wagen. »Genau null Komma acht«, sagte sie zu Ira.

»Hmm?«

»Ich teste unseren Meilenzähler.«

Ira lockerte sich den Krawattenknoten.

Zwei Zehntel Meilen. Drei Zehntel. Beim vierten Zehntel hatte sie das Gefühl, sie seien zurückgefallen. Vielleicht bildete sie es sich ja bloß ein, aber es kam ihr so vor, als würde die Zahl, während sie hochkletterte, etwas nachhinken. Bei fünf Zehntel war sie sich fast sicher. »Wann hast du ihn das letzte Mal überprüfen lassen?« fragte sie Ira.

»Wen überprüfen lassen?«

»Den Meilenzähler.«

»Noch nie«, erwiderte er.

»Noch nie? Kein einziges Mal? Und mir wirfst du vor, ich würde das Auto nicht in Schuß halten!«

»Sieh dir das an!« sagte Ira. »Daß sie so eine neunzigjährige alte Tante überhaupt noch auf den Straßenverkehr loslassen! Kann nicht mal über ihr Steuerrad sehen.«

Er scherte aus und überholte den Buick, aber dadurch verpaßte Maggie eines der Schilder mit den Meilenangaben. »Verdammt«, sagte sie, »du bist schuld, daß ich es nicht gesehen habe.«

Er reagierte nicht. Es schien ihm überhaupt nicht leid zu tun. Sie heftete ihre Augen auf die Weite vor ihr und bereitete sich auf die Sieben-Zehntel-Markierung vor. Als sie auftauchte, sah sie auf den Meilenzähler, aber die Zahl kroch gerade erst hoch. Es machte sie nervös und unruhig. Seltsamerweise jedoch kam die nächste Zahl schneller. Fast zu schnell. Maggie sagte: »Oh-oh.«

»Was ist denn los?«

»Das macht mich ganz krank«, sagte sie. Sie achtete auf die Schilder an der Straße und gleichzeitig auf den Meilenzähler. Die Sechs im Zählwerk kletterte mehrere Sekunden vor dem Schild hoch, das hätte sie schwören können. Sie stieß ein Zischen aus. Ira sah zu ihr hinüber. »Fahr langsamer«, sagte sie.

»Was ist los?«

»Fahr langsamer! Ich bin mir nicht sicher, ob wir es schaffen. Guck mal, da kommt die Sieben, höher und immer höher... und wo ist das Schild? Wo ist das *Schild*? Los, Schild, komm! Wir verlieren! Wir haben zuviel Vorsprung! Wir –«

Das Schild tauchte ganz plötzlich auf. »Ah«, sagte sie. Und genau im gleichen Augenblick schob sich die Sieben an die richtige Stelle, so präzise, daß Maggie es fast klicken hörte.

»Puh!« machte sie. Sie sank in den Sitz zurück. »Das ist gerade noch mal gutgegangen.«

»Alle unsere Meßinstrumente werden vom Werk eingestellt, weißt du«, sagte Ira.

»Ja, aber das war vor vielen, vielen Jahren«, versetzte sie. »Ich bin erschöpft.«

Ira sagte: »Ich frage mich, wie lange wir auf der Route Eins bleiben sollen.«

»Wie durch den Wolf gedreht komme ich mir vor«, stöhnte Maggie und zupfte vorn an ihrem Kleid herum.

In unregelmäßigen Abständen tauchten jetzt Rudel von Lastwagen und Wohnmobilen auf, die auf Waldlichtungen abgestellt waren – aber keine Menschen und auch keinerlei sichtbare Indizien, die erklärt hätten, warum hier irgend jemand anhielt. Maggie war das schon auf früheren Fahrten aufgefallen, und sie hatte es nie verstanden. Waren die Fahrer angeln oder jagen gegangen, oder was? Führte die Landbevölkerung ein geheimes Leben?

»Und dann auch ihre Banken«, sagte sie zu Ira. »Alle diese Städtchen haben Banken, die aussehen wie klitzekleine Ziegelhäuser, ist dir das schon mal aufgefallen? Mit Gärten drum herum und Blumenbeeten. Würdest du so einer Bank vertrauen?«

»Warum denn nicht?«

»Ich hätte nicht das Gefühl, daß mein Geld dort sicher ist.«

»Du mit deinen gewaltigen Reichtümern«, stichelte Ira.

»Ich finde, es wirkt nicht professionell.«

»Also, nach der Karte zu urteilen«, sagte er, »könnten wir noch ein gutes Stück über Oxford hinaus auf der Route Eins bleiben. Serena meinte, wir sollten in Oxford abbiegen, wenn ich dich richtig verstanden habe, aber ... Sieh doch mal bitte für mich nach, ja?«

Maggie nahm die Karte von dem Sitz zwischen ihnen und öffnete sie, ein Quadrat nach dem anderen. Sie hoffte, daß sie die Karte nicht ganz ausbreiten müßte. Ira würde meckern, wenn sie sie nachher nicht richtig zusammenfaltete. »Oxford«, sagte sie, »liegt das in Maryland oder in Pennsylvania?«

»In Pennsylvania, Maggie. Wo der Highway Zehn nach Norden abgeht.«

»Ach so! Ich kann mich genau erinnern, daß sie sagte, wir sollten den Highway Zehn nehmen.«

»Ja, aber wenn wir ... Hast du denn überhaupt nicht zugehört, was ich gesagt habe? Wenn wir auf der Route Eins bleiben würden, verstehst du, dann könnten wir Zeit sparen, und ich glaube, es gibt weiter oben eine Abzweigung, die uns direkt nach Deer Lick bringt.«

»Aber Serena muß irgendeinen Grund dafür gehabt haben, Ira, daß sie uns den Highway Zehn nannte.«

»Einen Grund? Serena? Serena Gill soll einen Grund für irgend etwas haben?«

Mit einem Knacken schlug sie die Karte auseinander. Immer redete er so über ihre Freundinnen. Er war geradezu eifersüchtig auf sie. Sie vermutete, daß er glaubte, Frauen würden heimlich die Köpfe zusammenstecken und über ihre Ehemänner tratschen. Typisch: er war so egozentrisch. Obwohl es manchmal natürlich wirklich vorkam.

»Hatten sie in der Tankstelle einen Snack-Automaten?« fragte sie ihn.

»Nur Schokoriegel und solches Zeug, das du nicht magst.«

»Ich sterbe vor Hunger.«

»Ich hätte dir einen Schokoriegel mitbringen können, aber ich dachte, du ißt ihn nicht.«

»Hatten sie keine Kartoffelchips oder so was? Ich verhungere.«

»Baby Ruths, Fifth Avenues ...«

Sie zog eine Grimasse und wendete sich wieder der Karte zu.

»Also, ich würde sagen, wir nehmen den Highway Zehn«, erklärte sie.

»Ich könnte schwören, daß ich eine spätere Abzweigung gesehen habe.«

»Eigentlich nicht«, sagte sie.

»Eigentlich nicht? Was soll das heißen? Entweder es ist eine Abzweigung da, oder es ist keine da.«

»Na ja«, meinte sie, »ehrlich gesagt, ich habe Deer Lick noch gar nicht richtig gefunden.«

Er schaltete das Blinklicht ein. »Wir suchen irgendwas, wo du essen kannst, und ich sehe mir noch mal die Karte an«, sagte er.

»Essen? Ich will nicht essen!«

»Du hast doch eben gesagt, du würdest vor Hunger sterben.«

»Ja, aber ich mache eine Diät. Ich will bloß einen Snack!«

»Schön. Dann besorgen wir dir einen Snack«, sagte er.

»Wirklich, Ira, ich kann es nicht leiden, wie du immer meine Diätkuren torpedierst.«

»Dann bestell dir eine Tasse Kaffee oder irgend etwas. Ich muß mir die Karte ansehen.«

Er fuhr jetzt eine gepflasterte Straße entlang, die von lauter neuen, völlig gleichen Ranch-Häusern gesäumt war. Hinten war an jedes Haus ein Geräteschuppen aus Blech angebaut, der wie eine winzige rote, mit weißen Kanten verzierte Scheune aussah. Maggie hätte nicht vermutet, daß man in einer solchen Gegend irgendwo etwas essen könnte, aber schon hinter der nächsten Biegung fanden sie ein Holzhaus, vor dem ein paar Autos parkten. Ein staubiges Neonschild leuchtete im Fenster: NELL'S LEBENSMITTEL & CAFÉ. Ira parkte neben einem Jeep mit einem Judas-Priest-Aufkleber auf der Stoßstange. Maggie öffnete die Tür und stieg aus, wobei sie verstohlen ihre Strumpfhose hochzog.

Im Laden roch es nach Fabrikbrot und Wachspapier. Es erinnerte sie an den Eßraum in einer Grundschule. Hier und da standen Frauen und musterten Konserven. Das Café lag im hinteren Teil –

32

eine lange Theke und dahinter an der Wand eine ganze Reihe verblichener Farbfotos von orangefarbenen Spiegeleiern und beigen Würstchen. Maggie und Ira ließen sich nebeneinander auf zwei Hockern nieder, und Ira breitete seine Karte auf der Theke aus. Maggie sah der Kellnerin zu, die gerade einen Rost säuberte. Sie besprühte ihn mit irgend etwas, kratzte mit einem Spachtel eine dicke, klebrige Masse ab und sprühte noch einmal. Von hinten sah sie wie ein großes weißes Rechteck aus, der graue Haarknoten war mit schwarzen Nadeln festgesteckt. »Was darf's sein?« fragte sie schließlich, ohne sich umzudrehen.

Ira sagte: »Für mich bloß Kaffee, bitte«, ohne von seiner Karte aufzublicken. Maggie fiel die Entscheidung schwerer. Sie nahm die Sonnenbrille ab und warf einen Blick auf die Farbfotos. »Ach ja, ich denke, ich nehme auch einen Kaffee«, sagte sie, »und außerdem, Moment mal, vielleicht einen Salat oder so was, aber –«

»Salate haben wir nicht«, erklärte die Kellnerin. Sie stellte ihre Sprayflasche beiseite und kam, während sie sich die Hände an ihrer Schürze abwischte, zu Maggie herüber. Ihre von zahlreichen Fältchen umgebenen Augen waren von einem unheimlichen Hellgrün, wie altes Glas am Strand. »Das einzige, was ich zu bieten hätte, ist grüne Salatblätter und Tomate von einem Sandwich.«

»Dann vielleicht einfach eine Tüte von den Taco Chips aus dem Regal da«, sagte Maggie fröhlich. »Obwohl ich ja eigentlich nicht darf.« Sie sah zu, wie die Kellnerin zwei Tassen Kaffee eingoß. »Bis Thanksgiving will ich zehn Pfund abnehmen. An diesen zehn Pfund arbeite ich schon immer, aber diesmal bin ich wild entschlossen.«

»Unsinn! *Sie* brauchen doch nicht abzunehmen«, sagte die Frau und stellte ihnen die Tassen hin. Auf ihrer Brusttasche war in Rot *Mabel* eingestickt. Seit ihrer Kindheit hatte Maggie diesen Namen nicht mehr gehört. Was war wohl aus all den Mabels geworden? Sie versuchte sich vorzustellen, wie es wäre, wenn man heute ein Neugeborenes so nennen würde. Unterdessen sagte die Frau zu ihr: »Ich find's furchtbar, daß heutzutage jeder wie ein Zahnstocher aussehen will.«

»Das sagt Ira auch; er mag mich mit dem Gewicht, das ich habe«, sagte Maggie. Sie warf einen Blick zu Ira hinüber, aber der war in seine Karte vertieft oder tat jedenfalls so. Es war ihm immer irgendwie peinlich, wenn sie sich mit fremden Leuten einließ. »Aber jedesmal, wenn ich mir ein Kleid kaufe, sitzt es nicht richtig, wissen Sie? Als wenn sie davon ausgingen, daß ich keinen Busen habe. Fehlende Willenskraft, das ist mein Problem. Ich habe so große Lust auf salzige Sachen. Saure Sachen. Scharfe Gewürze.« Sie nahm die Tüte mit den Taco Chips und hielt sie demonstrativ hoch.

»Was soll *ich* denn da sagen?« meinte Mabel. »Der Doktor sagt, ich hätte so viel Übergewicht, daß mir die Beine kaputtgehen.«

»Aber das stimmt doch gar nicht. Das möchte ich sehen, wo Sie Übergewicht haben!«

»Er sagt, es wäre nicht so schlimm, wenn ich was anderes täte als kellnern; es geht einem auf die Venen.«

»Unsere Tochter arbeitet auch als Kellnerin«, erzählte Maggie. Sie riß die Tüte mit den Chips auf und biß in einen hinein. »Manchmal ist sie volle acht Stunden auf den Beinen, ohne Pause. Zuerst hat sie mit Sandalen angefangen, aber dann ist sie ganz schnell zu Kreppsohlen übergewechselt, das kann ich Ihnen sagen, obwohl sie geschworen hatte, sie würde es nicht tun.«

»Sie sind doch gar nicht alt genug, daß Sie so eine große Tochter haben können«, meinte Mabel.

»Oh, sie ist noch ein Teenager; es war ein Ferienjob. Morgen geht sie ins College.«

»College. Eine von den *ganz* Schlauen, wie?« sagte Mabel.

»Also, *ich* weiß es nicht«, sagte Maggie. »Sie hat jedenfalls ein volles Stipendium bekommen.« Sie hielt ihr die Tüte hin. »Wollen Sie?«

Mabel nahm eine Handvoll. »Meine sind alles Jungs«, erzählte sie Maggie. »Lernen war für die so selbstverständlich wie Fliegen.«

»Ja, mit unserem Jungen war es dasselbe.«

»›Warum macht ihr eure Hausaufgaben nicht?‹ frage ich sie. Aber sie kommen mit allen möglichen Ausreden. Meistens hieß es, der Lehrer hätte nichts aufgegeben, aber das war natürlich erstunken und erlogen.«

»Genau wie bei Jesse«, sagte Maggie.

»Und dann ihr Daddy!« fuhr Mabel fort. »Immer hat er ihnen die Stange gehalten. Als wenn sie alle unter einer Decke stecken täten, und ich steh draußen im Kalten. Ich hätte was gegeben für eine Tochter, das kann ich Ihnen sagen!«

»Na ja, Töchter haben auch ihre Nachteile«, sagte Maggie. Sie konnte sehen, daß Ira mit einer Frage dazwischenkommen wollte (er hatte einen Finger auf die Karte gelegt und sah Mabel erwartungsvoll an), aber wenn er seine Antwort hatte, würde er aufbrechen wollen, und deshalb hielt sie ihn noch ein bißchen hin. »Töchter haben zum Beispiel mehr Geheimnisse. Also, man denkt, sie sprechen mit einem, aber es ist nur Gerede. Daisy zum Beispiel. Immer war sie so still und gehorsam. Und auf einmal kommt sie mit diesem Plan heraus, will weggehen auf eine Schule ganz woanders. Ich hatte keine Ahnung, daß sie so was im Schilde führt! Ich sagte: ›Daisy? Gefällt es dir denn zu Hause nicht mehr?‹ Ich wußte natürlich, daß sie aufs College wollte, aber für die Kinder von anderen Leuten ist die Universität von Maryland doch auch gut genug. ›Weshalb denn nicht näher bei Baltimore?‹ fragte ich sie, aber sie sagte: ›Oh, Ma, du hast doch immer gewußt, daß ich vorhatte, an eines von diesen Klasse-Colleges im Norden zu gehen.‹ Überhaupt nichts wußte ich! Ich hatte keine Ahnung! Und seit sie dieses Stipendium hat, ist sie einfach nicht wiederzuerkennen. Ist es nicht so, Ira? Ira sagt –«, beeilte sie sich hinzuzufügen (sie bedauerte schon, Ira in das Gespräch hineingebracht zu haben), »Ira sagt, sie würde eben wachsen. Er sagt, es seien einfach Wachstumsprobleme, die würden sie so nörgelig und kritisch machen, und nur ein Dummkopf würde sich das so zu Herzen nehmen. Aber es ist schwierig! Es ist wirklich schwierig! Da kommt alles auf einmal, jede Kleinigkeit, was wir auch tun, alles ist falsch; als ob sie krampfhaft nach Gründen suchte, warum sie uns nicht zu vermissen braucht, wenn sie weggeht. Mein Haar ist zu lockig, und ich rede zuviel, und ich esse zu viele gebratene Sachen. Und Iras Anzug ist schlecht geschnitten, und er versteht nichts vom Geschäft.«

Mabel, ganz Mitgefühl, nickte, aber Ira fand natürlich, daß Maggie

viel zu emotional war. Er sagte es nicht, aber er rutschte auf seinem Sitz hin und her; daran erkannte sie es. Sie achtete nicht auf ihn. »Wissen Sie, was sie neulich zu mir gesagt hat?« fragte sie Mabel. »Ich probierte so ein Thunfischrezept in der Kasserolle aus. Ich servierte es zum Abendessen und sagte: ›Ist es nicht köstlich? Sag mal ehrlich, wie du es findest‹ Und Daisy sagte –«
Kleine Tränen hingen an ihren Wimpern. Sie atmete tief. »Daisy saß einfach da und sah mich unendlich lange an«, erzählte sie, »mit diesem irgendwie … faszinierten Ausdruck im Gesicht, und dann sagte sie: ›Ma? Gab es irgendeinen Punkt in deinem Leben, an dem du dich ganz bewußt entschlossen hast, dich damit abzufinden, ganz normal zu sein?‹«
Sie wollte weitersprechen, aber ihre Lippen bebten. Sie legte die Chips beiseite und kramte in ihrer Handtasche nach einem Taschentuch. Mabel gab ein besorgtes Schnalzen von sich. Ira sagte: »Um Gottes willen, Maggie.«
»Tut mir leid«, sagte sie zu Mabel. »Es kam einfach über mich.«
»Ja, sicher«, beschwichtigte Mabel sie. Sie schob Maggies Kaffeetasse näher zu ihr hin. »Ist doch klar!«
»Also, in *meinen* Augen bin ich nicht ›ganz normal‹.«
»Wirklich nicht!« sagte Mabel. »Sie sind ein Schatz. Aber sagen Sie ihr das mal! Sagen Sie ihr mal anständig Bescheid. Sagen Sie ihr, sie soll aufhören, so zu denken. Wissen Sie, was ich zu meinem Bobby gesagt habe, meinem Ältesten? Es ging auch um ein Thunfischgericht, stellen Sie sich vor! Ist das ein Zufall? Er verkündete, Gerichte, bei denen die Sachen durcheinandergemischt seien, würden ihm bis *hier* stehen. Ich sage: ›Junger Mann‹, sage ich, ›du kannst gleich von diesem Tisch hier aufstehen. Verlasse dieses Haus, wenn du so weitermachen willst. Such dir was, wo du bleiben kannst‹, sage ich, ›koch dir dein verdammtes Essen selbst, und sieh zu, wie du dir jeden Abend Rinderfilet leisten kannst.‹ Und es war mir ernst. Er dachte, ich würde nur so rumtönen, aber der hat bald begriffen, daß es mir ernst war; ich habe ihm alle Kleider auf den Kühler von seinem Wagen gepackt. Jetzt wohnt er mit seiner Freundin auf der anderen Seite der Stadt. Er glaubte nicht, daß ich ihn wirklich und wahrhaftig vor die Tür setzen würde.«

»Aber das ist es ja gerade; ich will nicht, daß sie auszieht«, sagte Maggie. »Ich habe sie gern zu Hause. Genau wie mit Jesse: Er brachte seine Frau und das Baby mit, und sie wohnten bei uns, und ich fand es wunderbar! Ira hält Jesse für einen Versager. Er sagt, durch eine einzige Freundschaft sei Jesses ganzes Leben ruiniert worden, aber das ist Unsinn. Don Burnham hat nur eines getan, er hat Jesse gesagt, er hätte Talent als Sänger. Nennt man so was: ein Leben ruinieren? Ein Junge wie Jesse, der in der Schule nicht gerade glänzt und dessen Vater ständig wegen seiner Versäumnisse hinter ihm her ist; dem sagt plötzlich jemand, daß er auf einem ganz bestimmten Gebiet wirklich gut ist – ja, was erwartet man da? Glaubt denn einer, daß er die Achseln zuckt und es vergißt?«

»Natürlich nicht!« sagte Mabel entrüstet.

»Natürlich nicht. Er fing an zu singen, bei einer Hard-Rock-Band. Er ging von der High School ab und sammelte einen ganzen Schwarm von Mädchen um sich, und am Ende war es ein ganz bestimmtes Mädchen, und das heiratete er dann, ist doch nicht verkehrt. Brachte sie mit, und sie wohnten bei uns, weil er nicht viel verdiente. Ich fand es entzückend. Sie hatten ein süßes, kleines Baby. Dann zog seine Frau mit dem Baby weg, wegen dieser scheußlichen Szene, einfach auf und davon. Es war eigentlich bloß ein Streit, aber Sie wissen ja, wie sich solche Sachen auswachsen können. Ich sagte: ›Ira, geh ihr nach; du bist schuld, daß sie gegangen ist.‹ (Ira hat bei dieser Szene kräftig mitgemischt, das werfe ich ihm bis heute noch vor.) Aber Ira sagte, nein, soll sie tun, was sie für richtig hält. Er sagte, laß sie doch, sollen sie doch gehen, aber mir kam es so vor, als hätte sie mir dieses Kind aus meinem eigenen Leib gerissen und als wäre da jetzt eine große blutige Stelle.«

»Enkelkinder«, sagte Mabel. »Also, ich könnte Ihnen Sachen erzählen.«

Ira schaltete sich ein: »Ich will nicht vom Thema ablenken, aber –«

»Oh, Ira«, fuhr Maggie auf, »nimm einfach den Highway Zehn und hör auf damit!«

Er warf ihr einen langen, eisigen Blick zu. Sie vergrub die Nase in ihrem Papiertaschentuch, aber sie wußte, was für ein Blick das war. Dann fragte er Mabel: »Waren Sie schon mal in Deer Lick?«

»Deer Lick«, sagte Mabel, »kommt mir irgendwie bekannt vor.«
»Ich frage mich, wo wir am besten von der Route Eins abbiegen,
um dort hinzukommen.«

»Also, das wüßte ich nicht«, meinte Mabel, und dann fragte sie
Maggie: »Nun, Sie Gute, soll ich Ihnen noch mal Kaffee nachgie-
ßen?«

»Oh, nein danke«, sagte Maggie. Sie hatte ihre Tasse noch gar
nicht angerührt. Sie nahm einen kleinen Schluck, um zu zeigen,
daß er ihr schmeckte.

Mabel riß die Rechnung von einem Block und überreichte sie Ira.
Er zahlte mit Kleingeld, das er aus seiner Hosentasche kramte.
Dazu mußte er aufstehen. Inzwischen wickelte Maggie ihr feuch-
tes Papiertaschentuch in die leere Chiptüte und machte daraus
ein ordentliches, möglichst unauffälliges Päckchen. »Tja also, es
war schön, mit Ihnen zu sprechen«, sagte sie zu Mabel.

»Paß auf dich auf, mein Herz«, sagte Mabel.

Maggie hatte das Gefühl, sie sollten sich auf die Wangen küssen,
wie Frauen, die gemeinsam gegessen haben.

Sie weinte jetzt nicht mehr, aber sie konnte Iras Unwillen spüren,
während er zum Parkplatz voranging. Es war wie eine Scheibe,
eine dünne, gläserne Scheibe, die sie ausschloß. Er hätte Ann Landers heiraten sollen, dachte sie. Sie schob sich in den Wagen. Der
Sitz war so heiß, daß er durch ihr Kleid hindurch brannte. Ira stieg
ebenfalls ein und schlug die Tür hinter sich zu. Wenn er Ann Landers geheiratet hätte, dann hätte er genau die nüchterne, immer
vernünftige Frau bekommen, die er haben wollte. Manchmal,
wenn sie sein zustimmendes Grunzen hörte, während er eine von
Anns kessen Antworten las, überkam sie richtige Eifersucht.

Auf der schmalen gepflasterten Straße holperten sie jetzt wieder
an den Ranch-Häusern vorbei. Die Karte lag korrekt gefaltet zwischen ihnen. Sie fragte nicht, wie er sich wegen der Strecke entschieden hatte. Sie sah aus dem Fenster und schniefte von Zeit zu
Zeit so leise wie möglich.

»Sechseinhalb Jahre«, sagte Ira, »nein, jetzt sind es schon sieben,
und immer noch kramst du diese Sache mit Fiona aus. Erzählst
wildfremden Leuten, ich allein sei schuld, daß sie weggegangen

ist. Du brauchst einfach jemanden, dem du die Schuld in die Schuhe schieben kannst, nicht wahr, Maggie?«

»Wenn jemand schuld ist, dann ja«, erklärte Maggie der Landschaft draußen.

»Und daß es dein Fehler sein könnte, ist dir noch nie in den Sinn gekommen, wie?«

»Soll diese blöde Streiterei jetzt wieder von vorn losgehen?« fragte sie und wendete sich ihm mit herausfordernder Miene zu.

»Wer hat denn damit angefangen, möchte ich mal wissen?«

»Ich habe bloß gesagt, was Tatsache ist, Ira.«

»Wer hat denn nach Tatsachen gefragt, Maggie? Woher kommt denn dieses Bedürfnis bei dir, deine Seele vor irgendeiner Kellnerin auszuschütten?«

»Was hast du denn gegen Kellnerinnen?« versetzte sie. »Das ist doch ein völlig ehrenwerter Beruf. Unsere eigene Tochter hat als Kellnerin gearbeitet, weißt du das nicht mehr?«

»Großartig, Maggie; mal wieder eins von deinen logischen Glanzstückchen.«

»Also, eines kann ich bei dir nicht ausstehen«, fuhr sie ihn an, »wie du dich immer als der Überlegene aufspielst. Ein zivilisierter Austausch von Argumenten ist einfach nicht möglich zwischen uns. Nein, du mußt erst mal feststellen, wie unlogisch ich bin und was für ein Wirrkopf und wie besonnen du bist und wie sehr du über allem stehst.«

»Na ja, zumindest trete ich meine Lebensgeschichte nicht in öffentlichen Eßlokalen breit«, erwiderte er.

»Laß mich hier raus«, sagte sie. »Keine Sekunde halte ich es mehr mit dir aus.«

»Gern«, sagte er, fuhr aber weiter.

»Laß mich raus, sage ich!«

Er sah zu ihr hinüber. Er fuhr langsamer. Sie packte ihre Handtasche und preßte sie an die Brust.

»Willst du jetzt anhalten«, fragte sie, »oder muß ich aus dem fahrenden Wagen springen?«

Er hielt an.

Maggie stieg aus und knallte die Tür zu. Sie machte sich auf den

Weg zurück zum Café, zu Fuß. Einen Augenblick kam es ihr so vor, als wolle Ira einfach dort stehenbleiben, aber dann hörte sie, wie er den Gang einlegte und weiterfuhr.

Die Sonne goß einen gewaltigen Schwall gelbes Licht herunter, und ihre Schuhe knirschten leise auf dem Kies. Ihr Herz pochte wie rasend. Auf eine merkwürdige Art und Weise war sie froh. Wie betrunken fühlte sie sich vor lauter Wut und Hochgefühl.

Sie kam an dem ersten Ranch-Haus vorüber. Längs der Grenze des Vorgartens schwankte blühendes Unkraut im Wind, und in der Einfahrt lag ein Dreirad. Wie still es war. Sie hörte nichts als das ferne Gezirp von Vögeln – ihr *tschink! tschink! tschink!* und *video! video! video!* drüben in den Bäumen hinter den Feldern. Jetzt fiel ihr ein, daß sie ihr ganzes Leben im Summen der Großstadt verbracht hatte. Man konnte glauben, Baltimore werde von einer riesigen, unablässig laufenden unterirdischen Maschine in Gang gehalten. Wie hatte sie das nur ertragen? Sie gab den Plan auf, nach Hause zurückzukehren – einfach so. Sie hatte sich auf den Weg zum Café gemacht mit der vagen Idee im Kopf, dort nach der nächsten Bushaltestelle zu fragen; vielleicht würde sie auch einen vertrauenerweckend aussehenden Lastwagenfahrer finden, der sie mitnehmen konnte; aber wozu eigentlich nach Hause?

Sie kam an dem zweiten Ranch-Haus vorbei. Der Briefkasten vorn hatte die Form eines Planwagens. Das Grundstück war von einer Art Zaun umgeben, einfache, weiße Baumstümpfe, dazwischen Girlanden aus weiß gestrichenen Ketten, bloße Verzierung. An einem dieser Stümpfe blieb sie stehen und stellte ihre Handtasche darauf, um nachzusehen, was sie dabeihatte. Der Nachteil bei diesen modischen Handtaschen bestand darin, daß sie so klein waren. Mit ihrer gewöhnlichen Tasche, einem Segeltuchbeutel, wäre sie wochenlang ausgekommen. (»Du gibst dem Vers aus *Othello* ›Wer meinen Beutel stiehlt, stiehlt Plunder‹ eine ganz neue Bedeutung«, hatte ihre Mutter einmal gesagt.) Aber die wichtigsten Dinge waren da: ein Kamm, eine Packung Papiertaschentücher und ein Lippenstift. Und in ihrer Brieftasche vierunddreißig Dollar, etwas Kleingeld und ein Blankoscheck. Außerdem auch zwei Kreditkarten, aber der Scheck war das Wichtigste. Sie würde zur nächsten Bank gehen, ein Konto eröffnen und den höchsten Betrag einzahlen, der mit dem Scheck auf jeden Fall gedeckt war – vielleicht dreihundert Dollar. Na, mit dreihundert Dollar konnte sie doch wer weiß wie lange auskommen! Jedenfalls so lange, bis sie Arbeit gefunden hatte. Die Kreditkarten würde Ira vermutlich sehr bald sperren. Aber zumindest an diesem Wochenende konnte sie es mit ihnen noch versuchen.

Sie blätterte die übrigen Plastikfenster in ihrer Brieftasche durch, ihr Führerschein, ihr Bibliotheksausweis, ein Schulfoto von Daisy, ein zusammengefalteter Gutschein für Affinity-Shampoo und ein Schnappschuß von Jesse in Farbe, wie er auf den Stufen vor dem Haus steht. Daisys Bild war eine Doppelbelichtung – die große Mode vom letzten Jahr –, ihr scharfes, wie gemeißelt wirkendes Profil halb durchsichtig schwebend hinter einem von vorn aufgenommenen Porträt ihres hochmütig vorgereckten Kinns. Jesse trug seinen riesigen schwarzen Mantel von Value Village und einen sehr langen Schal mit roten Fransen, der ihm bis zwischen die Knie baumelte. Mit einem Schlag – der ihr fast wehtat – erkannte sie, wie gut er aussah. Er hatte den einen Tropfen von Iras Indianerblut genommen und etwas ganz Besonderes, etwas Überwältigendes daraus gemacht: hohe, glänzende Backenknochen, glattes, schwarzes Haar, längliche, schwarze, glanzlose Augen. Aber der Blick, den er ihr zuwarf, war verschleiert und ungerührt, genauso hochmütig wie der von Daisy. Keiner von beiden brauchte sie noch.

Sie stopfte alles zurück in die Tasche und ließ den Verschluß zuschnappen. Als sie jetzt weiterging, kamen ihr die Schuhe eng und unbequem vor, als hätten sich ihre Füße verformt, während sie stehengeblieben war. Vielleicht waren sie geschwollen; der Tag war sehr heiß. Aber auch dieses Wetter kam ihren Absichten entgegen. So konnte sie im Freien übernachten, wenn es sein mußte. Sie konnte in einem Heuschober schlafen. Falls es Heuschober noch gab.

Heute abend würde sie Serena anrufen und sich dafür entschuldigen, daß sie die Beerdigung versäumt hatte. Sie würde sich von Serena auf deren Kosten zurückrufen lassen; bei Serena konnte sie

41

das machen. Vielleicht würde Serena den Anruf zuerst nicht annehmen, weil Maggie sie versetzt hatte – Serena war immer so rasch eingeschnappt –, aber am Ende würde sie nachgeben, und Maggie konnte es ihr erklären. »Hör mal«, würde sie sagen, »im Augenblick hätte ich nichts dagegen, zu *Iras* Beerdigung zu gehen.« Aber vielleicht wäre das taktlos, in dieser Situation.

Das Café lag jetzt vor ihr, und dahinter irgendein Flachbau aus Schlackenstein, und hinter dem wiederum glaubte sie so etwas wie die Umrisse eines Städtchens zu erkennen. Wahrscheinlich war es eines von diesen zusammengewürfelten Städtchen an der Route Eins, in denen sich fast alles ums Auto drehte. Sie würde sich in einem Motel ohne viel Komfort einmieten, in einem Zimmer, das kaum größer als das Bett war, und mit einem gewissen Vergnügen malte sie sich aus, wie dieses Bett in der Mitte eingesunken wäre und daß eine zerschlissene Chenille-Decke darauf läge. In Nell's Lebensmittelladen würde sie lauter Sachen einkaufen, die nicht erst aufwendig zubereitet werden mußten. Die meisten Menschen wußten gar nicht, wie viele Sorten von Dosensuppen es gab, die man kalt und direkt aus der Büchse essen konnte, und dabei ergaben sie eine ziemlich ausgewogene Mahlzeit. (Ein Büchsenöffner: Sie durfte nicht vergessen, im Laden einen zu kaufen.)

Was die Frage einer Arbeitsstelle anging, so hatte sie wenig Hoffnung, in einer solchen Stadt ein Altenheim zu finden. Aber vielleicht irgend etwas Kirchliches. Sie konnte Schreibmaschine schreiben und verstand sich auf Buchhaltung, überwältigend war es nicht, aber immerhin. Sie hatte ein bißchen Erfahrung im Rahmenladen gesammelt. Vielleicht würde ein Geschäft für Autoersatzteile sie gebrauchen können, oder sie konnte eine von diesen Frauen sein, die an den Tankstellen Kreditkartenbelege prägen und den Leuten ihre Wagenschlüssel aushändigen. Wenn es ganz schlimm kam, konnte sie sich auch hinter eine Registrierkasse setzen. Sie konnte als Kellnerin arbeiten. Sie konnte Fußböden schrubben, Himmel noch mal. Sie war erst achtundvierzig und kerngesund, und auch wenn es manche Leute nicht glaubten, schaffte sie alles, was sie sich vornahm.

Sie bückte sich und pflückte eine Wegwartenblüte. Sie steckte sie sich in die Locken über ihrem linken Ohr.

Ira hielt sie für einen Trampel. Alle taten das. Irgendwie war sie in den Ruf der Tölpelhaftigkeit und Ungeschicklichkeit gekommen. Im Pflegeheim war einmal irgendein Glas mit lautem Klirren zerbrochen, und sofort hatte die Oberschwester gerufen: »Maggie?« Einfach so. Ohne vorher nachzusehen. Dabei war Maggie überhaupt nicht in der Nähe; es war jemand ganz anderes gewesen. Aber es zeigte, wie die Leute sie sahen.

Als sie Ira heiratete, hatte sie gemeint, er würde sie immer so ansehen, wie er sie in dieser ersten Nacht angesehen hatte, als sie in ihrem Brautnegligé vor ihm stand und das Zimmer nur vom gedämpften Licht der kleinen Nachttischlampe erhellt war. Sie hatte den obersten Knopf geöffnet und dann den nächstoberen, so daß ihr das Negligé über die Schultern herabglitt, kurz hängen blieb und dann auf die Füße fiel. Er hatte ihr direkt in die Augen gesehen, und es war, als würde er nicht einmal atmen. Sie hatte gemeint, so würde es immer weitergehen.

Auf dem Parkplatz vor Nell's Lebensmittel & Café standen zwei Männer neben einem Lieferwagen und unterhielten sich. Einer war dick, mit einem fleischigen Gesicht, der andere dünn, bleich und verwelkt. Sie sprachen über jemanden namens Doug, der plötzlich am ganzen Leib Senger bekommen hatte. Maggie fragte sich, was Senger wohl waren. Sie dachte an eine Mischung aus Hitzepickeln und Schlägen. Sie wußte, daß sie einen merkwürdigen Anblick bot, wie sie da so herausgeputzt und städtisch gekleidet zu Fuß aus dem Nichts auftauchte. »Hallo!« rief sie und klang wie ihre Mutter. Die Männer unterbrachen ihr Gespräch und starrten sie an. Schließlich nahm der Dünne seine Mütze ab und sah hinein. Dann setzte er sie wieder auf.

Sie konnte ins Café gehen und mit Mabel sprechen; sie konnte Mabel fragen, ob sie eine Stelle wüßte und eine Unterkunft; oder sie konnte direkt in die Stadt gehen und selbst etwas ausfindig machen. Einerseits wollte sie sich lieber auf eigene Faust durchschlagen. Es würde irgendwie peinlich sein einzugestehen, daß ihr Mann sie verlassen hatte. Andererseits wußte Mabel vielleicht von ein paar phantastischen Stellen. Vielleicht kannte sie die ideale Pension, spottbillig, mit Küchenbenutzung und voller netter Menschen. Maggie fand, sie sollte wenigstens fragen.

Sie ließ die Fliegendrahttür hinter sich zufallen. Der Laden war ihr jetzt vertraut, und sie war guter Dinge, als sie die verschiedenen Gerüche durchquerte. An der Imbißtheke fand sie Mabel auf ein zusammengerolltes Spültuch gestützt und in ein Gespräch mit einem Mann vertieft, der einen Monteuranzug trug. Die beiden flüsterten beinah. »Aber daran kannst *du* doch nichts ändern«, sagte Mabel gerade. »Was glauben sie denn, was *du* dabei ausrichten könntest?«

Maggie hatte das Gefühl, zu stören. Sie hatte nicht damit gerechnet, Mabel mit einem anderen teilen zu müssen. Bevor Mabel sie gesehen hatte, wich sie zurück in den Gang mit Crackers und Keksen und hoffte, daß ihr Rivale bald gehen werde.

»Ich hab's mir immer wieder durch den Kopf gehen lassen«, sagte der Mann mit knarrender Stimme. »Ich weiß nicht, was ich sonst noch hätte tun sollen.«

»Du meine Güte, nein.«

Maggie nahm eine Schachtel Ritz Crackers in die Hand. Früher gab es Leute, die eine Sorte Apfelkuchen machten, der überhaupt keine Äpfel enthielt, bloß Ritz Crackers. Wie der wohl schmeckte, fragte sie sich. Sie fand, daß er nicht im entferntesten nach Äpfeln schmecken konnte. Vielleicht mußte man die Cracker vorher in Apfelwein oder irgendwas einweichen. Sie suchte auf der Schachtel nach dem Rezept, aber es stand nicht darauf.

Jetzt würde Ira langsam merken, daß sie verschwunden war. Ihm würde dieses leere Rauschen in der Luft auffallen, das auftritt, wenn ein Mensch, an den man sich gewöhnt hat, auf einmal nicht mehr da ist.

Ob er ohne sie zu der Beerdigung fahren würde? Daran hatte sie noch gar nicht gedacht. Nein, Serena war eher mit Maggie befreundet als mit Ira. Und Max war für ihn bloß ein Bekannter. Um die Wahrheit zu sagen, Ira hatte überhaupt keine Freunde. Das gehörte zu den Dingen, die Maggie an ihm nicht mochte.

Er fuhr jetzt vielleicht schon langsamer. Vielleicht versuchte er, zu einem Entschluß zu kommen. Vielleicht hatte er schon gewendet.

Vielleicht merkte er jetzt, wie starr und steif man sich fühlt, wenn man plötzlich allein gelassen wird.

Maggie stellte die Ritz Crackers zurück und schlenderte zu den Keks mit Feigenfüllung.

Einmal, vor ein paar Jahren, hatte sich Maggie verliebt, so könnte man es nennen – in einen Patienten im Heim. Allein die Vorstellung war natürlich schon komisch. Verliebt! In einen Mann über siebzig. In einen Mann, der im Rollstuhl fahren mußte, wenn er irgendwo hin wollte! Aber, wie es so ging. Sein strenges, bleiches Gesicht und sein vornehmes Gebaren hatten sie bezaubert. Ihr gefielen seine gestelzten Redewendungen, die ihr das Gefühl gaben, er halte zu seinen eigenen Worten eine gewisse Distanz. Dabei wußte sie, welche Schmerzen es ihm bereitete, sich jeden Morgen so formvollendet anzukleiden, sie kannte diese wunderbar entrückte Miene, während er sich mit seinen arthritischen keulenähnlichen Händen in die Ärmel seiner Anzugjacke zwängte. Mr. Gabriel war sein Name. Alle nannten ihn »Ben«, aber für Maggie war er »Mr. Gabriel«, denn sie ahnte, wie sehr ihn Vertraulichkeit beunruhigte. Sie zögerte auch, wenn es darum ging, ihm zu helfen, und fragte immer zuerst um Erlaubnis. Sie achtete darauf, ihn nicht zu berühren. Es war eine Art von umgekehrtem Werben und Hofmachen. Während die anderen herzlich und ein bißchen herablassend mit ihm umgingen, hielt sich Maggie zurück und ließ ihm seine Reserve.

In den Unterlagen las sie, daß er eine im ganzen Land bekannte Firma für Elektrowerkzeuge besaß. Ja, sie konnte ihn sich in dieser Position vorstellen. Er hatte die forsche Autorität eines Geschäftsmannes, man hatte das Gefühl, er wisse, worauf es ankommt. Sie las, er sei verwitwet und kinderlos und habe, abgesehen von einer unverheirateten Schwester in New Hampshire, keine näheren Verwandten. Bis vor kurzem hatte er noch allein gelebt, aber bald nachdem seine Köchin einen kleineren Herdbrand verursacht hatte, hatte er sich um die Aufnahme ins Heim bemüht. Er sei besorgt, so schrieb er, daß er sich bei seiner Hinfälligkeit nicht retten könnte, wenn in seinem Haus ein Feuer ausbräche. Besorgt! Man mußte diesen Mann kennen, um zu verstehen, was sich hinter diesem Wort verbarg: eine krankhafte, zwanghafte Angst vor Feuer, die sich mit dem kleinen Brand in der Küche bei ihm festgesetzt hatte und seither immer mehr gewachsen war, bis ihm auch keine ambulante Versorgung und schließlich nicht mal mehr Pflege rund um die Uhr ein Gefühl der Sicherheit zu geben vermochten. (Maggie hatte seinen versteinerten, starren Blick während der Brandschutzübungen bemerkt – es waren die einzigen Gelegenheiten, bei denen er wirklich wie ein Patient aussah.)

Ach, warum las sie eigentlich seine Akte? Sie durfte das gar nicht. Strenggenommen, durfte sie nicht einmal seine medizinischen Unterlagen lesen. Sie war bloß eine Pflegehilfe und hatte den Auftrag, ihre Schützlinge zu baden, zu füttern und zur Toilette zu begleiten.

Und selbst in der Phantasie war sie stets die treueste Ehefrau der Welt gewesen. Nie hatte sie irgendeine Versuchung gespürt. Jetzt aber nahm Mr. Gabriel ihr ganzes Denken gefangen, und sie verbrachte Stunden damit, sich irgend etwas Neues auszudenken, wie sie sich ihm unentbehrlich machen konnte. Er bemerkte es immer, und immer dankte er es ihr. »Stellen Sie sich vor!« sagte er zu einer Schwester. »Maggie hat mir Tomaten aus ihrem eigenen Garten mitgebracht.« Nun krankten Maggies Tomaten an einem ungewöhnlichen Leiden: sie waren knollig, wie Ansammlungen kleiner roter Gummibälle, die zusammengestoßen und miteinander verwachsen waren. Dieses Problem hatte mehrere Jahre lang über verschiedene Kreuzungsvarietäten hinweg bestanden. Maggie gab dem winzigen Stückchen Stadtboden, auf das sie sich beschränken mußte, die Schuld (oder lag es an zu wenig Sonne?), aber oft spürte sie an den belustigten, nachsichtigen Blicken, die ihre Früchte auf sich zogen, daß andere Leute glaubten, es habe etwas mit Maggie selbst zu tun – mit der ungeschickten, tolpatschigen Art, in der sie durchs Leben zu gehen schien. Mr. Gabriel jedoch bemerkte davon nichts. Er verkündete, ihre Tomaten dufteten wie ein Sommertag des Jahres 1944. Wenn sie sie in Scheiben schnitt, sahen sie aus wie Zierdeckchen – mit welligem Rand und lauter Löchern zwischen den Kammerwänden –, aber er erklärte nur: »Ich kann Ihnen gar nicht sagen, wieviel mir das bedeutet.« Er wollte nicht einmal, daß sie die Scheiben salzte. Er sagte, sie schmeckten großartig, so wie sie wären.

Nun, sie war nicht dumm. Sie wußte: was da so großen Reiz für sie besaß, war das Bild, das er von ihr hatte – ein Bild, das Ira sehr erstaunt hätte. Alle, die Maggie kannten, hätte es erstaunt. Mr. Gabriel hielt sie für praktisch veranlagt, für geschickt und tüchtig. Alles, was sie tat, war in seinen Augen vollkommen. Und er sagte es auch. Damals machte sie gerade einen sehr unerfreulichen Lebensabschnitt durch, Jesse kam in das Alter, wo er seine ganze Umgebung ablehnte, und auch mit Ira durchlebte Maggie eine Zeit voller Streitereien. Aber Mr. Gabriel ahnte nichts von alledem. Mr. Gabriel sah eine ruhige Person, die munter und gelassen in seinem Zimmer herumging und seine Habseligkeiten aufräumte.

Nachts lag sie wach und dachte sich Zwiegespräche aus, in denen ihr Mr. Gabriel gestand, daß er ganz vernarrt in sie sei. Er wisse ja, sagte er dann, daß er zu alt sei, um auf sie körperlich anziehend zu wirken, aber sie unterbrach ihn und versicherte, da irre er sich. Es war tatsächlich so. Schon der Gedanke, sie würde ihren Kopf an seine steife, bleiche Schulter legen, konnte sie erwärmen und zum Schmelzen bringen. Sie versprach ihm dann, sie werde ihm überallhin folgen. Ob sie Daisy mitnehmen sollten? (Daisy war damals fünf oder sechs Jahre alt.) Jesse konnten sie natürlich nicht mitnehmen; Jesse war kein Kind mehr. Doch dann würde Jesse denken, sie liebte Daisy mehr als ihn, nein, das konnte sie nicht tun. Sie schlug einen Nebenweg ein und überlegte, was geschähe, wenn sie Jesse doch mitnähmen. Er würde ein paar Schritte hinter ihnen zurückbleiben, würde seine schwarze Kluft tragen und an seiner kompletten Stereoanlage samt einem Stapel Langspielplatten schwer zu schleppen haben. Sie fing an zu kichern. Ira bewegte sich im Schlaf und brummte: »Hmmm?« Sie wurde wieder nüchterner und beglückwünschte sich – eine tüchtige, abenteuerlustige Frau war sie, mit unbegrenzten Möglichkeiten.

Die Sterne waren dagegen, daran lag es; aber sie schienen auf eine ganz andere Art im Weg zu sein als bei anderen Menschen. Wie sollte sie sich um Mr. Gabriel kümmern und gleichzeitig zur Arbeit gehen? Er weigerte sich doch, allein zu bleiben. Und wo würde sie arbeiten? Die einzige Stelle, die sie in ihrem Leben gehabt hatte, war die im Silver-Threads-Altenheim. Herzlich wenig Aussicht, daß man ihr dort ein Empfehlungsschreiben ausstellen würde, nachdem sie mit einem der Patienten durchgebrannt war. Ein anderer Nebenweg: Wie wäre es, wenn sie nicht durchbrennen würde, sondern Ira die Neuigkeit ganz ruhig und gelassen mitteilen und dann in aller Stille ihr neues Leben einrichten würde? Sie konnte in das Zimmer von Mr. Gabriel ziehen. Sie konnte jeden Morgen aus seinem Bett aufstehen und würde gleich an ihrer Arbeitsstelle sein; der Weg in die Stadt würde wegfallen. Abends, wenn die Schwester mit den Tabletten kam, würde sie Maggie und Mr. Gabriel nebeneinander liegend, die Augen zur Decke gerichtet, finden und daneben ihren Zimmergenossen Abner Scopes im Bett an der Wand gegenüber.

Wieder mußte Maggie kichern.

Irgendwie kam am Ende alles schief heraus.

Wie jemand, der verliebt ist, fand sie immerfort Gründe, Mr. Gabriels Namen zu erwähnen. Sie erzählte Ira alles über ihn – über seine Anzüge und seine Krawatten, seine galante Art und seine stoische Haltung. »Ich weiß gar nicht, warum du diesen Eifer nicht für meinen Vater aufbringst; er gehört wenigstens zur Familie«, meinte Ira und hatte nichts begriffen. Iras Vater jammerte in einem fort und nutzte die anderen aus. Mr. Gabriel war ganz anders.

Eines Morgens fand im Heim wieder mal eine Brandschutzübung statt. Die Alarmglocke rasselte, und über den Lautsprecher schnarrten Anweisungen: »Dr. Red nach Zimmer zweiundzwanzig.« Es geschah mitten in der Aktiv-Stunde – ein besonders unangenehmer Zeitpunkt, weil die Patienten überall verstreut waren. Diejenigen, die handwerkliches Geschick besaßen, waren unten im Werkraum und knüpften farbige Seidenblüten. Diejenigen, die zu sehr behindert waren – wie Mr. Gabriel zum Beispiel –, hatten eine zusätzliche Gymnastikstunde. Und die Bettlägrigen waren natürlich noch in ihren Zimmern. Mit ihnen war es einfach.

Die Vorschrift besagte, daß alle Hindernisse aus den Fluren entfernt und herumirrende Patienten in das nächste verfügbare Zimmer geschlossen werden sollten, wobei um die Türklinke ein roter Lappen gebunden werden mußte, als Zeichen dafür, daß sich jemand in dem Raum befand. Maggie schloß 201 und 203 ab, wo ihre beiden einzigen bettlägrigen Patienten lagen. Draußen befestigte sie rote Lappen aus der Besenkammer. Dann überredete sie eine von Joelle Barretts umherschweifenden alten Damen, in das Zimmer 202 zu kommen. Neben 202 stand ein leerer Servierwagen, den sie ebenfalls hineinschob, um dann gleich wieder loszustürzen und Lottie Stein zu fassen, die in ihrem Laufstuhl umherschlich und etwas summte, das kein Lied war. Maggie schob sie in 201 zu Hepzibah Murray. Dann kam auch Joelle, sie schob Lawrence Dunn vor sich her und rief: »Hoppla! Tillie ist raus!« Tillie war die, die Maggie eben in Zimmer 202 gesteckt hatte. Das war das Schwierige bei diesen Übungen. Sie erinnerten Maggie an diese kleinen Geduldsspiele, bei denen man versuchen mußte, alle Silberkügelchen gleichzeitig in die verschiedenen Löcher zu bugsieren. Sie packte Tillie und schob sie zurück nach 202. Beunruhigende Laute drangen aus 201 hervor. Wahrscheinlich ein Streit zwischen Lottie und Hepzibah; Hepzibah konnte Fremde in ihrem Zimmer nicht ausstehen. Maggie hätte sich darum kümmern müssen, und sie hätte auch Joelle helfen müssen, die mit Lawrence ziemlich zu kämpfen hatte, aber ihr ging etwas Wichtigeres durch den Kopf. Sie dachte natürlich an Mr. Gabriel.

Er würde jetzt vor Angst völlig erstarrt sein.

Sie verließ ihren Korridor. (Das war in jedem Fall untersagt.) Sie huschte an der Schwesternstation vorbei, die Treppe hinunter und dann rechts herum. Der Gymnastikraum lag am anderen Ende des Ganges. Seine beiden Schwingtüren waren geschlossen. Sie lief auf sie zu, wobei sie zuerst einem Klappsessel und dann einem mit Segeltuch bespannten Wäschewagen ausweichen mußte, die beide dort nicht mehr hätten stehen dürfen. Da hörte sie plötzlich Schritte, das Quietschen von Gummisohlen. Sie blieb stehen und sah sich um. Mrs. Willis! Bestimmt war das Mrs. Willis, ihre Vorgesetzte; und Maggie war meilenweit von der Station, zu der sie gehörte, entfernt.

Sie folgte ihrer ersten Regung und sprang in den Wäschewagen. Sie wußte sofort, es war unsinnig. Sie verfluchte sich selbst, als sie in die zerknüllten Wäschestücke sank. Aber vielleicht hätte es sogar geklappt, hätte sie nur den Wagen nicht ins Rollen gebracht. Jemand griff nach ihm und hielt ihn an. Eine knurrende Stimme ertönte: »Was in aller Welt?«

Maggie machte die Augen auf, die sie fest zugedrückt hatte, wie die kleinen Kinder, in dem letzten, verzweifelten Versuch, sich unsichtbar zu machen. Bertha Washington aus der Küche stand da und glotzte zu ihr hinunter.

»Wie geht's?« sagte Maggie.

»Da soll doch!« sagte Bertha. »Sateen, guck mal, wer hier auf den Mann von der Wäscherei wartet.«

Das Gesicht von Sateen Bishop erschien neben dem von Bertha und verzog sich zu einem Lächeln. »Maggie, du komische Nudel! Was fällt dir denn ein? Andere Leute nehmen zum Baden eine Wanne«, sagte sie.

»Ich habe mich verschätzt«, sagte Maggie zu ihnen. Sie richtete sich auf und streifte ein Handtuch ab, das ihr über eine Schulter hing. »Ja, also, ich glaube, ich sollte wohl –«

Aber Sateen rief: »Auf geht's, Mädchen.«

»Sateen! Nicht!« kreischte Maggie.

Sateen und Bertha packten den Wagen und stießen ihn, kichernd und glucksend wie zwei Verrückte, den Gang entlang. Maggie mußte sich mit aller Kraft festhalten, sonst wäre sie nach hinten gekippt. Sie legte sich in die Kurve und duckte sich, als die Biegung des Gangs näher kam, aber die beiden Frauen waren zu Fuß schneller, als man hätte meinen sollen. Geschickt machten sie kehrt, und nun ging die Fahrt wieder dorthin, woher sie gekommen waren. Der Fahrtwind ließ Maggies Pony hochklappen. Sie kam sich vor wie eine Galionsfigur auf einem Schiff. Sie klammerte sich an beiden Seiten des Wagens fest und rief, halb lachend: »Halt! Bitte, hört auf!« Bertha, die ziemlich korpulent war,

50

schnaufte und keuchte neben ihr. Sateen stieß einen zischenden Laut zwischen den Zähnen aus. Sie ratterten wieder auf den Gymnastikraum zu, gerade als die Entwarnung kam – ein heiseres Schnarren im Lautsprecher. Genau in diesem Augenblick öffneten sich die Schwingtüren, und es erschien Mr. Gabriel in seinem Rollstuhl, der von Mrs. Inman geschoben wurde. Nicht von der Heilgymnastin, nicht von einer Hilfsschwester und auch nicht von einer Praktikantin, sondern von Mrs. Inman selbst, der Leiterin der Pflegeabteilung. Sateen und Bertha brachten das Gefährt zum Halten. Der Unterkiefer von Mr. Gabriel klappte nach unten. Mrs. Inman sagte: »Meine Damen?«

Maggie stützte sich auf Berthas Schulter und kletterte aus dem Wagen. »Also wirklich!« sagte sie zu den beiden Frauen. Sie klopfte den Saum ihres Rockes nach unten.

»Meine Damen, ist Ihnen klar, daß wir soeben eine Brandschutzübung durchgeführt haben?«

»Ja, Madam«, sagte Maggie. Sie hatte sich schon immer vor strengen Frauen gefürchtet.

»Sind Sie sich über die Bedeutung von Brandschutzübungen in einem Altenpflegeheim im klaren?«

Maggie sagte: »Ich wollte gerade –«

»Bringen Sie Ben bitte auf sein Zimmer, Maggie. Ich möchte nachher in meinem Büro mit Ihnen sprechen.«

»Ja, Madam«, sagte Maggie.

Sie schob Mr. Gabriel zum Aufzug. Als sie sich vorbeugte, um den Knopf zu drücken, streifte sie mit dem Arm seine Schulter, und er zuckte vor ihr zurück. Sie sagte: »Entschuldigen Sie.« Er reagierte gar nicht.

Im Aufzug schwieg er, aber das konnte daran liegen, daß zufällig ein Arzt mit ihnen fuhr. Aber auch als sie im zweiten Stock angekommen waren und der Arzt verschwunden war, sagte Mr. Gabriel nichts.

Wie immer nach einer Brandschutzübung sah der Flur so aus, als wäre soeben ein Hurrikan hindurchgefegt. Alle Türen standen weit offen, und die Patienten wanderten aufgeregt herum, während die Leute vom Personal die Dinge wieder hervorzogen, die nicht in die Zimmer gehörten. Maggie schob Mr. Gabriel nach 206. Sein Zimmergenosse war noch nicht zurückgekehrt. Sie stellte den Rollstuhl ab. Er saß noch immer schweigend da.

»Uff, da wären wir«, sagte sie und lachte kurz.

Sein Blick glitt langsam an ihr hoch.

Vielleicht sah er in ihr eine Frau wie die aus der Fernsehserie *I love Lucy* – ein bißchen verrückt, immer zu Scherzen aufgelegt und voller nicht zu unterdrückender guter Laune. Man konnte es tatsächlich so sehen. Aber eigentlich hatte Maggie *I love Lucy* nie gefallen. Sie fand, die Plots waren vordergründig und nur darauf angelegt, die konfuse Frau immer wieder in Situationen zu bringen, in denen sie garantiert scheitern mußte. Aber vielleicht sah Mr. Gabriel das anders.

»Ich bin heruntergekommen, um nach Ihnen zu sehen«, sagte sie.

Er sah sie an.

»Ich habe mir Sorgen gemacht«, fügte sie hinzu.

So viele Sorgen, daß du im Wäschewagen spazierengefahren bist, sagten seine starren Augen unmißverständlich.

Da kam Maggie, als sie sich nach vorn beugte, um die Bremse des Rollstuhls festzustellen, plötzlich ein ganz seltsamer Gedanke. Es waren die Falten um seinen Mund, die sie darauf brachten – tiefe Furchen, die die Mundwinkel nach unten zogen. Ira hatte diese Falten auch. Bei Ira waren sie natürlich weniger ausgeprägt. Sie zeigten sich nur, wenn er irgend etwas mißbilligte. (Meistens Maggie.) Aber Ira konnte sie genauso finster, nüchtern und kritisch anstarren.

Dann war also Mr. Gabriel bloß ein anderer Ira, sonst nichts. Er hatte Iras Furchengesicht und Iras Würde und seine Zurückhaltung, die noch heute eine körperliche Anziehung auf sie ausüben konnte. Und sie wäre jede Wette eingegangen, daß auch er seine unverheiratete Schwester unterstützte, so wie Ira *seine* Schwestern und seinen schmarotzenden Vater unterstützte: ein Zeichen von Edelmut, würde mancher sagen. Eigentlich war Mr. Gabriel nichts weiter als Maggies Versuch, eine frühere Version von Ira wiederzufinden. Sie wollte die Version, die sie zu Beginn ihrer Ehe gekannt hatte, bevor sie angefangen hatte, ihn zu enttäuschen.

Nicht Mr. Gabriel hatte sie den Hof gemacht, sie hatte Ira den Hof gemacht.

Nun, sie half Mr. Gabriel aus seinem Rollstuhl in den Sessel neben dem Bett und ging dann hinaus, um nach den anderen Patienten zu sehen, und das Leben ging so weiter wie bisher. Mr. Gabriel wohnte noch immer in dem Heim, aber sie sprachen nicht mehr so viel miteinander wie früher. Heute schien er Joelle den Vorzug zu geben. Aber immer war er überaus freundlich. Wahrscheinlich hatte er Maggies Fahrt im Wäschewagen völlig vergessen.

Aber Maggie erinnerte sich daran, und manchmal, wenn sie die gläserne Wand von Iras Mißbilligung spürte, stieg in ihr eine bedrückende, müde Gewißheit auf, daß es so etwas wie wirkliche Veränderung auf dieser Erde gar nicht gab. Einen Ehemann konnte man auswechseln, aber nicht die Situation. Das *Wer* konnte man verändern, aber nicht das *Was*. Wir wirbeln hier alle bloß im Kreis herum, dachte sie, und stellte sich die Welt wie eine kleine blaue Teetasse vor, die sich drehte wie diese Karussells in den Vergnügungsparks, wo jeder durch die Zentrifugalkraft an seinem Platz wie festgenagelt ist.

Sie nahm eine Packung Feigenkeks und las die Angaben über die Nährstoffzusammensetzung auf der Rückseite. »Jede sechzig Kalorien«, sprach sie laut vor sich hin, und Ira sagte: »Los, nimm sie, und dann wird gepraßt.«

»Hör auf, meine Diätkur zu torpedieren«, versetzte sie und legte die Packung ins Regal zurück, ohne sich umzudrehen.

»Hey, Baby«, sagte er, »hast du Lust, mit mir auf 'ne Beerdigung zu kommen?«

Sie zuckte mit den Achseln und antwortete nicht, aber als er ihr einen Arm um die Schultern hängte, da ließ sie sich von ihm hinaus zum Wagen geleiten.

2

Um in Deer Lick irgend etwas zu finden, brauchte man nur an der einzigen Verkehrsampel zu halten und in alle vier Himmelsrichtungen zu schauen. Friseurladen, zwei Tankstellen, Eisenwaren, Lebensmittel, drei Kirchen – alles war mit einem Blick überschaubar. Die Gebäude waren so säuberlich aufgestellt wie ein Dorf auf einer Modelleisenbahnanlage. Die Bäume waren stehengeblieben, und die Gehwege endeten nach drei Häuserblocks. Gleichgültig, in welche Querstraße man blickte – immer sah man Grün, Maisfelder und in einem Fall sogar ein dickes braunes Pferd, das seine Nase in eine Weide steckte.

Ira parkte den Wagen auf dem Asphaltplatz neben der Fenway Memorial Church, einem grauweißen Holzwürfel mit einem untersetzten, kleinen Kirchturm davor, der aussah wie ein Hexenhut. Sonst standen keine Wagen auf dem Platz. Wie sich herausstellte, hatte Ira richtig geschätzt: Es war schneller gewesen, auf der Route Eins weiterzufahren, aber *so* vorteilhaft war es nun auch wieder nicht, denn auf diese Weise kamen sie dreißig Minuten zu früh in Deer Lick an. Dennoch hatte Maggie erwartet, irgendwelche Anzeichen für die Anwesenheit anderer Trauergäste zu finden.

»Vielleicht haben wir uns im Tag geirrt«, meinte sie.

»Das kann nicht sein. ›Morgen‹ hat Serena zu dir gesagt. Da kann man sich wirklich nicht vertun.«

»Meinst du, wir sollen hineingehen?«

»Klar, wenn nicht abgeschlossen ist.«

Als sie aus dem Wagen stiegen, klebte Maggies Kleid an ihren Schenkeln. Sie fühlte sich zerschlagen. Ihr Haar war vom Wind zerzaust, und der Bund ihrer Strumpfhose war umgeschlagen und schnitt ihr in den Bauch.

Sie stiegen ein paar Holzstufen hinauf und probierten an der Tür. Sie öffnete sich mit einem Knarren. Gleich dahinter lag ein langer, düsterer Raum ohne Teppich, eine Balkendecke hing über dunklen Kirchenbänken. Zu beiden Seiten der Kanzel standen gewaltige Blumenarrangements, was Maggie beruhigend fand. Solche Gebinde waren nur bei Hochzeiten und Begräbnissen üblich.

»Hallo?« rief Ira zögernd.

Seine Stimme hallte wider.

Auf Zehenspitzen schlichen sie über quietschende Dielen den Gang hinauf. »Glaubst du, es gibt hier... Seiten oder so etwas?« flüsterte Maggie.

»Seiten?«

»Ich meine, Brautseite und Bräutigamsseite? Beziehungsweise –«

Ihr Irrtum löste einen Kicheranfall bei ihr aus. Offen gestanden, sie hatte nicht viel Erfahrung mit Beerdigungen. Von den Menschen, die ihr nahestanden, war – unberufen – noch niemand gestorben.

»Ich meine«, sagte sie, »ist es egal, wohin wir uns setzen?«

»Bloß nicht in die erste Reihe«, sagte Ira zu ihr.

»Natürlich nicht, Ira. Ich bin doch nicht blöd.«

Sie schob sich in eine Bank auf der rechten Seite, ungefähr in der Mitte des Gangs, und rutschte ein Stück weiter, um ihm Platz zu machen. »Es wird doch wohl ein bißchen Musik geben.«

Ira sah auf die Uhr.

Maggie sagte: »Vielleicht solltest du beim nächsten Mal Serenas Anweisungen befolgen.«

»Was? Und dann den halben Vormittag auf irgendwelchen Trampelpfaden herumirren?«

»Immer noch besser, als hier der erste zu sein.«

»Mir macht es nichts, als erster da zu sein«, sagte Ira.

Er langte in die linke Jackentasche und beförderte ein Päckchen Spielkarten zutage, die von einem Gummi zusammengehalten wurden.

»Ira Moran! Du wirst im Haus des Gebets doch nicht Karten spielen!«

Er griff in seine rechte Tasche und zog ein zweites Päckchen hervor.

»Und wenn jemand kommt?« fragte Maggie.

»Keine Sorge. Ich habe blitzschnelle Reflexe«, sagte er.

Er entfernte die Gummibänder und mischte die beiden Kartenpäckchen zusammen. Ein Rattern wie Maschinengewehrfeuer.

»Na schön«, sagte Maggie, »ich werde einfach so tun, als würde ich dich nicht kennen.« Sie griff nach den Riemen ihrer Handtasche und schob sich auf der anderen Seite aus der Bank hinaus.

Wo sie gesessen hatte, legte Ira Karten aus.

Sie ging hinüber zu einem farbigen Glasfenster. ZUM GEDENKEN AN VIVIAN DEWEY, DEN GELIEBTEN GATTEN UND VATER, stand auf einem Täfelchen darunter. Ein Gatte namens Vivian! Sie unterdrückte ein Lachen. Jetzt kam ihr wieder ein Gedanke in den Sinn, der ihr früher, in den sechziger Jahren, als die jungen Männer ihr Haar so lang trugen, oft durch den Kopf gegangen war: Mußte es nicht ein schauerliches Gefühl sein, wenn man mit den Fingern durch die weichen, wallenden Haarflechten seines Liebhabers fuhr?

Kirchen brachten sie immer auf die ungehörigsten Gedanken.

Sie ging weiter nach vorne. Ihre Absätze hallten laut auf dem Boden, als strebte sie einem bestimmten Ziel zu. Neben dem Kanzelpult stellte sie sich auf die Zehenspitzen, um an einer wächsernen, weißen Blume zu riechen, die sie nicht kannte. Die Blume hatte überhaupt keinen Geruch und strahlte statt dessen eine deutliche Kühle aus. Maggie fröstelte jetzt tatsächlich ein wenig. Sie machte kehrt und schlenderte durch den Mittelgang zu Ira zurück.

Ira hatte seine Karten über die halbe Bank verteilt. Er schob sie herum und pfiff dabei zwischen den Zähnen. »*The Gambler*«, das war der Titel des Schlagers. Enttäuschend simpel. *You've got to know when to hold them, know when to fold them – Du mußt wissen, wie man's zwingt, und wie man's richtig zu Ende bringt...* Die Art von Patience, die er spielte, war so verwickelt, daß sie Stunden dauern konnte, aber es ging einfach los, und er legte die Karten fast ohne zu überlegen. »Das ist der langweilige Teil«, sagte er zu Maggie. »Ich sollte mir das von einem Anfänger erledigen lassen, so wie sich die alten Meister die Hintergründe ihrer Gemälde von ihren Schülern anlegen ließen.«

Sie warf ihm einen Blick zu; sie hatte das nicht gewußt. Es klang, als wollte er sie auf den Arm nehmen. »Kannst du diese Fünf nicht auf die Sechs legen?« fragte sie.

»Halt dich da raus, Maggie.«

Sie schlenderte weiter den Gang hinunter, die Handtasche ließ sie dabei locker an ihren Fingern pendeln.

Was für eine Kirche war das eigentlich? Auf dem Schild draußen hatte es nicht gestanden. Maggie und Serena waren als Methodisten aufgewachsen, aber Max gehörte einem anderen Bekenntnis an, und nachdem sie geheiratet hatten, war Serena übergetreten. Aber sie hatten noch methodistisch geheiratet. Maggie hatte bei der Hochzeit gesungen; mit Ira hatte sie ein Duett gesungen. (Sie hatten damals gerade angefangen, zusammen zu »gehen«.) Die Hochzeit war einer von Serenas eher phantastischen Einfällen gewesen, eine wilde Mischung aus populären Schlagern und Chalil Dschibran zu einer Zeit, als alle Welt noch auf *O Promise Me* pochte. Tja, Serena war ihrer Zeit immer ein bißchen voraus gewesen. Was sie sich wohl für die Beerdigung ausgedacht hatte?

Maggie kehrte an der Tür um und ging zu Ira zurück. Er hatte seine Bank verlassen und beugte sich nun von der Bank dahinter nach vorn, um die Reihen der Karten besser überblicken zu können. Er mußte die interessante Phase erreicht haben. Er pfiff jetzt sogar langsamer. *Und sitzt du am Tisch, dann zählst du nie dein Geld...* Von hier sah er aus wie eine Vogelscheuche: Schultern wie ein Kleiderbügel, eine widerspenstig aufgerichtete schwarze Locke, die Arme schräg abgewinkelt.

»Maggie! Du bist gekommen!« rief Serena vom Eingang her.

Maggie drehte sich um, sah aber bloß eine Silhouette in einem Fleck aus gelbem Licht. Sie sagte: »Serena?«

Mit ausgebreiteten Armen stürmte Serena auf sie zu. Sie war vollständig eingehüllt in ein schwarzes Schultertuch, an dessen Saum lange, seidig glänzende Fransen schwangen. Auch ihr Haar war schwarz, ohne jede Spur von Grau. Als Maggie sie umarmte, verfing sie sich in diesem Schwall von dichtem Haar, das zwischen Serenas Schultern gerade herabhing. Lachend mußte sie ihre Finger erst daraus lösen, bevor sie einen Schritt zurücktreten konnte. Serena, so hatte Maggie immer gefunden, hätte auch eine spanische Señora sein können, mit ihrer Figur und ihrem vollen, ovalen Gesicht und dem lebhaften Teint.

»Und Ira auch!« sagte Serena gerade. »Wie geht es dir, Ira?«

Ira erhob sich (irgendwie hatte er die Karten von der Bildfläche verschwinden lassen), und sie küßte ihn auf die Wange. Er ließ es über sich ergehen. »Wirklich traurig, das mit Max«, sagte er.

»Ja, danke«, sagte Serena. »Ich bin so dankbar, daß ihr heraufgekommen seid; ihr macht euch keine Vorstellung. Alle Verwandten von Max sind oben im Haus, und ich komme mir richtig überflüssig vor. Am Ende bin ich einfach abgehauen; habe ihnen gesagt, ich müßte in der Kirche noch mal nach dem Rechten sehen. Habt ihr eigentlich gefrühstückt?«

»O ja«, sagte Maggie. »Aber ich hätte nichts dagegen, irgendwo eine Toilette zu finden.«

»Ich zeig sie dir. Ira, wie ist es mit dir?«

»Nein, danke.«

»Wir sind gleich wieder da«, sagte Serena. Sie hakte sich bei Maggie ein und steuerte sie den Gang hinunter. »Die Vettern von Max sind aus Virginia gekommen«, erzählte sie, »und natürlich sein Bruder George und Georges Frau mit Tochter, und Linda ist mit den Enkelkindern schon seit Donnerstag hier...«

Ihr Atem roch nach Pfirsichen, vielleicht war es auch ihr Parfum. An den Füßen trug sie Sandalen mit Lederriemen, die sich an ihren nackten braunen Waden hochrankten, und sie trug (Maggie war nicht überrascht) ein Kleid aus leuchtend rotem Chiffon mit einer Rosette aus Rheinkiesel in ihrem V-Ausschnitt. »Vielleicht ist es ganz gut so«, meinte sie. »Dieses ganze Chaos hält mich vom Nachdenken ab.«

»Oh, Serena, war es sehr schlimm?« fragte Maggie.

»Nun, ja und nein.« Serena führte Maggie jetzt durch eine kleine

58

Seitentür links vom Eingang und dann eine enge Treppe hinunter. »Ich meine, es zog sich so lange hin, Maggie; es klingt furchtbar, aber zuerst war es fast eine Erleichterung. Seit Februar war er krank, weißt du. Aber da ahnten wir noch nichts. Der Februar ist ohnehin so ein kranker Monat: Erkältungen, Grippe, undichte Dächer, und die Heizung geht kaputt. Zu der Zeit haben wir zwei und zwei nicht zusammengezählt. Ein wenig unwohl fühlte er sich, mehr sagte er nicht. Mal dies, mal das ... Dann wurde er gelb. Dann verlor er seine Haltung. Verstehst du, nichts, was man einem Arzt klarmachen könnte. Man kann doch nicht den Doktor anrufen und sagen ... aber eines Morgens sah ich ihn an und dachte: ‹Mein Gott, wie alt er ist! Sein Gesicht hat sich völlig verändert.› Und da war es schon April, wo sich normale Menschen ganz wunderbar fühlen.«

Sie durchquerten jetzt einen unbeleuchteten Keller mit einem Linoleumfußboden und einem Gewirr von Rohren und Leitungen an der Decke. Sie tasteten sich zwischen langen Metalltischen und Klappstühlen hindurch. Maggie fühlte sich richtig heimisch. Wie oft hatte sie mit Serena im Klassenzimmer irgendeiner Sonntagsschule Geheimnisse ausgetauscht? Es kam ihr vor, als könnte sie das gewachste Papier riechen, auf dem die Anleitungen zum Bibelstudium gedruckt waren.

»Eines Tages kam ich vom Einkaufen zurück«, erzählte Serena, »und Max war nicht da. Es war samstags, und als ich losgegangen war, hatte er im Garten gearbeitet. Na, ich dachte mir nichts dabei und fing an, die Lebensmittel zu verstauen –«

Sie führte Maggie in einen weiß gekachelten Toilettenraum. Ihre Stimme hallte jetzt. »Auf einmal sehe ich aus dem Fenster, und da steht dort diese wildfremde Frau und führt ihn an der Hand. Es war, als würde sie irgendwie ... schweben; man sah sofort, daß sie glaubte, er sei behindert oder so etwas. Ich rannte hinaus. Sie sagte: ›Oh! Ist es Ihrer?‹«

Serena lehnte sich mit verschränkten Armen an ein Waschbekken, während Maggie in eine Kabine trat. »Ob es meiner wäre!« wiederholte Serena. »Als wenn die Nachbarin einem den Hund zurückbringt, der Schnauzbart völlig verdreckt, und dann fragt:

›Ist das Ihrer?‹ Aber ich sagte einfach ja. Und nun stellte sich heraus, daß diese Frau ihn gefunden hatte, wie er auf der Dunmore Road mit einer Baumschere herumirrte. Sie fragte ihn, ob sie ihm helfen könne, und er antwortete nur: ›Da bin ich nicht sicher. Da bin ich nicht sicher.‹ Aber er erkannte mich, als er mich sah. Seine Augen leuchteten auf, und er sagte zu ihr: ›Da ist ja Serena.‹ Ich brachte ihn nach drinnen und setzte ihn hin. Ich fragte ihn, was geschehen sei, und er sagte, so ein komisches Gefühl habe er noch nie gehabt. Ganz unvermittelt sagte er das, anscheinend habe er auf der Dunmore Road einen kleinen Spaziergang gemacht. Und als die Frau ihn in die Richtung umdrehte, aus der er gekommen war, da habe er unser Haus gesehen, und er habe gewußt, daß es unseres ist, aber zur gleichen Zeit sei es ihm so vorgekommen, als hätte er nichts damit zu tun. Er sagte, es sei gewesen, als ob er einen Augenblick lang aus seinem eigenen Leben herausgetreten wäre.«

MARCY + DAVE stand mit Kreide über dem Toilettenpapierhalter geschrieben. SUE HARDY TRÄGT EINEN AUSGESTOPFTEN BH. Maggie versuchte sich diesen Max, wie er zuletzt gewesen war, vorzustellen – fahrig, verwirrt, mit wackligen Knien, genauso wie ihre Patienten im Heim. Aber ihr trat immer wieder nur der Max vor Augen, den sie gekannt hatte, der stämmige Fußballertyp mit dem blond glänzenden Borstenschnitt und dem breiten, gutmütigen Sommersprossengesicht; der Max, der nackt in die Brandung von Carolina Beach gelaufen war. Aber in den letzten zehn Jahren hatte sie ihn ja auch nur ein paarmal gesehen; er war nicht gerade der Beständigste, was Arbeit und Stellen anging, und war mit seiner Familie häufig umgezogen. Aber sie hatte in ihm immer den Typus gesehen, der ewig jungenhaft bleibt. Sie konnte sich schwer vorstellen, daß er älter wurde.

Sie zog die Toilettenspülung und trat hinaus. Serena untersuchte gerade eine ihrer Sandalen und drehte dabei ihren Fuß hin und her. »Hast du so etwas schon mal gemacht?« fragte Serena. »Bist du schon mal aus deinem Leben herausgetreten?«

Maggie meinte: »Nicht, daß ich wüßte«, und drehte das warme Wasser an.

»Ich frage mich, wie es wäre«, sagte Serena. »Eines Tages siehst du dich um, und plötzlich wunderst du dich über alles und jedes – wohin du es gebracht hast, wen du geheiratet hast, zu was für einem Menschen du geworden bist. Nimm mal an, es käme über dich, während du – sagen wir, mit deiner Tochter Einkäufe machst – und nun würdest du als die, die du mit siebzehn oder achtzehn Jahren warst, alles beobachten, was du heute tust. ›Na, so was!‹ würdest du sagen. ›Bin ich das überhaupt? Die fährt einen Wagen? Die will immer das letzte Wort haben? Die meckert an einer jungen Frau herum, als wüßte sie alles besser?‹ Du kommst zu dir nach Hause und stellst fest: ›Also, besonders viel Geschmack habe ich ja nicht.‹ Du trittst an den Spiegel und sagst: ›Du meine Güte, das Kinn fängt an zu hängen, genau wie bei meiner Mutter.‹ Verstehst du, man sieht die Dinge ohne die Vorhänge davor. Und man sagt sich: ›Ein Einstein ist mein Mann auch nicht gerade, wie?‹ Und man sagt: ›Meine Tochter könnte ruhig ein bißchen abnehmen.‹«

Maggie räusperte sich. (Es war merkwürdig, aber alle diese Feststellungen trafen zu. Serenas Tochter zum Beispiel hätte ruhig *eine ganze Menge* abnehmen können.) Sie griff nach einem Papierhandtuch und sagte: »Hattest du am Telefon nicht gesagt, er sei an Krebs gestorben?«

»Ist er auch«, sagte Serena. »Aber es war schon überall, bevor wir es überhaupt gemerkt haben. Überall in seinem Körper, sogar im Gehirn.«

»Oh, Serena.«

»Den einen Tag war er unterwegs und akquirierte Radioanzeigen wie immer, und am nächsten Tag lag er flach. Konnte nicht mehr richtig laufen, konnte nicht mehr richtig sehen; alles, was er machte, war einseitig. Und immer wieder hieß es, er rieche Plätzchen. Er sagte: ›Serena, wann sind denn die Plätzchen fertig?‹ Seit Jahren habe ich keine Plätzchen mehr gebacken! Aber er sagte: ›Bring mir eins, Serena, wenn sie aus dem Ofen kommen.‹ Also habe ich ihm ein Blechvoll gebacken, und dann sieht er mich erstaunt an und sagt, er sei nicht hungrig.«

»Hättest du mich doch angerufen«, meinte Maggie.

»Was hättest du denn tun können?«

Ja, eigentlich nichts, dachte Maggie. Sie war sich nicht einmal sicher, ob sie verstand, was Serena jetzt durchmachte. Serena, so schien es, hatte jeden Lebensabschnitt ein wenig vor Maggie erlebt; und über jeden dieser Abschnitte hatte sie in ihrer aufrichtigen, aufrüttelnden, direkten Art berichtet, wie ein Ausländer, der von Etikette keine Ahnung hat. Die Vorhänge beiseite ziehen! Es war Serena gewesen, die Maggie gesagt hatte, eine Ehe sei kein Film mit Rock Hudson und Doris Day. Es war Serena gewesen, die gesagt hatte, Kinderkriegen sei viel zu schwer, und, recht betrachtet, sei es die Mühe vielleicht gar nicht wert. Und jetzt das: zu erleben, wie der eigene Mann stirbt. Es machte Maggie nervös, obwohl sie wußte, daß es nicht ansteckend war.

Mit gerunzelter Stirn sah sie in den Spiegel und erblickte die abgeknickte blaue Wegwartenblüte, die über einem Ohr herabhing. Sie zog sie heraus und warf sie in den Abfalleimer. Serena hatte sie nicht erwähnt – ein sicheres Zeichen dafür, daß sie zerstreut war.

»Zuerst habe ich mich gefragt: ›Wie machen wir das jetzt?‹« fuhr Serena fort. »›Wie sollen wir beide das schaffen?‹ Aber dann sah ich, daß ich es allein schaffen mußte. Max ging einfach davon aus, daß ich mich um ihn und alles kümmern würde. Ob die Leute vom Finanzamt mit einer Steuerprüfung drohten, ob der Wagen ein neues Getriebe brauchte – es war *meine* Sache. Max hatte alles hinter sich gelassen. Er würde tot sein, wenn die Steuerprüfung anrollte, und einen Wagen würde er auch nicht mehr brauchen. Es ist wirklich zum Lachen, wenn man darüber nachdenkt. Gibt es denn niemanden, der einen warnt, wenn die eigenen Wünsche sich erfüllen? ›Überleg dir vorher genau, woran du dein Herz hängst‹ – gibt es so eine Warnung denn nicht? Ich zum Beispiel, schon als Kind hatte ich mir geschworen, ich würde mich nie von einem Mann abhängig machen. Nie wollte ich einfach dasitzen und warten, daß mir ein Mann sagt, wo es langgeht! Ich wollte einen Mann, der mich abgöttisch liebt und zu mir hält wie angeklebt, und genau das habe ich bekommen. Ganz genau. Max ließ mich nie aus den Augen, folgte mir mit dem Blick überall im Zimmer. Und als er schließlich ins Krankenhaus mußte, da flehte er

mich an, ich solle ihn nicht allein lassen, und ich blieb Tag und
Nacht bei ihm. Aber ich fing an, böse auf ihn zu werden. Mir fiel
ein, wie ich immer hinter ihm her gewesen war, er solle Sport
treiben und besser auf seine Gesundheit achten, aber er hatte bloß
gemeint, Sport sei eine Modeerscheinung. Hatte behauptet, vom
Jogging würden die Leute eine Herzthrombose bekommen. Wenn
man ihn reden hörte, hätte man meinen können, die Fußwege
seien mit Leichen von Joggern geradezu übersät. Ich betrachtete
ihn, wie er da in seinem Bett lag, und sagte: ›Also, was ist dir lieber, Max: plötzlicher Tod in einem schicken roten Trainingsanzug
oder hier mit Nadeln und Röhrchen gespickt zu liegen?‹ Das habe
ich gesagt, laut und deutlich! Ich war gemein zu ihm.«
»Na ja«, sagte Maggie traurig, »bestimmt hast du es nicht so gemeint —«
»Doch, ich habe es so gemeint«, erwiderte Serena. »Warum mußt
du immer alles beschönigen, Maggie? Ich war gemein. Dann starb
er.«
»Oje«, sagte Maggie.
»Es war nachts, Mittwoch nacht. Es kam mir vor, als hätte mir
jemand ein Gewicht von der Brust genommen, und ich fuhr nach
Hause und schlief zwölf Stunden an einem Stück. Am Donnerstag
kam dann Linda aus New Jersey, das war sehr nett, sie und unser
Schwiegersohn und die Kinder. Aber immer hatte ich das Gefühl,
ich müßte irgend etwas tun. Als hätte ich etwas vergessen. Ich
hätte drüben im Krankenhaus sein sollen, das war es. Ich war so
unruhig. Es war wie mit diesem Trick, den wir als Kinder hatten,
erinnerst du dich? Wir stellten uns in eine Tür und preßten die
Handrücken beider Hände mit aller Kraft gegen den Rahmen, und
wenn wir dann einen Schritt nach vorn machten, glitten unsere
Hände von selbst nach oben, als ob der ganze Druck, tja, zur späteren Verwendung gespeichert worden wäre und sich dann in einer
Art Rückstoß entlud. Und dann fingen Lindas Kinder an, die Katze
zu ärgern. Sie zogen ihr den Schlafanzug von ihrem Teddybär an,
und Linda bemerkte es nicht einmal. Sie hat ihren Kindern nie
richtige Manieren beigebracht. Max und ich, wir haben uns alle
Bemerkungen verkniffen. Immer wenn sie zu uns kamen, sagten

wir keinen Ton darüber, aber wir warfen uns quer durchs Zimmer so einen Blick zu: einen Blick wechseln, du weißt doch, wie das ist? Und auf einmal hatte ich niemanden, mit dem ich Blicke wechseln konnte. Da verstand ich zum erstenmal, daß ich ihn wirklich verloren hatte.«

Sie zog ihr Haar über eine Schulter nach vorn und untersuchte es. Die Haut unter ihren Augen glänzte. Sie weinte, aber sie schien es gar nicht zu bemerken. »Dann habe ich eine ganze Flasche Wein getrunken«, sagte sie, »und habe alle angerufen, die ich von früher her kenne, alle Freunde, die wir hatten, als Max und ich uns kennenlernten. Dich und Sissy Parton und die Barley-Zwillinge –«

»Die Barley-Zwillinge! Kommen sie auch?«

»Natürlich, und Jo Ann Dermott kommt auch, zusammen mit Nat Abrams, den sie, das wird dich interessieren, am Ende dann tatsächlich geheiratet hat.«

»Seit Jahren habe ich nicht mehr an Jo Ann gedacht!«

»Sie wird aus *Der Prophet* vortragen. Du und Ira, ihr werdet singen.«

»Was werden wir?«

»Singen. *Love Is a Many Splendored Thing.*«

»Oh, bitte Serena, das kannst du uns nicht antun! Nicht *Love Is a Many Splendored Thing.*«

»Ihr habt es doch auch bei unserer Hochzeit gesungen, oder?«

»Ja, aber –«

»Es wurde gespielt, als Max mir zum erstenmal sagte, was er für mich empfand«, erklärte Serena. Sie nahm eine Ecke ihres Umhangs und betupfte vorsichtig die glänzenden Stellen unter ihren Augen. »Zweiundzwanzigster Oktober Neunzehnhundertfünfundfünfzig. Erinnerst du dich? Der Erntedank-Ball. Ich kam mit Terry Simpson, aber Max klatschte mich ab.«

»Aber das hier ist eine Beerdigung!« sagte Maggie.

»Na und?«

»Es ist kein … kein Wunschprogramm«, setzte Maggie hinzu.

Über ihren Köpfen setzte jetzt ein Klavier ein und dröhnte durch die Dielen. Ein Akkord nach dem anderen wurde auf die Tasten gewuchtet, als würde ein Tisch mit klirrendem Geschirr gedeckt.

Serena hüllte sich in ihr Tuch und sagte: »Wir sollten wieder hinaufgehen.«

»Serena«, sagte Maggie, während sie nach ihr die Toilette verließ, »Ira und ich haben seit eurer Hochzeit nicht mehr in der Öffentlichkeit gesungen!«

»Das geht in Ordnung. Ich erwarte nichts Professionelles«, sagte Serena. »Ich wünsche mir doch bloß eine Art Wiederholung, wie man es manchmal bei einer Goldenen Hochzeit macht. Ich fand, es wäre ein netter Akzent.«

»Netter Akzent! Du weißt doch, wie Lieder, na ja, altern«, sagte Maggie und schlängelte sich hinter ihr zwischen den Tischen durch. »Warum nicht einfach ein paar trostspendende Kirchenlieder? Hat deine Kirche denn keinen Chor?«

Am Fuß der Treppe drehte Serena sich zu ihr um. »Hör mal«, sagte sie. »Ich bitte doch bloß die besten Freunde, die ich auf dieser Welt habe, um einen winzigen, simplen Gefallen. Nicht wahr, du und ich, wir haben doch alles gemeinsam durchgemacht! Miss Kimmels erste Klasse! Miss van Deeter! Dann lange Trennung! Unsere Hochzeiten und unsere Babys! Du hast mir geholfen, meine Mutter im Altenheim unterzubringen. Ich bin bei dir geblieben, als sie Jesse verhaftet haben.«

»Ja, aber—«

»Gestern abend habe ich angefangen nachzudenken, und ich habe mir gesagt: ›Wozu veranstalte ich diese Beerdigung eigentlich? Es wird kaum jemand kommen; wir wohnen hier noch nicht lange genug. Na, und wir begraben ihn ja auch gar nicht; ich werde seine Asche nächsten Sommer in die Chesapeake Bay streuen. Wir haben nicht mal seinen Sarg beim Gottesdienst. Weshalb sitzen wir eigentlich in dieser Kirche‹, sagte ich mir, ›um anzuhören, wie Mrs. Filbert auf dem Klavier Choräle klimpert? „Den Pfad der Rechtschaffenheit hinauf zu Dir" und „Der Tod ist wie ein guter Schlaf zur Nacht". Ich kenne diese Mrs. Filbert nicht einmal! Ich möchte lieber Sissy Parton hören. Ich möchte *My Prayer*, wie es Sissy Parton auf unserer Hochzeit gespielt hat.‹ Und dann habe ich mir überlegt: Warum nicht alles? Chalil Dschibran? Und *Love Is a Many Splendored Thing*?«

»Aber es würde nicht jeder verstehen«, sagte Maggie. »Leute, die nicht auf der Hochzeit waren, zum Beispiel.«

Und auch die, die dagewesen waren, würden es vielleicht nicht verstehen, dachte sie im stillen. Einige Gäste hatten damals ziemlich verstörte Mienen gemacht.

»Sollen sie sich doch wundern«, meinte Serena. »Ich mache das nicht für sie.« Sie wandte sich wieder nach vorn und stieg die Treppe hinauf.

»Außerdem ist da noch Ira«, rief Maggie und folgte ihr. Die Fransen von Serenas Schultertuch schlugen ihr ins Gesicht. »Natürlich werde ich Himmel und Erde für dich in Bewegung setzen, Serena, aber ich glaube nicht, daß Ira große Lust hat, dieses Lied zu singen.«

»Ira hat eine schöne Tenorstimme«, sagte Serena. Oben angekommen, drehte sie sich noch einmal um. »Und deine klingt wie ein Silberglöckchen; weißt du noch, wie die Leute dir das immer gesagt haben? Höchste Zeit, daß du aufhörst, ein Geheimnis daraus zu machen.«

Maggie seufzte und folgte ihr den Gang zwischen den Kirchenbänken hinauf. Es wäre zwecklos gewesen, ihr zu erklären, daß dieses Glöckchen inzwischen fast ein halbes Jahrhundert alt war.

In Maggies Abwesenheit waren einige andere Gäste eingetroffen. Sie saßen in den Bänken verstreut. Serena beugte sich vor, um eine Frau anzusprechen, die einen Hut und ein enges schwarzes Kostüm trug. »Sugar?« fragte sie.

Maggie blieb hinter ihr stehen und sagte: »Sugar Tilghman?«

Sugar drehte sich um. Sie war die Schönheit der Klasse gewesen, und sie war, wie Maggie annahm, immer noch schön, obwohl es sich bei dem dichten schwarzen Schleier, der von ihrem Hut herabfiel, schwer sagen ließ. Sie sah sehr viel mehr wie eine Witwe aus als die Witwe selbst. Aber sie hatte Kleider immer als Kostümierung angesehen. »Da bist du ja!« sagte sie und erhob sich, um ihre Wange an die von Serena zu drücken. »Es tut mir ja so leid für dich«, sagte sie. »Übrigens, ich heiße jetzt Elizabeth.«

»Sugar, erinnerst du dich an Maggie«, sagte Serena.

»Maggie Daley! Was für eine Überraschung.«

66

Sugars Wange war glatt und straff unter dem Schleier. Sie fühlte sich an wie eine von diesen Zwiebeln im Netzbeutel beim Gemüsehändler.

»Wenn das nicht traurig ist«, sagte sie. »Robert wäre mitgekommen, er hat jedoch eine Besprechung in Houston. Aber er bat mich, dir sein herzliches Beileid auszusprechen. Er sagte: ›Mir kommt es so vor, als hätten wir erst gestern versucht, uns zu ihrem Hochzeitsempfang durchzuschlagen.‹«

»Ja, also, genau darüber wollte ich mit dir sprechen«, sagte Serena. »Erinnerst du dich noch an unsere Hochzeit? Wo du nach dem Gelöbnis ein Solo gesungen hast?«

»*Born to Be with You*«, sagte Sugar. Sie lachte. »Ihr beide gingt währenddessen hinaus; ich sehe es noch vor mir. Ihr habt länger gebraucht, als das Lied lang war, und am Ende haben wir nur noch deine hohen Absätze gehört.«

»Na ja«, sagte Serena, »und ich möchte, daß du es heute noch einmal singst.«

Fast wäre Sugars Gesicht vor Bestürzung hinter dem Schleier aufgetaucht. Sie wirkte älter, als Maggie zuerst angenommen hatte.

»Was soll ich tun?« fragte sie.

»Singen.«

Sugar zog die Augenbrauen hoch und sah zu Maggie hinüber. Maggie wollte sich nicht verschwören und sah weg. Tatsächlich, die Pianistin spielte schon *My Prayer*. Aber das konnte nicht Sissy Parton sein, oder? Diese rundliche Frau, an deren Ellbogen sich Grübchen wie umgedrehte Valentinsherzchen zeigten. Nein, sie sah aus wie eine ganz normale Dame der Kirchengemeinde.

»Seit zwanzig Jahren oder noch mehr habe ich nicht mehr gesungen«, sagte Sugar. »Und auch damals konnte ich nicht singen! Das war doch bloß Angeberei.«

»Sugar, es ist der letzte Gefallen, um den ich dich bitte«, sagte Serena.

»Elizabeth.«

»Elizabeth, ein Lied! Unter Freundinnen! Maggie und Ira singen auch.«

»Nein, Moment mal –«, entfuhr es Maggie.

Sugar meinte: »Und dann auch noch: *Born to Be with You.*«

»Was spricht denn dagegen, möchte ich mal wissen?« fragte Serena.

»Hast du schon mal an den Text gedacht? *By your side, satisfied? – Zufrieden an deiner Seite.* Möchtest du das auf einer Beerdigung hören?«

»Gedächtnisgottesdienst«, entgegnete Serena, obwohl sie bis jetzt selbst von Beerdigung gesprochen hatte.

»Was ist denn da der Unterschied?« fragte Sugar.

»Na ja, es ist, wie soll ich sagen, ohne Sarg.«

»Aber was ist der *Unterschied*, Serena?«

»Ich bin eben nicht im Sarg an seiner Seite! Ich bin doch kein Ghul oder so was! Ich bin in einem geistlichen Sinne an seiner Seite, mehr will ich nicht sagen.«

Sugar warf Maggie einen Blick zu. Maggie versuchte, sich den Text von *My Prayer* ins Gedächtnis zu rufen. Im Zusammenhang mit einer Beerdigung (oder einem Gedächtnisgottesdienst) konnten sich selbst die harmlosesten Verse sehr seltsam ausnehmen.

»Die ganze Gemeinde würde dich auslachen«, erklärte Sugar barsch.

»Das ist mir egal.«

Maggie ließ sie stehen und schlenderte weiter den Gang hinauf. Sie achtete jetzt auf die Leute, an denen sie vorbeikam; es konnten alte Freunde darunter sein. Aber sie sah kein bekanntes Gesicht. Neben Iras Bank blieb sie stehen und stupste ihn an. »Ich bin wieder da«, sagte sie. Er rückte zur Seite. Er las in seinem Taschenkalender – den Abschnitt, der die Geburtssteine und die Tierkreiszeichen aufführte.

»Bilde ich mir das ein«, fragte er, als sie sich neben ihm niedergelassen hatte, »oder höre ich da *My Prayer*?«

»Es ist wirklich *My Prayer*«, antwortete Maggie. »Es ist auch keine alte Klavierspielerin. Es ist Sissy Parton.«

»Wer ist Sissy Parton?«

»Also, Ira! Du erinnerst dich doch an Sissy. Sie spielte bei Serenas Hochzeit.«

»Ach ja.«

»Wo du und ich *Love Is a Many Splendored Thing* gesungen haben«, fuhr Maggie fort.

»Wie konnte ich *das* bloß vergessen«, sagte er.

»Und Serena möchte, daß wir es heute noch einmal singen.«

Ira verzog keine Miene. »Zu dumm, daß wir ihr den Wunsch nicht erfüllen können.«

»Sugar Tilghman will auch nicht singen, Serena hat ihr einen richtigen Schock versetzt. Aber ich glaube nicht, daß sie es uns erläßt, Ira.«

»Sugar Tilghman ist hier?« sagte Ira. Er drehte sich um und sah über die Schulter.

Die Jungen waren von Sugar immer fasziniert gewesen.

»Sie sitzt da hinten, mit dem Hut«, erklärte ihm Maggie.

»Hat Sugar denn auf ihrer Hochzeit gesungen?«

»Sie sang *Born to Be with You.*«

Ira sah wieder nach vorn und dachte einen Augenblick nach. Offenbar ließ er sich den Text des Liedes durch den Kopf gehen. Schließlich schnaufte er leise.

Maggie sagte: »Kannst du dich an den Text von *Love Is a Many Splendored Thing* noch erinnern?«

»Nein, ich will auch nicht«, gab Ira zurück.

Im Gang blieb ein Mann neben Maggie stehen und sagte: »Wie geht's denn den beiden Morans?«

»Ach, Durwood«, sagte Maggie, und zu Ira gewandt: »Rutsch ein Stück, damit Durwood sich setzen kann.«

»Durwood, hallo«, sagte Ira und machte Platz.

»Wenn ich gewußt hätte, daß ihr auch kommt, wäre ich mit euch gefahren«, sagte Durwood und ließ sich neben Maggie nieder. »Peg mußte mit dem Bus zur Arbeit fahren.«

»Ach, das tut mir leid; wir hätten daran denken sollen«, sagte Maggie. »Serena muß ganz Baltimore angerufen haben.«

»Ja, die alte Sugar habe ich da hinten auch schon gesehen«, sagte Durwood und fischte einen Kugelschreiber aus seiner Brusttasche. Er war ein knittriger, ruhiger Mann, der sein welliges Haar ein bißchen zu lang trug. Es reichte ihm bis über die Ohren, lag in kleinen Strähnen auf seinem Hemdkragen und gab ihm das Aus-

sehen eines Menschen, der vom Pech verfolgt ist. In der High
School hatte Maggie ihn nicht besonders gemocht, aber im Laufe
der Jahre war er in ihrer Nachbarschaft geblieben, hatte ein Mädchen aus Glen Burnie geheiratet und mit ihr eine Familie gegrün-
det, und jetzt sah Maggie ihn häufiger als die anderen, mit denen
sie aufgewachsen war. Komisch, wie so etwas vor sich ging,
dachte sie. Sie wußte gar nicht mehr, warum sie einander früher
nicht so recht leiden konnten.
Durwood klopfte alle seine Taschen ab, er suchte etwas. »Du hast
nicht zufällig ein Stück Papier dabei?« fragte er.
Sie fand bloß ihren Shampoo-Gutschein. Sie gab ihn ihm, und er
legte ihn auf ein Gesangbuch. Dann knipste er seinen Kugelschreiber ein und sah mit gerunzelter Stirn in die Weite. »Was
schreibst du denn?« fragte Maggie.
»Ich versuche, den Text von *I Want You, I Need You, I Love You*
zusammenzubekommen.«
Ira stöhnte.
Die Kirche füllte sich jetzt immer mehr. In der Bank vor ihnen ließ
sich eine Familie nieder, die Kinder nach der Größe sortiert, so daß
die Reihe der runden Blondköpfe vor ihr anstieg wie die Stimme
beim Fragen. Serena flatterte von Gast zu Gast, ohne Zweifel
bittend und schmeichelnd. In den Fransen ihres Schultertuchs
hatten sich irgendwo Staubmäuse verfangen. In der ständigen
Wiederholung klang *My Prayer* schon ziemlich verbissen.
Jetzt, da sie bemerkte, wie viele Menschen aus ihrer Vergangenheit hier saßen, wünschte sich Maggie, sie hätte ihrer äußeren Er-
scheinung etwas mehr Aufmerksamkeit gewidmet. Sie hätte Puder oder irgendeine Grundierung auflegen können – irgend etwas,
damit ihr Gesicht nicht so rosig wirkte. Sie hätte versuchen können, sich braune Punkte auf die Wangen zu malen, wie es in den
Zeitschriften empfohlen wurde. Außerdem hätte sie ein jüngeres
Kleid wählen können, ein Kleid, das mehr auffiel, so wie das von
Serena. Aber so ein Kleid besaß sie gar nicht. Serena war immer
extravaganter gewesen – das einzige Mädchen an der Schule mit
Löchern in den Ohrläppchen. Sie war hart an die Grenze zur Prot-
zerei geraten, aber irgendwie hatte sie sich wieder davon gelöst.

Wie großartig Serena sich den spießigen Zeiten widersetzt hatte, in denen sie aufgewachsen waren! In der dritten Klasse hatte sie Schuhe getragen, die wie Ballettschuhe aussahen, hauchdünn, mit einem tollen Geglitzer von Metallplättchen auf den Kappen, und die anderen Mädchen (in ihren vernünftigen braunen Schnürhalbschuhen und den dicken Wollkniestrümpfen) hatten sie heftig beneidet um ihren trippelnden Gang und die tänzerische Anmut ihrer nackten Beine, die nach jeder Pause eine Gänsehaut hatten und von roten Flecken übersät waren. Sie hatte verwegene Gerichte in die nach Eintopf riechende Cafeteria der Schule gebracht: einmal waren es winzige silberne Sardinen, die noch in ihrer flachen silbernen Blechdose lagen. (Sie aß die Schwänze mit. Sie aß auch die kleinen Gräten mit. »Mm-mm! Mampf, mampf«, sagte sie und leckte sich jeden Finger einzeln ab.) Jedes Jahr am Elterntag führte sie stolz und förmlich ihre skandalumwitterte Mutter herum, Anita, die hellrote, hauteng Toreador-Hosen trug und in einer Bar arbeitete. Und nie machte sie sich etwas daraus, zuzugeben, daß sie keinen Vater hatte. Oder zumindest keinen verheirateten Vater. Oder zumindest keinen, der mit ihrer Mutter verheiratet war.

An der High School hatte sie ihren eigenen Modestil entwickelt – Kunstseide und Maschinenstickerei und eng anliegende Blusen von den Philippinen, während die anderen Mädchen Reifröcke trugen. Wie Lampenschirme mit Rüschen standen die Röcke, in denen die anderen Mädchen durch die Gänge schwebten, und mittendrin Serena in ihrem schwülen, verlockenden, pflaumenblauen Fummel, den ihr Anita vermacht hatte.

Aber war es nicht seltsam, daß sie nie mit den Jungen ausging, die selbst dieses Aufreizende an sich hatten? Es waren nicht die dunklen Lotharios, die man erwartet hätte, sondern die fröhlichen Unschuldslämmer, wie Max. Die Jungs in den buntkarierten Hemden, die Turnschuh-Boys: zu ihnen fühlte sie sich hingezogen. Vielleicht gelüstete es sie mehr, als sie sich anmerken ließ, nach Alltäglichkeit. War das möglich? Natürlich war es das, aber Maggie hatte es damals nicht geahnt. Es lag Serena so viel daran, anders zu sein als die anderen. Sie war so heikel und reizbar und leicht aufgebracht und kündigte einem dann die Freundschaft für immer. (Wie viele Male hatten Maggie und sie aufgehört, miteinander zu reden – und Serena war großartig wie eine Herzogin abgerauscht?) Noch jetzt, wenn sie einen Trauergast umarmte und in ihren theatralischen Umhang hüllte, strahlte sie ein sattes, dunkles Glühen aus, das die Menschen um sie herum blaß wirken ließ.

Maggie sah auf ihre Hände hinab. Neulich hatte sie die Haut auf ihrem Handrücken zwischen zwei Finger genommen und daran gezogen, und als sie wieder losgelassen hatte, da war die Haut nachher ein paar Augenblicke lang faltig geblieben.

Durwood murmelte vor sich hin und kritzelte Worte auf ihren Coupon. Dann murmelte er wieder etwas und starrte vor sich auf die Gebetbuchablage. Maggie wurde plötzlich unruhig. Sie legte die Fingerspitzen aufeinander und flüsterte: »*Love is a many splendored thing, it's the April rose that only grows in the –*«

»Ich singe dieses Lied nicht, das sage ich dir«, flüsterte Ira ihr zu. Maggie wollte auch nicht, aber sie hatte das Gefühl, daß irgend etwas sie mit sich forttrug. Überall in dieser Kirche, so stellte sie sich vor, saßen jetzt Leute mittleren Alters und murmelten sentimentale Phrasen aus den fünfziger Jahren vor sich hin. *Wondrously, love can see* und *More than the buds on the apple tree.*

Warum befaßten sich die Schlager immer mit der romantischen Liebe? Woher diese ausschließliche Beschäftigung mit ersten Begegnungen, traurigen Abschieden, süßen Küssen, großem Kummer, wo doch das Leben auch voll war von Kinderkriegen und Ausflügen ans Meer und alten Witzen zwischen Freunden? Einmal hatte Maggie im Fernsehen gesehen, wie Archäologen gerade ein Fundstück mit einem Bruchstück von Musik aus einer Zeit wer weiß wieviele Jahrhunderte vor Christus ausgegraben hatten, und es war das Klagelied eines Jungen über ein Mädchen gewesen, das seine Liebe nicht erwiderte. Und nicht nur in den Schlagern ging es so zu, auch in den Kurzgeschichten der Zeitschriften, in Romanen und im Kino und sogar in der Haarsprayreklame und in der Werbung für Strumpfhosen. Maggie kam es irgendwie unverhältnismäßig vor. Geradezu irreführend.

Ein schlanker, schwarzer Fleck kniete neben Durwoods Ellbogen nieder. Es war Sugar Tilghman, die gegen ihren Netzschleier blies, der an ihrem Lippenstift haftengeblieben war. »Wenn ich gewußt hätte, daß ich hier für die Unterhaltung sorgen soll, wäre ich niemals gekommen«, sagte sie. »Ach, Ira. Lange nicht gesehen.«

»Wie geht's, Sugar?« fragte Ira.

»Elizabeth.«

»Wie bitte?«

»Die Barley-Zwillinge haben recht«, sagte Sugar. »Sie haben sich einfach geweigert mitzumachen.«

»Das sieht ihnen ähnlich«, sagte Maggie. Die Barley-Zwillinge waren immer eigenwillig gewesen und hatten einander immer den Vorzug vor anderen Leuten gegeben.

»Und Nick Bourne wollte gar nicht zur Beerdigung kommen.«

»Nick Bourne?«

»Es sei ihm zu weit zu fahren, sagte er.«

»Ich weiß gar nicht mehr, daß Nick bei der Hochzeit war«, sagte Maggie.

»Doch, im Chor, stimmt's?«

»Ach ja, ich glaube, du hast recht.«

»Und der Chor sang *True Love*, erinnerst du dich? Aber wenn die Barley-Zwillinge nicht mitmachen und Nick Bourne gar nicht kommt, dann wären wir nur zu viert, und da wird sie den Chor-Teil auslassen.«

»Wißt ihr«, sagte Durwood, »ich habe nie begriffen, warum *True Love* in der Hitparade immer so weit oben stand. War doch eigentlich ein langweiliges Stück, wenn man es recht überlegt.«

»Und dann *Born to Be with You*«, sagte Sugar. »War das nicht komisch von Serena? Manchmal tat sie einfach zuviel des Guten. Nahm sich irgendeinen mittelmäßigen Schlager wie *Born to Be with You*, den wir anderen allenfalls ganz nett fanden, und machte derartig viel Wind darum, daß es schon fast verrückt war. Bei Serena war immer alles so übertrieben.«

»Zum Beispiel ihre Hochzeit«, sagte Durwood.

»Ach, diese Hochzeit! Und diese Gratulationsreihe: bloß ihre Mutter, eine dicke zwölfjährige Cousine und die Eltern von Max.«

»Die Eltern von Max sahen ganz unglücklich aus.«

»Sie waren nie mit ihr einverstanden.«

»Sie hielten sie irgendwie für ordinär.«

»Ständig fragten sie nach ihrer Verwandtschaft.«

»Dann schon besser gar keine Gratulationsreihe«, sagte Durwood. »Dann besser einfach verduften. Ich weiß gar nicht, warum sie sich die ganze Mühe gemacht hat.«

»Na ja, egal«, sagte Sugar, »ich habe Serena versprochen, heute zu singen, wenn sie unbedingt will, aber es müßte ein anderes Stück sein. Etwas, das besser paßt. Ich weiß ja, daß man die Hinterbliebenen aufmuntern soll, aber alles hat seine Grenzen. Und Serena sagte, es sei ihr recht, solange es aus der Zeit stammt, in der sie zuerst miteinander gegangen sind. Neunzehnhundertfünfundfünfzig, sechsundfünfzig; nicht später.«

»The Great Pretender«, sagte Durwood plötzlich. »Ah, das war ein Stück. Weißt du noch, Ira? Weißt du noch The Great Pretender?«

Ira machte ein beseligtes Gesicht und summte ein langgezogenes: »Oooooh, ja...«

»Warum singst du nicht das?« fragte Durwood.

»Laß die Witze«, meinte Sugar.

»Sing doch Davy Crockett«, schlug Ira vor.

Er und Durwood versuchten sich jetzt gegenseitig zu übertrumpfen: »Sing Yellow Rose of Texas.«

»Sing Hound Dog.«

»Sing Papa Loves Mambo.«

»Jetzt mal im Ernst«, sagte Sugar. »Gleich muß ich aufstehen und den Mund aufmachen, und es kommt nichts heraus.«

»Wie wäre es mit Heartbreak Hotel?« fragte Ira.

»Pst, ihr. Es geht los«, flüsterte Maggie. Sie hatte mitbekommen, daß die Familie von hinten hereinkam. Sugar erhob sich hastig und kehrte zu ihrem Platz zurück, während Serena, die sich über zwei Frauen – es mußten die Barley-Zwillinge sein – gebeugt hatte, zu ihnen in eine Bank rückte, die von der ersten Reihe ziemlich weit entfernt war, und weiterflüsterte. Offenbar hoffte sie noch immer, sie könnte die beiden zum Singen überreden. Maggie sah, daß die Zwillinge ihr gelbblondes Haar noch immer kurz und

74

gelockt wie eine Kappe trugen, genau wie in der High School, aber ihre Hälse darunter, in den grellen rosa Halskrausen, waren dürr wie Hühnerhälse.

Ein Pförtner geleitete die Familie den Gang hinunter: Serenas Tochter Linda, dick und sommersprossig, Lindas bärtigen Mann und zwei kleine Jungen in Anzügen, die befangen und feierlich geradeaus sahen. Dann folgte ein blonder Mann, sehr wahrscheinlich der Bruder, und verschiedene andere Leute, alle streng und feierlich gekleidet. Mehrere von ihnen hatten das breite Gesicht von Max, und das versetzte Maggie einen Stich. Irgendwie war ihr der Anlaß für diese Zeremonie abhanden gekommen, und jetzt fiel er ihr mit einem Schlag wieder ein. Max Gill war davongegangen und gestorben. Das Ergreifende am Tod war diese geballte Ereignishaftigkeit. Sie führte einem vor Augen, daß man selbst wirklich lebte. Endlich das wirkliche Leben! hätte man sagen können. Las sie deshalb jeden Morgen die Todesanzeigen auf der Suche nach bekannten Namen? Führte sie deshalb diese getuschelten, ehrfurchtsvollen Gespräche mit ihren Kolleginnen, wenn ein Patient im Altenheim auf dem Leichenwagen weggeschoben wurde? Die Familie ließ sich in der vordersten Bank nieder. Linda sah sich nach Serena um, aber die war so vertieft in ihre Debatte mit den Barley-Zwillingen, daß sie es gar nicht bemerkte. Dann schwieg das Klavier plötzlich, eine Tür neben dem Altar öffnete sich, und es erschien ein hagerer, kahlköpfiger Geistlicher in einem langen schwarzen Gewand. Hinter dem Kanzelpult machte er das Kreuzzeichen. Er nahm Platz in einem Lehnsessel aus dunklem Holz und ordnete sorgfältig die Falten seines Gewandes über der Hose.

»Das ist doch nicht Reverend Connors, oder?« flüsterte Ira.

»Reverend Connors ist *tot*«, erwiderte Maggie.

Sie hatte lauter gesprochen als beabsichtigt. Die Blondschöpfe vor ihr schwenkten nach hinten.

In schleppendem Tempo machte sich das Klavier über *True Love* her. Offenbar wollte Sissy für den Chor einspringen. Serena warf den Barley-Zwillingen einen scharfen, vorwurfsvollen Blick zu, aber die blickten störrisch nach vorn und taten so, als würden sie nichts merken.

Maggie fiel ein, daß es einen Film gab, in dem Grace Kelly und Bing Crosby *True Love* gesungen hatten. Dabei saßen sie in einer Yacht oder einem Segelboot oder so etwas. Merkwürdig, die beiden waren auch schon tot.

Wenn den Geistlichen die Musik überraschte, ließ er sich jedenfalls nichts anmerken. Er wartete, bis die letzte Note verklungen war, dann erhob er sich und sagte: »So wollen wir uns nun dem geistlichen Wort zuwenden...« Seine Stimme klang hoch und näselnd. Maggie hätte sich an seiner Stelle Reverend Connors gewünscht. Reverend Connors hatte das Gebälk der Decke zum Beben gebracht. Und irgendwelche geistlichen Worte hatte er bei Serenas Hochzeit auch nicht verlesen, soweit sich Maggie erinnerte.

Dieser Mann las nun einen Psalm, irgend etwas über eine freundliche Wohnstatt, was Maggie erleichterte, denn nach ihrer Erfahrung handelten die meisten Stücke im Psalmenbuch auf eine paranoide Weise von Feinden und bösartigen Anschlägen. Sie malte sich aus, wie Max es sich in einer freundlichen Wohnstatt gutgehen ließ, zusammen mit Grace Kelly und Bing Crosby, und wie sein Bürstenschnitt vor einem sonnenhellen Segel glänzte. Er würde ihnen Witze erzählen. Er konnte stundenlang Witze erzählen, einen nach dem anderen. Serena sagte dann irgendwann: »In Ordnung, Gill, jetzt reicht's.« Sie nannten sich oft bei ihren Nachnamen – Max benutzte ihren Mädchennamen noch, als sie längst verheiratet waren. »Paß auf da, Palermo.« Maggie konnte ihn deutlich hören. Die beiden hatten dadurch in ihrem Umgang miteinander liebenswürdiger gewirkt als andere Ehepaare. Wie zwei unbeschwerte Kumpel, die nichts von der dunklen, hilflosen, wütenden Beengtheit wußten, in die Maggies eigene Ehe von Zeit zu Zeit abglitt.

Wenn Serena meinte, die Ehe sei kein Film mit Doris Day, dann hatte sie das in der Öffentlichkeit jedenfalls nie gezeigt, denn das Leben, das sie als Erwachsene führte, wirkte von außen wie das vergnüglichste Ehelustspiel, das man sich vorstellen konnte: Serena ironisch und nachsichtig und Max der fröhliche, lebenslustige Bursche. Immer hatte es ausgesehen, als seien sie nur füreinander da, auch nachdem sie Eltern geworden waren; Linda schien immer irgendwie außen zu stehen. Maggie fand das beneidenswert. Was machte es da schon aus, wenn Max in der Welt draußen nicht so recht klarkam? »Wenn ich bloß nicht dieses Gefühl hätte, daß er immer an mir *hängt*; daß der ganze Haushalt an mir hängt«, hatte ihr Serena einmal anvertraut. Aber dann hatte sich ihre Miene aufgehellt, sie hatte mit der Hand geschlackert, daß die Armreifen klirrten, und gesagt: »Na ja! Aber er ist ja mein Liebling, stimmt's?« Und Maggie hatte zugestimmt. Er war so lieb, wie Männer eben sein konnten.

(Und sie erinnerte sich auch noch, wie sie und Serena im Sommer nach der fünften Klasse das geschmackvolle Haus in Guilford ausspioniert hatten, in dem der Mann wohnte, der Serenas Vater war, und wie sie mit List und Schläue seine Söhne und seine damenhafte Frau beschattet hatten. »Wenn ich wollte, könnte ich die Welt dieser Frau hochgehen lassen«, hatte Serena gesagt. »Ich könnte bei ihr anklopfen, sie käme an die Tür und würde fragen: ›Hallo Schätzchen, wessen Töchterchen bist denn du?‹, und darüber würde ich ihr dann Bescheid geben.« Aber sie hatte es gesagt, während sie sich hinter einem der beiden selbstgefällig daliegenden Steinlöwen versteckt hielten, die den Weg zum Vordereingang bewachten, und sie hatte sich nicht geregt und sich nicht gezeigt. Und dann hatte sie geflüstert: »Ich werde *niemals* so sein wie sie, das sage ich dir.« Ein Fremder hätte wohl gedacht, sie meinte diese Frau, aber Maggie wußte es besser: sie meinte ihre Mutter. »Mrs.« Palermo – das Opfer der Liebe. Eine Frau, an der alles – auch die schräge, verrutschte Art, wie sie den Wasserfall ihrer schwarzen Locken trug – auf eine tiefe, dauerhafte Verletztheit hinwies.)

Der Geistliche nahm wieder Platz und ordnete sein Gewand. Sissy Parton schaltete sich mit ein paar ominösen Tönen ein. Sie blickte zur Gemeinde hinüber, und Durwood sagte: »Ich?« – ganz laut. Wieder schwenkten die Blondschöpfe nach hinten. Durwood erhob sich und hastete durch den Gang nach vorn. Offenbar wurde erwartet, daß man selbst wußte, wann man mit seinem Lied an der Reihe war. Als wäre es nicht schon genug, daß man seine Gedanken neunundzwanzig Jahre weit zurückschweifen ließ.

Neben dem Klavier nahm Durwood Haltung an und stützte einen

Arm auf den Deckel. Er nickte Sissy zu. Und dann legte er mit bebender Baßstimme los: »*Hold me close. Hold me tight . . .*«

Viele Eltern hatten das Lied damals in ihren Häusern verboten. All dieses Wollen und Brauchen und Verlangen klang wirklich nicht besonders nett, hatten sie gesagt. So mußten Maggie und ihre Klassenkameraden zu Serena gehen oder zu Oriole-High-Fidelity, wo man sich damals noch in eine Hörkabine zwängen und den ganzen Nachmittag Platten spielen konnte, ohne etwas zu kaufen.

Und jetzt fiel ihr auch ein, warum sie Durwood nicht gemocht hatte; sein opernhaftes Tremolo brachte sie wieder darauf. Früher hatte er als eine gute Partie gegolten, mit seinem welligen, dunklen Haar und seinen dunkelbraunen Augen und der Art, wie er seine Augenbrauen flehentlich schrägstellte. Bei jeder erdenklichen Gelegenheit hatte er in der Aula der High School *Believe Me if All Those Endearing Young Charms* gesungen, immer denselben Song, dieselben dramatischen Gebärden, derselbe Schnulzenstil der fünfziger Jahre, wo die Stimme vor lauter Schmachten brüchig wurde. Manchmal brach Durwoods Stimme so heftig, daß er die erste Silbe einer Zeile verschluckte, und auch die zweite kam eine Idee zu spät, wobei ihm die rundliche Musiklehrerin hinter ihrer Brille vom Klavier aus einen verschleierten Blick zuwarf. »Der Schwarm«, so wurde er im Jahrbuch der Schule genannt. Und in der Schulzeitung wurde er zum »Mann, mit dem ich am liebsten Schiffbruch erleiden würde« gewählt. Er hatte sich mit Maggie verabreden wollen, aber Maggie hatte nein gesagt, und ihre Freundinnen hatten sie für verrückt erklärt. »Du hast Durwood einen Korb gegeben? Durwood Clegg?«

»Er ist zu sanft«, hatte sie gesagt, und sie hatten das Wort wiederholt, und nachdenklich hatten sie es weitergesagt. »Sanft«, hatten sie zaghaft gemurmelt.

Er war zu nachgiebig, fand sie; zu unterwürfig. Sie sah darin keinen Reiz. Denn wie Serena wußte auch Maggie sehr genau, wie sie nicht werden wollte; um nicht so zu werden wie ihre Mutter, hatte sie sich vorgenommen, jedem Mann aus dem Weg zu gehen, der auch nur von fern ihrem Vater ähnelte, dem Menschen, den sie auf der Welt am liebsten hatte. Sie wollte keinen, der sanft und unbeholfen war; keinen sentimentalen Stümper mit guten Absichten, der sie genötigt hätte, die starke Strenge zu spielen. Nie würde *sie* mit eisiger Miene starr dasitzen, während ihr Mann voller Ausgelassenheit beim Abendessen Nonsense-Lieder sang.

So hatte Maggie also Durwood Clegg abgewiesen und ohne Bedauern mit angesehen, wie er sich statt dessen mit Lu Beth Parsons anfreundete. Noch in diesem Augenblick sah sie Lu Beth ganz deutlich vor sich, viel deutlicher als Peg, die er schließlich geheiratet hatte. Sie sah Durwoods Khakihosen, den Gürtel mit der Ivy-League-Schnalle hinten herum geschnallt (das bedeutet »gebunden«; »festes Verhältnis«), sie sah auch sein Hemd mit dem Knopfkragen und die hübschen, mit baumelnden Ledereicheln verzierten braunen Slipper. Heute morgen trug er natürlich einen Anzug – ausgebeult und unmodisch, nicht teuer, ganz der sparsame Hausvater. Einen Augenblick lang hüpfte er hin und zurück, wie diese Trickporträts, die ihren Gesichtsausdruck verändern, je nachdem, wo man steht: Durwood, der alte Herzensbrecher, der mit schräg gestellten Augenbrauen sein *Darling, you're all that I'm living for* daherschmachtet, und dann der schäbige Durwood von heute, der auf Maggies Shampoo-Gutschein, den er mit ausgestrecktem Arm vor sich hält, nach der nächsten Strophe sucht und sich mit gerunzelter Stirn bemüht, die Wörter zu entziffern.

Die blonden Kinder vor ihr kicherten. Sie fanden die ganze Veranstaltung wahrscheinlich sehr erheiternd. Maggie verspürte den Drang, dem Kind, das ihr am nächsten saß, mit dem Gesangbuch eins auf den Kopf zu geben.

Als Durwood geendet hatte, fing irrtümlich irgend jemand an zu klatschen – bloß zwei kurze Knaller –, woraufhin Durwood mit verbissener Erleichterung nickte und auf seinen Platz zurückkehrte. Mit einem Seufzer ließ er sich neben Maggie nieder. Eine dünne Schweißschicht glänzte auf seinem Gesicht, und er fächelte sich mit dem Gutschein Luft zu. Würde es knauserig aussehen, wenn sie ihn sich zurückerbat? Immerhin fünfundzwanzig Cents...

Jo Ann Dermott trat mit einem kleinen, in gepunztes Leder gebundenen Buch hinter das Kanzelpult. Sie war früher ein ziemlich unansehnliches Mädchen gewesen, aber mit der Zeit hatte sie an Anmut gewonnen, und jetzt wirkte sie geschmeidig und anziehend, in ihrem wallenden, pastellfarbenen Kleid und mit dem dezenten Make-up. »Bei der Hochzeit von Max und Serena«, so verkündete sie, »habe ich Chalil Dschibran über die Ehe gelesen. Heute, bei diesem traurigeren Anlaß, werde ich lesen, was er über den Tod sagt.«

Auf der Hochzeit hatte sie nicht »Dschibran«, sondern »Gibran« gesagt. Maggie hatte keine Ahnung, was richtig war.

Jo Ann begann mit gleichmäßiger Lehrerinnenstimme vorzulesen, und im nächsten Augenblick überkam Maggie Nervosität. Sie brauchte ein Weilchen, bis ihr klar war, warum: sie und Ira waren im Programm als nächste dran. Allein der Rhythmus von *Der Prophet* hatte sie daran erinnert.

Bei der Hochzeit hatten sie auf Klappstühlen hinter dem Altar gesessen, und Jo Ann hatte zusammen mit Reverend Connors davor gesessen. Als Jo Ann damals anfing zu lesen, hatte Maggie hoch oben in der Brust dieses atemlose Flattern gespürt, mit dem sich das Lampenfieber ankündigt. Bebend hatte sie tief Luft geholt, und dann hatte ihr Ira ganz unaufdringlich eine Hand ins Kreuz gelegt. Das hatte sie sicherer gemacht. Als es dann soweit war, hatten sie im selben Sekundenbruchteil auf exakt demselben Ton eingesetzt, so als wären sie füreinander bestimmt. So jedenfalls hatte es Maggie damals gesehen.

Jo Ann schloß ihr Buch und kehrte in ihre Bank zurück. Sissy raschelte mit ihren Noten, und die eingeschnürten Unterarme schlackerten unter ihren Ellbogen mit den Herzgrübchen. Sie rückte auf der Bank ein bißchen hin und her und spielte dann die Eröffnungstakte von *Love Is a Many Splendored Thing*.

Wenn Maggie und Ira sitzen blieben, würde Sissy vielleicht einfach weiterspielen. Sie würde für sie einspringen, wie sie auch für den Chor eingesprungen war.

Aber die Klaviertöne erstarben, und Sissy blickte zurück auf die Gemeinde. Ihre Hände ruhten auf den Tasten. Auch Serena drehte sich um, sie wußte genau, wo sie Maggie finden würde, und warf ihr einen innigen, erwartungsvollen Blick zu, ohne die geringste Spur von Argwohn, daß Maggie sie im Stich lassen könnte.

Maggie stand auf. Ira saß einfach da. Er hätte irgend jemand sein können – ein wildfremder Mann, der sich nur zufällig in die gleiche Bank gesetzt hatte.

Also klammerte sich Maggie, die noch nie zuvor in ihrem Leben ein Solo gesungen hatte, an die Bank vor ihr und stieß hervor: »*Love!*«

Ein bißchen gequetscht.

Das Klavier fiel ein. Die blonden Kinder drehten sich um und starrten sie an.

»... *is a many splendored thing*«, sang sie mit zitternder Stimme. Sie kam sich vor wie ein verwaistes, ausgesetztes Kind, im Rükken hielt sie sich ganz gerade, und ihre vorne abgerundeten Pumps hatte sie fest nebeneinander gestellt.

Da hörte sie neben sich ein Rascheln, nicht rechts, wo Ira saß, sondern links, wo Durwood saß. Hastig, so als sei ihm gerade etwas eingefallen, richtete sich Durwood auf. »*It's the April rose*«, so sang er, »*that only grows...*« Aus dieser Nähe klang seine Stimme sehr voll. Sie dachte an vibrierende Metallplatten.

»*Love is Nature's way of giving...*«, sangen sie zusammen.

Sie blieben an keiner Stelle stecken, was Maggie überraschte, denn vorhin war ihr nicht eingefallen, was den Mann zum König macht: die Krone natürlich. »*It's the golden crown*«, sang sie jetzt zuversichtlich. Man mußte einfach losgehen, dachte sie jetzt, und darauf vertrauen, daß der Text schon folgen würde. Durwood führte die Melodie, und Maggie ging mit, weniger zitternd, wenngleich sie ein bißchen mehr Stimmvolumen gut hätte gebrauchen können. Es stimmte, früher hatte man ihre Stimme mit einer Glocke verglichen. Sie hatte jahrelang im Chor gesungen, bis dann die Kinder kamen und alles komplizierter wurde; und es hatte ihr wirklich Freude gemacht, einen Ton genau richtig abzurunden, wie eine Perle oder eine Frucht, die, bevor sie herabfiel, einen Moment lang in der Luft hing. Aber das Älterwerden war gewiß nicht hilfreich gewesen. Ob irgend jemand das leicht Brüchige in ihren hohen Tönen wahrnahm? Schwer zu sagen; die Gemeinde blickte, wie es sich geziemte, nach vorne, bis auf diese verflixten kleinen Blondschöpfe.

Es kam ihr vor, als sei die Zeit in eine dieser langen, langsam und zäh sich hinziehenden Phasen eingeschwenkt. Jede Einzelheit in ihrer Umgebung nahm sie genau wahr. Sie spürte, wie das Tuch von Durwoods Ärmel ihren Arm streifte, und sie hörte, wie Ira zerstreut ein Gummiband schwirren ließ. Sie sah, wie bereitwillig und abgeklärt ihr Publikum war und es für ganz selbstverständlich hielt, daß dieses Lied gesungen würde und danach noch einige andere. »*Then your fingers touched my silent heart*«, sang sie, und ihr fiel ein, wie sie mit Serena wegen dieser Zeile mit den Fingern und dem stillen Herzen oft gekichert hatte, wenn sie sie allein sangen – ach, lange vor dem schicksalsträchtigen Erntedankball –, denn wo war das Herz, wenn nicht in der Brust? Sagten sie da also nicht, daß ihr Liebhaber ihre *Brüste* berührt hatte?

Serena blickte auf das Pult, aber um ihren Kopf lag eine lauschende Reglosigkeit. Ihr Haar hatte sie mit einer dieser elastischen Haarspangen gebunden, die von zwei Plastikmurmeln gehalten werden und die man bei kleinen Mädchen oft sieht. Wie ein kleines Mädchen hatte sie alle ihre Schulfreunde und -freundinnen um sich versammelt – niemanden aus einer späteren Zeit, niemanden aus dem Dutzend von Städten, in die Max sie während ihrer Ehe verschleppt hatte, denn in keiner von ihnen hatten sie lange genug gewohnt. Maggie fand, daß dies das Allertraurigste an dieser ganzen Veranstaltung war.

Das Lied ging zu Ende. Maggie und Durwood setzten sich.

Sissy Parton ging sofort zu *Friendly Persuasion* über, aber die Barley-Zwillinge, die früher so gut miteinander harmonierten wie die Lennon Sisters, blieben sitzen. Serena hatte anscheinend resigniert; sie warf ihnen nicht einmal einen Blick zu. Sissy spielte bloß eine Strophe, dann erhob sich der Geistliche und sprach: »Wir sind heute hier versammelt, um einen schmerzlichen Verlust zu betrauern.«

Maggie spürte, daß ihre Augen feucht geworden waren. Sie war so erschöpft, daß ihr die Knie zitterten.

Der Geistliche hatte eine Menge über Max' Tätigkeit für den Heizungs-Fonds der Gemeinde zu sagen. Aber er schien ihn nicht persönlich gekannt zu haben. Oder vielleicht war Max am Schluß einfach nichts anderes mehr gewesen: ein wandelnder Geschäftsanzug und ein fester Händedruck. Maggie wendete ihre Aufmerksamkeit Ira zu. Sie fragte sich, wie er einfach so dasitzen konnte, ungerührt. Er hätte ihr nicht beigestanden, sie hätte sich ganz allein durch das Lied hindurchquälen müssen, das wußte sie. Sie hätte stocken und stottern und stecken bleiben können; er hätte kalt zugesehen, als ob er gar nicht zu ihr gehörte. Wieso denn? würde er sagen. Was verpflichtete ihn denn dazu, irgendwelche Schnulzen aus den fünfziger Jahren auf der Beerdigung eines weitläufigen Bekannten zu singen? Wie üblich hatte er recht. Wie üblich hatte er Maggie gezwungen, die Nachgiebige zu spielen.

Sie faßte den Entschluß, nach der Beerdigung ihrer eigenen Wege zu gehen. Ganz gewiß würde sie nicht nach Baltimore zurückfahren. Vielleicht würde sie sich von Durwood mitnehmen lassen. Dankbarkeit überkam sie bei dem Gedanken an Durwoods Freundlichkeit. Nicht viele Menschen hätten getan, was er für sie getan hatte. Er war ein netter, sympathischer, gutherziger Mann, das hätte sie sich schon von Anfang an klarmachen sollen.

Wenn sie in die Verabredung mit Durwood eingewilligt hätte, dann wäre sie jetzt ein ganz anderer Mensch. Es war alles eine Frage des Vergleichens. Verglichen mit Ira, wirkte sie albern und emotional; jeder anderen wäre es genauso ergangen. Verglichen mit Ira, redete sie zuviel und lachte zuviel und weinte zuviel. Aß sogar zuviel! Trank zuviel! War so sentimental und rührselig!

Sie war so sehr darauf aus gewesen, nicht zu werden wie ihre Mutter, daß sie sich in ihren Vater verwandelt hatte.

Mit einem hörbaren Stöhnen nahm der Geistliche wieder Platz. Ein paar Bänke weiter hinten gab es Rascheln von Stoff, und dann kam Sugar Tilghman. Ihren schwarzen Strohhut so behutsam vor sich hertragend wie ein vollbeladenes Tablett, trippelte sie nach vorne und beugte sich zu Sissy hinab. Murmelnd besprachen sie etwas. Dann richtete sich Sugar auf, stellte sich neben dem Klavier in Positur, wobei sie die Hände genauso hielt, wie es der Chorleiter immer hatte haben wollen – locker zusammengelegt in

Höhe der Taille, nicht höher –, und Sissy spielte die ersten Takte zu einem Stück, das Maggie nicht sofort erkannte. Ein Kirchendiener trat zu Serena, sie stand auf, nahm den ihr gebotenen Arm und ließ sich mit gesenktem Blick von ihm den Gang entlang geleiten. Sugar sang: »*When I was just a little girl...*«

Ein anderer Kirchendiener winkelte den Arm vor Serenas Tochter an, und einer nach dem anderen marschierten die Angehörigen hinaus. Vorne faßte Sugar sich ein Herz und leitete mit Schwung zum Refrain über:

> *Que sera sera,*
> *Whatever will be will be.*
> *The future's not ours to see,*
> *Que sera sera.*

3

Als sie aus der Kirche traten, war es, wie wenn man am hellichten Tag aus dem Kino kommt – dieser plötzliche Anprall von Sonne und Vogelgezwitscher und Alltag, der ohne sie weitergegangen war. Serena hielt Linda umarmt. Lindas Mann stand mit den Kindern verlegen daneben und sah aus wie ein zufälliger Besucher, der hofft, man werde ihn einladen. Und auf dem ganzen Platz vor der Kirche feierten die Mitglieder der Klasse von 1956 Wiedersehen. »Bist du es wirklich?« fragten sie. Und: »Wie lang ist das her?« Und: »Ist denn das zu glauben?« Die Barley-Zwillinge versicherten Maggie, sie habe sich kein bißchen verändert. Jo Ann Dermott verkündete, alle hätten sich verändert, aber nur zum Guten. Ob es nicht seltsam sei, sagte sie, daß sie alle so viel jünger seien, als ihre Eltern im gleichen Alter gewesen waren. Dann erschien Sugar Tilghman im Eingang und fragte die ganze Versammlung, welches Lied sie denn sonst hätte singen sollen. »Also, ich weiß ja, daß es nicht perfekt war«, sagte sie, »aber überlegt mal, was da zur Auswahl stand! War es denn total unpassend?«

Alle beteuerten, das sei es nicht gewesen.

Maggie sagte: »Durwood, ich schulde dir unendlichen Dank, du hast mich gerettet.«

»War mir ein Vergnügen«, sagte er. »Übrigens, hier ist dein Gutschein. Noch tadellos erhalten.«

Das stimmte nicht ganz; er war ein bißchen zerknittert und etwas feucht. Maggie steckte ihn in ihre Handtasche.

Ira stand mit Nat Abrams in der Nähe des Parkplatzes. Er und Nat waren ein paar Klassen über den anderen gewesen; sie waren die Außenseiter. Aber Ira schien es nichts auszumachen. Er fühlte sich offenbar vollkommen wohl. Er sprach über Autostraßen. Maggie vernahm nur Fetzen ihres Gesprächs, irgend etwas von »Automobilclub« und »Highway Zehn«. Man hätte meinen können, der Mann sei besessen.

»Netter Ort, wie?« meinte Durwood und sah sich um.

»Nett?«

»Von Stadt kann man da nicht reden.«

»Tja, irgendwie ist es klein.«

»Ob Serena hier wohnen bleibt?«

Sie sahen beide zu Serena hinüber, die anscheinend versuchte, ihre Tochter wieder aufzurichten. Lindas Gesicht war tränenüberströmt. Serena hatte sie etwas weiter weg geführt und zupfte an ihrer Kleidung herum. »Hat sie nicht noch Verwandtschaft in Baltimore?« fragte Durwood.

»Keine, die Wert auf sie legt«, erwiderte Maggie.

»Ich dachte, sie hätte diese Mutter.«

»Ihre Mutter ist vor ein paar Jahren gestorben.«

»Ach, wirklich?« sagte Durwood.

»Sie bekam irgend so eine Krankheit, irgend etwas mit den Muskeln.«

»Wir Jungen waren früher alle irgendwie fixiert auf sie«, sagte Durwood.

Maggie war überrascht, aber bevor sie etwas sagen konnte, sah sie Serena, die sich ihnen näherte. Sie hatte ihr Schultertuch fest um sich geschlagen. »Ich möchte euch beiden danken, dafür, daß ihr gesungen habt«, sagte sie. »Es hat mir viel bedeutet.«

»Ira ist so was von störrisch, zum Kotzen«, erklärte Maggie, und Durwood sagte: »Schöner Gottesdienst, Serena.«

»Ach, sei ehrlich, du fandest es verrückt«, meinte Serena. »Aber es war lieb von euch, daß ihr mich aufgemuntert habt. Alle waren so lieb!« Ihre Lippen wirkten jetzt plötzlich wie verwackelt. Sie zog ein zusammengeknäultes Papiertaschentuch aus ihrem V-Ausschnitt und drückte es erst auf das eine und dann auf das andere Auge. »Tut mir leid«, sagte sie. »Mit meiner Stimmung geht

es rauf und runter. Ich komme mir vor wie, ich weiß nicht, wie ein
Fernseher im Sturm. So wechselhaft.«
»Ist doch ganz natürlich«, beruhigte sie Durwood.
Serena putzte sich die Nase und steckte das Taschentuch wieder
weg. »Egal«, sagte sie. »Eine Nachbarin richtet im Haus ein paar
Erfrischungen her. Könnt ihr alle kommen? Ich brauche jetzt
Menschen um mich.«
»Aber sicher«, sagte Maggie, und Durwood sagte: »Möchte das
nicht verpassen, Serena« – beide sprachen sie gleichzeitig. »Ich
hole bloß meinen Wagen«, setzte Durwood hinzu.
»Ach, nicht nötig; wir gehen zu Fuß. Es ist gleich dort hinten,
unter den Bäumen durch, viel Platz zum Parken gibt es da sowieso
nicht.«
Sie nahm Maggies Arm und stützte sich leicht auf. »Das war doch
ganz gut, oder?« meinte sie und lenkte Maggie zur Straße, während Durwood mit Sugar Tilghman zurückblieb. »Ich bin so froh,
daß ich diese Idee hatte. Reverend Orbison bekam ja zuerst einen
Anfall, aber ich sagte: ›Ist das denn nicht für mich? Ist ein Gedächtnisgottesdienst nicht dazu da, die Hinterbliebenen zu trösten?‹ Da sagte er, ja, das glaube er auch. Und das war ja noch nicht
alles! Warte nur, bis du die Überraschung siehst, die ich im Haus
habe.«
»Überraschung? Was für eine Überraschung?« fragte Maggie.
»Wird nicht verraten«, erklärte Serena.
Maggie biß sich auf die Unterlippe.
Sie bogen in eine kleinere Straße ab. Hier gab es keinen Gehweg,
und so gingen sie am Straßenrand entlang. Die Häuser sahen hier
sehr pennsylvanisch aus, fand Maggie. Meist waren es hohe,
nichtssagende Steinrechtecke mit wenigen, kleinen Fenstern. Sie
stellte sich vor, daß drinnen ein paar spärliche Holzmöbel standen, ohne Kissen und Kinkerlitzchen und ohne moderne Ausstattung, was natürlich unsinnig war, denn an jedem Schornstein war
eine Fernsehantenne befestigt.
Die anderen Gäste folgten in gemächlichem Zug – die Frauen mit
ihren hohen Absätzen durch den Schotter staksend, die Männer
schlendernd, die Hände in den Hosentaschen. Ira bildete zwischen

Nat und Jo Ann die Nachhut. Nichts deutete darauf hin, daß ihm diese Änderung ihrer Pläne nicht behagt hätte; und wenn er sich schon vorher darüber geärgert haben sollte, dann hatte es Maggie zum Glück nicht mitbekommen.

»Durwood fragte, ob du hier wohnen bleiben willst«, sagte sie zu Serena. »Oder besteht die Chance, daß du wieder nach Baltimore ziehst?«

»Ach«, sagte Serena, »Baltimore kommt mir jetzt so weit weg vor. Wen kenne ich denn da überhaupt noch?«

»Mich und Ira zum Beispiel«, sagte Maggie. »Durwood Clegg. Die Barley-Zwillinge.«

Die Barley-Zwillinge gingen gleich hinter ihnen. Sie hatten sich untergehakt. Beide trugen Sonnenbrillenaufsätze über ihren normalen Brillen.

»Linda bekniet mich, nach New Jersey zu ziehen«, erzählte Serena. »Eine Wohnung zu nehmen, in ihrer und Jeffs Nähe.«

»Das wäre doch schön.«

»Ich weiß nicht recht«, sagte Serena. »Jedesmal wenn wir ein paar Tage zusammen sind, merke ich, daß wir nicht viel gemeinsam haben.«

»Aber wenn ihr nah beieinander wohnt, würdet ihr nicht tagelang beisammen sein«, sagte Maggie. »Man besucht sich und geht wieder. Wenn der Gesprächsstoff erschöpft ist, geht man einfach nach Hause. Außerdem hättest du dann mehr von deinen Enkelkindern.«

»Ach, Enkelkinder. Ich hatte nie das Gefühl, daß sie viel mit mir zu tun haben.«

»So würdest du nicht reden, wenn jemand sie dir vorenthielte«, sagte ihr Maggie.

»Wie geht es denn *deinem* Enkelkind, Maggie?«

»Keine Ahnung«, erwiderte Maggie. »Niemand sagt mir was. Und Fiona heiratet jetzt wieder; ich habe es rein zufällig erfahren.«

»Tatsächlich? Na ja, es tut Larue bestimmt gut, wenn ein Mann im Haus ist.«

»Leroy«, sagte Maggie. »Aber verstehst du, in Wirklichkeit liebt Fiona immer noch Jesse. Sie hat es selbst gesagt. Da ist bloß vor-

88

übergehend etwas schiefgelaufen zwischen den beiden. Es wäre ein schrecklicher Fehler, wenn sie einen anderen heiraten würde! Und dann die arme Leroy ... ich mag gar nicht daran denken, was dieses Kind alles durchgemacht hat. In diesem heruntergekommenen Haus leben und ständig mitrauchen zu müssen–«

»Rauchen? Mit sechs Jahren?«

»Sieben. Ihre Großmutter raucht.«

»Ach so, na ja«, sagte Serena.

»Aber es sind Leroys Lungen, die sich mit Teer überziehen.«

»Laß sie doch, Maggie«, sagte Serena. »Laß einfach los! Das sage *ich* dir. Heute morgen sah ich, wie Lindas Jungen hinten an unserem Zaun herumkletterten, und zuerst dachte ich: Oh, oh, ich rufe sie besser herein; sonst reißen sie sich noch ihre schicken kleinen Anzüge auf, aber dann dachte ich: Ach, vergiß es. Ist doch nicht *meine* Sache, dachte ich. Laß sie doch.«

»Aber ich will nichts loslassen«, sagte Maggie. »Was soll denn das überhaupt heißen?«

»Dir bleibt doch gar nichts anderes übrig«, sagte Serena. Sie machte einen großen Schritt über einen Ast, der quer über dem Weg lag. »Darauf läuft es doch am Ende hinaus, ob du willst oder nicht; Abtrennen und Loswerden. Na, du machst es doch schon die ganze Zeit, oder? An dem Tag, wo du sie zur Welt bringst, fängst du an, deine Kinder von dir abzustreifen; das ist alles. Ein ganz toller Augenblick, wenn du sie ansiehst und sagen kannst: ›Wenn ich jetzt sterben würde, kämen sie ohne mich zurecht. Jetzt habe ich die Freiheit zu sterben‹, sagst du dir. ›Was für eine Erleichterung!‹ Weg damit, weg damit! Schmeiß das Spielzeug aus dem Keller weg. Zieh in ein kleineres Haus. Ich war richtig froh, als die Wechseljahre kamen.«

»Die Wechseljahre!« rief Maggie. »Bist du schon in den Wechseljahren?«

»Zum Glück«, versetzte Serena.

»Oh, Serena!« sagte Maggie und blieb plötzlich stehen, so daß die Barley-Zwillinge sie fast umgerannt hätten.

»Du meine Güte«, sagte Serena, »warum erschreckt dich das denn so?«

»Aber ich weiß noch, wie wir zum erstenmal unsere Periode bekamen«, sagte Maggie. »Erinnerst du dich, wie wir alle warteten?
Erinnert ihr euch«, sagte sie und wandte sich zu den Barley-Zwillingen um, »wie wir eine ganze Zeitlang über nichts anderes sprachen? Bei wem hatte es angefangen und bei wem nicht? Wie man
sich dabei fühlte? Wie wir es vor unseren Männern verheimlichen
könnten, wenn wir verheiratet wären?«
Die Barley-Zwillinge nickten lächelnd. Ihre Augen waren hinter
den dunklen Gläsern nicht zu sehen.
»Und jetzt hat es bei ihr aufgehört«, sagte Maggie.
»Bei *uns* hat es nicht aufgehört«, jubilierte Jeannie Barley.
»Ihr Leben hat sich vollkommen verändert!« rief Maggie.
»Wunderbar; verkünde es der Welt«, sagte Serena. Sie hängte sich
bei Maggie ein, und sie gingen weiter. »Glaub mir, ich habe kaum
einen Gedanken daran verschwendet. ›Na gut‹, habe ich mir gesagt, ›eine Sache mehr, die ich loslassen kann‹.«
Maggie sagte: »Mir kommt es nie so vor, als würde ich etwas loslassen; ich habe immer das Gefühl, als würde man mir etwas weg-
nehmen. Mein Sohn ist erwachsen, und meine Tochter geht fort
aufs College, und im Heim reden sie davon, einige Leute zu entlassen. Es hat mit den neuen Regierungserlässen zu tun – sie wollen
mehr Fachpersonal einstellen und Leute wie mich entlassen.«
»So? Diese Stelle war sowieso zu mickrig für dich«, sagte Serena.
»Du standst in der Schule doch glatt A, erinnerst du dich? Oder
fast jedenfalls.«
»Sie ist nicht zu mickrig für mich, Serena; ich arbeite gern dort.
Du redest genau wie meine Mutter. Ich liebe diese Stelle!«
»Dann geh zurück auf die Schule und sieh zu, daß du selbst zum
Fachpersonal gehörst«, sagte Serena.
Maggie gab es auf. Auf einmal war sie zu müde, um weiterzudis-
kutieren.
Durch ein kleines Tor betraten sie einen mit Platten belegten Weg.
Serenas Haus war neuer als die anderen – unverputzte Ziegel, ein-
geschossig, modern und kompakt. Am vorderen Fenster hatte eine
Frau den Vorhang beiseite gezogen und sah hinaus, aber als die
Gäste erschienen, ließ sie ihn fallen und verschwand. Gleich dar-

auf erschien sie an der Tür, eine fest geschnürte, in einem Korsett steckende Frau mit einem hochgeschlossenen, marineblauen Kleid. »Ach, du armes Ding!« rief sie Serena entgegen. »Kommt doch herein. Kommt alle herein! Es gibt reichlich zu essen und zu trinken. Will sich jemand frisch machen?«

Maggie wollte. Sie ließ sich von der Frau den Weg zeigen, zuerst durch das Wohnzimmer, das voller schwerer Möbel im Planwagen-Stil stand, dann einen kurzen Gang zum Schlafzimmer entlang. Die Innendekoration schien ganz und gar das Werk von Max zu sein: eine mit bunten Autonummernschildern bestickte Tagesdecke und auf dem Bücherregal eine Sammlung von Bierkrügen. Auf dem Schreibtisch stand ein Foto von Linda in Barett und Talar neben einem Cowboystiefel aus Bronze voller Stifte und angenagter Plastikrührstäbchen. Aber im Badezimmer hatte jemand Gästehandtücher aufgehängt und eine Schale mit rosettenförmigen Seifenstücken hingestellt. Maggie wusch sich Gesicht und Hände mit einem Stück Ivory-Seife, die sie in einem Schränkchen unter dem Waschbecken fand. Sie trocknete sich die Hände an einem grauen Badetuch, das über der Stange des Duschvorhangs hing, und sah dann in den Spiegel. Der Spaziergang hatte ihrem Aussehen nicht genützt. Sie versuchte ihren Pony zu glätten. Sie stellte sich seitlich zum Spiegel und zog den Bauch ein. Währenddessen unterhielten sich die Barley-Zwillinge draußen über die Fotografie von Linda: »Ist es nicht schade, daß sie Max ähnelt und nicht Serena.« Nat Abrams sagte: »Ist das hier die Schlange zum Klo?«, und Maggie rief: »Bin gleich fertig.«

Sie kam heraus und stieß auf Ira, der zusammen mit Nat wartete; jetzt unterhielten sie sich über Benzinverbrauch. Sie kehrte ins Wohnzimmer zurück. Die Gäste drängten in die Eßnische, wo auf einem Tisch große Servierplatten standen – Sandwiches, Kuchen und Getränke. Der Mann von Sissy Parton betätigte sich als Barkeeper. Maggie erkannte ihn an dem kräftigen Rot seiner Haare, wie frisch geschlagenes Zedernholz. Die Farbe war keine Spur blasser geworden. Maggie ging zu ihm hin und sagte: »Hallo, Michael.«

»Maggie Daley! Schön hast du gesungen«, fügte er hinzu. »Aber wo steckte denn Ira?«

»Ach, na...«, sagte sie unbestimmt. »Könnte ich einen Gin mit Tonic bekommen, bitte?«

Er machte ihr einen und goß den Gin mit einer schwungvollen Geste ein. »Ich hasse diese Veranstaltungen«, sagte er zu ihr. »Das ist meine zweite Beerdigung diese Woche.«

»Wer ist denn noch gestorben?« fragte Maggie.

»Ach, ein alter Pokerbruder. Und vergangenen Monat meine Tante Linette und im Monat davor... Ich kann dir sagen, erst war ich bei den Schultheatervorstellungen von allen meinen Kindern, und kaum hatte ich das hinter mir, da ging es mit dem hier los.«

Ein Fremder trat heran und bat um einen Scotch. Maggie begann, im Wohnzimmer umherzugehen. Von Max hörte sie kaum jemanden reden. Die Leute unterhielten sich über die Baseballmeisterschaft, die wachsende Kriminalität, die richtige Tiefe für Tulpenzwiebeln. Zwei Frauen, die Maggie noch nie gesehen hatte, setzten häppchenweise das Porträt irgendeines Ehepaares aus ihrer Bekanntschaft zusammen. »Ein bißchen war er ja ein Trinker«, sagte die eine.

»Ja, aber er betete sie an.«

»Oh, er wäre ohne sie nicht zurechtgekommen.«

»Warst du auf ihrem Oster-Brunch dabei?«

»Und ob! Das mit Tafelaufsatz aus Schokolade?«

»Es war ein Geschenk, das er ihr gemacht hatte. Er hatte sie morgens damit überrascht.«

»Ein hohler Schokoladenhase. Er hatte ihn mit Rum gefüllt.«

»*Sie* wußte nicht, daß er mit Rum gefüllt war.«

»Er sagte, es sollte so sein wie diese Schweizer Pralinés, die sie mit Schnaps füllen.«

»Der Rum sickerte unten heraus.«

»Kleine Löcher waren in die Schokolade geschmolzen.«

»So eine Schweinerei habe ich noch nie gesehen, das ganze Tischtuch voll.«

»Zum Glück war es nur so ein Partytischtuch aus Papier.«

Hinten in der Eßnische unterhielten sich die Barley-Zwillinge jetzt mit Michael. Sie hatten die Sonnenbrillenaufsätze hochgeklappt, die jetzt schräg über ihre Brillengläser ragten wie die regsamen Fühler irgendwelcher faltenreicher, niedlich kleiner Geschöpfe aus dem Weltraum, und gerade nickten sie ganz ernst im Gleichtakt. Jo Ann und Sugar erörterten Mischehen – das alles beherrschende Thema in Jo Anns Leben vor ihrer Ehe mit Nat und offenbar auch nachher. »Aber sag doch mal wirklich«, meinte Sugar gerade, »kommt es dir nicht auch manchmal so vor, als sei jede Ehe gemischt?« Und die beiden kleinen Enkelkinder Serenas bombardierten einander verstohlen mit Kuchenstücken. Dieser Kuchen sah gut aus: Biskuit. Maggie überlegte einen Augenblick, ob sie ein Stück probieren sollte, aber dann fiel ihr die Diätkur ein, und nun hatte sie ein tugendhaftes Gefühl von Leere im Bauch. Sie wanderte um den Tisch, besah sich, was angeboten wurde, und widerstand sogar den Mais-Fritos. »Der Plumpssalat ist von mir«, sagte Serenas Nachbarin neben ihr.

»Plumpssalat?«

»Man nimmt ein Päckchen Götterspeisenpulver, eine Büchse Ananasstücke, eine Dose Schlagsahne...«

Eine Frau mit einer toupierten Frisur sagte Hallo, die Frau von nebenan wandte sich ab, um sie zu begrüßen, und ließ Maggie mit dem sandigen Gefühl von Puddingpulver auf den Zähnen zurück. Serena stand drüben am Büfett, unter einem Ölgemälde, das einen toten Vogel und einen Korb mit olivgrünen Früchten darstellte. Linda und ihr Mann standen neben ihr. »Wenn all diese Leute gegangen sind, Ma«, sagte Linda, »dann nehmen wir dich zum Essen mit, egal wohin, was dein Herz begehrt.« Sie sprach ein wenig lauter als gewöhnlich, als wäre Serena schwerhörig. »Wir laden dich zu einem richtig guten Essen ein«, erklärte sie.

»Ach, es ist doch so viel zu essen hier im Haus«, sagte Serena. »Und ehrlich gesagt, ich bin überhaupt nicht hungrig.«

Ihr Schwiegersohn schaltete sich ein: »Also, Mutter Gill, sag uns einfach, welches dein Lieblingsrestaurant ist.« Jeff, so hieß er. Sein Nachname fiel Maggie nicht ein.

Serena sagte: »Hm...« Sie sah sich um, als erhoffte sie sich davon einen Vorschlag. Ihr Blick streifte Maggie und wanderte weiter. Schließlich sagte sie: »Ach ja, vielleicht ins Golden Chopsticks. Das ist ein gutes Lokal.«

»Was für eine Art, chinesisch?«

»Ja, schon, aber sie haben auch –«

»Also, aus chinesischem Essen mache ich mir nichts«, sagte Linda. »Nicht chinesisch oder japanisch, beides nicht, tut mir leid.«

»Oder irgend etwas anderes Asiatisches«, erklärte Jeff. »Thailändisch magst du doch auch nicht.«

»Das stimmt. Oder Philippinisch oder Burmesisch.«

Serena sagte: »Aber –«

»Und Indisch kannst du auch nicht essen; vergiß Indisch nicht«, sagte Jeff.

»Nein, Indisch, da sind diese Gewürze drin.«

»Gewürze schlagen ihr auf die Verdauung«, sagte Jeff zu Serena.

»Ich bin da irgendwie überempfindlich oder so was«, sagte Linda. »Das gleiche gilt für Mexikanisch.«

»Aber wir haben hier gar keinen Mexikaner«, sagte Serena. »Das gibt es hier alles gar nicht.«

Linda sagte: »Also, ich möchte mal wissen, wie die Mexikaner selbst alle diese scharf gewürzten Sachen vertragen können.«

»Können sie gar nicht«, sagte Jeff zu ihr. »Sie bekommen alle diese schreckliche Krankheit, so einen Belag im Mund, der wie Hornhaut ist.«

Serena blinzelte. »Na gut«, meinte sie, »an was für ein Restaurant habt ihr denn gedacht?«

»Wir dachten, vielleicht das Steak House an der Route Eins«, sagte Jeff.

»MacMann's? Oh.«

»Natürlich nur, wenn es dir recht ist.«

»Na ja, bei MacMann's ist es irgendwie ... so laut, nicht wahr?« meinte Serena.

»Mir kam es da noch nie laut vor«, sagte Linda.

»Ich finde, da ist es immer so laut und so voll.«

»Mach, was du willst, Ma«, sagte Linda und reckte ihr Kinn hoch. »Wir wollten dir ja nur einen Gefallen tun, Gott noch mal.«

Maggie stand etwas außerhalb ihres kleinen Kreises und wartete darauf, daß Serena ihr einen ihrer Blicke mit dem sarkastischen

Augenrollen zuwarf. Aber Serena sah gar nicht zu ihr hinüber. Sie schien irgendwie in sich zusammengesunken; sie hatte ihren Schwung verloren. Sie hob ihr Glas an die Lippen und nippte nachdenklich.

Da rief der Bruder von Max: »Serena? Bist du bereit hierzu?«

Er deutete auf einen angeschimmelten, mit schwarzem Lederimitatpapier überzogenen Kasten, der auf dem Kaffeetisch stand. Irgendwie wirkte der Kasten vertraut; Maggie fiel nicht ein, warum. Serenas Miene hellte sich auf. Sie wandte sich zu Maggie um und sagte: »Das da ist meine Überraschung.«

»Was ist es denn?« fragte Maggie.

»Wir zeigen einen Film von meiner Hochzeit.«

Natürlich: ein Filmprojektor. Maggie hatte seit Jahren keinen mehr gesehen. Sie beobachtete, wie der Bruder von Max die silbernen Schließen öffnete. Serena entfernte sich, um die Fensterrollos herunterzuziehen. »Das größte Rollo benutzen wir als Leinwand«, rief sie. »Oh, ich hoffe, daß sich der Film nicht zersetzt hat oder ausgebleicht ist oder was alte Filme sonst noch so machen.«

»Du meinst, die Hochzeit von dir und Max?« fragte Maggie, die ihr gefolgt war.

»Sein Onkel Oswald hat ihn aufgenommen.«

»An eine Kamera auf der Hochzeit kann ich mich gar nicht erinnern.«

»Als ich mir gestern abend die Lieder durch den Kopf gehen ließ, fiel es mir plötzlich wieder ein. ›Wenn er noch nicht kaputt ist‹, sagte ich mir, ›wäre es nicht witzig, ihn noch einmal anzusehen?‹«

Witzig? Maggie wußte nicht recht. Aber andererseits hätte sie es auf keinen Fall versäumen mögen; also suchte sie sich einen Platz auf dem Teppich. Sie stellte ihr Glas ab und winkelte die Beine nach einer Seite ab. Eine uralte Dame saß neben ihr in einem Sessel, aber aus dieser Blickhöhe sah Maggie von ihr nur die dicken, in beige Baumwolle gewandeten Fesseln, die sich über den Oberkanten ihrer Schuhe verschränkten.

Die Gäste hatten jetzt mitbekommen, was hier gleich stattfinden sollte. Serenas Klassenkameraden ließen sich um den Projektor nieder, während die anderen sich in verschiedene Richtungen zerstreuten, wie bei einem Präparat, das man unter dem Mikroskop betrachtet. Einige drängten zur Haustür, sagten etwas von Babysittern und anderen Verabredungen und versprachen Serena, sie würden in Kontakt bleiben. Mehrere kehrten an die Bar zurück, und da Michael desertiert war, begannen sie, sich ihre Drinks selbst zu mixen. Michael war jetzt im Wohnzimmer und Nat ebenfalls. Ira war nirgendwo zu sehen. Nat fragte Sugar: »Meinst du, ich bin auch drauf?«

»Wenn du bei der Hochzeit gesungen hast, bestimmt.«

»Habe ich aber nicht«, versetzte er enttäuscht.

Mit ein bißchen Phantasie, dachte Maggie, hätte man glauben können, hier fände jetzt Staatsbürgerkunde bei Mr. Alden statt. (Sofern man die alte Dame übersah, die still und zufrieden sitzengeblieben war und mit ihrer Teetasse klirrte.) Maggie sah sich um und erblickte einen Halbkreis angegrauter Männer und Frauen, und sie hatten etwas so Abgetragenes, so Freundliches und Anspruchsloses an sich, daß sie einen Augenblick lang glaubte, sie seien ihr so nah wie eine Familie. Sie fragte sich, warum sie sich nie klargemacht hatte, daß alle diese Menschen während all der Jahre älter wurden, genau wie sie selbst, und ungefähr die gleichen Lebensabschnitte durchmachten – die Kinder großziehen, ihnen Lebewohl sagen, über die Fältchen staunen, die man im Spiegel entdeckt, zusehen, wie die eigenen Eltern gebrechlich und unsicher werden. Irgendwie hatte sie geglaubt, die anderen wären immer noch in heller Aufregung wegen des High-School-Balls.

Sogar das Geräusch des Projektors kam direkt aus dem Unterricht von Mr. Alden – das Klick-klack-Klick, mit dem sich die Spulen zu drehen begannen, während ein verschwommenes, zerkratztes Lichtrechteck auf das Fensterrollo fiel. Was würde Mr. Alden sagen, wenn er sie hier alle beisammensitzen sehen könnte? Wahrscheinlich war er längst tot. Und außerdem zeigte der Film ja nicht, wie die Demokratie funktioniert oder wie Gesetze entstehen, sondern –

Da, Sissy! Sissy Parton! Jung, schlank und etepetete, unter einem festen Chignon mit einem Kränzchen aus künstlichen Gänseblümchen, das aussah wie der Spitzenkragen einer Französin. Sie

spielte auf dem Klavier und hatte die Handgelenke so graziös abgewinkelt, daß man glauben konnte, nur die Feinheit ihres An-
schlags sei schuld daran, daß der Film ohne Ton blieb. Über dem
weißen Chorgewand sah der Peter-Pan-Kragen ihrer Bluse hervor,
ein fahles Lachsrot (im wirklichen Leben war er tiefrot gewesen,
wie sich Maggie erinnerte). Sie hob den Kopf und sah aufmerksam
in eine bestimmte Richtung, dann folgte die Kamera ihrem Blick,
und plötzlich füllten zwei Reihen lächerlich herausgeputzter junger Leute in Faltengewändern die Leinwand. Sie sangen schweigend, die Münder vollkommene Ovale. Wie Sternsinger auf einer
Weihnachtspostkarte sahen sie aus. Serena erkannte das Lied.
»*True love*«, sang sie, »*true –*« Dann brach sie ab und sagte: »Oh!
Seht ihr? Mary Jean Bennett! Ich habe überhaupt nicht daran gedacht, sie einzuladen. Ich habe sie ganz vergessen. Weiß jemand,
wo Mary Jean heute lebt?«
Niemand antwortete, aber mehrere sangen in leisem, träume-
rischem Gemurmel weiter: »*... for you and I have a guardian
angel...*«
»Da ist Nick Bourne, die Ratte«, rief Serena. »Hat behauptet, es
sei ihm zu weit, deshalb könne er nicht zur Beerdigung kommen.«
Sie saß auf einer Sessellehne und reckte den Hals, um den Film
sehen zu können. Im Profil sah sie imponierend, geradezu pracht-
voll aus, dachte Maggie, mit einer Linie von silbernem Leinwand-
licht, die an ihrer großen, geraden Nase entlang zu den Rundungen
ihrer Lippen hinablief.
Maggie selbst stand in der ersten Reihe des Chors neben Sugar
Tilghman. Ihr Haar lag in lauter schnörkeligen Löckchen; dadurch wirkte ihr Gesicht zu groß. Oh, es war beschämend. Aber
den anderen ging es zweifellos genauso. Deutlich hörte sie Sugar
stöhnen. Und als die Kamera zu Durwood hinüberschwenkte, mit
seiner schwarzen, naßglänzenden Schmachttolle, die aussah wie
eine Schokoladenkrone auf einem Eishörnchen, da stieß der ein
kurzes bellendes Lachen aus. In seinem schlotternden Chorgewand schlenderte dieser jüngere Durwood zum Klavier hinüber.
Er stellte sich in Positur und setzte eine gewichtige Miene auf.
Dann stimmte er ein lautloses *I Want You, I Need You, I Love You*

an, die Augen häufiger geschlossen als offen und mit dem linken
Arm so leidenschaftlich herumrudernd, daß er einmal eine Lilie in
einer Pappmaché-Vase umstieß. Maggie wollte lachen, aber sie
verkniff es sich. Den anderen erging es ähnlich. Nur die alte Dame
sagte: »Du meine Güte!« und klapperte mit ihrer Teetasse. Ein
paar Leute summten auch dieses Stück mit, und Maggie fand das
sehr gnädig von ihnen.

Dann landete die Kamera mit einem wirren Schlenker auf Jo Ann
Dermott vorne in der Kirche. Sie hielt sich an den Kanten des Le-
sepultes fest und las aus einem Buch, das die Zuhörer nicht sehen
konnten. Da sie nicht zum Chor gehörte, war ihr Kleid vollständig
sichtbar – gestärkt, mit eckigen Schultern, dazu ein langer Rock,
es war matronenhafter als alles, was sie seither getragen hatte.
Ihre gesenkten Augen wirkten schutzlos. Bei *Der Prophet* konnte
man nicht mitsummen, und so zog sich die Lesung in völliger
Stille dahin. Die anderen Gäste drüben in der Eßnische unterhielten sich und lachten und klimperten mit Eiswürfeln. »Lieber
Gott, kann nicht mal jemand den Schnell-Vorlauf einschalten«,
sagte Jo Ann, aber der Bruder von Max wußte offensichtlich nicht,
wie das ging (falls es an diesen alten Apparaten überhaupt einen
Schnell-Vorlauf gab), und so mußten sie es über sich ergehen lassen.

Dann hüpfte die Kamera erneut, und nun spielte Sissy wieder Klavier, eine einzelne Locke an die Stirn geklatscht. Maggie und Ira
standen nebeneinander und sahen mit ernster Miene zu Sissy hinüber. (Ira war ein Junge, noch ein richtiges Kind.) Sie holten Luft.
Sie begannen zu singen. Maggies Gewand bauschte sich ein wenig
– gegen ihre zehn Pfund Übergewicht hatte sie schon damals ge-
kämpft –, und Ira sah zerrupft aus, wie ein ganz junger Vogel.
Hatte er das Haar tatsächlich so kurz getragen? Damals war er ihr
vollkommen undurchschaubar vorgekommen. Seine Undurch-
schaubarkeit war das Anziehendste an ihm gewesen. Er hatte sie
an diese mathematischen Genies erinnert, die es nicht nötig haben, die Rechnung aufzuschreiben, sondern gleich mit der Antwort bei der Hand sind.

Er war einundzwanzig, als dieser Film gedreht wurde. Maggie war neunzehn. Sie hatte keine Ahnung, wo sie sich kennengelernt hatten, weil es damals nicht wichtig gewesen war. Wahrscheinlich waren sie in den Fluren der High School aneinander vorbeigelaufen, vielleicht sogar schon in der Grundschule. Vielleicht war er auch bei ihr zu Hause gewesen und hatte sich mit ihren Brüdern herumgetrieben. (Er und ihr Bruder Josh waren fast gleichaltrig.) Ganz bestimmt aber hatte er zusammen mit ihr in der Kirche gesungen; so viel wußte sie. Seine Familie gehörte zur Gemeinde, und Mr. Nichols, dem es an Männerstimmen immer fehlte, hatte Ira irgendwie beschwatzt, dem Chor beizutreten. Aber er war nicht lange geblieben. Ungefähr um die Zeit, als er den High-School-Abschluß machte, war er ausgetreten. Oder vielleicht im Jahr danach. Maggie hatte nicht mitbekommen, seit wann er weggeblieben war.

Ihr Freund war damals auf der High School ein Klassenkamerad namens Boris Drumm gewesen. Klein und dunkelhaarig, mit rauher Haut und kurzgeschorenem, schwarzem Haar – männlich schon in diesem Alter, genau das, was sie gesucht hatte. Boris hatte Maggie das Autofahren beigebracht, und eine seiner Übungen bestand darin, daß sie allein auf dem Parkplatz von Sears-Roebuck herumkurvte, bis er urplötzlich vor dem Wagen auftauchte, um ihre Reaktionsgeschwindigkeit zu testen. Das deutlichste Bild, das sie bis heute von ihm bewahrt hatte, war die entschlossene Haltung, mit der er ihr in den Weg getreten war: die Arme ausgestreckt, die Füße weit auseinander, mit zusammengebissenen Zähnen. Hart wie Fels hatte er ausgesehen. Unverwüstlich. Es kam ihr so vor, als hätte sie ihn sogar überfahren können, und er hätte sich nachher einfach wieder aufgerichtet, wie ein Stehaufmännchen.

Nach der Graduierung wollte er ein College im Mittleren Westen besuchen, aber sie waren sich einig, daß er und Maggie heiraten würden, sobald er seinen Abschluß gemacht hatte. So lange sollte Maggie zu Hause wohnen und das Goucher-College besuchen. Sie war nicht sonderlich erpicht darauf; es war eine Idee ihrer Mutter gewesen. Ihre Mutter, die vor ihrer Heirat Englisch unterrichtet hatte, füllte alle Anmeldeformulare aus und schrieb sogar den

Aufsatz für Maggie. Ihr lag viel daran, daß aus ihren Kindern etwas wurde. (Maggies Vater montierte Garagentore und war nie auf einem College gewesen.) So fand sich denn Maggie mit den vier Jahren auf dem Goucher ab. Bis dahin suchte sie sich, um zum Studiengeld etwas beizutragen, einen Ferienjob und putzte Fenster.

So kam sie zum Silver-Threads-Altenheim, das damals noch nicht offiziell eröffnet worden war. Ein nagelneues, modernes Gebäude in einer Seitenstraße der Erdman Avenue, mit drei langen Flügeln und einhundertzweiundachtzig Fenstern. Jedes große Fenster hatte zwölf Glasscheiben und die kleineren sechs. Und auf jeder Scheibe klebte in der linken unteren Ecke ein weißes Papierschildchen mit der Aufschrift KRYSTAL KLEER MFG. CO. Diese Schildchen klebten so fest am Glas, wie es Maggie vorher und nachher nie wieder erlebt hatte. Womit sie auch immer befestigt waren, dachte Maggie später, diesen Stoff müßte eigentlich die NASA übernehmen. Wenn man eine Schicht des Papiers abzog, blieb darunter eine faserige Schicht haften; wenn man dann mit heißem Wasser wischte und mit einer Rasierklinge kratzte, blieben noch immer graue Spuren von einem gummiartigen Leim zurück, und wenn man schließlich auch die entfernt hatte, war natürlich die ganze Scheibe schmutzig, voller Fingerabdrücke und Streifen, also mußte sie mit Windex eingesprüht und mit einem Fensterleder gewischt werden. Von neun Uhr morgens bis vier Uhr nachmittags kratzte Maggie und wischte und kratzte wieder, einen ganzen Sommer lang. Ständig taten ihr die Fingerspitzen weh. Es kam ihr vor, als würden sich ihre Nägel in die Finger zurückschieben. Es war niemand da, mit dem sie sich während der Arbeit hätte unterhalten können, denn sie war die einzige Fensterputzerin, die man eingestellt hatte. Gesellschaft leistete ihr nur das Radio, in dem *Moonglow* und *I Almost Lost my Mind* gespielt wurde.

Im August nahm das Heim die ersten Patienten auf, obwohl noch nicht die ganze Arbeit getan war. Natürlich wurden sie in den Zimmern untergebracht, wo die Fenster vollständig gesäubert waren, aber Maggie machte es sich zur Gewohnheit, hin und wieder eine Pause einzulegen und Visite zu halten. Sie blieb an diesem oder jenem Bett stehen, um zu sehen, wie es den Leuten ging. »Könntest du mir die Wasserkanne ein bißchen näherschieben, Kindchen?« bat eine Frau, oder: »Zieh doch bitte mal den Vorhang beiseite, ja?« Während Maggie diese Aufträge ausführte, kam sie sich wertvoll und tüchtig vor. Oft lockte sie eine ganze Gefolgschaft von Patienten zu sich, die noch mobil waren. Einer mit einem Rollstuhl fand heraus, in welchem Zimmer sie gerade arbeitete, und plötzlich saßen drei oder vier Patienten dort herum und redeten. Dabei gehörte es zu ihrem Konversationsstil, daß sie Maggies Anwesenheit einfach ignorierten und untereinander hitzige Debatten führten. (War es der Schneesturm von '88 oder von '89 gewesen? Und auf welchen Wert kam es beim Blutdruckmessen mehr an?) Aber sie gaben auch zu erkennen, daß sie sich ihrer Zuhörerin durchaus bewußt waren; Maggie wußte, daß alles nur ihr zuliebe geschah. Sie lachte auch in den richtigen Augenblicken oder schnalzte ab und an voller Sympathie, und die alten Leute machten zufriedene Gesichter.

Niemand in ihrer Familie verstand, als Maggie erklärte, sie wolle vom College nichts mehr wissen und würde statt dessen als Helferin in das Altenheim gehen. Altenpflegerin – ja, aber das war doch nicht besser als Kellnerin, erklärte ihre Mutter, nicht besser als Zimmermädchen. Und dabei war Maggie so intelligent und hatte als eine der Besten in der Klasse die Schule abgeschlossen. Wollte sie denn nur etwas ganz Normales werden? Ihre Brüder, die sich ähnlich entschieden hatten (drei arbeiteten im Baugewerbe, der vierte schweißte Lokomotiven im Betriebswerk Mount Clare), behaupteten, von ihr hätten sie erwartet, daß sie weitermachen würde. Sogar ihr Vater fragte halblaut, ob sie denn wisse, was sie da tue. Aber Maggie blieb fest. Was sollte sie auf dem College? Was sollte sie mit diesen nutzlosen, hochtrabenden Wissensfetzen, wie sie sie schon auf der High School gelernt hatte – *Die Ontogenese wiederholt die Phylogenese* und *Synekdoche ist die Symbolisierung eines Ganzen durch eines seiner Teile*? Sie nahm an einem Rot-Kreuz-Kursus teil, damals die einzige Voraussetzung, die man mitbringen mußte, und fing im Silver-Threads-Heim an.

So kam es denn, daß sie mit achtzehneinhalb Jahren unter lauter

alten Leuten arbeitete und mit einem ältlichen Vater, einer ältlichen Mutter und einem unverheirateten Bruder zusammen-
lebte, der auf seine Weise ebenfalls schon ältlich war. Boris
Drumm mußte sich sein Studium selbst verdienen, so daß er nur
über Weihnachten nach Baltimore kam und während der übrigen
Ferien in einem Laden beim Campus Männerkleidung verkaufte.
Er schrieb lange Briefe, in denen er schilderte, wie das Studium
seine Anschauungen vom Universum veränderte. Die Welt sei so
voller Ungerechtigkeit, schrieb er. Es sei ihm das noch nie so klar
geworden. Darauf zu antworten war schwierig, weil Maggie sehr
wenig zu berichten hatte. Sie traf nicht mehr viele ihrer gemeinsa-
men Freunde. Einige waren fortgegangen, aufs College, und wenn
sie zurückkehrten, hatten sie sich verändert. Einige hatten geheiratet, was zu einer noch größeren Veränderung führte. Ziemlich
bald waren die einzigen, die Maggie noch regelmäßig traf, Sugar
und die Barley-Zwillinge – einfach deshalb, weil sie im Chor sangen – und natürlich Serena, ihre beste Freundin. Aber da Boris von
Serena nie viel gehalten hatte, erwähnte Maggie sie nur selten in
ihren Briefen.

Serena arbeitete in einem Geschäft für Damenunterwäsche als
Verkäuferin. Sie brachte durchscheinende Spitzenunterwäsche
mit nach Hause, in Farben, die keinen Sinn machten. (Würde ein
hellroter BH nicht unter fast jedem Kleidungsstück, das man besaß, durchscheinen?) Während sie ein schwarzes Nachthemd mit
durchbrochenem Oberteil vorführte, verkündete sie, daß sie und
Max im Juni heiraten würden, wenn er sein erstes Jahr an der Universität von North Carolina hinter sich hatte. Dieses Studium war
eine Abmachung, die er mit seinen Eltern getroffen hatte. Er hatte
versprochen, es ein Jahr lang mit dem College zu versuchen, und
wenn es ihm dann wirklich und wahrhaftig nicht gefiele, dann
würden sie ihn abgehen lassen. Sie hofften natürlich, daß er dort
ein nettes Mädchen aus dem Süden kennenlernen und über die
Vernarrtheit in Serena hinwegkommen werde. Zugegeben hätten
sie das allerdings nicht.

Serena erzählte, Max habe gesagt, nach der Heirat könne sie ihre
Stelle in dem Laden aufgeben und brauche nie mehr zu arbeiten;

und sie erzählte auch (wobei sie mit sehnsüchtiger Miene einen Träger aus schwarzer Spitze abstreifte und ihre weiche Schulter bewunderte), daß er sie inständig gebeten habe, wenn er nächstes Mal heimkomme, solle sie mit ihm ins Blue-Hen-Motel kommen. Es würde nichts *geschehen*, hatte er gesagt; nur um zusammenzusein. Maggie war beeindruckt und neidisch. In ihren Ohren klang das sehr romantisch. »Du gehst doch mit, oder?« fragte sie, aber Serena erwiderte: »Was glaubst du: daß ich den Verstand verloren habe? Verrückt müßte ich sein.«

»Aber Serena –«, sagte Maggie. Sie hatte sagen wollen, es sei doch etwas anderes als die Situation, in der Anita gewesen war, etwas ganz anderes, aber Serenas grimmige Miene brachte sie zum Schweigen.

»Ich bin doch nicht *blöd*«, erklärte Serena.

Maggie fragte sich, was sie selbst tun würde, wenn Boris sie jemals ins Blue-Hen-Motel einladen würde. Sie glaubte allerdings nicht, daß er je auf diese Idee käme. Vielleicht lag es bloß daran, daß sie sich an seine langen, langweiligen Briefe halten mußte, wenn sie ihn sich irgendwie vorstellen wollte – aber in letzter Zeit war es ihr so vorgekommen, als sei Boris irgendwie ... weniger gut aufgelegt, man könnte sagen, weniger flott. In seinen Briefen erzählte er jetzt, nach dem College wolle er auf die Juristische Fakultät und dann in die Politik. Nur in der Politik, sagte er, habe man die Macht, das Unrecht in der Welt zu beseitigen. Aber es war komisch: Maggie waren Politiker nie mächtig erschienen. Sie sah in ihnen Bettler. Immerzu bettelten sie um Stimmen, drehten und wendeten sich, um ihrem Publikum zu gefallen, agierten rückgratlos und unaufrichtig in einem jämmerlichen Streben nach Popularität. Der Gedanke, daß Boris so sein könnte, gefiel ihr ganz und gar nicht.

Sie fragte sich, ob Serena insgeheim Zweifel wegen Max hatte. Nein, wahrscheinlich nicht. Serena und Max schienen wie füreinander geschaffen. Serena war so glücklich.

Maggies neunzehnter Geburtstag – der Valentinstag 1957 – fiel auf einen Donnerstag, und abends war Chorprobe. Serena brachte einen Kuchen mit, und nach der Probe bekam jeder ein Stück, dazu einen Pappbecher Ginger Ale, und alle sangen »Happy Birthday«. Die alte Mrs. Britt, die mit dem Singen schon vor Jahren hätte aufhören sollen (aber niemand getraute sich, es ihr zu sagen), sah sich um und seufzte: »Ist das nicht traurig, wie die jungen Leute so nach und nach verschwinden? Sissy läßt sich kaum noch blicken, seit sie verheiratet ist, und Louisa zieht nach Montgomery County, und jetzt höre ich, daß der Junge von den Morans auch nicht mehr da ist, ums Leben gekommen.«

»Tot?« fragte Serena, »wie ist denn das passiert?«

»Ach, einer von diesen unberechenbaren Unfällen in der Grundausbildung«, meinte Mrs. Britt. »Genau weiß ich es nicht.«

Sugar, deren Verlobter in Camp Lejeune stationiert war, sagte: »O Gott, o Gott, ich wünsche mir nur eins, daß Robert wohlbehalten und mit allem, was an ihm dran ist, zurückkommt« – so als würde er gerade irgendwo im Nahkampf eingesetzt, was natürlich nicht der Fall war. (Es war während einer jener seltenen Minuten in der Geschichte, in denen das Land nicht in irgendwelche ernsthaften Feindseligkeiten verwickelt war.) Dann bot Serena noch einmal von dem Geburtstagskuchen an, aber alle mußten nach Hause.

An diesem Abend im Bett begann Maggie aus irgendeinem Grund, über den Jungen der Morans nachzudenken. Obwohl sie ihn nicht gut gekannt hatte, stellte sie fest, daß ihr ein klares Bild von ihm vor Augen stand: ein dünner Mensch, groß, mit hochliegenden Backenknochen und glattem, ölig schwarzem Haar. Sie hätte sich denken können, daß ihm das Schicksal einen frühen Tod bestimmt hatte. Er war der einzige Junge im Chor gewesen, der keinen Unfug machte, wenn Mr. Nichols mit ihnen sprach. Er hatte irgendwie selbstbeherrscht gewirkt. Ihr fiel auch ein, daß er einen Wagen fuhr, der aus lauter Teilen vom Schrottplatz und Isolierband bestand und bloß mit Know-how lief. Jetzt, wo sie darüber nachdachte, glaubte sie, seine Hände am Steuerrad vor sich zu sehen. Sie waren gebräunt und ledrig und am Daumenansatz ungewöhnlich breit, und tief in den Fältchen an den Fingerknöcheln saß schwarzes Schmieröl. Sie sah ihn in einer Armeeuniform mit messerscharfen Bügelfalten an den Hosenbeinen – ein Mann, der unverzagt in seinen Tod fuhr, ohne eine Miene zu verziehen.

Zum erstenmal kam ihr eine Ahnung davon, daß ihre Generation im Strom der Zeit stand. Wie die anderen vor ihnen, würden sie heranwachsen, alt werden und sterben. Schon drängte von hinten eine jüngere Generation nach.

Boris schrieb, er würde sein Möglichstes versuchen, um während der Frühjahrsferien nach Hause zu kommen. Maggie hätte sich gewünscht, es würde weniger bemüht klingen. Er hatte nichts von Ira Morans ruhiger Zuversicht.

Serena bekam einen Verlobungsring mit einem Diamanten in Form eines Herzes. Er funkelte. Sie begann Pläne für eine große, verwickelte Hochzeitszeremonie zu machen und wieder umzustoßen, die für den achten Juni angesetzt wurde. Auf dieses Datum steuerte sie majestätisch wie ein Schiff zu, und alle ihre Schulfreundinnen flatterten über ihrem Kielwasser. Maggies Mutter sagte, es sei Unsinn, so viel Getue wegen einer Hochzeit zu machen. Leute, die so sehr für ihre Hochzeit lebten, würden nachher eine tiefe Enttäuschung erleben, und dann sagte sie mit verändertem Ton: »Das arme, traurige Kind, gibt sich solche Mühe; ich muß sagen, sie tut mir richtig leid.« Maggie war schockiert. (Ihr kam es so vor, als würde für Serena das wirkliche Leben anfangen, während sie, Maggie, noch auf einem Nebengleis wartete.) Unterdessen suchte sich Serena ein elfenbeinfarbenes Hochzeitskleid mit Spitzen aus, überlegte es sich dann noch einmal anders und entschied schließlich, weißer Satin sei besser; auch traf sie zuerst eine Auswahl verschiedener Kirchenlieder, und nachher suchte sie sich weltliche Lieder aus, und sie unterrichtete alle ihre Freundinnen, daß das gestalterische Motiv in ihrer Küche die Erdbeere sein werde.

Maggie überlegte, was sie von Ira Morans Familie wußte. Der Verlust mußte sie schwer getroffen haben. Seine Mutter, so glaubte sie sich zu erinnern, war schon tot. Sein Vater war ein unscheinbarer, etwas schäbig gekleideter Mann mit Iras gebeugter Haltung, und dann gab es noch Schwestern, zwei oder drei vielleicht. Sie wußte genau, in welcher Bank sie beim Gottesdienst immer gesessen hatten, aber jetzt, wo sie darauf achtete, stellte sie fest, daß sie nicht mehr kamen. Den ganzen restlichen Februar und fast den ganzen März hielt sie nach ihnen Ausschau, aber sie tauchten nie auf.

Boris Drumm kam während der Frühjahrsferien nach Hause und begleitete sie an diesem Sonntag zur Kirche. Maggie stand mit dem Chor auf der Empore und sah, wie er unten zwischen ihrem Vater und ihrem Bruder Elmer saß, und ihr fiel auf, daß er gut zu ihnen paßte. Zu gut. Wie alle Männer in ihrer Familie setzte er während der Lieder eine gelangweilt-bekümmerte Miene auf und murmelte vor sich hin, statt zu singen. Vielleicht bewegte er auch nur die Lippen und sah nach der Seite, als hoffte er, nicht aufzufallen. Nur Maggies Mutter sang wirklich, mit vorgestrecktem Kinn, und artikulierte deutlich.

Am Sonntag nach dem Essen mit der Familie gingen Maggie und Boris auf die Veranda. Träge stieß Maggie die Verandatür mit der Fußspitze hin und her, während Boris sich über seine politischen Bestrebungen ausließ. Er wolle klein anfangen, sagte er, vielleicht in der Schulbehörde oder so. Von dort würde er sich zum Senator hocharbeiten. »Mmh«, sagte Maggie. Sie verschluckte ein Gähnen. Dann gab Boris ein Hüsteln von sich und fragte, ob sie je daran gedacht habe, auf die Krankenpflegeschule zu gehen. Das wäre vielleicht ein guter Plan, sagte er, wenn sie so versessen darauf sei, sich um alte Menschen zu kümmern. Wahrscheinlich stand auch das in einem Zusammenhang mit seiner Karriere; Senatorengattinnen leerten keine Bettpfannen. Sie sagte: »Aber ich will keine Krankenschwester werden.«

»Aber du warst doch immer so gut in der Schule«, meinte er.

»Ich will nicht auf einer Pflegestation herumstehen und Formulare ausfüllen; ich möchte mit Leuten zu tun haben!« sagte Maggie.

Ihre Stimme klang schärfer, als sie beabsichtigt hatte. Er wendete sich ab.

»Entschuldige«, sagte sie.

Sie fühlte sich zu groß. Sie war größer als er, wenn sie saßen, vor allem wenn er sich zusammenkauerte, wie er es jetzt tat.

Er sagte: »Hast du irgendwelchen Kummer, Maggie? Du kommst mir schon die ganzen Ferien so verändert vor.«

»Ja, es tut mir leid«, sagte sie, »aber ich hatte einen … Verlust. Jemand, mit dem ich sehr gut befreundet war, ist gestorben.«

Sie hatte nicht das Gefühl zu übertreiben. Inzwischen kam es ihr vor, als hätten sie und Ira einander nahegestanden. Sie hatten es bloß nicht bewußt wahrgenommen.

»Ja, aber warum hast du das denn nicht gesagt?« fragte Boris. »Wer war es?«

»Du kennst ihn nicht.«

»Ihn? Das kannst du doch gar nicht wissen! Wer war es?«

»Na schön«, sagte sie, »er hieß Ira.«

»Ira«, wiederholte Boris. »Meinst du Ira Moran?«

Sie nickte und hielt die Augen gesenkt.

»So ein magerer Kerl? Ein paar Klassen über uns?«

Sie nickte.

»Hatte der nicht ein Teil Indianerblut in den Adern oder so was?«

Das hatte sie nicht gewußt, aber es klang richtig. Es paßte genau.

»Natürlich kannte ich ihn«, sagte Boris. »Wir grüßten uns und so. Also direkt ein Freund war er nicht. Wußte gar nicht, daß du mit ihm befreundet warst.«

Wie sie nur immer an diese Figuren gerät, schien seine finstere Miene zu sagen. Zuerst Serena und nun ein Indianer.

»Er war einer von denen, die ich besonders gern habe«, sagte sie.

»Ach, tatsächlich? Ach so. Ja dann, dann mein herzliches Beileid, Maggie«, sagte Boris. »Ich wollte, du hättest es mir früher gesagt.«

Er überlegte einen Augenblick. Dann sagte er: »Wie ist es denn passiert?«

»Ein Unfall bei der Grundausbildung«, sagte Maggie.

»Bei der Grundausbildung?«

»Im Rekrutenlager.«

»Ich wußte gar nicht, daß er sich gemeldet hat«, sagte Boris. »Ich dachte, er arbeitet in dem Rahmengeschäft von seinem Vater. Habe ich da nicht unser Foto vom High-School-Ball rahmen lassen? Sam's Rahmenladen? Ich glaube sogar, Ira hat mich bedient.«

»Wirklich?« fragte Maggie, und sie stellte sich Ira hinter einer Ladentheke vor – noch ein Bild, das sie in ihre kleine Sammlung aufnehmen konnte. »Ja, das hat er«, sagte sie. »Sich gemeldet, meine ich. Und dann hatte er diesen Unfall.«

»Das tut mir leid«, sagte Boris.

Ein paar Minuten später sagte sie ihm, sie würde den Rest des Tages lieber allein bleiben, und Boris sagte, das könne er natürlich verstehen.

An diesem Abend im Bett fing sie an zu weinen. Es lag daran, daß sie laut von Iras Tod gesprochen hatte. Sie hatte niemandem davon erzählt, auch Serena nicht, die bloß gesagt hätte: »Wovon redest du eigentlich? Du kanntest den Knaben doch kaum.«

Sie und Serena kamen immer mehr auseinander, fiel Maggie jetzt ein. Sie weinte heftiger und trocknete sich die Tränen mit dem Saum ihres Bettuchs.

Am nächsten Tag fuhr Boris zum College zurück. Maggie hatte am Morgen frei, und deshalb fuhr sie ihn zur Bushaltestelle. Sie fühlte sich einsam, nachdem sie sich verabschiedet hatte. Plötzlich fand sie es sehr traurig, daß er den weiten Weg gekommen war, bloß um sie zu besuchen. Sie wünschte, sie wäre netter zu ihm gewesen.

Zu Hause war ihre Mutter mit dem Frühjahrsputz beschäftigt. Die Teppiche hatte sie schon zusammengerollt und die Sisalmatten für den Sommer ausgelegt, und jetzt nahm sie die Vorhänge ab. Nach und nach erfüllte ein trostloses, weißes Licht das Haus. Maggie stieg die Treppe hinauf in ihr Zimmer und warf sich aufs Bett. Wahrscheinlich würde sie ihr Leben lang in dieser langweiligen, ordentlichen Familie leben müssen.

Nach ein paar Minuten stand sie auf und ging in das Zimmer ihrer Eltern hinüber. Sie nahm das Branchenverzeichnis, das unter dem Telefon lag. *Rahmen*, nein. *Bilderrahmen*, ja. *Sam's Rahmenladen*. Eigentlich hatte sie es nur einmal gedruckt sehen wollen, aber dann schrieb sie sich die Adresse doch auf einen Notizblock und nahm sie mit in ihr Zimmer.

Sie besaß kein Briefpapier mit schwarzem Rand, also wählte sie das schlichteste, das sie zum Schulabschluß bekommen hatte – weiß, mit einem einzelnen Farnblatt in einer Ecke. *Lieber Mr. Moran*, schrieb sie.

Ich habe früher zusammen mit Ihrem Sohn im Chor gesungen,

und ich muß Ihnen sagen, wie traurig mich die Nachricht von seinem Tod gemacht hat. Ich schreibe nicht aus bloßer Höflichkeit. Ich glaube, Ira war der wunderbarste Mensch, der mir je begegnet ist. Er hatte etwas Besonderes an sich, und ich wollte Ihnen sagen, daß ich ihn in lieber Erinnerung behalten werde, solange ich lebe.
Mit tiefster Anteilnahme,
Margaret M. Daley

Sie verschloß den Umschlag, schrieb die Adresse darauf, und bevor sie es sich anders überlegen konnte, ging sie hinunter an die Ecke und steckte ihn in den Briefkasten.

Zuerst hatte sie gar nicht daran gedacht, daß Mr. Moran antworten könnte, aber später, bei der Arbeit, fiel ihr ein, daß er es vielleicht doch täte. Natürlich: eigentlich konnte man erwarten, daß Beileidsbriefe beantwortet würden. Vielleicht erzählte Mr. Moran etwas Persönliches über Ira, das sie sich merken und wie einen Schatz hüten konnte. Vielleicht sagte er auch, daß Ira ihren Namen erwähnt habe. Das war nicht völlig ausgeschlossen. Und wenn er sah, daß sie eine der wenigen war, die seinen Sohn wirklich schätzten, dann schickte er ihr vielleicht sogar ein kleines Andenken – vielleicht ein altes Foto. Ein Foto würde ihr sehr gut gefallen. Ach, hätte sie nur daran gedacht und sofort um eines gebeten!

Da sie den Brief am Montag eingeworfen hatte, würde er wahrscheinlich am Dienstag bei Iras Vater sein. Seine Antwort konnte also am Donnerstag kommen. An diesem Donnerstagmorgen tat sie ihre Arbeit in fiebernder Ungeduld. Um die Mittagszeit rief sie zu Hause an, aber ihre Mutter sagte, die Post sei noch nicht gekommen. (Sie fragte auch: »Wieso? Worauf wartest du denn?« – was nun genau zu den Dingen gehörte, deretwegen Maggie lieber heute als morgen geheiratet hätte und von zu Hause weggezogen wäre.) Um zwei rief sie noch einmal an, aber ihre Mutter sagte, es sei nichts für sie dabei gewesen.

Als sie an diesem Abend zur Chorprobe ging, überschlug sie die Tage noch einmal und stellte fest, daß Mr. Moran ihren Brief am Dienstag vielleicht noch gar nicht bekommen hatte. Sie erinnerte sich, daß sie ihn erst kurz vor Mittag aufgegeben hatte. Jetzt fühlte sie sich wohler. Sie ging schneller und winkte Serena zu, als sie sie auf den Stufen der Kirche erblickte.

Mr. Nichols hatte sich verspätet, und die Chormitglieder vertrieben sich die Wartezeit mit Witzeleien und Geplauder. Sie waren alle ein bißchen aufgedreht, jetzt, wo der Frühling da war – sogar die alte Mrs. Britt. Die Kirchenfenster standen offen, und draußen hörte man die Kinder aus der Nachbarschaft, die auf dem Gehweg spielten. Die Abendluft roch nach frisch gemähtem Gras. Als Mr. Nichols dann kam, trug er einen kleinen Lavendelzweig im Knopfloch. Er mußte ihn bei dem Straßenverkäufer erstanden haben, der am Morgen zum erstenmal in diesem Jahr mit seinem Karren aufgetaucht war. »Ich bitte um Entschuldigung, meine Damen und Herren«, sagte er, stellte seine Aktentasche auf eine Bank und kramte darin nach seinen Noten.

Noch einmal öffnete sich die Kirchentür, und herein kam Ira Moran.

Er war sehr groß und dunkel, in einem weißen Hemd mit aufgekrempelten Ärmeln und engen schwarzen Hosen. Er hatte eine strenge Miene aufgesetzt, die sein Gesicht länger machte, so als hätte er irgendeinen Klumpen im Mund. Maggie spürte, wie ihr Herz stehenblieb. Zuerst überkam sie eisige Kälte und dann eine Hitze, aber mit leerem, ungerührtem Blick starrte sie durch ihn hindurch und preßte den Daumen in ihr aufgeschlagenes Gesangbuch. Auch in diesem ersten Augenblick wußte sie, daß er kein Geist und kein Gespenst war. Er war so wirklich wie die speckigen lackierten Kirchenbänke, nicht so untadelig, wie sie ihn sich ausgemalt hatte, sondern verwickelter gebaut – irgendwie greifbarer, komplizierter.

Mr. Nichols sagte: »Oh, Ira. Schön, daß du kommst.«

»Danke«, sagte Ira. Dann schlängelte er sich zwischen den Klappstühlen nach hinten, wo die Männer saßen, und suchte sich einen Platz. Aber Maggie sah, wie sein Blick über die Frauen vorn hinwegglitt und schließlich bei ihr hängenblieb. Sie war sich sicher, daß er von dem Brief wußte. Sie spürte, wie eine Röte über ihr Gesicht wanderte. Sonst war sie aus bloßer Vorsicht und Schüchternheit immer zurückhaltend, aber diesmal hatte sie einen so dummen Fehler begangen, daß sie jetzt meinte, sie könnte nie wieder einem anderen Menschen unter die Augen treten.

Sie sang wie betäubt, im Stehen oder im Sitzen, wie es angesagt wurde. Sie sang *Once to Every Man and Nation* und *Shall We Gather at the River*. Dann ließ Mr. Nichols die Männer *Shall We Gather at the River* noch einmal allein singen und bat die Pianistin, eine bestimmte Passage zu wiederholen. Währenddessen beugte sich Maggie zu Mrs. Britt hinüber und flüsterte: »War das nicht eben der Junge von den Morans, der da zu spät kam?«

»Na, das denke ich aber doch«, sagte Mrs. Britt scherzhaft.

»Haben Sie mir nicht erzählt, daß er umgekommen ist?«

»Habe ich das?« fragte Mrs. Britt. Sie blickte überrascht drein und setzte sich aufrecht in ihren Stuhl. Einen Augenblick später beugte sie sich wieder vor und sagte: »Das war der Junge von den *Rands*, der umgekommen ist. Monty Rand.«

»Ach«, sagte Maggie.

Monty Rand war so ein kleines, bleiches Handtuch von einem Jungen gewesen, mit einer ganz unpassenden Baßstimme. Maggie hatte ihn nie besonders gemocht.

Nach der Chorprobe packte sie so rasch wie möglich ihre Sachen, war als erste draußen und stapfte hastig den Gehweg hinunter, ihre Tasche an die Brust gepreßt. Aber sie hatte noch nicht die nächste Ecke erreicht, als sie hinter sich Iras Stimme hörte. »Maggie?« rief er.

Unter einer Straßenlaterne verlangsamte sie ihren Schritt und blieb dann stehen, ohne sich umzublicken. Er trat zu ihr. Seine Beine warfen auf dem Gehweg einen Schatten wie eine Schere.

»Was dagegen, wenn ich mit dir gehe?« fragte er.

»Tu, was du nicht lassen kannst«, antwortete sie schnippisch. Er ging jetzt im gleichen Schritt neben ihr.

»Wie geht's denn so?« fragte er.

»Ganz gut.«

»Du hast die Schule jetzt hinter dir, oder?«

Sie nickte. Sie überquerten eine Straße.

»Hast du 'ne Stelle?« fragte er.

111

»Ich arbeite im Silver-Threads-Altenheim.«

»Oh, gut.«

Er begann, das letzte Lied zu pfeifen, das sie geprobt hatten: »*Just a Closer Walk with Thee – Näher trete ich zu Dir.*« Er schlenderte neben ihr, die Hände in den Hosentaschen. Sie kamen an einem Liebespaar vorbei, das sich an einer Bushaltestelle küßte. Maggie räusperte sich und sagte dann: »Zu dumm von mir! Ich habe dich mit dem Jungen von Rand verwechselt.«

»Rand?«

»Monty Rand; er ist im Rekrutenlager ums Leben gekommen, und ich hatte geglaubt, du wärst es gewesen.«

Sie sah ihn noch immer nicht an, obwohl er so nah war, daß sie sein frischgebügeltes Hemd riechen konnte. Sie fragte sich, wer es gebügelt hatte. Eine seiner Schwestern wahrscheinlich. Aber das war doch auch völlig nebensächlich. Sie preßte ihre Tasche noch fester an sich und ging rascher, aber Ira hielt mit. Sie spürte seine dunkle, leicht gebeugte Gegenwart an ihrem Ellbogen.

»Und schreibst du jetzt *Montys* Vater einen Brief?« fragte er.

Sie riskierte einen Seitenblick und sah das Lachfältchen in seinem Mundwinkel.

»Lach du nur!« sagte sie zu ihm.

»Ich lache nicht.«

»Na, sag's schon! Sag schon, daß ich mich lächerlich gemacht habe.«

»Hörst du mich etwa lachen?«

Sie hatten jetzt ihren Block erreicht. Weiter vorne konnte sie ihr Haus sehen, eins von mehreren Reihenhäusern, die Veranda wurde von einer Lampe, die keine Insekten anzog, in ein orangefarbenes Licht getaucht. Als sie jetzt stehenblieb, sah sie ihm direkt ins Gesicht, und er erwiderte den Blick ohne jedes Lächeln, die Hände immer noch in den Hosentaschen. Sie hatte nicht erwartet, daß seine Augen so eng beieinander ständen. Er hätte Asiate sein können statt Indianer.

»Dein Vater hat sich bestimmt totgelacht«, sagte sie.

»Nein, er war bloß … er hat mich bloß gefragt, was das zu bedeuten hätte.«

112

Sie versuchte sich zu erinnern, welche Wörter sie in dem Brief benutzt hatte. Etwas Besonderes, hatte sie geschrieben. O Gott. Und noch schlimmer: wunderbar. Am liebsten wäre sie im Erdboden versunken.

»Ich erinnere mich von den Chorproben an dich«, sagte Ira. »Du bist die Schwester von Josh, stimmt's? Aber ich glaube, wir haben uns nie richtig kennengelernt.«

»Nein, natürlich nicht«, sagte sie. »Du liebe Güte! Wir kannten uns überhaupt nicht.« Sie versuchte, entschieden und vernünftig zu klingen.

Er sah sie einen Augenblick lang prüfend an. Dann sagte er: »Findest du denn jetzt, wir sollten uns kennenlernen?«

»Tja also«, sagte sie, »ich gehe mit jemandem.«

»Wirklich? Mit wem?«

»Boris Drumm«, sagte sie.

»Aha.«

Sie sah hinüber zu ihrem Haus und fügte hinzu: »Wahrscheinlich werden wir heiraten.«

»Verstehe«, sagte er.

»Na, also tschüs dann«, sagte sie zu ihm.

Er hob eine Hand, ohne etwas zu sagen, überlegte einen Moment, machte dann aber kehrt und ging davon.

Doch am nächsten Sonntag kam er und sang beim Morgengottesdienst im Chor mit. Maggie fühlte sich erleichtert, fast beschwingt vor Erleichterung, als hätte man ihr eine zweite Chance gegeben, doch dann sank ihr das Herz, denn nach der Kirche verschwand er einfach in der Menge. Aber am Donnerstag war er wieder bei der Chorprobe und brachte sie anschließend nach Hause. Sie unterhielten sich über belanglose Dinge – über Mrs. Britts splittrige Stimme zum Beispiel. Maggie war jetzt weniger unbehaglich zumute. Als sie bei ihrem Haus waren, sah sie, wie der Nachbarshund in ihrem Garten auf den einzigen Rosenstrauch von Maggies Mutter pinkelte, während die Nachbarin einfach dabeistand und zuschaute. Da rief sie: »He, Sie da! Nehmen Sie den Hund da aus unserem Garten, hören Sie?« Es war ein Scherz; es war der rauhe Witz, den sie von ihren Brüdern übernommen hatte.

Aber Ira wußte es nicht und blickte bestürzt drein. Dann lachte Mrs. Wright und rief: »Ihr wollt mir wohl Angst einjagen, Kindchen, wie?«, und Ira atmete auf. Aber Maggie kam sich doch irgendwie ungeschickt vor, murmelte ein hastiges Gute Nacht und ging nach drinnen.

Schon bald wurde es eine regelmäßige Sache – Donnerstag abends und Sonntag morgens. Den Leuten begann es aufzufallen. Maggies Mutter fragte: »Maggie? Weiß eigentlich Boris von deiner neuen Freundschaft?«, und Maggie fuhr sie an: »Selbstverständlich weiß er davon« – eine Lüge oder bestenfalls eine Halbwahrheit. (In den Augen von Maggies Mutter war Boris für Frauen ein Geschenk des Himmels.) Aber Serena meinte: »Gut so! Höchste Zeit, daß du Mister Heiligenschein sausen läßt.«

»Ich habe ihn nicht sausen lassen.«

»Warum denn nicht?« fragte Serena. »Wenn du ihn mit Ira vergleichst! Ira ist so geheimnisvoll.«

»Na ja, er hat indianisches Blut«, sagte Maggie.

»Und du mußt zugeben, er ist attraktiv.«

Oh, Jesse war nicht der einzige, der sich in seinem Leben von einem einzigen Freund hatte beeinflussen lassen! Serena hatte mehr als bloß ein bißchen Anteil an all dem, was nachher geschah.

Sie bat Maggie und Ira zum Beispiel, auf ihrer Hochzeit ein Duett zu singen. Einfach so (dabei hatte Ira nie als besonders blendender Sänger gegolten), aber sie setzte sich in den Kopf, sie sollten vor dem Gelöbnis *Love Is a Many Splendored Thing* singen. Da mußten sie nun natürlich üben; und er mußte zu ihr nach Hause kommen. Sie bedauerten sich gegenseitig und lästerten über Serenas musikalischen Geschmack, aber nie kam es ihnen in den Sinn, den Wunsch abzuschlagen. Maggies Mutter kam ständig mit Stapeln gefalteter Wäsche herein, die im Wohnzimmer gar nichts zu suchen hatte. »*Once*«, so sangen sie, »*on a high and windy hill*«, und dann brach Maggie in Lachen aus, aber Ira blieb nüchtern. Damals kam es ihr vor, als würde sie sich völlig verwandeln – in eine flatterhafte, unbeständige Person, der andauernd irgendwelche Mißgeschicke zustießen. Manchmal glaubte sie, jener Beileidsbrief habe ihr für immer das Gleichgewicht geraubt.

Sie wußte zu dieser Zeit, daß Ira das Rahmengeschäft seines Vaters ganz allein führte – Sams »schwaches Herz« hatte sich am Tag nach Iras Graduierung an der High School unmißverständlich gemeldet – und daß er über dem Laden wohnte, zusammen mit seinem Vater und zwei viel älteren Schwestern, von denen die eine ein bißchen zurückgeblieben und die andere einfach scheu oder zurückhaltend oder so etwas war. Aber er wollte aufs College gehen, wenn er jemals das Geld dafür zusammenkratzen könnte. Schon als Kind hatte er immer Arzt werden wollen. Er erzählte ihr das in seinem nüchternen Ton; er schien nicht enttäuscht darüber zu sein, welche Wendung sein Leben nun nahm. Dann fragte er sie, ob sie Lust hätte, einmal zu ihm nach Hause zu kommen und seine Schwestern kennenzulernen; es seien selten Leute da, mit denen sie reden könnten. Aber Maggie sagte: »Nein!«, errötete dann und fügte hinzu: »Also, ich glaube, besser nicht«, wobei sie seine Belustigung geflissentlich übersah. Sie hatte Angst, seinem Vater zu begegnen. Sie fragte sich, ob seine Schwestern auch von dem Brief wußten, aber sie wollte nicht danach fragen.

Nie, kein einziges Mal in dieser ganzen Zeit, verhielt er sich anders als freundlich und freundschaftlich. Wenn nötig, nahm er ihren Arm – etwa, um sie durch ein Gedränge zu geleiten –, und seine Hand fühlte sich fest und warm auf ihrer nackten Haut an; aber sobald sie das Gedränge hinter sich hatten, ließ er sie los. Sie wußte nicht recht, was er von ihr hielt. Sie wußte nicht einmal, was sie von ihm hielt. Schließlich mußte sie auch an Boris denken. Sie schrieb Boris weiterhin regelmäßig – vielleicht sogar ein wenig häufiger als früher.

Die Probe zu Serenas Hochzeitsfeier fand an einem Freitagabend statt. Sehr förmlich war die Probe nicht. Die Eltern von Max zum Beispiel nahmen gar nicht daran teil, wohingegen Serenas Mutter erschien, das Haar mit einer Million rosa Lockenwickler gespickt. Und die Reihenfolge wurde nicht eingehalten, so daß Maggie (die die Braut vertrat, um das Glück nicht herauszufordern) den Gang entlangschritt, bevor die ausgewählten Musikstücke erklungen waren, weil nämlich Max in einer halben Stunde eine ganze Ladung Verwandter vom Zug abholen sollte. Sie ging also neben

Anita, was eine von Serenas eher merkwürdigen Neuerungen gewesen war. »Wer soll mich denn sonst weggeben?« hatte Serena gefragt. »Du glaubst doch nicht, daß es mein Vater tun würde.« Anita selbst schien von diesem Arrangement nicht erbaut. Sie wankte und wackelte auf ihren Pfennigabsätzen und grub ihre roten Nägel in Maggies Handgelenk, um das Gleichgewicht zu halten. Am Altar legte Max einen Arm um Maggie und meinte zu ihr: Mist, vielleicht sollte er doch lieber sie nehmen; und Serena, die in einer Bank in der Mitte saß, rief: »Das reicht jetzt vollkommen, Max Gill!« Max war derselbe sommersprossige, freundliche, zu groß geratene Junge, der er immer gewesen war. Maggie konnte sich ihn verheiratet gar nicht recht vorstellen.

Nach dem Gelöbnis fuhr Max zur Penn Station, und die anderen probten die Musikstücke. Alle klangen ziemlich dilettantisch, fand Maggie, was ihr aber ganz recht war, denn auch sie und Ira waren an diesem Abend nicht in Hochform. Sie fingen holprig an, und Maggie vergaß, daß sie sich im Mittelteil abwechseln wollten. Die ersten beiden Verse sang sie noch zusammen mit Ira, hielt dann verwirrt inne, verpaßte schließlich ihren eigenen Einsatz und konnte sich danach vor Kichern kaum noch halten. In diesem Augenblick, als das Lachen aus ihrem Gesicht noch nicht gewichen war, sah sie in der ersten Reihe Boris Drumm. Erstaunt und ärgerlich, runzelte er die Stirn, als hätte ihn gerade jemand aufgeweckt. Nun, sie wußte, daß er in den Sommerferien kommen wollte, aber den genauen Tag hatte er ihr nicht gesagt. Sie tat so, als würde sie ihn nicht erkennen. Sie und Ira beendeten das Lied, dann schlüpfte sie wieder in die Rolle von Serena und schritt ohne Max zwischen den Bänken zum Ausgang, damit Sugar den zeitlichen Ablauf für *Born to Be with You* ausprobieren konnte. Danach klatschte Serena in die Hände und rief: »Okay, Leute!« Sie machten sich zum Gehen fertig, und alle redeten durcheinander. Jemand hatte die Idee, noch eine Pizza essen zu gehen. Alle kamen jetzt auf Maggie zu, die hinten in der Kirche gewartet hatte, nur Boris war an seinem Platz geblieben und blickte nach vorn. Er erwartete wohl, daß Maggie zu ihm kam. Sie sah sich seinen Hinterkopf an, ein regloser Klotz. Serena reichte ihr ihre Handtasche und sagte: »Du bist in Begleitung, wie ich sehe.« Direkt hinter Serena stand Ira. Er blieb vor Maggie stehen und sah zu ihr hinunter. Er sagte: »Gehst du mit Pizza essen?«

Maggie sagte: »Ich glaube nicht.«

Er nickte mit undurchdringlichem Gesichtsausdruck und ging. Aber er ging in eine andere Richtung als die anderen, so als hätte er das Gefühl, sie würden ihn ohne Maggie nicht akzeptieren. Was natürlich Unsinn war.

Maggie ging zwischen den Bänken zurück nach vorn und setzte sich neben Boris. Sie gaben sich einen Kuß. Sie fragte: »Wie war die Fahrt?«, und im selben Moment fragte er: »Wer war das, mit dem du da gesungen hast?« Sie tat, als hätte sie es nicht gehört. »Wie war die Fahrt?« wiederholte sie, und er sagte: »War das nicht Ira Moran?«

»Wer? Der da gesungen hat?« fragte sie.

»Es war Ira Moran! Und du hast mir gesagt, er sei tot!«

»Es war ein Mißverständnis«, sagte sie.

»Ich weiß noch genau, wie du es mir gesagt hast, Maggie.«

»Ich meine, es war ein Mißverständnis von mir, daß er tot wäre. Er war bloß, ehm, verwundet.«

»Aha«, gab Boris zurück. Er ließ sich das durch den Kopf gehen.

»Es war nur eine Fleischwunde, sonst nichts«, fügte Maggie hinzu. »Eine Platzwunde am Kopf.« Sie überlegte, ob die beiden Ausdrücke einander widersprachen. Rasch ging sie mehrere Filme durch, die sie gesehen hatte.

»Wie denn nun? Eines Tages kommt er mir nichts, dir nichts anspaziert?« fragte Boris. »Steht plötzlich einfach da, wie ein Geist? Wie war denn das genau?«

»Boris«, sagte Maggie, »ich begreife nicht, warum du in dieser langweiligen Art darauf herumreitest.«

»Oh. Ja, gut. Entschuldige«, sagte Boris.

(Hatte sie wirklich so gebieterisch geklungen. Jetzt, wo sie zurückdachte, konnte sie es sich schwer vorstellen.)

Am Morgen der Hochzeit stand Maggie früh auf und ging zu Serenas Wohnung hinüber – im zweiten Stock eines Reihenhauses –, um ihr beim Anziehen zu helfen. Serena wirkte gelassen, aber ihre

Mutter war in heller Aufregung. Wenn Anita nervös war, sprach sie sehr schnell und praktisch ohne Punkt und Komma und klang wie ein aufdringlicher Werbespot. »Also sie will ihr Haar nicht wickeln wie es alle anderen machen und letzte Woche sage ich zu ihr Schatz sage ich kein Mensch trägt mehr langes Haar du solltest in den Schönheitssalon gehen und dir eine nette kleine Tolle machen lassen die so gerade unter dem Schleier rausguckt...« In einem schmuddeligen rosa Satin-Bademantel, eine Zigarette zwischen den Lippen balancierend, rauschte sie in der abgewetzten, spärlich eingerichteten Küche hin und her und veranstaltete ein großes Geklapper, aber viel kam nicht dabei heraus. Serena, in einem weiten Hemd von Max, meinte ganz unbekümmert und lässig: »Ma, nimm's dir nicht so zu Herzen, ja?« Und zu Maggie sagte sie: »Ma findet, wir sollten die Zeremonie ändern.«

»Ändern? Wieso denn?« fragte Maggie.

»Sie hat keine Brautjungfern!« sagte Anita. »Nicht mal eine Ehrenjungfer, und noch schlimmer ist, daß es keinen Mann gibt, der sie zum Altar geleiten kann!«

»Sie regt sich darüber auf, daß sie mich führen muß«, sagte Serena zu Maggie.

»Ach, wenn bloß dein Onkel Maynard kommen würde und es täte!« jammerte Anita. »Vielleicht sollten wir die Hochzeit um eine Woche verschieben und ihm noch eine Chance geben denn so wie es jetzt laufen soll ist es total daneben und verkorkst ich kann mir schon ausmalen wie diese hochnäsigen Gills mir Vorhaltungen machen werden und wie sie über mich lachen und außerdem bei der letzten Dauerwelle haben sie mir die Haarspitzen verbrannt *ich* kann so nicht zum Altar gehen.«

»Komm, ich will mich anziehen«, sagte Serena zu Maggie und lotste sie hinaus.

In ihrem Zimmer, das eigentlich nur die Hälfte von Anitas Zimmer war, abgeteilt durch eine fleckige Unterlage von einem Wasserbett, die als Vorhang diente, setzte sich Serena vor ihren Toilettentisch. Sie sagte: »Ich habe schon überlegt, ob ich ihr einen kräftigen Schluck Whisky geben soll, aber ich habe Angst, es könnte ins Auge gehen.«

Maggie sagte: »Bist du dir sicher, daß du Max heiraten solltest?«
Serena fuhr kreischend auf und drehte sich zu ihr um: »Maggie
Daley, jetzt fang nicht *damit* an! Ich habe schon den Zuckerguß
auf meiner Hochzeitstorte.«
»Ich meine nur, woher weißt du es denn? Woher weißt du, daß du
dir den richtigen Mann ausgesucht hast?«
»Ich weiß es, weil ich bis ans bittere Ende gekommen bin«, sagte
Serena und wendete sich wieder dem Spiegel zu. Sie sprach jetzt
wieder in normaler Lautstärke. Sie legte flüssige Grundierung auf,
betupfte sich gekonnt Kinn, Stirn und Wangen. »Es ist einfach
Zeit zu heiraten, das ist alles«, sagte sie. »Ich bin diese Verabredungen und das Ausgehen so satt! Ich bin es satt, mich dauernd
herauszuputzen! Ich möchte mit einem ordentlichen, ganz normalen Ehemann auf einem Sofa sitzen und tausend Jahre lang
fernsehen. Es wird sein, wie wenn man einen Hüfthalter ab-
nimmt; genauso stelle ich es mir vor.«
»Was redest du da?« fragte Maggie. Sie fürchtete sich beinahe vor
der Antwort. »Soll das heißen, daß du Max in Wirklichkeit gar
nicht liebst?«
»Natürlich liebe ich ihn«, sagte Serena. Sie rieb sich die Tupfer
jetzt in die Haut. »Aber andere Leute habe ich genauso geliebt. Im
zweiten Jahr auf der Schule habe ich Terry Simpson geliebt – erinnerst du dich an ihn? Aber damals war nicht die Zeit, zu heiraten,
also ist es nicht Terry, den ich heirate.«
Maggie wußte nicht, was sie davon halten sollte. Dachten alle so?
Hatten die Erwachsenen nur Märchen ausgestreut? »In dem Augenblick, wo ich Eleanor sah«, hatte ihr ältester Bruder einmal
erzählt, »sagte ich mir: ›Dieses Mädchen wird irgendwann mal
meine Frau‹.« Es war Maggie nie in den Sinn gekommen, daß für
ihn vielleicht einfach die Zeit gekommen war, sich mit einer Frau
einzulassen, und daß er deshalb nach der nächstliegenden Möglichkeit Ausschau gehalten hatte.
Auch hier also war es Serena gewesen, die Maggies Ansichten
prägte. »Schließlich hat uns das Schicksal nicht in seiner Hand«,
schien sie zu sagen. »Und falls doch, so können wir uns jederzeit
daraus befreien, wenn wir wollen.«

Maggie setzte sich auf das Bett und sah zu, wie Serena Rouge auflegte. In Max' Hemd sah sie leger und sportlich aus, wie irgendein Mädchen aus der Nachbarschaft. »Wenn es vorbei ist«, erklärte sie Maggie, »lasse ich mir mein Hochzeitskleid purpur färben. Warum soll es nutzlos herumhängen.«

Maggie betrachtete sie nachdenklich.

Die Hochzeit sollte um elf beginnen, aber Anita wollte viel früher in der Kirche sein – falls irgend etwas schiefginge, meinte sie. Maggie fuhr mit ihnen in Anitas altem Chevrolet. Serena setzte sich ans Steuer, da Anita zu nervös war, und weil Serenas Kleid sich über einen großen Teil des Beifahrersitzes bauschte, saßen Maggie und Anita hinten. Anita redete in einem fort und streute Zigarettenasche in den Schoß ihres abgetragenen pfirsichfarbenen Brautmutterkleides. »Jetzt wo ich darüber nachdenke Serena weiß ich gar nicht warum du deinen Empfang im Haus der Angels of Charity machst es ist so verdammt weit weg und jedesmal wenn ich versucht habe dahin zu finden habe ich mich völlig verfranst und mußte fremde Leute nach dem Weg fragen...«

Sie kamen zum »Alluring Lingerie Shop«, wo Serena arbeitete. Serena parkte in der zweiten Reihe und hob das Satingewoge aus dem Auto, um ihrer Chefin, Mrs. Knowlton, das Kleid vorzuführen. Während sie warteten, sagte Anita: »Ehrlich man sollte doch meinen wenn man einen Mann mieten kann der einem die Hausbar besorgt oder die Toilette repariert oder nachsieht warum die Tür nicht richtig schließt dann dürfte es eigentlich überhaupt kein Problem sein einen für die fünf Minuten anzustellen die es dauert einem die Tochter zum Altar zu geleiten findest du nicht?«

»Ja, Madam«, sagte Maggie und bohrte geistesabwesend an einem Loch in dem Vinylüberzug des Rücksitzes herum, bis sie einen Bausch Polsterwatte hervorgezogen hatte.

»Manchmal glaube ich, sie versucht, mich bloßzustellen«, sagte Anita.

Maggie wußte nicht, was sie darauf antworten sollte.

Schließlich kam Serena zum Wagen zurück, sie hatte ein Geschenkpäckchen dabei. »Mrs. Knowlton hat gesagt, ich solle es erst in der Hochzeitsnacht öffnen«, erzählte sie. Maggie errötete und sah zu Anita hinüber. Anita sah bloß aus dem Fenster und sandte zwei lange Rauchströme aus ihren Nasenlöchern.

In der Kirche führte Reverend Connors Serena und ihre Mutter in ein Nebenzimmer. Maggie ging hinaus, um auf die anderen Sänger zu warten. Mary Jean war schon da, und bald kam auch Sissy mit ihrem Mann und ihrer Schwiegermutter. Von Ira jedoch keine Spur. Aber es war ja noch reichlich Zeit. Maggie nahm ihr langes weißes Chorgewand vom Kleiderbügel und zog es sich über den Kopf, aber dabei verwickelte sie sich in die Falten, und als sie schließlich wieder auftauchte, war ihr Haar ganz durcheinander, und sie mußte sich kämmen gehen. Aber auch als sie zurückkam, war von Ira nichts zu sehen.

Die ersten Gäste waren eingetroffen. In einer der Bänke saß Boris unbequem eng. Er lauschte einer Dame mit einem gepunkteten Schleier, nickte auch verständig und respektvoll, aber Maggie bemerkte eine Anspannung in der Art, wie er den Kopf hielt. Sie sah nach dem Eingang. Immer neue Leute schlenderten herein, ihre Eltern, die Wrights von nebenan und der alte Leiter von Serenas Majoretten-Corps. Nichts von der großen, dunklen Gestalt, die zu Ira Moran gehörte.

Nachdem sie ihn am Abend zuvor allein hatte weggehen lassen, hatte er offenbar beschlossen, sich zurückzuziehen.

»Verzeihung«, sagte sie, drängte sich zwischen den Klappstühlen hindurch und hastete durch den Vorraum. Mit einem ihrer weiten Ärmel blieb sie an der Klinke der geöffneten Tür hängen, ein lächerliches Mißgeschick, sie machte sich los, bevor es jemand bemerkt hatte, wie sie glaubte. Auf den Stufen vor der Kirche blieb sie stehen. »He, hallo«, sagte eine alte Klassenkameradin. »Hm...«, murmelte Maggie, hob die Hand über die Augen und sah die Straße hinauf und hinunter. Sie sah bloß weitere Gäste kommen. Einen Moment lang war sie fast wütend auf diese Leute; sie wirkten so frivol. Sie lächelten und begrüßten einander in dieser graziösen Art, die sie nur in der Kirche hatten, die Frauen stellten die Fußspitzen beim Gehen ganz überlegt nach außen, und ihre weißen Handschuhe strahlten im Sonnenlicht.

Vom Eingang her rief Boris: »Maggie?«

Sie drehte sich nicht um. Mit wehendem Gewand rannte sie die
Stufen hinunter. Diese Stufen waren von jener breiten, ungewöhnlich flachen Sorte, die ein normales Gehen einfach unmöglich machte; Maggie war zu einem ungleichmäßigen Humpeln gezwungen. »Maggie!« rief Boris, also mußte sie, nachdem sie den
Gehweg erreicht hatte, noch weiterrennen. Sie drängte sich zwischen den Gästen durch, aber dann waren sie hinter ihr, und sie
flog die Straße hinunter, bauschendes weißes Leinen, gleich
einem Segelboot im Wind.

Sam's Rahmenladen lag nur zwei Blocks von der Kirche entfernt,
aber die Blocks waren lang, und der Junimorgen war warm. Ver-
schwitzt und außer Atem kam sie dort an, zog die Spiegelglastür
auf und betrat einen engen, unfreundlichen Raum. L-förmige Muster von Rahmenprofilen waren mit Haken an einer vergilbten
Steckwand aufgehängt, und der Ladentisch war dick mit einem
kalten Grau gestrichen. Dahinter stand ein gebeugter, alter Mann
mit einer Schirmkappe. Weiße, zerzauste Haarbüschel standen
ihm in allen Richtungen vom Kopf ab. Iras Vater.

Es überraschte sie, daß sie ihn hier antraf. Nach allem, was sie
gehört hatte, setzte er nie mehr einen Fuß in den Laden. Sie zögerte, und er sagte: »Kann ich etwas für Sie tun, Miss?«

Sie hatte immer geglaubt, Ira habe die dunkelsten Augen, die sie je
gesehen hatte, aber die Augen dieses Mannes waren dunkler. Sie
hätte nicht einmal sagen können, wohin sie blickten; einen Moment lang kam ihr der Gedanke, er sei vielleicht blind.

»Ich bin auf der Suche nach Ira«, sagte sie zu ihm.

»Ira arbeitet heute nicht. Er hat irgendwas vor.«

»Ja, eine Hochzeit; er singt auf einer Hochzeit«, sagte sie. »Aber er
ist noch nicht gekommen, deshalb wollte ich ihn holen.«

»Häh?« Er schob den Kopf näher zu ihr, die Nase voran, was den
Eindruck, er sei blind, nicht im geringsten minderte. »Bist du vielleicht Margaret?« fragte er.

»Ja, Sir«, antwortete sie.

Er dachte darüber nach. Dann gab er ein kurzes, pfeifendes Gak-
kern von sich.

»Margaret M. Daley«, sagte er.

122

Sie wich nicht von der Stelle.

»Du hast also gemeint, Ira wäre tot«, sagte er.

»Ist er hier?« fragte sie.

»Er ist oben, zieht sich um.«

»Würden Sie ihn bitte rufen?«

»Wie bist du darauf gekommen, daß er tot wäre?« fragte er sie.

»Ich habe ihn mit jemand anderem verwechselt. Monty Rand«, murmelte sie. »Monty ist im Rekrutenlager umgekommen.«

»Im Rekrutenlager!«

»Würden Sie bitte Ira für mich rufen?«

»Ira wirst du in einem Rekrutenlager niemals finden«, erklärte ihr Sam. »Ira hat nämlich Angehörige, das ist, als wenn er verheiratet wäre. Nicht, daß er jemals heiraten könnte, in Anbetracht unserer Situation. Mein Herz macht mir seit Jahren zu schaffen, und eine seiner Schwestern ist nicht ganz richtig im Kopf. Na, ich glaube nicht, daß die Armee ihn nehmen würde, selbst wenn er sich freiwillig melden würde! Ich und die Mädchen, wir könnten dann zur Sozialhilfe gehen; wir würden dem Staat zur Last fallen. ›Mach, daß du wegkommst‹, würden die Leute von der Armee ihm sagen. ›Geh zurück zu denen, die dich brauchen. Wir haben hier keine Verwendung für dich.‹«

Maggie hörte irgendwo das gedämpfte Trommeln von Füßen, die eine Treppe herunterrennen. Eine Tür in der Steckwand hinter der Theke ging auf, und Ira sagte: »Pa –«

Er brach ab und sah sie an. Er trug einen dunklen, schlecht sitzenden Anzug, ein gestärktes weißes Hemd mit einem marineblauen Schlips, der ungeknotet an seinem Kragen herabhing.

»Wir kommen zu spät zur Hochzeit«, sagte sie zu ihm.

Er schob einen Ärmel zurück und sah auf seine Uhr.

»Los, komm!« sagte sie. Sie dachte dabei nicht nur an die Hochzeit. Sie hatte das Gefühl, es sei gefährlich, sich noch länger in der Nähe von Iras Vater aufzuhalten.

Und schon ging es los: »Ich und deine kleine Freundin hier haben uns gerade darüber unterhalten, wie es wäre, wenn du zur Armee gehen würdest.«

»Zur Armee?«

»Ira kann gar nicht zur Armee, habe ich ihr gesagt. Er hat uns.«

Ira sagte: »Ist gut, Pa, also in ein paar Stunden bin ich wieder zurück.«

»Dauert das wirklich so lange? Das ist ja fast der ganze Morgen!« Sam wendete sich wieder Maggie zu: »Samstags haben wir immer am meisten zu tun.«

Maggie fragte sich, warum dann der Laden leer war. Sie sagte: »Ja, also, wir sollten jetzt –«

»Wirklich, wenn Ira zur Armee gehen würde, müßten wir hier dichtmachen«, sagte Sam. »Müßten den Laden mit allem Drum und Dran verkaufen, und dabei ist er nächsten Oktober seit zweiundvierzig Jahren in Familienbesitz.«

»Was redest du denn da?« fragte Ira. »Warum soll ich denn zur Armee gehen?«

»Deine kleine Freundin hier dachte, du wärst schon gegangen und wärst umgekommen«, erklärte ihm Sam.

»Oh«, sagte Ira bloß. Er hatte die drohende Gefahr jetzt offenbar auch bemerkt, denn jetzt war er es, der sagte: »Wir sollten gehen.«

»Sie hat gedacht, du wärst im Rekrutenlager in die Luft gegangen«, sagte ihm Sam. Wieder gab er dieses pfeifende Gackern von sich. Es lag etwas maulwurfartig Unbeirrbares in der Art, wie er die Nase vorstreckte, fand Maggie. »Schreibt mir einfach einen Beileidsbrief«, fügte er hinzu. »Ha!« Zu Maggie sagte er: »Hat mir einen ziemlichen Schreck eingejagt in dem Augenblick, als ich dachte: Moment mal. Ist Ira *gestorben*? Das ist das erste, was ich höre. War ja auch das erste, was ich von dir gehört habe. War das erste, was ich seit Jahren überhaupt von einem Mädchen gehört habe. Ich meine, es ist ja nicht so, als hätte er noch irgendwelche Freunde. Seine Kumpel in der Schule, das waren diese Oberschlauen, die dann aufs College gegangen sind, jetzt haben sie keinen Kontakt mehr zu ihm, und er kennt überhaupt niemanden in seinem Alter. ›Paß auf‹, habe ich ihm gesagt. ›Endlich ein Mädchen!‹ Nachdem ich den Schock überwunden hatte. ›Schnapp sie dir, bevor es zu spät ist‹, habe ich ihm gesagt.«

»Komm, wir gehen«, sagte Ira zu Maggie.

Er klappte ein mit Scharnieren versehenes Stück des Ladentisches hoch und trat hindurch, aber Sam redete weiter. »Das Dumme ist bloß, jetzt weißt du schon, daß sie ganz gut ohne dich zurechtkommt«, sagte er.

Ira hielt inne, er hielt das Klappbrett noch gefaßt.

»Sie schreibt ein Beileidsbriefchen, und dann lebt sie weiter, quietschfidel«, sagte Sam zu ihm.

»Was hast du denn erwartet, daß sie sich in mein Grab stürzt?«

»Na ja, du mußt zugeben, sie hat ihren Schmerz mächtig gut ertragen. Schreibt mir einen netten kleinen Brief, klebt eine Briefmarke in die Ecke und wendet sich dann wieder den Hochzeitsvorbereitungen ihrer Freundin zu.«

»Genau«, sagte Ira, ließ das Klappbrett sinken und kam zu Maggie herüber. War er denn überhaupt nicht zu erschüttern? Sein Blick war stumpf, und seine Hand, mit der er sie am Arm faßte, zitterte kein bißchen.

»Sie irren sich«, sagte Maggie zu Sam.

»Häh?«

»Ich bin überhaupt nicht gut ausgekommen ohne ihn! Mir war ganz elend.«

»Kein Grund, hier fuchsig zu werden«, sagte Sam.

»Und damit Sie es wissen, es gibt jede Menge Mädchen, die ihn ganz toll finden, und ich bin überhaupt nicht die einzige, und zu sagen, er könnte nicht heiraten, ist lächerlich. Dazu haben Sie kein Recht; jeder kann heiraten, wenn er will.«

»Er würde sich nicht trauen!« entgegnete Sam. »Er muß an mich und an seine beiden Schwestern denken. Wollen Sie, daß wir im Armenhaus landen? Ira? Ira, du würdest dich nicht trauen zu heiraten!«

»Warum nicht?« versetzte Ira gelassen.

»Du mußt an mich und deine Schwestern denken!«

»Ich heirate sie trotzdem«, sagte Ira.

Dann öffnete er die Tür und trat zurück, um Maggie vorbeizulassen.

Draußen auf der kleinen Veranda blieben sie stehen, er legte einen Arm um sie und zog sie fest an sich. Sie konnte die schmalen Rippen seines Brustkastens an ihrer Wange spüren, und sie hörte, wie sein Herz in ihr Ohr schlug. Bestimmt konnte sein Vater durch die Glastür alles mit ansehen, trotzdem beugte Ira den Kopf nach vorn und küßte sie auf die Lippen, ein langer, heißer, suchender Kuß, von dem ihr die Knie ganz weich wurden.

Dann machten sie sich auf den Weg zur Kirche, aber zuerst gab es noch eine kleine Verzögerung, weil sich der Saum ihres Chorgewandes irgendwo verfangen hatte. Ira mußte die Tür noch einmal öffnen (wobei er seinen Vater nicht einmal ansah) und machte sie los.

Doch wenn man nun Serenas Film sah, wie hätte man da ahnen sollen, was kurz zuvor geschehen war? Sie sahen aus wie ein ganz gewöhnliches Pärchen, vielleicht in der Größe nicht ganz zueinander passend. Er war zu groß und zu dünn, und sie war zu klein und zu rundlich. Ihre Mienen waren ernst, aber sie sahen wirklich nicht so aus, als wäre kurz zuvor irgend etwas Weltbewegendes geschehen. Schweigend machten sie ihre Münder auf und zu, und die Zuschauer sangen an ihrer Stelle und machten sich ein bißchen lustig über sie, wenn sie melodramatisch tönten: »*Love is Nature's way of giving, a reason to be living*...« Nur Maggie wußte, wie ihr damals Iras Hand das Kreuz gestützt hatte.

Dann neigten die Barley-Zwillinge ihre Köpfe zueinander und sangen die Prozessionshymne, die Gesichter nach oben gerichtet wie Vogeljunge im Nest; und die Kamera schwenkte von ihnen zu Serena ganz in Weiß. Serena schritt zwischen den Bänken nach vorn, ihre Mutter hing an ihr, statt sie zu führen. Komisch: aus diesem Blickwinkel sahen sie beide gar nicht besonders unkonventionell aus. Serena blickte ganz konzentriert geradeaus. Anitas Make-up war ein bißchen zu stark aufgetragen, aber sie hätte irgendeine Mutter sein können, ängstlich dreinblickend und ein bißchen altmodisch in ihrem engen Kleid. »Sieh mal, da bist du!« rief jemand lachend zu Serena hinüber. Währenddessen sangen die Zuschauer: »*Though I don't know many words to say*...«

Aber dann ruckte und schwankte die Kamera, und da war Max, der neben Reverend Connors vor dem Altar wartete. Die Sänger verstummten einer nach dem anderen. Der liebe Max, der seine rissigen Lippen schürzte und mit den blauen Augen zwinkerte und versuchte, angemessen würdig auszusehen, während er Serena auf sich zukommen sah. Alles an ihm war erblaßt, nur die Sommersprossen nicht, die wie Flitterplättchen auf seinen breiten Wangen deutlich zu erkennen waren.

Maggie spürte, wie ihr die Tränen kamen. Mehrere Leute putzten sich die Nase.

Niemand, so überlegte sie, hatte damals daran gedacht, daß es einmal so ernst enden würde.

Aber dann stieg die Stimmung wieder, denn das Lied war zu lang gewesen, Braut und Bräutigam mußten ausharren, und Reverend Connors strahlte sie an, während die Barley-Zwillinge zum Ende fanden. Und als die Versprechen gegeben waren und Sugar aufstand, um den Schlußchoral anzustimmen, da stießen sich die meisten Zuschauer erwartungsvoll an. Denn wer hätte vergessen können, was nun kam?

Max führte Serena viel zu langsam den Gang hinunter, wählte eine gesetzte, fast humpelnde Gangart, die er offenbar für angemessen hielt. Sugars Lied war längst vorbei, bevor sie den Ausgang erreicht hatten. Serena zerrte an Max' Ellbogen, flüsterte ihm eindringlich etwas ins Ohr und ging die letzten Meter fast rückwärts, so sehr zog sie ihn in die Vorhalle. Und was hatte es dann für einen Streit gegeben, kaum daß sie außer Sichtweite waren! Dieses Geflüster, das sich zum Zischen erhob und dann zu einem Geschrei! »Wenn du bei der verdammten Probe dageblieben wärst«, hatte Serena geschrien, »statt zur Penn Station zu verduften und deine unzähligen Verwandten abzuholen und mich allein proben zu lassen, dann hättest du eine Ahnung davon gehabt, wie schnell wir gehen müssen –« Die Hochzeitsgäste waren sitzen geblieben und hatten nicht gewußt, wohin sie blicken sollten. Verlegen hatte jeder in seinen Schoß gegrinst und war am Ende in Lachen ausgebrochen.

»Serena, Liebling«, hatte Max gesagt, »halt die Luft an. Um Himmels willen, Serena, alle können dich hören, Serena, liebes Kind...«

Das alles war auf dem Film natürlich nicht zu sehen, der mit ein paar vorüberhuschenden verkratzten Zahlen ohnehin jetzt zu

Ende war. Aber im ganzen Zimmer halfen die Leute einander bei der Auffrischung ihrer Erinnerungen und ließen die Szene wieder lebendig werden. »Und dann stapfte sie hinaus –«

»Knallte die Kirchentür hinter sich zu –«

»Das ganze Gebäude zitterte, weißt du noch?«

»Und wir saßen da, stierten zum Vorraum zurück und wußten nicht, was wir tun sollten –«

Jemand ließ ein Rollo hochschnellen: Serena selbst. Das Zimmer war von Licht erfüllt. Serena lächelte, aber ihre Wangen waren feucht. Die Leute sagten: »Und dann, Serena...« und: »Weißt du noch, Serena?«, und sie nickte und lächelte und schluchzte. Die alte Dame neben Maggie seufzte: »Der liebe, gute Maxwell« – vielleicht hatte sie von der Fröhlichkeit der anderen gar nichts mitbekommen.

Maggie stand auf und ergriff ihre Handtasche. Sie sehnte sich nach Ira; sie fühlte sich verloren ohne Ira. Sie sah sich nach ihm um, erblickte aber nur die anderen, nichtssagend und gleichgültig. Sie bahnte sich einen Weg zu der Eßnische, aber er war nicht unter den Gästen, die sich von den Platten etwas heraussuchten. Sie ging den Flur entlang und warf einen Blick in Serenas Schlafzimmer.

Da war er, er saß an ihrer Kommode. Er hatte sich einen Stuhl herangezogen und das Bild von Lindas Graduierung beiseite geschoben, um auf der blanken Fläche genügend Platz für eine Patience zu haben. Eine kantige braune Hand ruhte auf einem Buben und war bereit abzulegen. Maggie trat ein und schloß die Tür. Sie stellte ihre Tasche ab und umarmte ihn von hinten. »Du hast einen schönen Film verpaßt«, sagte sie in sein Haar. »Serena hat einen Film von ihrer Hochzeit gezeigt.«

»Das sieht ihr ähnlich«, sagte Ira. Er legte den Buben auf eine Königin. Sein Haar duftete nach Kokosnuß – das war sein natürlicher Geruch, der sich früher oder später immer durchsetzte, gleichgültig, welches Shampoo er benutzte.

»Du und ich, wir haben unser Duett gesungen«, sagte sie.

»Und ich nehme an, dir sind die Tränen gekommen, und dir war ganz wehmütig ums Herz.«

»Ja, genau«, sagte sie.

»Das sieht dir ähnlich«, sagte er.

»Das stimmt«, sagte sie und lächelte in den Spiegel vor ihnen. Es kam ihr so vor, als hätte sie eben fast geprahlt, als hätte sie eine Proklamation abgegeben. Wenn sie leicht zu beeinflussen war, so überlegte sie, dann hatte sie sich immerhin den ausgesucht, der sie beeinflußte. Wenn die Leute ein ganz bestimmtes Bild von ihr hatten, dann hatte sie immerhin entschieden, wie dieses Bild aussehen sollte. Sie fühlte sich stark und frei und fest umrissen. Sie sah zu, wie Ira eine ganze Reihe Karo, von As bis Zehn, zusammenschob und auf den Buben legte. »Wir sahen aus wie Kinder«, erzählte sie ihm. »Wie kleine Kinder. Wir waren kaum älter, als Daisy jetzt ist; stell dir vor. Und dachten überhaupt nicht daran, daß wir dort und damals entschieden haben, mit wem wir die nächsten sechzig Jahre verbringen.«

»Mmhmmm«, murmelte Ira.

Er grübelte über einem König, während ihm Maggie ihre Wange auf den Kopf legte. Es schien ihr, als hätte sie sich wieder verliebt. In den eigenen Mann verliebt! Es gefiel ihr, wie angenehm praktisch das war – wie wenn man in der eigenen Speisekammer alle Zutaten zu einem neuen Rezept findet.

»Erinnerst du dich noch an das erste Jahr unserer Ehe?« fragte sie ihn. »Es war furchtbar. Jeden Moment gab es Streit.«

»Das schlimmste Jahr meines Lebens«, stimmte er zu, und als sie um seinen Stuhl herum nach vorn kam, rückte er etwas nach hinten, damit sie sich auf seinen Schoß setzen konnte. Seine Oberschenkel unter ihr waren lang und knochig – zwei Holzbohlen. »Vorsicht, die Karten«, sagte er, aber sie spürte, daß sein Interesse geweckt war. Sie legte den Kopf auf seine Schulter und fuhr mit einem Finger an der Naht seiner Hemdentasche entlang.

»Dieser Sonntag, an dem wir Max und Serena zum Essen einluden, erinnerst du dich? Unsere allerersten Gäste. Fünfmal stellten wir die Möbel um, bevor sie kamen«, sagte sie. »Ich gehe kurz in die Küche und komme zurück, da hast du alle Sessel in die Ecken gestellt, und ich sage: ›Was hast du denn jetzt gemacht?‹ und schiebe sie alle woanders hin, und als die Gills dann kamen, lag

129

der Wohnzimmertisch umgedreht auf dem Sofa, und wir schrien uns gegenseitig an.«

»Wir hatten eine Heidenangst, daran lag es«, meinte Ira. Er hielt sie jetzt umschlungen; sie spürte, wie seine belustigte, trockene Stimme in seiner Brust vibrierte. »Wir versuchten uns wie Erwachsene aufzuführen, aber wir wußten nicht, ob es uns gelingen würde.«

»Und dann der erste Jahrestag«, sagte Maggie. »Was für ein Fiasko! In Mutters Benimmbuch stand, es sei entweder die papierene oder die Uhren-Hochzeit, ganz nach Belieben. So kam ich auf die schlaue Idee, dir ein Geschenk aus einem Bausatz zu bauen, für den ich eine Anzeige in einer Zeitschrift gesehen hatte: eine Uhr aus Papier, die funktionierte.«

»Daran erinnere ich mich gar nicht.«

»Weil ich sie dir nie geschenkt habe«, sagte Maggie.

»Was war denn damit?«

»Na ja, ich muß sie wohl falsch zusammengebaut haben«, erzählte Maggie. »Ich habe die Bastelanleitung zwar befolgt, aber sie ist nie wirklich so gelaufen, wie sie sollte. Sie ging zu langsam, mal blieb sie stehen, mal ging sie wieder, eine Klebekante rollte sich, unter der Zwölf war eine Delle, wo ich zuviel Klebstoff genommen hatte. Es war ... behelfsmäßig, unfachmännisch. Ich schämte mich so, daß ich sie in den Müll geworfen habe.«

»Warum denn, Liebe?« fragte er.

»Ich hatte Angst, sie wäre ein Symbol oder so was. Ein Symbol für unsere Ehe. Wir wären selbst nur behelfsmäßig, das ist es, wovor ich Angst hatte.«

Er sagte: »Ach du, wir lernten damals doch gerade erst. Wir wußten ja noch gar nicht, was wir miteinander anfangen sollten.«

»Jetzt wissen wir es«, flüsterte sie. Dann drückte sie ihren Mund an eine ihrer Lieblingsstellen, die schöne, warme Mulde, wo sein Unterkiefer an den Hals stieß. Währenddessen wanderten ihre Finger langsam zu seiner Gürtelschnalle.

Ira sagte: »Maggie?«, aber er tat nichts, um sie aufzuhalten. Sie richtete sich auf, um seinen Gürtel zu lockern und seinen Reißverschluß zu öffnen.

»Wir können uns einfach in diesen Sessel hier setzen«, flüsterte sie. »Keiner wird irgendwas merken.«

Ira stöhnte und zog sie an sich. Als er sie küßte, waren seine Lippen sanft und sehr fest. Sie glaubte zu hören, wie ihr eigenes Blut durch ihre Adern floß; es rauschte wie in einer Muschel.

»Maggie Daley!« rief Serena.

Ira fuhr hoch, und Maggie rutschte von seinem Schoß herunter. Serena stand unbeweglich da, eine Hand an der Türklinke. Sie glotzte Ira an, seinen offenen Reißverschluß und den Hemdenzipfel, der daraus hervorlugte.

Nun, es hätte so oder so ausgehen können, überlegte sich Maggie. Bei Serena wußte man nie. Serena hätte genauso gut darüber lachen können. Aber vielleicht war die Beerdigung zuviel für sie gewesen, oder der Film danach oder einfach das Witwendasein überhaupt. Jedenfalls stieß sie hervor: »Ich glaube es nicht. Ich glaube es nicht.«

Maggie sagte: »Serena —«

»In meinem Haus! In meinem Schlafzimmer!«

»Es tut mir leid; bitte, es tut uns beiden leid...«, sagte Maggie, und Ira, der hastig seine Kleidung ordnete, fügte hinzu: »Ja, ehrlich, wir wollten gar nicht —«

»Du warst schon immer unmöglich«, sagte Serena zu Maggie. »Ich nehme an, das ist Absicht. Unabsichtlich kann man sich so blödsinnig gar nicht aufführen. Ich habe nicht vergessen, was mit meiner Mutter im Pflegeheim geschah. Und jetzt das! Bei einem Beerdigungstreffen! In dem Schlafzimmer, das ich mit meinem Mann geteilt habe!«

»Es war Zufall, Serena. Wir wollten überhaupt nicht —«

»Zufall!« fuhr Serena sie an. »Hinaus mit euch!«

»Wie bitte?«

»Verschwindet«, sagte sie, drehte sich um und ging davon.

Maggie griff nach ihrer Tasche, sie sah Ira nicht an. Ira sammelte seine Karten ein. Sie ging vor ihm durch die Tür, den Flur hinunter ins Wohnzimmer. Die Leute traten einen Schritt zurück, um sie vorbeizulassen. Maggie hatte keine Ahnung, wieviel sie gehört hatten. Wahrscheinlich alles; es lag etwas krampfhaft Stummes in

131

der Luft. Sie öffnete die Haustür, drehte sich dann um und sagte: »Also, auf Wiedersehen dann!«

»Auf Wiedersehen«, murmelten sie. »Wiedersehen, Maggie, Wiedersehen, Ira...«

Draußen blendete das Sonnenlicht. Sie wünschte sich, sie wären von der Kirche mit dem Wagen herübergefahren. Sie faßte die Hand, die Ira ihr bot, und suchte sich ihren Weg durch den Schotter neben der Straße, die Augen immer auf ihre Schuhe gerichtet, die jetzt von einer dünnen Staubschicht überzogen waren.

»Na«, sagte Ira endlich, »jedenfalls haben wir diese Versammlung ein bißchen aufgemuntert.«

»Mir ist ganz elend zumute«, sagte Maggie.

»Ach, das vergeht«, sagte Ira zu ihr. »Du weißt doch, wie sie ist.« Er schnaubte. »Du mußt die guten Seiten daran sehen. Wie Klassentreffen eben sind –«

»Aber es war kein Klassentreffen; es war eine Beerdigung«, sagte Maggie. »Ein Gedächtnisgottesdienst. Ich bin hingegangen und habe einen Gedächtnisgottesdienst verdorben. Sie denkt wahrscheinlich, wir wollten angeben oder so was, wir wollten uns über sie lustig machen, jetzt wo sie Witwe ist. Mir ist ganz elend.«

»Sie wird uns verzeihen«, meinte er.

Ein Wagen schoß vorüber, und Ira tauschte mit Maggie Seiten, ließ sie auf der dem Verkehr abgewandten Seite gehen. Sie liefen jetzt nebeneinander, ohne sich zu berühren. Sie waren wieder in ihr normales Selbst zurückgekehrt. Fast jedenfalls. Nicht ganz. Irgend etwas an dem Licht oder an der Wärme ließ Maggies Sicht verschwimmen, und das alte Steinhaus, an dem sie gerade vorübergingen, schien einen Augenblick lang zu glimmern. Es löste sich in einen zart strahlenden Dunst auf, und dann setzte es sich aufs neue zusammen und war wieder fest.

Zwei

Schon seit mehreren Monaten war Ira aufgefallen, wie verschwenderisch die Menschheit mit ihren Kräften umging. Die Menschen, so kam es ihm vor, vergeudeten ihr Leben. Sie verpulverten ihre Energie in kleinlicher Eifersucht, sinnlosem Ehrgeiz oder hartnäckig erbittertem Groll. Überall und immer wieder fiel ihm das auf – als ob ihm jemand eine Lehre erteilen wollte. Dabei wäre das gar nicht nötig gewesen. Wußte er nicht selbst sehr genau, wieviel Kraft er im Laufe der Zeit verschwendet hatte?

Er war fünfzig Jahre alt und hatte keine einzige bedeutende Leistung vollbracht. Einst hatte er den Plan gehabt, eine neue Therapie gegen irgendeine wichtige Krankheit zu entwickeln, und nun rahmte er statt dessen Petit-Point-Stickereien.

Sein Sohn, der keine Melodie halten konnte, war von der High School in der Hoffnung abgegangen, er könnte ein Rock-Star werden. Seine Tochter gehörte zu jenen Menschen, die sich wegen völlig unnötiger Besorgnisse kaputtmachten; vor Prüfungen kaute sie ihre Fingernägel ab und bekam rasende Kopfschmerzen, und wegen ihrer Noten quälte sie sich so sehr herum, daß der Doktor schon vor einem Magengeschwür warnte.

Und dann seine Frau! Er liebte sie, aber er konnte nicht ertragen, wie sie sich weigerte, ihr eigenes Leben ernst zu nehmen. Sie glaubte anscheinend, es sei eine Art von Probe-Leben, mit dem sie ruhig spielen durfte, so als würde sie noch eine zweite und eine dritte Chance bekommen, um es dann richtig zu machen. Immerzu unternahm sie ungeschickte, übereilte Vorstöße ins Irgendwo – mutwillige Abstecher, Umwege.

Wie heute zum Beispiel: diese Sache mit Fiona. Fiona war nach Iras Ansicht keine Verwandte mehr, sie war nicht ihre Schwiegertochter und nicht einmal eine Bekannte. Aber da saß Maggie, hielt eine Hand aus dem Fenster, während sie auf der Route Eins heimwärts brausten, und kam (als er gerade hoffte, sie habe es vergessen) wieder auf diese verrückte Idee zurück, Fiona zu besuchen. Schlimm genug, daß sie den Samstag bei der Beerdigung von Max Gill vertan hatten – auch einer von diesen Abstechern –, aber nein, jetzt wollte sie noch in eine ganz neue Richtung losmarschieren. Sie wollte einen Bogen über Cartwheel, Pennsylvania, machen und Fiona anbieten, während ihrer Flitterwochen das Kind zu betreuen. Ein völlig sinnloser Vorschlag; denn Fiona hatte doch eine Mutter, nicht wahr, die sich die ganze Zeit über um Leroy gekümmert hatte und mit der man gewiß auch weiterhin rechnen konnte. Ira machte sie darauf aufmerksam. Er sagte: »Was ist denn mit Wie-heißt-sie-doch-Gleich? Mit Mrs. Stukkey?«

»Ach, Mrs. Stuckey«, sagte Maggie, als sei das Antwort genug. Sie zog ihren Arm herein und kurbelte das Fenster hoch. Ihr Gesicht glühte im Sonnenlicht, rund, hübsch und gespannt. Der Fahrtwind hatte ihr Haar zerzaust, es stand ihr in zotteligen Spitzen vom Kopf ab. Der Luftzug war heiß und roch nach Benzin, und es tat Ira nicht leid, daß sie ihn abgestellt hatte. Aber dieses ständige Öffnen und Schließen des Fensters ging ihm auf die Nerven. Sie lebt von Augenblick zu Augenblick, dachte er. Ohne jeden Vorausblick. Ärger zuckte durch seine Schläfen.

Neben ihm saß eine Frau, die wegen eines falsch verbundenen Telefongesprächs einmal einen ganzen Abend vertan hatte. »Hallo?« hatte sie in den Hörer gefragt, und ein Mann hatte gesagt: »Laverne, bleib im Haus, da bist du sicher. Ich habe gerade mit Dennis gesprochen, er kommt und holt dich.« Dann hatte er aufgelegt. Maggie rief: »Warten Sie!« – in den toten Hörer hinein; typisch. Gleichgültig, wer es gewesen war, so hatte ihr Ira gesagt: der Kerl hatte es nicht besser verdient. Wenn es Dennis und Laverne nicht gelang, miteinander Verbindung aufzunehmen, dann war das deren Problem und nicht das von Maggie. Aber Maggie hatte keine

Ruhe gegeben. »›Sicher‹«, stöhnte sie, »›im Haus bist du sicher‹, hat er zu mir gesagt. Gott weiß, was die arme Laverne jetzt durchmacht.« Und dann hatte sie den ganzen Abend damit zugebracht, alle möglichen Abwandlungen ihrer eigenen Telefonnummer zu wählen, hatte die Zahlen miteinander vertauscht und immer gehofft, Laverne zu finden. Natürlich ohne Erfolg.

Cartwheel, Pennsylvania, war zum Greifen nah, ein Katzensprung – wenn man sie so reden hörte. »Es liegt an dieser Abzweigung gleich oberhalb der Grenze zwischen Maryland und Pennsylvania. Ich habe den Namen vergessen«, sagte sie. »Aber auf der Karte, die du an der Tankstelle besorgt hast, konnte ich es nirgendwo finden.«

Kein Wunder, daß sie als Lotse so versagt hatte; sie hatte statt dessen nach Cartwheel gesucht.

Für einen Samstag war überraschend wenig Verkehr. Meistens Lastwagen – kleine, rostige Pritschenwagen, die Holz oder alte Autoreifen geladen hatten, nicht die glänzenden Monster, die man auf dem Highway 95 sah. Sie fuhren hier durch eine ländliche Gegend, und jeder Laster ließ im Vorbeifahren eine neue Staubschicht auf die fahlen, ausgedörrten, gelblichen Felder niedergehen, die sich zu beiden Seiten der Straße dehnten.

»Wir machen es so!« erklärte ihm Maggie. »Nur ein ganz kurzer Halt bei Fiona. Nur für einen winzigkleinen Augenblick. Nicht mal ein Glas eisgekühlten Tee lassen wir uns anbieten. Wir machen ihr unser Angebot, und dann fahren wir wieder.«

»Also das könntest du auch am Telefon erledigen«, sagte Ira.

»Könnte ich nicht!«

»Ruf sie an, sobald wir wieder in Baltimore sind, wenn du so scharf darauf bist, Babysitter zu spielen.«

»Das Mädchen ist jetzt fast sieben Jahre alt«, erwiderte Maggie, »und sie kann sich wahrscheinlich kaum an uns erinnern. Wir können nicht einfach so daherkommen und sie für eine ganze Woche lang mitnehmen! Wir müssen ihr Zeit lassen, sich an uns zu gewöhnen.«

»Woher weißt du, daß es für eine Woche ist?« fragte Ira.

Sie kramte jetzt in ihrer Handtasche und murmelte: »Hmm?«

137

»Woher weißt du, daß ihre Flitterwochen eine Woche dauern, Maggie?«

»Das weiß ich doch gar nicht! Vielleicht auch zwei Wochen. Vielleicht sogar einen Monat, ich habe keine Ahnung.«

Auf einmal fragte er sich, ob diese ganze Hochzeit womöglich nur ein Hirngespinst war – ob Maggie sie nicht bloß aus ihren eigenen, aberwitzigen Gründen erfunden hatte. Zuzutrauen war es ihr.

»Und außerdem!« sagte er. »So lange könnten wir gar nicht wegbleiben. Wir sind berufstätig.«

»Nicht weg – in Baltimore. Wir würden sie mit nach Baltimore nehmen.«

»Aber dann würde sie die Schule versäumen«, sagte er.

»Ach, das ist kein Problem. Wir lassen sie bei uns zur Schule gehen«, sagte Maggie. »Zweites Schuljahr ist zweites Schuljahr, überall dasselbe.«

Ira hatte so viele verschiedene Einwände hiergegen, daß es ihm die Sprache verschlug.

Jetzt kehrte sie ihre Handtasche um und schüttete sie über ihrem Schoß aus. »Oje«, sagte sie, während sie ihre Brieftasche, ihren Lippenstift, ihren Kamm und ihre Packung Papiertaschentücher musterte, »wenn ich bloß diese Karte von zu Hause mitgebracht hätte.«

Auch das war eine Form von Verschwendung, dachte Ira, eine Handtasche zum zweiten Mal zu durchsuchen, deren Inhalt sie auswendig kannte. Sogar Ira kannte ihn auswendig. Und es war Verschwendung, sich weiter Gedanken über Fiona zu machen, wenn Fiona offenbar nichts von ihnen wissen wollte, wenn sie deutlich zu verstehen gegeben hatte, daß sie ihr Leben weiterleben wollte und sonst gar nichts. Hatte sie es nicht selbst gesagt? »Ich will bloß mein Leben weiterleben« – irgendwie klang das vertraut. Vielleicht hatte sie es während dieser Szene, bevor sie wegging, geschrien, oder später bei einem dieser kläglichen Besuche, die er und Maggie nach der Scheidung gemacht hatten – Leroy schüchtern und fremd und Mrs. Stuckey mit vorwurfsvollem Blick an der Wohnzimmertür lauernd. Ira schüttelte den Kopf. Verschwendung und noch mal Verschwendung. Die lange Fahrt und die gequälte Unterhaltung und die lange Rückfahrt, für nichts und wieder nichts.

Und Verschwendung war es auch, die eigene Arbeit und das eigene Leben Menschen zu widmen, die einen vergaßen, sobald man von ihrer Bettkante zurücktrat. Das sagte Ira ihr immer wieder. O ja, wahrscheinlich war es bewundernswert selbstlos. Aber er begriff nicht, wie Maggie diese Flüchtigkeit ertrug, dieses Fehlen bleibender Ergebnisse – diese gebrechlichen, altersschwachen Patienten, die sie mit einer Mutter, die längst tot war, verwechselten oder mit einer Schwester, die sie im Jahr 1928 mal beleidigt hatte.

Es war Verschwendung, sich wegen der Kinder so aufzureiben. (Die ohnehin keine Kinder mehr waren – auch Daisy nicht.) Zum Beispiel die Sache mit den Zigarettenpapierchen, die Maggie im letzten Frühjahr auf Daisys Schreibtisch gefunden hatte. Beim Staubwischen war sie darauf gestoßen und gleich zu Ira gelaufen. »Was sollen wir machen? Was sollen wir bloß machen?« jammerte sie. »Unsere Tochter raucht Marihuana; das ist eines der verräterischen Indizien, die in dem Merkblatt standen, das die Schule herausgegeben hat.« Sie hatte Ira mit ihrer Aufregung und ihrer Verzweiflung angesteckt; das geschah übrigens häufiger, als er zugeben mochte. Bis tief in die Nacht hatten sie zusammengesessen und darüber gesprochen, wie sie mit dem Problem fertig werden könnten. »Was haben wir bloß falsch gemacht?« schluchzte Maggie, und Ira umarmte sie und sagte: »Na, komm, Liebling, ich verspreche dir, das bekommen wir wieder hin.« Für nichts und wieder nichts – auch diesmal, wie sich dann zeigte. Es stellte sich nämlich heraus, daß Daisy die Zigarettenpapierchen für ihre Flöte benötigte. Man schob sie unter die Klappen, wenn sie anfingen hängenzubleiben, hatte Daisy auf Anhieb erklärt und war nicht einmal beleidigt gewesen.

Ira war sich lächerlich vorgekommen. Ihm schien, er habe etwas verausgabt, das knapp und real war – harte Währung.

Dann fiel ihm ein, wie einmal ein Dieb Maggies Handtasche gestohlen hatte. Der war einfach in die Küche marschiert, wo sie gerade dabei war, Lebensmittel einzuräumen, und hatte die Tasche von der Anrichte gestohlen, so dreist wie nur etwas. Und sie war ihm nachgelaufen. Es hätte sie das Leben kosten können! (Das Richtige, das Naheliegende wäre gewesen, sich mit einem Achselzucken zu sagen, daß sie ohne die Handtasche besser dran war – viel hatte sie ihr ohnehin nicht bedeutet, und auf die paar lumpigen Dollar konnte sie ganz bestimmt verzichten.) Es war im Februar gewesen, und die Gehwege hatten sich in glitzernde Eisflächen verwandelt, zu rennen war deshalb unmöglich. Und höchst verblüfft hatte Ira auf dem Weg von der Arbeit einen jungen Burschen im Schneckentempo auf sich zuschlurfen sehen, Maggies Handtasche über der Schulter, und dahinter Maggie selbst, die sich, die Zungenspitze zwischen den Zähnen, ganz auf ihre Schritte konzentrierte und Zentimeter für Zentimeter vorwärtskämpfte. Die beiden hatten ausgesehen wie diese Komiker, die so tun, als hasteten sie irgendwohin, und dabei gar nicht von der Stelle kommen. Wirklich, irgendwie hatte es komisch ausgesehen, überlegte Ira jetzt. Seine Lippen zuckten. Er lächelte.

»Was ist?« wollte Maggie wissen.

»Es war verrückt von dir, daß du diesem Handtaschendieb nachgelaufen bist«, sagte er.

»Wirklich, Ira! Wie geht es eigentlich in deinem Kopf zu?«

Genau die Frage, die er ihr auch hätte stellen können.

»Immerhin habe ich sie zurückbekommen«, sagte sie.

»Nur durch Zufall. Was wäre gewesen, wenn er eine Waffe dabei gehabt hätte? Oder wenn er ein bißchen größer gewesen wäre? Und wenn er nicht in Panik geraten wäre, als er mich sah?«

»Weißt du, ich glaube, ich habe neulich nachts von diesem Jungen geträumt, stell dir vor«, sagte Maggie. »Er saß in einer Küche, die so ähnlich aussah wie unsere, aber dann auch wieder anders, nicht wahr...«

Ira hätte es lieber gehabt, wenn sie ihm nicht immer ihre Träume erzählen würde. Es machte ihn nervös und unruhig.

Vielleicht hätte er gar nicht heiraten sollen. Oder wenigstens keine Kinder haben sollen. Nein, dieser Preis war zu hoch; selbst in seinen schwärzesten Augenblicken wußte er das. Ja, wenn er seine Schwester Dorrie damals in ein Heim gegeben hätte –

irgendein staatliches, das nicht so kostspielig war. Und wenn er seinem Vater gesagt hätte: »Von nun an sorge ich nicht mehr für dich. Schwaches Herz hin oder her – kümmere dich selbst um deinen verdammten Laden, und laß mich mit meinem alten Plan weitermachen, falls mir überhaupt noch einfällt, was es für einer war.« Und wenn er seine andere Schwester dazu gebracht hätte, sich in die Welt hinauszuwagen und sich eine Arbeit zu suchen. »Meinst du vielleicht, wir hätten nicht *alle* Angst?« würde er sie gefragt haben. »Und trotzdem gehen wir hinaus und verdienen uns, was wir zum Leben brauchen, und du machst es jetzt genauso.«

Aber sie wäre vor Angst gestorben.

Als kleiner Junge lag er oft abends im Bett und spielte Sprechstunde. Seine hochgezogenen Knie waren der Schreibtisch, und er sah über seinen Schreibtisch hinweg und fragte freundlich: »Nun, wo fehlt's denn, Mrs. Brown?« Eine Zeitlang hatte er sich überlegt, Orthopäde zu werden, weil das Einrichten von Knochen etwas so Direktes war. Wie Möbel reparieren, dachte er. Er hatte sich vorgestellt, der Knochen würde mit einem Klicken wieder einrasten, und im gleichen Augenblick würde der Schmerz des Patienten vollkommen verschwinden.

»Hoosegow«, sagte Maggie.

»Wie bitte?«

Sie raffte ihre Habseligkeiten zusammen und stopfte sie in die Handtasche zurück. Die Tasche stellte sie auf den Boden neben ihre Füße. »Die Abzweigung nach Cartwheel«, erklärte sie. »War das nicht so etwas wie Hoosegow?«

»Keine Ahnung.«

»Moose Cow. Moose Lump.«

»Ich fahre nicht hin, egal, wie es heißt«, sagte Ira.

»Goose Bump.«

»Denk doch mal«, sagte er, »an diese anderen Besuche. Weißt du noch, wie es immer ausging? Leroys zweiter Geburtstag, als du vorher angerufen hast, um alles auszumachen, *angerufen*, und trotzdem hatte Fiona vergessen, daß du kommen wolltest. Sie sind nach Hershey Park gefahren, und wir haben eine Ewigkeit vor der Haustür gewartet und sind schließlich umgekehrt und heimgefahren.«

Mit dem Geschenk für Leroy unter dem Arm, das erwähnte er gar nicht: einer riesigen, stumpfsinnig lächelnden Raggedy-Ann-Puppe, die ihm das Herz brach.

»Und dann ihr dritter Geburtstag, als du ihr dieses Kätzchen mitbrachtest, unangemeldet, obwohl ich gesagt hatte, du solltest es lieber vorher mit Fiona besprechen, und als Leroy dann anfing zu niesen und Fiona sagte, sie könnte es nicht behalten. Leroy hat den ganzen Nachmittag geweint, erinnerst du dich? Als wir abfuhren, weinte sie immer noch.«

»Sie hätte dagegen geimpft werden können«, meinte Maggie und weigerte sich hartnäckig, den Kern der Sache zu begreifen. »Viele Kinder werden gegen Allergien geimpft und haben das ganze Haus voller Tiere.«

»Ja schon, aber Fiona wollte eben nicht. Sie wollte nicht, daß wir uns einmischten, und eigentlich wollte sie auch nicht, daß wir zu Besuch kamen, und deshalb sage ich, wir sollten nicht mehr hinfahren.«

Maggie warf ihm einen kurzen prüfenden Blick zu. Wahrscheinlich fragte sie sich jetzt, ob er etwas von den anderen Touren ahnte, die sie auf eigene Faust unternommen hatte. Aber wenn sie sie wirklich hätte geheimhalten wollen, dann hätte sie nachher den Tank wieder gefüllt, sollte man annehmen.

»Ich will doch nur sagen –«, sagte er.

»Ich weiß, was du sagen willst!« rief sie. »Du brauchst nicht ständig darauf herumzureiten!«

Eine Zeitlang fuhr er schweigend weiter. Der Highway vor ihm war mit einer Naht aus unterbrochenen Linien an den Erdboden geheftet. Dutzende kleiner Vögel stoben aus einem Gehölz auf und machten den blauen Himmel schlackengrau. Er beobachtete sie, bis sie verschwanden.

»Meine Großmutter Daley hatte früher so ein Bild in ihrem Salon«, erzählte Maggie. »Eine kleine Szene, in ein gelbliches Material geschnitzt, es sah aus wie Elfenbein, aber es war wohl eher Zelluloid. Ein altes Ehepaar, das in Schaukelstühlen am Kamin saß, und der Titel war in den Rahmen darunter graviert: ›Die Alten daheim.‹ Die Frau strickte, und der Mann las in einem riesigen Buch, man wußte sofort, daß es die Bibel war. Man wußte auch, daß es irgendwo erwachsene Kinder gab; das war ja der springende Punkt, daß die alten Leute zu Hause blieben, während die Kinder fortgingen. Aber die beiden waren so *enorm* alt! Sie hatten Gesichter wie verschrumpelte Äpfel und Körper wie Kartoffelsäcke; es waren Leute, bei denen man sofort sah, daß sie ausgedient hatten. Ich habe mir nie überlegt, daß ich mal eine ›Alte daheim‹ sein würde.«

»Du hast etwas vor! Du willst, daß dieses Kind zu uns kommt und bei uns wohnt«, sagte Ira. Mit einem Schlag wurde es ihm so klar, als hätte sie das laut und deutlich gesagt. »Darauf willst du hinaus. Jetzt, wo du Daisy verlierst, soll Leroy kommen und ihren Platz ausfüllen.«

»Daran habe ich überhaupt nicht gedacht!« erwiderte Maggie — etwas zu schnell, wie ihm schien.

»Denk nur nicht, ich würde dich nicht durchschauen«, sagte er zu ihr. »Ich hatte schon die ganze Zeit über den Verdacht, daß bei der Sache mit dem Kinderhüten irgend etwas faul ist. Du rechnest dir aus, daß Fiona zustimmen wird, weil sie jetzt mit ihrem neuen Ehemann beschäftigt ist.«

»Also, das zeigt bloß, wie wenig Ahnung du hast, ich habe nämlich nicht im geringsten die Absicht, Leroy für immer zu behalten. Ich will bloß heute nachmittag bei ihnen vorbeifahren und mein Angebot machen, und vielleicht bringt das Fiona so ganz nebenbei dazu, sich die Sache mit Jesse noch einmal zu überlegen.«

»Mit Jesse?«

»Jesse ist unser Sohn, Ira.«

»Ja, Maggie, ich weiß, daß Jesse unser Sohn ist, aber ich verstehe nicht, was sie sich deiner Ansicht nach noch mal überlegen soll. Die sind fertig miteinander. Sie hat ihn sitzenlassen. Ihr Rechtsanwalt hat ihm all diese Papiere zum Unterschreiben geschickt, und er hat unterschrieben, jedes einzelne, und hat sie zurückgeschickt.«

»Und ist seither nie mehr der Alte gewesen«, entgegnete Maggie.

»Er nicht und Fiona auch nicht. Jedesmal, wenn er einen versöhn-
lichen Schritt tut, ist sie gerade in einer Phase, wo sie nicht mit
ihm sprechen will, und wenn *sie* es versucht, ist er gerade beleidigt, hat sich irgendwo verbarrikadiert und merkt gar nicht, daß
sie es versucht. Das ist wie ein grauenhafter Tanz, der aus dem
Takt geraten ist und wo jeder Schritt ein Fehler ist.«

»Ach? Tatsächlich?« sagte Ira. »Ich finde, das sollte dir zu denken
geben.«

»Was zu denken?«

»Daß die beiden ein hoffnungsloser Fall sind, Maggie.«

»Ach Ira, du glaubst einfach nicht fest genug an das Schicksal«,
sagte Maggie. »An das Glück nicht und an das Pech auch nicht.
Paß auf, der Wagen da vor dir.«

Sie meinte den roten Chevrolet – ein altertümliches Modell, groß
wie ein Schleppkahn, mit einer abgewetzten Lackierung, die die
stumpfrote Farbe eines Radiergummis angenommen hatte. Ira beobachtete ihn schon seit einiger Zeit. Es gefiel ihm nicht, wie dieser Wagen von einer Seite auf die andere schlingerte und ständig
die Geschwindigkeit wechselte.

»Hup doch mal«, wies Maggie ihn an.

Ira sagte: »Oh, ich werde einfach –«

Er werde den Kerl einfach überholen, wollte er sagen. Irgend so ein
Anfänger; solche Leute hatte man am besten möglichst weit hinter sich. Er gab Gas und warf einen Blick in den Rückspiegel, aber
im gleichen Moment streckte Maggie den Arm aus und drückte
auf seine Hupe. Das lange, hartnäckige Tuten erschreckte Ira. Er
packte Maggies Hand und schob sie mit Bestimmtheit auf ihren
Schoß zurück. Da erst bemerkte er, daß der Fahrer des Chevrolet,
der sich ohne Zweifel auch erschreckt hatte, scharf bremste und
schon ganz dicht vor ihnen war. Maggie griff nach dem Armaturenbrett. Ira hatte keine Wahl; er riß den Wagen nach rechts und
pflügte durch die Bankette neben der Straße.

Staub erhob sich um sie wie Rauch. Der Chevrolet nahm wieder
Fahrt auf und verschwand hinter einer Straßenbiegung.

»Jesus«, sagte Ira.

Der Wagen war irgendwie zum Stehen gekommen, obwohl Ira

sich nicht daran erinnern konnte, daß er gebremst hatte. Der Motor war tot. Ira hielt noch immer das Steuerrad gefaßt, die Schlüssel pendelten mit leisem Geklingel am Zündschloß.

»Überall mußt du dich einmischen, nicht wahr, Maggie?« sagte er.

»Ich? Gibst du jetzt etwa mir die Schuld? Was habe ich denn getan?«

»Oh, nichts. Du hast nur gehupt, während ich fuhr. Du hast nur diesen Burschen so erschreckt, daß er auch noch das letzte bißchen Verstand verlor, das ihm geblieben war. Wenn du mal irgendwann aufhören würdest, deine Nase in Sachen zu stecken, die dich nichts angehen, Maggie!«

»Und wenn *ich* es nicht täte, wer würde es dann tun?« fragte sie.

»Wie kannst du behaupten, das ginge mich nichts an, wenn ich hier auf einem Platz sitze, den alle Welt nur als Todessitz bezeichnet? Und außerdem war nicht mein Hupen schuld, sondern dieser verrückt gewordene Fahrer, der ohne erfindlichen Grund gebremst hat.«

Ira seufzte. »Na schön. Bist du in Ordnung?«

»Ich könnte ihn erwürgen!« sagte sie.

Das bedeutete vermutlich, daß es ihr gut ging.

Er ließ den Wagen wieder an. Der hustete ein paarmal und lief dann rund. Ira prüfte, ob die Strecke frei war, und bog dann wieder auf den Highway ein. Nach der steinigen Bankette kam ihm die Straßendecke zu glatt, zu gängig vor. Er bemerkte, daß seine Hände am Lenkrad zitterten.

»Das war ein Wahnsinniger«, sagte Maggie.

»Gut, daß wir angeschnallt waren.«

»Wir sollten ihn anzeigen.«

»Na ja. Solange niemand verletzt wurde.«

»Fahr doch schneller, Ira, bitte!«

Er sah zu ihr hinüber.

»Ich will seine Autonummer haben«, sagte sie. Mit ihren wirren Locken sah sie aus wie eine Furie.

Ira sagte: »Na also, Maggie. Wenn du es dir richtig überlegst, waren wir genauso schuld wie er.«

»Wie kannst du so etwas sagen? Wo er derart unberechenbar herumkutschierte, nach rechts und links geschlingert ist; hast du das vergessen?«

Woher nahm sie diese Kraft? fragte er sich. Wie konnte sie sich so verausgaben? Ihm war heiß, und seine linke Schulter tat dort weh, wo er gegen den Gurt gepreßt worden war. Er rückte ein wenig, um den Druck des Gurtes auf seine Brust zu vermindern.

»Du willst doch nicht, daß er am Ende noch einen schweren Unfall verursacht, oder?« fragte Maggie.

»Hm. Nein.«

»Wahrscheinlich hat er getrunken. Kannst du dich an den Verkehrshinweis im Fernsehen erinnern? Es ist unsere Bürgerpflicht, ihn anzuzeigen. Fahr schneller, Ira.«

Er gehorchte, hauptsächlich aus Erschöpfung.

Sie überholten den Lieferwagen eines Elektrikers, der sie vorhin überholt hatte, und als sie dann einen Bergkamm passierten, sahen sie vor sich den Chevy. Er gondelte dahin, als wäre nichts geschehen. Ira überkam plötzlich eine Wut. Dieser verdammte Holzkopf! Aber wer sagte eigentlich, daß es ein Mann war? Wahrscheinlich war es eine Frau, die eine Spur der Verwüstung hinter sich zurückließ, ohne irgend etwas zu merken. Er gab noch mehr Gas. Maggie sagte: »Gut so« und kurbelte ihr Fenster herunter.

»Was hast du vor?« fragte er.

»Los, schneller.«

»Wozu hast du das Fenster heruntergedreht?«

»Mach schon, Ira! Er entwischt uns.«

»Mecker bloß nicht, wenn wir dafür einen Strafzettel bekommen«, sagte Ira.

Aber er ließ den Tachometer auf fünfundsechzig, auf achtundsechzig Meilen klettern. Sie waren jetzt dicht hinter dem Chevy. Dessen Heckscheibe war so staubig, daß Ira drinnen kaum etwas erkennen konnte. Er sah nur, daß der Fahrer einen Hut trug und daß er sehr tief saß. Mitfahrer schienen keine im Wagen zu sein. Das Nummernschild war ebenfalls verstaubt – eine Nummer aus Pennsylvania, dunkelblau und gelb, das Gelb war graugesprenkelt und sah wie verschimmelt aus.

»Ypsilon zwei acht –«, las Ira laut.

»Ja, ja, ich hab's«, sagte Maggie. (Sie gehörte zu denen, die noch die Telefonnummer aus ihrer Kindheit hersagen können.) »Und jetzt überholen wir ihn«, sagte sie zu Ira.

»Na ja, also . . .«

»Du siehst doch, wie der Kerl fährt. Ich finde, wir sollten ihn überholen.«

Das klang vernünftig. Ira scherte nach links aus.

Genau in dem Augenblick, als sie neben dem Chevy waren, lehnte sich Maggie aus dem Fenster und deutete mit dem Zeigefinger nach unten. »Ihr Rad!« schrie sie. »Ihr Rad! Ihr Vorderrad fällt ab!«

»Du liebe Güte«, sagte Ira.

Er sah in den Spiegel. Natürlich, der Chevy hatte gebremst und fuhr an den Straßenrand.

»Er hat es geglaubt«, sagte er.

Ira mußte zugeben, es bereitete ihm eine gewisse Genugtuung.

Maggie fuhr nach hinten herum und starrte aus dem Heckfenster. Dann wandte sie sich wieder zu Ira. In ihrer Miene war etwas, das er sich nicht erklären konnte. »Oh, Ira«, sagte sie.

»Was ist denn?«

»Er war alt, Ira.«

Ira sagte: »Diese gottverdammten Seniorenfahrer . . .«

»Er war nicht nur alt«, sagte sie. »Er war schwarz.«

»So?«

»Ich konnte ihn erst deutlich erkennen, als ich das mit dem Rad sagte. Der hat uns bestimmt nicht absichtlich abgedrängt. Ich wette, er hat es gar nicht mitbekommen. Er hatte so ein zerknittertes, würdevolles Gesicht, und als ich ihm das mit dem Rad sagte, da klappte ihm der Mund auf, und trotzdem hat er noch daran gedacht, mit dem Finger an die Hutkrempe zu tippen. Dieser Hut! Ein grauer Filzhut, wie mein Großvater einen trug.«

Ira stöhnte.

»Jetzt denkt er, wir hätten ihn zum Narren gehalten. Er denkt, wir seien Rassisten und hätten ihn mit seinem Rad ärgern wollen.«

»Das denkt er ganz bestimmt nicht«, sagte Ira. »Es ist nämlich so: er kann überhaupt nicht wissen, daß sein Rad *nicht* abfällt. Wie soll er es denn nachprüfen? Er müßte es beim Fahren beobachten.«

»Meinst du, er sitzt immer noch da?«

»Nein, nein«, sagte Ira hastig. »Wahrscheinlich ist er jetzt wieder unterwegs, aber er fährt wohl ein bißchen langsamer und paßt auf, ob alles in Ordnung ist.«

»*Ich* würde es nicht so machen«, sagte Maggie.

»Du bist ja auch nicht er.«

»Er wird es auch nicht so machen. Er ist alt und durcheinander und allein, und sitzt jetzt da in seinem Wagen und traut sich keinen Zentimeter mehr weiter.«

»O Gott!« stieß Ira hervor.

»Wir müssen zurückfahren und es ihm sagen.«

Irgendwie hatte er gewußt, daß es so kommen würde.

»Wir sagen nicht, daß wir ihn absichtlich belogen haben«, meinte Maggie. »Wir sagen einfach, wir seien uns nicht sicher gewesen. Wir bitten ihn, eine Testfahrt zu machen, während wir zusehen, und dann sagen wir: ›Hoppla. Irrtum unsererseits. Ihr Rad ist in Ordnung; wir haben uns getäuscht.‹«

»Wieso redest du eigentlich immer von ›wir‹?« fragte Ira. »Ich habe ihm nicht gesagt, daß es locker ist.«

»Ira, ich bitte dich auf Knien, dreh um und rette diesen Mann.«

»Es ist jetzt halb zwei«, sagte Ira. »Wenn wir Glück haben, können wir um drei zu Hause sein. Vielleicht sogar um halb drei. Ich könnte den Laden noch ein paar Stunden aufmachen, lang ist es nicht, aber besser als gar nichts.«

»Dieser arme alte Mann sitzt jetzt da in seinem Wagen, starrt geradeaus vor sich hin und weiß nicht, was er tun soll«, sagte Maggie. »Der hängt immer noch hinter dem Steuerrad. Ich sehe ihn vor mir.«

Ira sah ihn auch.

Als sie an einer großen, wohlhabend aussehenden Farm vorüberkamen, fuhr Ira langsamer. Eine grasbewachsener Weg führte zur Scheune, in den er jetzt einbog, ohne vorher zu blinken, damit das Wendemanöver unvermittelter und wütender wirkte. Maggies Sonnenbrille schlidderte das Armaturenbrett entlang. Ira setzte zurück, wartete eine ganze Kolonne von Fahrzeugen ab, die plötzlich aus dem Nichts auftauchten, und wendete dann auf der Route Eins, jetzt ging es wieder Richtung Norden.

Maggie sagte: »Ich wußte, daß du nicht so herzlos sein würdest.«

»Stell dir vor«, sagte er zu ihr. »Überall hier auf dem Highway sind Paare unterwegs und machen einen Wochenendausflug. Sie fahren von Punkt A nach Punkt B. Sie führen zivilisierte Gespräche miteinander über, ich weiß nicht, über Tagesthemen. Abrüstung. Apartheid.«

»Er denkt wahrscheinlich, wir gehörten zum Ku-Klux-Klan«, sagte Maggie. Sie fing an, sich auf die Lippe zu beißen, wie immer, wenn sie besorgt war.

»Keine Unterbrechungen, keine Umwege«, sagte Ira. »Wenn diese Leute überhaupt eine Pause machen, dann um in irgendeinem gediegenen alten Gasthaus zu essen, das sie sich vorher ausgesucht haben und wo sie vielleicht sogar einen Tisch reserviert haben.«

Tatsächlich, er hatte furchtbaren Hunger. Bei Serena hatte er keinen Bissen zu sich genommen.

»Hier irgendwo war es«, sagte Maggie und reckte den Kopf. »Ich erkenne die Silos da wieder. Es war direkt vor diesen Silos. Da ist er.«

Ja, da war er, immerhin saß er nicht mehr in seinem Wagen, sondern umkreiste ihn unsicher, mit wankenden Schritten – ein Mann von der Farbe eines altertümlichen Büroschranks, mit gebeugten Schultern in einem von diesen älteren Anzügen, die aussehen, als wären sie vorne länger als hinten. Er wirkte gefaßt und ergeben und untersuchte die Reifen des Chevys, der schon vor Jahren hätte verschrottet werden sollen. Ira blinkte, wendete in einem U-Bogen und kam direkt hinter dem anderen Wagen zum Stehen, so daß sich die Stoßstangen fast berührten. Er öffnete die Tür und stieg aus. »Können wir helfen?« rief er.

Maggie stieg ebenfalls aus, schien aber ausnahmsweise gewillt, Ira reden zu lassen.

»Es ist was mit mei'm Rad«, sagte der alte Mann. »Da deutete so oben an der Straße eine Dame raus, mein Rad würde abfallen.«

»Das waren wir«, erklärte ihm Ira. »Oder vielmehr meine Frau.

Aber wissen Sie, ich glaube, sie hat sich getäuscht. Dieses Rad sieht doch sehr gut aus.«

Der alte Mann sah ihn jetzt direkt an. Sein Gesicht glich einem Totenschädel, mit tiefen Runzeln, und das Weiße seiner Augen war so gelb, daß es fast braun wirkte. »Na, sicher sieht es gut *aus*«, sagte er. »Wenn der Wagen so mausestill dasteht wie jetzt.«

»Aber ich meine auch vorhin«, sagte Ira, »als Sie noch auf der Straße waren.«

Der alte Mann schien nicht überzeugt. Mit der Fußspitze trat er gegen den Reifen. »Trotzdem«, sagte er, »riesig nett von euch Leuten, daß ihr angehalten habt.«

Maggie meinte: »Was heißt hier nett! Das war doch das mindeste.« Sie trat einen Schritt vor. »Ich bin Maggie Moran. Und das ist Ira, mein Mann.«

»Mein Name ist Mr. Daniel Otis«, sagte der alte Mann und tippte an die Krempe seines Hutes.

»Mr. Otis, verstehen Sie, es war, wie soll ich sagen, eine Art Fata Morgana, als wir an Ihrem Wagen vorüberfuhren«, sagte Maggie. »Es kam mir so vor, als würde Ihr Rad flattern. Aber schon im nächsten Moment sagte ich mir: ›Nein, ich glaube, das habe ich mir eingebildet.‹ War es nicht so, Ira? Fragen Sie Ira. ›Ich glaube, ich habe diesen Mann ohne Grund zum Halten veranlaßt‹, sagte ich zu ihm.«

»Das hört sich ganz schön nett an, es tut aber nicht erklären, warum Sie es flattern gesehen haben«, sagte Mr. Otis.

»Aber gewiß doch!« rief Maggie. »Hitzeschlieren über der Fahrbahn, vielleicht. Oder vielleicht, ich weiß nicht –«

»Kann auch ein Zeichen gewesen sein«, sagte Mr. Otis.

»Ein Zeichen?«

»Vielleicht, daß der Herrgott mich warnen wollte.«

»Wovor denn?«

»Daß mein linkes Vorderrad gerade vorhatte, abzufallen.«

Maggie sagte: »Na ja, aber –«

»Mr. Otis«, schaltete sich Ira ein, »ich glaube doch, es ist wahrscheinlicher, daß sich meine Frau geirrt hat.«

»Also, wissen können Sie das nicht.«

»Ein begreiflicher Irrtum«, sagte Ira, »aber trotzdem ein Irrtum. Also, wir sollten folgendes machen: Sie steigen in Ihren Wagen und fahren einfach ein paar Meter am Straßenrand entlang. Maggie und ich passen auf. Wenn Ihr Rad nicht locker ist, ist alles in Ordnung und Sie können weiterfahren. Und wenn es locker ist, bringen wir Sie zu einer Tankstelle.«

»Oh, also das weiß ich wirklich zu würdigen«, sagte Mr. Otis. »Vielleicht nach Buford, falls das nicht zu umständlich wäre.«

»Wie bitte?«

»Zur Texaco-Station in Buford. Es ist ein Stück da runter; mein Neffe arbeitet dort.«

»Klar, wohin Sie wollen«, sagte Ira, »aber ich möchte wetten —«

»Eigentlich, wenn das nicht zu umständlich wäre, könnten Sie mich doch auch gleich dahin fahren«, sagte Mr. Otis.

»Gleich?«

»Es schmeckt mir nicht, in einen Wagen zu steigen, wo das Rad am Abfallen ist.«

»Mr. Otis«, sagte Ira. »Jetzt prüfen wir erst mal das Rad. Das hatte ich eigentlich sagen wollen.«

»Ich prüfe es«, sagte Maggie.

»Ja, Maggie prüft es. Maggie? Ach, Liebling, vielleicht sollte ich doch besser —«

»Au ja; das ist zu gefahrvoll für eine Dame«, sagte Mr. Otis zu ihr. Ira hatte zwar eher an die Gefahr für den Chevy gedacht, aber er meinte jetzt: »Gut. Du und Mr. Otis, ihr paßt auf; ich fahre.«

»Nein, Sir, ich kann das keinesfalls zulassen«, sagte Mr. Otis. »Ich weiß das wirklich zu würdigen, aber ich kann es keinesfalls zulassen. Zuviel Gefahr. Ihr Leute fahrt mich einfach zu der Texaco-Station, bitte, und mein Neffe kommt den Wagen mit dem Schlepper holen.«

Ira sah zu Maggie hinüber. Maggie sah ihn an, ratlos. Der Lärm des vorbeirauschenden Verkehrs erinnerte ihn an die Thriller im Fernsehen, bei denen sich Spione in irgendwelchen modernen Einöden trafen, in der Nähe von Superschnellstraßen oder von dröhnenden Industriekomplexen.

»Hören Sie«, sagte Ira, »da kann doch gar nichts passieren —«

151

»Oder fahren Sie mich nicht! Nein«, rief Mr. Otis. »Ich bin Ihnen schon reichlich zur Last gefallen, ich weiß das.«

»Aber wir fühlen uns verantwortlich«, erklärte ihm Ira. »Also, was wir über Ihr Rad gesagt haben, das war eigentlich kein Irrtum, sondern eine klare, faustdicke, hm, Übertreibung.«

»Ja, wir haben es uns ausgedacht«, fügte Maggie hinzu.

»Och, nein«, sagte Mr. Otis kopfschüttelnd, »ihr wollt jetzt bloß, daß ich mir keine Sorgen mache.«

»Ein Stück weiter die Straße hinunter, da hatten Sie vor uns, ja also, wie soll ich sagen, irgendwie zu plötzlich gebremst«, sagte Maggie, »und uns von der Straße abgedrängt. Es war keine Absicht, ich weiß, aber –«

»Das habe ich getan?«

»Unabsichtlich«, versicherte ihm Maggie.

»Und außerdem«, meinte Ira, »haben Sie wahrscheinlich deshalb gebremst, weil wir irrtümlich gehupt hatten. Es ist also nicht so, daß –«

»Oh, ich hör auf! Florence, was meine Nichte ist, die ist mir schon die ganze Zeit hinterher, ich soll den Führerschein abgeben, aber bestimmt, ich hätte nie gedacht –«

»Macht nichts, es war jedenfalls sehr unüberlegt von mir«, erklärte ihm Maggie. »Ich habe gesagt, Ihr Rad würde abfallen, obwohl es in Wirklichkeit in Ordnung war.«

»Also ich finde, das war sehr *christlich* von Ihnen«, sagte Mr. Otis. »Wo ich Sie gerade vorher von der Straße gedrängt hatte! Ihr Leute seid wirklich furchtbar nett.«

»Nein, verstehen Sie, das Rad war wirklich –«

»So mancher hätte mich in den Tod fahren lassen«, sagte Mr. Otis.

»Das Rad war in Ordnung!« sagte Maggie. »Es hat kein bißchen geflattert.«

Mr. Otis schob den Hut nach hinten und sah sie prüfend an. Die schmalen Augenschlitze ließen seine Miene jetzt so hochmütig und verkniffen erscheinen, daß es fast den Anschein hatte, als hätte er endlich begriffen, was sie sagen wollte. Aber dann erklärte er: »Nöh, das kann nicht stimmen. Oder? Nöh. Ich will mal sagen: Jetzt, wo ich es mir überlege, ist der Wagen schon den ganzen Morgen so komisch gefahren. Ich wußte es und wußte es nicht, wissen Sie? Und ich denk mir, Ihnen ist das ganz genauso gegangen – daß Sie es so irgendwie am Rande von Ihrem Blickfeld mitbekommen haben, und das hat Sie dann dazu gebracht, das zu sagen, ohne zu verstehen, warum.«

Damit war die Sache klar; Ira schritt zur Tat. »Also gut«, sagte er, »dann müssen wir ihn eben prüfen. Die Schlüssel stecken?« Energisch ging er auf den Chevy zu, öffnete die Tür und schob sich hinein.

»Also, jetzt aber!« rief Mr. Otis. »Sie brauchen doch für *mich* Ihren Hals nicht riskieren, Mister!«

»Es passiert ihm schon nichts«, sagte Maggie.

Ira winkte Mr. Otis zuversichtlich mit der Hand.

Obwohl das Fenster geöffnet war, stand im Inneren des Wagens vibrierende Hitze. Der blanke Plastiküberzug der Sitzbank schien teilweise geschmolzen, und es roch stark nach überreifen Bananen. Kein Wunder: Die Reste eines Tütenfrühstücks lagen auf dem Beifahrersitz – ein zerknüllter Papierbeutel, Bananenschalen und ein zusammengedrehtes Stück Zellophan.

Ira drehte den Zündschlüssel. Als der Motor aufbrauste, lehnte er sich zu Maggie und Mr. Otis hinaus und rief: »Gut aufpassen jetzt!«

Sie sagten nichts. Für zwei Menschen, die so wenig gemeinsam hatten, machten sie seltsam ähnliche Gesichter: argwöhnisch blickten sie drein und vorsichtig, als seien sie auf das Schlimmste gefaßt.

Ira legte den Gang ein und rollte am Straßenrand entlang. Er hatte das Gefühl, etwas zu fahren, das an allen Seiten zu weit überstand – wie ein Doppelbett zum Beispiel. Außerdem klapperte es in der Auspuffanlage. Nach ein paar Metern bremste er und schob den Kopf aus dem Fenster. Die anderen hatten sich nicht von der Stelle gerührt; sie waren ihm nur mit den Augen gefolgt.

»Na?« rief er.

Es entstand eine Pause. Dann sagte Mr. Otis: »Jawoll, das kam mir so vor, als hätte ich da was wackeln sehen.«

»Tatsächlich?« fragte Ira.

Mit einem Augenzwinkern wendete er sich Maggie zu.

»Aber du nicht«, sagte er.

»Tja, ich bin mir nicht sicher«, sagte Maggie.

»Wie bitte?«

»Vielleicht habe ich es mir nur eingebildet«, sagte sie, »aber ich glaube, da war so ein kleines . . . so etwas, also ich weiß nicht . . .«

Ira legte den Gang ein und setzte mit einem Ruck zurück. Als er wieder neben ihnen war, sagte er: »So, jetzt paßt beide bitte mal ganz genau auf.«

Diesmal fuhr er ein längeres Stück, zehn Meter vielleicht. Sie mußten ihm folgen. Er blickte in den Seitenspiegel und sah, wie Maggie mit unter der Brust verschränkten Armen hinter ihm her hastete. Er hielt an, stieg aus und sah ihnen entgegen.

»Oh, dieses Rad ist locker, ganz klar«, rief Mr. Otis, als er näher-kam.

Ira sagte: »Maggie?«

»Es erinnerte mich an einen Kreisel, kurz bevor er aufhört, sich zu drehen, und umfällt«, sagte Maggie.

»Also hör mal, Maggie –«

»Ich weiß! Ich weiß!« sagte sie. »Aber ich kann nichts dafür, Ira; ich habe es wirklich flattern sehen. Und außerdem sah es irgend-wie teigig aus.«

»Das ist doch ein ganz anderes Problem«, sagte Ira. »Vielleicht hat der Reifen nicht genug Luft. Aber das Rad sitzt bombenfest, das schwöre ich. Ich konnte es spüren. Maggie, ich begreife dich wirk-lich nicht.«

»Also, es tut mir leid«, sagte sie eigensinnig, »aber ich weigere mich zu sagen, ich hätte etwas nicht gesehen, was ich mit eigenen Augen gesehen habe. Ich glaube, wir müssen ihn zu dieser Texaco-Station bringen.«

Ira sah Mr. Otis an. »Haben Sie einen Bolzenschlüssel?« fragte er.

»Einen . . . was?«

»Wenn Sie einen Bolzenschlüssel haben, könnte ich das Rad selbst festziehen.«

»Oje . . . Ist ein Bolzenschlüssel dasselbe wie ein normaler Schrau-benschlüssel?«

154

»Wahrscheinlich haben Sie einen im Kofferraum«, erklärte ihm Ira, »wo Sie auch den Wagenheber haben.«

»Oh! Aber wo habe ich meinen Wagenheber, das frage ich mich«, sagte Mr. Otis.

»In Ihrem Kofferraum«, wiederholte Ira verbissen, er langte in den Wagen, holte die Schlüssel hervor und überreichte sie ihm. Er versuchte, so gelassen wie möglich dreinzublicken, aber innerlich fühlte er sich genauso wie jedesmal, wenn er bei Maggie im Altenheim vorbeischaute: völlig verzweifelt. Er konnte nicht verstehen, wie dieser Kerl, dieser Mr. Otis, von einem Tag zum anderen durch sein Leben stolperte.

»Bolzenschlüssel, Bolzenschlüssel«, murmelte Mr. Otis vor sich hin. Er schloß den Kofferraum auf und klappte den Deckel hoch. »Da will ich doch mal...«

Auf den ersten Blick schien das Innere des Kofferraums ein massiver Block aus Textilien zu sein. Decken, Tücher und Kissen waren so fest hineingestopft, daß sie wie zusammengewachsen und erhärtet wirkten. »Oje«, sagte Mr. Otis und zerrte an der Ecke einer grauen Steppdecke, die sich nicht rührte.

»Macht nichts«, sagte Ira. »Ich hole meinen.«

Er ging zu seinem Dodge zurück. Der sah plötzlich so aus, als sei er sehr gut in Schuß, wenn man von dem absah, was Maggie mit dem Kotflügel vorne links angerichtet hatte. Ira zog seine Zündschlüssel ab, schloß den Kofferraum auf und öffnete ihn.

Nichts.

Wo einmal der Ersatzreifen in der Mulde unter der Bodenmatte gelegen hatte, war jetzt ein leerer Raum. Und keine Spur von der grauen Vinyltasche, in der er sein Werkzeug aufbewahrte.

Er rief: »Maggie?«

Sie hatte sich auf den Chevy gestützt, richtete sich nun gemächlich auf und drehte den Kopf in seine Richtung.

»Was ist denn aus meinem Ersatzreifen geworden?« fragte er.

»Er ist am Wagen.«

»*Am* Wagen?«

Sie nickte heftig.

»Du meinst, er ist in Gebrauch?«

»Genau.«

»Und wo ist der Originalreifen?«

»Er wird geflickt, bei der Exxon-Station zu Hause.«

»Ja, und wie ...?«

Nein, schon gut; jetzt nicht ablenken lassen. »Aber wo ist das Werkzeug?« rief er.

»Welches Werkzeug?«

Er knallte den Kofferraumdeckel zu und ging zu dem Chevy zurück. Schreien war nutzlos; er sah ja, daß sein Bolzenschlüssel nirgendwo in Reichweite war. »Das Werkzeug, mit dem du das Rad gewechselt hast«, sagte er zu ihr.

»Oh, ich habe es nicht selbst gemacht. Ein Mann hielt an und hat mir geholfen.«

»Hat er das Werkzeug aus dem Kofferraum benutzt?«

»Ich glaube ja.«

»Hat er es zurückgelegt?«

»Na, das muß er doch«, sagte Maggie. Sie runzelte die Stirn und versuchte sich offenbar zu erinnern.

»Es ist nicht da, Maggie.«

»Also, ich bin sicher, daß er es nicht gestohlen hat, wenn du das meinst. Es war ein sehr netter Mann. Er wollte nicht mal Geld annehmen; er sagte, er hätte selbst eine Frau und –«

»Ich sage ja nicht, daß er es gestohlen hat; ich frage nur, wo es ist.«

Maggie sagte: »Vielleicht an der ...« und murmelte etwas, das er nicht verstehen konnte.

»Wie bitte?«

»Ich habe gesagt, vielleicht an der Ecke Charles Street, Northern Parkway!« schrie sie.

Ira wandte sich Mr. Otis zu. Der alte Mann betrachtete ihn mit halbgeschlossenen Augen; er schien drauf und dran, im Stehen einzuschlafen.

»Ich glaube, wir müssen Ihren Kofferraum ausräumen«, sagte Ira zu ihm.

Mr. Otis nickte mehrere Male, regte sich aber nicht.

»Sollen wir ihn jetzt ausräumen?« fragte Ira.

»Ja, das könnten wir machen«, sagte Mr. Otis zögernd.

Es entstand eine Pause.

Ira sagte: »Was ist? Sollen wir anfangen?«

»Wir könnten anfangen, wenn Sie wollen, aber ich wäre sehr überrascht, wenn wir einen Reifenschlüssel finden würden.«

»Jeder hat einen Reifenschlüssel, ich meine: Bolzenschlüssel«, sagte Ira. »Er wird mit dem Wagen geliefert.«

»Ich habe nie einen gesehen.«

»Ach, Ira«, sagte Maggie. »Können wir ihn nicht einfach zu der Texaco-Station bringen und seinen Neffen holen, damit er die Sache in Ordnung bringt?«

»Und wie soll er das deiner Ansicht nach machen, Maggie? Er nimmt sich einen Schlüssel und zieht die Radbolzen an, die es gar nicht nötig haben.«

Mr. Otis war es unterdessen gelungen, ein Stoffteil aus dem Kofferraum hervorzuzerren: eine Pyjamahose aus Flanell. Er hielt sie hoch und betrachtete sie.

Vielleicht lag es an dem zweifelnden Ausdruck auf seinem Gesicht oder an der Pyjamahose selbst – sie war zerknittert, verblichen, und ein ausgefranstes Zugband hing aus dem Bund hervor –, jedenfalls gab Ira ganz plötzlich nach.

»Ach, zum Teufel auch«, sagte er. »Los, wir fahren zu der Texaco-Station.«

»Danke, Ira«, sagte Maggie in säuselndem Ton.

Und Mr. Otis sagte: »Ja, also wenn es Ihnen wirklich nicht zu viele Umstände bereiten würde.«

»Nein, nein...« Ira fuhr sich mit der Hand über die Stirn. »Ich glaube, dann schließen wir den Chevy jetzt besser ab«, sagte er.

Maggie fragte: »Welchen Chevy?«

»Das ist der Typ von diesem Wagen, Maggie.«

»Hat kaum Zweck, abzuschließen, wenn das Rad sowieso bald abfliegt«, sagte Mr. Otis.

Einen Augenblick lang fragte sich Ira, ob Mr. Otis es ihnen mit dieser ganzen Situation nicht auf eine besonders teuflische, tatenlose Art heimzahlen wollte.

Er machte kehrt und ging zu seinem eigenen Wagen zurück. Hinter sich hörte er, wie der Kofferraumdeckel des Chevy mit einem

Knall zugeschlagen wurde, und dann die Schritte der beiden anderen auf dem Kies, aber er wartete nicht, bis sie ihn eingeholt hatten.

Der Dodge war jetzt genauso heiß wie der Chevy, und an der Chromstange des Schalthebels verbrannte er sich die Finger. Er saß da, während der Motor im Leerlauf schnurrte und Maggie Mr. Otis auf den Rücksitz half. Instinktiv schien sie zu wissen, daß er Beistand brauchte; er mußte auf eine umständliche Weise in der Mitte gefaltet werden. Als letztes kamen seine Füße in den Wagen, die er zu sich zog, indem er seine Knie mit beiden Händen anhob. Dann stieß er einen Seufzer aus und nahm den Hut ab. Im Spiegel sah Ira einen knochigen, metallisch glänzenden Schädel, mit zwei verfitzten Wollebauschen aus weißem Haar über den Ohren.

»Ich weiß das wirklich zu würdigen«, sagte Mr.Otis.

»Oh, macht gar nichts!« sagte Maggie zu ihm und warf sich auf den Vordersitz.

Das meinst aber auch nur du, dachte Ira verdrießlich.

Er wartete eine ganz Kavalkade von Motorradfahrern ab (lauter Männer und ohne Helme, die in langen S-Kurven vorbeischossen, frei wie die Vögel) und bog dann auf den Highway ein. »Wohin soll es denn nun gehen?« fragte er.

»Ja, also, Sie fahren an dem Milchhof vorbei, und dann rechts rein«, sagte Mr.Otis. »Höchstens sind das drei oder vier Meilen.«

Maggie drehte sich zu ihm nach hinten und sagte: »Sie sind hier aus der Gegend, nicht wahr?«

»Dahinten runter, an der Straße nach Dead Crows zu«, sagte Mr. Otis. »Früher jedenfalls, bis vergangene Woche. Letzter Tage habe ich bei meiner Schwester Lurene gewohnt.«

Dann begann er, von seiner Schwester Lurene zu erzählen, die hin und wieder im Kay-Supermarkt arbeitete, wenn es mit ihrer Arthritis nicht zu schlimm war; so kam das Gespräch natürlich bald auf Mr. Otis' eigene Arthritis, und wie sie ihn hinterhältig angefallen hatte, und was er zuerst dachte, was es sein könnte, und wie der Doktor gestaunt und gemacht hatte, als es Mr. Otis schließlich in den Sinn gekommen war, ihn aufzusuchen.

»Also, wenn Sie gesehen hätten, was ich gesehen habe«, sagte
Maggie, »diese Leute in dem Altersheim, wo ich arbeite, total in
sich verknotet, wenn ich das nicht gut kenne!« Sie neigte dazu, in
den Sprachrhythmus anderer Leute zu verfallen, wenn sie sich mit
ihnen unterhielt. Wenn man die Augen zumachte, hätte man
glauben können, sie sei selbst schwarz, dachte Ira.
»Es ist ein schlimmes, bösartiges Leiden; da gibt's kein Vertun«,
sagte Mr. Otis. »Das hier ist der Milchhof, Mister. Wenn Sie jetzt
die nächste rechts fahren.«
Ira fuhr langsamer. Sie kamen an einer kleinen Versammlung von
Kühen vorüber, die verträumt kauend vor sich hin starrten, und
dann bogen sie in eine Straße ein, die nicht ganz zwei Spuren breit
war. Der Straßenbelag war an vielen Stellen geflickt, und von der
grasbewachsenen Böschung drohten handgeschriebene Schilder:
GEFAHR VIEH LÄUFT FREI HERUM und GAS WEG, SIE SIND GEMEINT
und HUNDE UND PFERDE KREUZEN.
Mr. Otis erklärte gerade, wie die Arthritis ihn gezwungen hatte,
seinen Beruf aufzugeben. Früher sei er Dachdecker gewesen, sagte
er, zu Hause in North Carolina. Da sei er flink wie das Eichhörn-
chen über die Firstbalken gelaufen, und jetzt schaffe er nicht mal
mehr die unterste Sprosse von einer Leiter.
Maggie schnalzte besorgt.
Ira fragte sich, warum Maggie immer wieder andere Leute in ihrer
beider Leben einladen mußte. Bloß mit einem Ehemann hatte sie
nicht genug, so vermutete er. Die Zwei war für sie keine zufriedenstellende Zahl. Er rief sich all die Versprengten in Erinnerung,
die sie im Laufe der Jahre willkommen geheißen hatte – ihren Bruder, der einen Winter auf ihrer Couch nächtigte, als seine Frau sich
in ihren Zahnarzt verliebt hatte, und Serena in der Zeit, als Max in
Virginia auf Stellensuche war, und natürlich Fiona mit ihrem
Baby und ihren Bergen von Babysachen, dem Sportwagen, dem
Laufställchen und der aufziehbaren Babyschaukel. In der Stimmung, in der er sich gerade befand, war Ira durchaus bereit, auch
die eigenen Kinder in seine Betrachtung einzubeziehen, denn waren nicht auch Jesse und Daisy Außenseiter – die ihn und Maggie
in den intimsten Augenblicken störten und sich zwischen sie

159

drängten? (Kaum zu glauben, daß sich manche Leute Kinder zulegten, um eine Ehe *zusammenzuhalten*.) Und keins von beiden war geplant gewesen, jedenfalls nicht so früh. Als Jesse zur Welt kam, hatte Ira noch immer die Hoffnung, er könnte wieder zur Schule gehen. Das war als nächstes an der Reihe, wenn die Arztrechnungen seiner Schwester und der neue Ofen für seinen Vater abbezahlt waren. Maggie sollte weiter ganztags arbeiten. Aber bald stellte sie fest, daß sie schwanger war, und mußte Urlaub nehmen. Und dann entwickelte sich bei Iras Schwester ein ganz neues Symptom, eine Art von Anfällen, die stationäre Behandlung erforderlich machten; und an einem Heiligen Abend krachte ein Umzugswagen in den Laden und beschädigte das Haus. Dann wurde Maggie mit Daisy schwanger, auch das eine Überraschung. (War es vielleicht unklug gewesen, die Empfängnisverhütung jemandem zu überlassen, dem so viele Mißgeschicke unterliefen?) Aber das war schon acht Jahre nach Jesse, und zu dieser Zeit hatte Ira seine Pläne ohnehin mehr oder weniger aufgegeben.

Manchmal – zum Beispiel an einem Tag wie heute, diesem langen, heißen Tag in dem stickigen Auto – befiel ihn ein vollkommen niederschmetternder Überdruß. Wie ein schweres Gewicht lastete es auf seinem Kopf, als hätte sich die Decke gesenkt. Aber wahrscheinlich, so dachte er, fühlte sich jeder hin und wieder so. Maggie erläuterte Mr. Otis gerade den Zweck ihres Ausflugs.

»Meine älteste, beste Freundin hat ihren Mann verloren«, sagte sie, »und wir mußten zu seiner Beerdigung. Eine tieftraurige Angelegenheit.«

»Oh, also da möchte ich Ihnen mein aufrichtigstes Beileid aussprechen«, sagte Mr. Otis.

Ira verlangsamte das Tempo hinter einem bescheiden aussehenden Wagen aus den vierziger Jahren mit einem geduckten, runden Fließheck, der von einer alten Dame gefahren wurde, die so zusammengekauert saß, daß ihr Kopf über dem Lenkrad kaum sichtbar war. Route Eins, das Altersheim unter den Schnellstraßen. Dann fiel ihm ein, daß hier gar nicht mehr die Route Eins war, daß sie seitwärts oder vielleicht sogar rückwärts abgebogen waren, und er hatte das Gefühl, zu träumen und zu schweben. Es war wie mit diesem alten, merkwürdigen Zauber, der über dem Wechsel der Jahreszeiten liegt, wenn man einen Augenblick lang vergißt, in welcher Phase des Jahres man sich befindet. Ist jetzt Frühling oder ist Herbst? Fängt der Sommer gerade an oder geht er zu Ende?

Sie kamen an einem modernen Bungalow mit zwei Gipsfiguren im Hof vorbei: ein Holländerjunge und ein Holländermädchen, die sich vorsichtig zueinander neigten, so daß sich die Lippen fast berührten. Dann ein Wohnwagenplatz und verschiedene Hinweisschilder auf Kirchen, Behörden, auf Al's Garten- und Terrassenmöbel. Mr. Otis setzte sich ächzend aufrecht und klammerte sich an die Rücklehne des Sitzes vor ihm. »Da vorn ist die Texaco-Station«, sagte er. »Sehen Sie?«

Ira sah sie: ein kleines weißes Viereck direkt neben der Straße. Gasluftballons taumelten hoch oben über den Zapfsäulen – drei an jeder, rot, silbern und blau, träge kreisten sie umeinander.

Er bog auf die betonierte Einfahrt ab, ohne über das Signalkabel zu fahren, das am Boden lag. Er bremste und sah zu Mr. Otis nach hinten. Aber Mr. Otis blieb, wo er war; statt dessen stieg Maggie aus. Sie öffnete die hintere Tür und stützte den Ellbogen des alten Mannes, der sich langsam aus dem Wagen schob. »Wo ist denn nun Ihr Neffe?« fragte sie.

Mr. Otis sagte: »Irgendwo hier.«

»Sind Sie sicher? Und wenn er heute gar nicht arbeitet?«

»Na, er muß doch arbeiten. Oder?«

O Gott, es würde nie ein Ende nehmen. Ira stellte den Motor ab und sah zu, wie die beiden über die Betonfläche gingen.

Drüben bei der Service-Insel mit Bedienung hörte sich ein weißer Junge mit einem strähnigen braunen Pferdeschwanz an, was sie ihn fragten, und schüttelte dann den Kopf. Er sagte etwas und deutete dabei unbestimmt nach Osten. Ira stöhnte und sank tiefer in seinen Sitz.

Aber nun kam Maggie mit klappernden Schritten zurück, und Ira schöpfte Mut, aber als sie den Wagen erreicht hatte, lehnte sie sich nur durch das Beifahrerfenster hinein. »Wir müssen einen Augenblick warten«, sagte sie.

»Worauf?«

»Sein Neffe ist gerade unterwegs, aber er soll jeden Augenblick wieder da sein.«

»Und warum können wir nicht einfach weiterfahren?« fragte Ira.

»Das könnte ich nicht! Es würde mir keine Ruhe lassen. Ich wüßte nicht, wie es ausgegangen ist.«

»Was meinst du denn mit ›ausgegangen‹? Du weißt doch, sein Rad ist vollkommen in Ordnung.«

»Es wackelte, Ira. Ich habe gesehen, wie es wackelte.«

Er seufzte.

»Und vielleicht taucht sein Neffe ja aus irgendeinem Grund gar nicht auf«, sagte sie, »dann würde Mr. Otis hier festsitzen. Oder es kostet Geld. Ich will sichergehen, daß es ihm nicht an Geld fehlt.«

»Hör mal, Maggie –«

»Warum tankst du nicht? Wir könnten bestimmt Benzin gebrauchen.«

»Wir haben keine Texaco-Kreditkarte«, entgegnete er.

»Zahle in bar. Mach den Tank voll, und ich wette, bis dahin ist Lamont dann auch gekommen.«

»Lamont« – schon. Als nächstes würde man erfahren, daß sie den Jungen adoptiert hatte.

Murrend ließ er den Wagen wieder an, fuhr ihn neben die Selbstbedienungsinsel und stieg aus. Sie hatten hier einen älteren Typ von Zapfsäulen, die in Baltimore nicht mehr in Gebrauch waren – Zahlenplättchen, die automatisch umblätterten, statt Leuchtdioden, und einen Drehknopf, um den Wahlschalter zu betätigen. Ira mußte sich erst besinnen und ein paar Jahre zurückdenken, um das Ding zum Laufen zu bringen. Während das Benzin dann floß, beobachtete er, wie Maggie Mr. Otis dabei half, auf einer niedrigen, weiß getünchten Mauer Platz zu nehmen, die die Tankstelle von einem Gemüsegarten trennte. Mr. Otis hatte seinen Hut wieder auf und duckte sich darunter wie eine Katze unter den Tisch; nachdenklich sah er von dort hervor und kaute an einem Mundvoll Luft, wie es alte Männer bekanntlich machen. Er war alt, aber wahrscheinlich doch nicht viel älter als Ira selbst. Es konnte einem zu denken geben. Ira hörte das Klicken, als das Benzin abschaltete, und wendete sich wieder dem Wagen zu. Über ihm raschelten die Luftballons miteinander, das Geräusch erinnerte ihn an Regenmäntel.

Als er drinnen zahlte, bemerkte er einen Snack-Automaten. Also ging er hinüber zu den anderen, um zu fragen, ob sie etwas wollten. Sie waren in ein Gespräch vertieft. Mr. Otis redete und redete über jemanden namens Duluth.

»Maggie, drinnen gibt es Kartoffelchips«, sagte Ira. »Die Sorte, die du magst: Barbecue.«

Maggie winkte ihm mit der Hand. »Ich finde, da hatten Sie vollkommen recht«, sagte sie gerade zu Mr. Otis.

»Und Schinkenkruste!« sagte Ira. »Schinkenkruste findet man heutzutage kaum noch.«

Sie warf ihm einen kühlen, abwesenden Blick zu und sagte: »Hast du meine Diät vergessen?«

»Und wie ist es mit Ihnen, Mr. Otis?«

»Oh, ach, nein danke, meinen freundlichsten Dank, Sir«, sagte Mr. Otis. Er wendete sich wieder Maggie zu: »Jedenfalls frage ich sie: ›Also Duluth, wie kannst du mir das ankreiden, Frau?‹«

»Die Frau von Mr. Otis ist wütend auf ihn wegen etwas, das er in einem Traum von ihr getan hat«, erklärte Maggie.

Mr. Otis sagte: »Da komme ich ahnungslos wie ein Kind in die Küche runter und frage: ›Wo ist mein Frühstück?‹ Da sagt sie: ›Mach es dir selber.‹ Ich sage: ›Hä?‹«

»Das ist einfach ungerecht«, sagte Maggie zu ihm.

Ira meinte: »Also, ich glaube, ich hole mir eine Tüte«, und stapfte zurück zur Tankstelle, die Hände in den Hosentaschen und mit dem Gefühl, ausgeschlossen zu sein.

Auch diese Diäten, überlegte er, waren ein Beispiel für Maggies Kräfteverschwendung. Die Wasserdiät und die Proteindiät und die Grapefruitdiät. Eine Mahlzeit nach der anderen enthielt sie sich vor, während sie nach Iras Ansicht genau richtig war – von rundlich konnte man nicht mal sprechen; zwei zufriedenstellende Handvoll weicher, seidiger Brüste und ein zartgewölbter Hintern. Aber wann hatte sie je auf Ira gehört? Mit finsterer Miene stopfte er Münzen in den Snack-Automaten und drückte die Taste unter einer Tüte Salzbrezeln.

163

Als er zurückkehrte, sagte Maggie gerade: »Ich meine, man muß sich mal vorstellen, wenn wir das alle so machten! Unsere Träume mit dem wirklichen Leben verwechseln. Sehen Sie mich an: Ungefähr zwei- oder dreimal im Jahr träume ich von diesem Nachbarn von uns: daß wir uns küssen. Dieser völlig nichtssagende Nachbar namens Mr. Simmons, der aussieht wie ein Vertreter für irgendwas, ich weiß nicht, für Versicherungen oder Immobilien oder so. Tagsüber denke ich nie an ihn, aber nachts träume ich, wir würden uns küssen, und ich sehne mich danach, daß er meine Bluse aufknöpft, und am nächsten Morgen an der Bushaltestelle ist es mir so peinlich, daß ich ihm gar nicht in die Augen sehen mag, aber dann stelle ich fest, er ist genau wie immer, ein Mann mit einem nichtssagenden Gesicht im Straßenanzug.«

»Um Gottes willen, Maggie«, sagte Ira. Er versuchte, sich diesen Typ namens Simmons vorzustellen, aber er hatte keine Ahnung, von wem sie da redete.

»Na ja, also, was wäre, wenn mir jemand daraus einen Vorwurf machen würde?« fragte Maggie. »Irgend so ein dreißigjähriges ... Kind, an dem ich nicht das geringste Interesse habe! Ich habe mir diesen Traum ja nicht selbst ausgedacht!«

»Bestimmt nicht«, sagte Mr. Otis. »Und bei Duluth war es ja auch noch der Traum von Duluth. Ich hatte ihn ja nicht mal selbst geträumt. Sie behauptet, ich wär mit den Füßen auf ihren Stuhl mit der Petit-Point-Stickerei gestiegen, auf diesen Überzug, an dem sie eine Ewigkeit gearbeitet hat, und sie sagt, ich solle runtergehen, aber als ich das dann tat, bin ich auf ihren gehäkelten Schal und ihren gestickten Petticoat getreten, und an den Schuhen habe ich Spitzen und Rüschen und Bänder hinter mir hergeschleift. ›Das sieht dir mal wieder ähnlich‹, sagt sie an dem Morgen zu mir, und ich sage: ›Was habe ich denn getan? Zeig mir, was ich getan habe. Zeig mir, wo ich jemals auf einer von deinen Sachen herumgetrampelt bin.‹ Sie sagt: ›Du bist einfach ein Typ von Mann, der alles plattwalzt, Daniel Otis, und wenn ich gewußt hätte, wie lange ich mich mit dir rumärgern muß, hätte ich mir genauer überlegt, wen ich heirate.‹ Da sage ich: ›Also, wenn du das so siehst, dann geh ich weg‹ und sie sagt: ›Vergiß deine Klamotten nicht‹, und weg bin ich.«

»Mr. Otis hat die letzten Tage in seinem Wagen gelebt und ist bei verschiedenen Verwandten vorbeigefahren«, erklärte Maggie, an Ira gewandt.

»Tatsächlich?« sagte Ira.

»Deshalb ist mir das ja so wichtig, daß mir das Rad nicht wegspringt«, fügte Mr. Otis hinzu.

Ira seufzte und setzte sich neben Maggie auf die Mauer. Die Brezeln waren von der glasierten Sorte, die ihm zwischen den Zähnen hängenblieb, aber er war so hungrig, daß er trotzdem weiteraß.

Jetzt kam der Junge mit dem Pferdeschwanz auf sie zu, so direkt und zielbewußt in seinen genagelten Lederstiefeln, daß Ira aufstand und glaubte, es gebe irgend etwas zu besprechen. Aber der Junge rollte nur den Luftschlauch auf, der die ganze Zeit auf dem Beton gezischt hatte, ohne daß es ihnen aufgefallen war. Um nicht unschlüssig zu erscheinen, ging Ira trotzdem zu ihm hinüber.

»Na!« sagte er. »Was ist denn nun mit diesem Lamont?«

»Ist unterwegs«, sagte der Junge.

»Und daß Sie mal mitkommen, geht wohl nicht? Wir könnten Sie in unserem Wagen drüben zur Hauptstraße bringen, damit Sie mal für uns nach dem Rad von Mr. Otis hier sehen.«

»Nee«, sagte der Junge, während er den Schlauch an seinen Haken hängte.

Ira sagte: »Verstehe.«

Er ging wieder zu der Mauer, und der Junge kehrte zur Station zurück.

»Ich glaube, es könnte Moose Run sein«, sagte Maggie gerade zu Mr. Otis. »Heißt das so? Wo die Abzweigung nach Cartwheel geht.«

»Also, ich kenne kein Moose Run nicht«, sagte Mr. Otis, »aber von Cartwheel habe ich schon mal gehört. Kann Ihnen aber nicht genau sagen, wie Sie da hinkommen. Sehen Sie, hierum gibt's so viele Ort, die sich wie Städte anhören, nennen sich Städte, aber in Wirklichkeit ist es nicht viel mehr als ein Lebensmittelladen und 'ne Zapfsäule ...«

»Mit Cartwheel ist es genauso«, sagte Maggie. »Eine Hauptstraße. Keine Ampeln. Fiona wohnt an so einer schmalen Straße, die nicht mal Gehwege hat. Fiona ist unsere Schwiegertochter. Ex-Schwiegertochter, sollte ich vielleicht sagen. Früher war sie die Frau von unserem Sohn Jesse, aber jetzt sind sie geschieden.«

»Ja, so machen die das heutzutage«, sagte Mr. Otis. »Lamont ist auch geschieden, und das Mädchen von meiner Schwester Florence, Sally, auch. Ich weiß gar nicht, warum die überhaupt noch heiraten.«

Als wäre seine eigene Ehe vollkommen in Ordnung.

»Eine Brezel gefällig?« fragte Ira. Mr. Otis schüttelte geistesabwesend den Kopf, aber Maggie griff tief in die Tüte und tauchte mit einem halben Dutzend wieder auf.

»In Wirklichkeit war alles ein Mißverständnis«, erzählte sie Mr. Otis. Sie biß in eine Brezel. »Sie kamen blendend miteinander aus. Sie sahen sogar blendend aus: Jesse so dunkel und Fiona so blond. Bloß, daß Jesse eben als Musiker viel abends arbeitete und daß sein Leben irgendwie, ich weiß nicht, unstet war. Und Fiona war so jung und ging immer so leicht in die Luft. Oh, früher hat mir das mit den beiden in der Seele weh getan. Es brach Jesse das Herz, als sie ihn verließ; sie nahm ihre kleine Tochter mit und ging zurück zu ihrer Mutter. Und Fionas Herz war auch gebrochen, das weiß ich, aber glauben Sie, sie hätte es zugegeben? Und jetzt sind sie so völlig geschieden, daß man glauben könnte, sie seien nie verheiratet gewesen.«

So weit alles richtig, überlegte Ira; aber sie hatte auch allerhand ausgelassen. Oder eigentlich nicht ausgelassen, sondern irgendwie raffiniert umschifft, zum Beispiel das Bild, das sie von ihrem Sohn entwarf – der »Musiker«, der sich solche Mühe gibt, daß er gezwungen ist, seine »Frau« und seine »Tochter« zu vernachlässigen. Ira hatte in Jesse nie einen Musiker gesehen; er sah in ihm einen Schüler, der die High School abgebrochen hatte und eine feste Stelle brauchte. Und er hatte auch in Fiona nie eine Frau gesehen, sondern einen Teenager, Jesses Kumpel – dieser Vorhang von glänzendem, blondem Haar, das zu dem enganliegenden T-Shirt und den Röhrenjeans irgendwie nicht paßte –, während die kleine Leroy kaum mehr als ein Spielzeug für die beiden war, ein Schmusetier, das sie an einer Kirmesbude gewonnen hatten.

Sehr genau konnte er sich daran erinnern, wie Jesse an dem Abend ausgesehen hatte, als er verhaftet wurde, damals, mit sechzehn Jahren. Sie hatten ihn zusammen mit ein paar Freunden wegen Trunkenheit in der Öffentlichkeit aufgegriffen – ein einmaliges Vorkommnis, wie sich herausstellte, aber Ira wollte dafür sorgen, daß es tatsächlich bei dem einen Mal blieb, er wollte streng sein und hatte darauf bestanden, daß Maggie zu Hause blieb, als er hinging, um die Kaution zu hinterlegen. In einem Warteraum hatte er auf einer Bank gesessen, und dann kam Jesse endlich, eskortiert von zwei Beamten. Offenbar hatte man ihm die Hände mit Handschellen auf den Rücken gefesselt, und er hatte irgendwann versucht, durch den Kreis seiner Arme zu steigen und die Arme nach vorne zu bringen. Aber er hatte auf halber Strecke aufgegeben oder war unterbrochen worden, und so hinkte er nun schräg und verdreht wie eine verwachsene Schaubudenattraktion herein, die Hände zwischen den Beinen verfangen. Ira hatte bei diesem Anblick ein Gemisch unterschiedlichster Gefühle empfunden: Zorn auf seinen Sohn, aber auch Zorn auf die Behörden, die Jesses Demütigung zur Schau stellten, dazu einen unbändigen Drang zu lachen und ein schmerzendes, überquellendes Gefühl von Mitleid. Die Ärmel von Jesses Jacke waren im modernen Stil nach oben geschoben (wie es die Jungen zu Iras Zeiten nie taten), und das hatte ihn noch verwundbarer erscheinen lassen, das und der Gesichtsausdruck, als man ihm die Fesseln dann abgenommen hatte und er wieder aufrecht stehen konnte, obwohl er eine grimmige, herausfordernde Miene aufgesetzt hatte und Iras Anwesenheit nicht wahrhaben wollte. Wenn Ira heutzutage an Jesse dachte, stellte er ihn sich immer so vor, wie er an diesem Abend gewesen war, dieselbe Mischung aus wütend machender Provokation und Jammer. Er fragte sich, wie Maggie ihn sich vorstellte. Vielleicht grub sie noch tiefer in die Vergangenheit zurück. Vielleicht sah sie ihn, wie er mit vier oder sechs Jahren gewesen war, ein nettes, ungemein einnehmendes Kind, das nicht mehr Probleme machte als andere Kinder auch. Aber bestimmt sah sie ihn nicht so, wie er wirklich war.

Nein, und bei ihrer Tochter war es genauso, dachte er. Maggie sah in Daisy eine Verkörperung ihrer eigenen Mutter – perfekt, praktisch –, und sie, Maggie, flatterte um Daisy herum und wirkte unbeholfen dabei. Schon immer war sie so um Daisy herumgeflattert, auch als die noch ein kleines Mädchen mit einem beängstigend gut aufgeräumten Kinderzimmer und einem Bündel verschiedenfarbig gekennzeichneter Hefte für ihre Hausaufgaben gewesen war. Aber auch Daisy war auf ihre Weise bemitleidenswert. Ira sah das deutlich, obwohl sie ihm von seinen beiden Kindern näher war. Sie schien ihre eigene Jugend zu versäumen – hatte nie einen Freund gehabt, soweit Ira wußte. Immer wenn Jesse als Kind etwas ausgefressen hatte, hatte Daisy eine spitze, mißbilligende Miene aufgesetzt, aber Ira hätte es fast lieber gehabt, wenn auch sie etwas ausgefressen hätte. Ging es denn in anderen Familien nicht auch so zu, in diesen fröhlichen, lauten Familien, die Ira als kleiner Junge wehmütig beobachtet hatte? Nun hatte sie ihre Sachen für das College gepackt – seit Wochen schon hatte sie gepackt – und hatte nur die alten Kleider zurückgelassen, die sie nicht mehr tragen mochte; sie lief im Haus herum und sah in ihren abgetragenen Blusen und den verblichenen Röcken düster und freudlos aus, wie eine Nonne. Aber Maggie fand sie bewundernswert. »Als ich in ihrem Alter war, hatte ich überhaupt noch keine Vorstellung davon, was ich mal werden wollte«, sagte sie. Daisy wollte Quantenphysikerin werden. »Ich finde das wirklich beeindruckend«, sagte Maggie, bis Ira fragte: »Maggie, was ist eigentlich eine Quantenphysikerin?« – ganz ernst, weil er es wirklich wissen wollte. »Hast du irgendeine Vorstellung davon?« setzte er noch hinzu. Aber Maggie glaubte, er wolle ihr eins auswischen, und sagte: »Ja, ich geb's ja zu, von Naturwissenschaften verstehe ich nichts! Das habe ich auch nie behauptet! Ich bin nur eine einfache Altenpflegehelferin, ich geb's ja zu!« und Ira sagte: »Ich meinte doch – Jesus! Ich meinte doch bloß –« und dann steckte Daisy den Kopf zur Tür herein und sagte: »Würdet ihr jetzt bitte, bitte aufhören mit euren Streitereien; ich versuche zu lesen.«

»Streiterei!« rief Maggie. »Ich mache eine ganz einfache Bemerkung –«

Und Ira sagte zu Daisy: »Hör mal, Fräulein, wenn du so leicht aus der Ruhe zu bringen bist, dann kannst du in die Bibliothek gehen und dort lesen.«

Da hatte sich Daisy zurückgezogen, wieder mit diesem spitzen Gesicht, und Maggie hatte die Hände vor das Gesicht geschlagen.

»Das gleiche alte Lied, der gleiche Tanz« – so hatte Jesse einmal über die Ehe gesprochen. Das war an einem Morgen, als Fiona mit Tränen in den Augen vom Frühstückstisch aufgestanden war und Ira Jesse gefragt hatte, was los sei. »Du weißt doch, wie das ist«, hatte Jesse geantwortet. »Das gleiche alte Lied, der gleiche Tanz wie immer.« Und Ira (der nicht aus bloßer Neugier gefragt hatte, sondern weil er Jesse zu verstehen geben wollte *Das ist jetzt wichtig, Sohn; kümmere dich um sie*) hatte überlegt, was dieses »Du weißt doch« bedeuten sollte. Wollte Jesse damit sagen, daß Iras Ehe und seine eigene etwas gemeinsam hatten? Wenn Jesse das meinte, lag er allerdings völlig falsch. Das waren zwei völlig verschiedene Einrichtungen. Iras Ehe war standhaft wie ein Baum; sogar er konnte nicht sagen, wie weit und wie tief die Wurzeln reichten.

Trotzdem war ihm Jesses Satz im Gedächtnis geblieben: das gleiche alte Lied, der gleiche Tanz. Die gleichen alten Streitereien, die gleichen Vorwürfe. Die gleichen Witze und liebevollen Erkennungsworte, ja, und beständige Treue und stützende und tröstende Gesten, die niemand anders geben konnte; aber auch der gleiche alte Groll, der Jahr für Jahr mitgeschleppt wurde, ohne daß je irgend etwas vollkommen vergessen wurde: wie Ira kein glückliches Gesicht gemacht hatte, als Maggie schwanger war; wie Maggie Ira nicht vor ihrer Mutter in Schutz genommen hatte; wie Ira sich geweigert hatte, Maggie im Krankenhaus zu besuchen; wie Maggie vergessen hatte, Iras Familie zum Weihnachts-Dinner einzuladen.

Und dann diese Unveränderlichkeit – oh, Gott; wer konnte Jesse einen Vorwurf daraus machen, daß er dagegen aufbegehrte? Wahrscheinlich hatte der Junge all die Jahre hindurch seit seiner Kindheit seinen Eltern zugesehen und geschworen, daß *er* sich mit einem solchen Leben niemals abfinden werde: tagein, tagaus diese Plackerei, Ira in seinem Laden, Maggie im Altenheim. Wahrscheinlich waren die Nachmittage, an denen Jesse im Geschäft geholfen hatte, für ihn eine Art von Anschauungsunterricht gewesen. Es hatte ihn wohl abgestoßen – wie Ira unendlich lange auf seinem hohen Holzstuhl saß und die Schlager von seinem Unterhaltungssender mitpfiff, während er einen Wechselrahmen ausmaß oder an seiner Gehrungssäge arbeitete. Frauen kamen herein und baten ihn, ihre frommen Kreuzstichstickereien zu rahmen und ihre amateurhaften Seestücke und ihre Hochzeitsfotos (zwei ernste Menschen im Profil, die einander in die Augen sehen und sonst nichts wahrnehmen). Sie brachten Bilder, die sie aus Zeitschriften ausgeschnitten hatten – ein Wurf junger Hunde oder ein Entchen in einem Korb. Wie ein Schneider, der an einem halbbekleideten Kunden Maß nimmt, blieb Ira diskret, ohne recht hinzusehen, so als wolle er sich keinerlei Urteil über das Bild eines bekümmert dreinblickenden Katers erlauben, der sich in einem Garnknäuel verfangen hatte. »Er braucht einen Rahmen in einem Pastellton, finden Sie nicht?« fragten die Frauen. (Oft benutzten sie solche Personalpronomen, als wären die Bilder lebendig.)

»Ja, Madam«, antwortete Ira dann.

»Vielleicht blaßblau, das würde die Farbe von seinem Halsband aufnehmen.«

»Ja, das läßt sich machen.«

Und durch Jesses Augen sah er sich auf einmal als einen Typus, als den leibhaftigen Ladenbesitzer: ein freudloser, serviler Mann von unbestimmtem Alter.

Oben über dem Laden konnte er meistens hören, wie der Schaukelstuhl seines Vaters quietschte, dann eine Pause, und dann quietschte er wieder; und er hörte die zögernden Schritte einer seiner Schwestern, wenn sie das Wohnzimmer durchquerten. Ihre Stimmen waren natürlich nicht zu hören, und deshalb stellte sich Ira immer vor, seine Angehörigen würden tagsüber nie sprechen – sie würden sich still verhalten, bis Ira kam. Er war das Rückgrat ihres Lebens; er wußte es. Sie waren völlig abhängig von ihm.

In seiner Kindheit hatte er immer außerhalb gestanden – eine Art Nachzügler, eine halbe Generation jünger als seine Schwestern. Er war so sehr das Baby gewesen, daß er jedes Mitglied der Familie mit »Liebling« anredete, weil alle diese Erwachsenen oder Halberwachsenen ihn ebenfalls so anredeten und er zu der Ansicht gelangt war, es sei ein allgemeingültiger Ausdruck. »Meine Schuhe müssen gebindet werden, Liebling«, sagte er zu seinem Vater. Dabei genoß er die üblichen Vorrechte des kleinen Kindes nicht; nie stand er im Mittelpunkt der Aufmerksamkeit. Wenn überhaupt irgend jemand diese Position innehatte, dann war es seine Schwester Dorrie – geistig zurückgeblieben, schwächlich und launisch, mit vorstehenden Zähnen, ungeschickt –, aber selbst Dorrie wirkte oft vernachlässigt und saß dann allein in irgendeiner entlegenen Zimmerecke herum. Ihre Mutter litt an einer schleichenden Krankheit, an der sie schließlich auch starb, als Ira vierzehn war, und seither hatten ihn Krankheiten immer beunruhigt und reizbar gemacht; aber besonders große Muttertalente hatte ihre Mutter ohnehin nie gezeigt. Sie widmete sich statt dessen der Religion, den Radiopredigern und den Erbauungsschriften, die ihr irgendwelche Haustürmissionare überreichten. In ihren Augen bestand eine Mahlzeit aus Salz-Crackers und Tee für alle. Sie wurde nie hungrig wie gewöhnliche Sterbliche und machte sich nie klar, daß andere hungrig werden könnten; sie machte sich einfach an die Nahrungsaufnahme, wenn die Uhr sie daran erinnerte, daß es Zeit dafür war. Wenn ihre Kinder etwas Richtiges essen wollten, mußten sie sich an den Vater halten, denn Dorrie brachte irgendwelche komplizierten Dinge nicht zustande, und Junie entwickelte eine Art Phobie, die im Laufe der Jahre immer schlimmer wurde, bis sie sich sogar weigerte, überhaupt einen Fuß vor die Tür zu setzen, und sei es, um einen halben Liter Milch zu holen. Ihr Vater mußte sich darum kümmern, wenn er unten im Laden fertig war. Dann stapfte er die Treppe hoch, holte den Einkaufszettel und stapfte wieder hinunter, kam dann schließlich mit ein paar Konservendosen zurück und fuhrwerkte mit den Mädchen in der Küche herum. Auch als Ira alt genug war, wurde seine Hilfe nicht verlangt. Er war der Eindringling, der eine grelle Farbspritzer auf

171

dem sepiabraunen Foto. Seine Angehörigen hielten irgendwie Abstand, wenn sie ihn freundlich und von fern anredeten. »Hast du die Hausaufgaben fertig, Liebling?« fragten sie ihn, und sie fragten es ihn auch im Sommer und in den Weihnachtsferien.

Dann machte Ira seinen Abschluß an der High School – er hatte die Studiengebühren an der Universität von Maryland schon bezahlt und träumte davon, Medizin zu studieren –, aber nun dankte sein Vater ganz plötzlich ab. Er... implodierte einfach, so sah Ira es. Behauptete, er habe ein schwaches Herz und könne nicht weitermachen. Setzte sich in seinen Schaukelstuhl auf der Veranda und stand nicht wieder auf. Ira übernahm das Geschäft, was nicht leicht war, weil er darin bisher nicht die geringste Rolle gespielt hatte. Aber nun war er mit einem Mal derjenige, auf den sich die Familie verließ. Alle hielten sich an ihn, wenn es um Geld, um Besorgungen, um Ratschläge, um Nachrichten aus der Außenwelt ging oder wenn jemand zum Arzt gebracht werden mußte. Jetzt hieß es: »Liebling, ist dieses Kleid aus der Mode?« und »Liebling, können wir uns einen neuen Teppich leisten?« Ira empfand dabei durchaus eine gewisse Befriedigung, vor allem zu Anfang, als es bloß wie eine vorübergehende Sache für einen Sommer aussah. Er stand nicht mehr am Rand, er stand jetzt in der Mitte. Er kramte in der Schublade von Dorries Kommode nach dem fehlenden Gegenstück von ihren roten Lieblingssocken; er schnitt Junie die ergrauenden Haare; er schüttete die Monatseinnahmen in den Schoß seines Vaters, alles in dem Wissen, daß er, Ira, der einzige war, an den sie sich halten konnten.

Aber der Sommer ging vorüber, es kam der Herbst, und zuerst gewährte ihm die Universität ein Semester Aufschub, dann ein ganzes Jahr, und nach einer Weile kam das Thema gar nicht mehr zur Sprache.

Aber, mal ehrlich, es gab schlimmere Laufbahnen, als Winkel von fünfundvierzig Grad in vergoldete Rahmenleisten zu sägen. Und am Ende hatte er ja auch Maggie bekommen – wie ein wunderschönes Geschenk aus dem Nirgendwo war sie ihm in den Schoß gefallen. Er hatte zwei normale, gesunde Kinder. Vielleicht war sein Leben nicht genau so, wie er es sich mit achtzehn vorgestellt hatte, aber bei wem war das schon so? Das war der Lauf der Welt, meistens.

Aber er wußte, daß Jesse ganz anders dachte.

Keine Kompromisse bei Jesse Moran, nichts da! Kein Nachgeben, kein Abrücken von einmal gefaßten Ansichten bei Jesse. »Ich weigere mich zu glauben, daß ich unbekannt sterben werde«, hatte er einmal zu Ira gesagt, und statt nachsichtig zu lächeln, wie es angebracht gewesen wäre, hatte Ira dies wie einen Schlag ins Gesicht empfunden.

Unbekannt.

Maggie sagte: »Hast du zufällig gesehen, ob sie drinnen einen Getränkeautomaten haben?«

Er sah sie an.

»Ira?«

Er riß sich zusammen und sagte: »Na ja, ich glaube, doch.«

»Mit Diät-Getränken?«

»Hm...«

»Ich sehe mal nach«, sagte Maggie. »Diese Brezeln haben mich durstig gemacht. Mr. Otis? Wollen Sie auch etwas zu trinken?«

»Oh, nein, mir geht es gut so«, sagte Mr. Otis zu ihr.

Mit schwingendem Rock trippelte sie davon, auf das Gebäude zu.

Die beiden Männer sahen ihr nach.

»Eine feine, wirklich eine feine Dame«, sagte Mr. Otis.

Ira schloß kurz die Augen und rieb sich die schmerzende Stelle an der Stirn.

»Ein echter Engel der Barmherzigkeit«, sagte Mr. Otis.

Beim Einkaufen trug Maggie manchmal das, was sie ausgewählt hatte, zu einem Angestellten und sagte: »Sie erwarten wohl, daß ich hierfür bezahle« – in einem gespielt dreisten Ton, den ihre Brüder verwendeten, wenn sie Witze machten. Ira hatte immer Angst, sie würde zu weit gehen, aber dann lachte der Angestellte nur und antwortete etwas wie: »So hatte ich mir das eigentlich vorgestellt.« Also war die Welt offenbar nicht so, wie Ira sie wahrnahm. Sie war eher so, wie Maggie sie wahrnahm. Sie kam in ihr besser zurecht, indem sie alle möglichen Versprengten um sich sammelte, die wie Fusseln an ihr hängenblieben, und indem sie sich mit wildfremden Leuten auf innige Gespräche einließ. Dieser Mr. Otis zum Beispiel: das Gesicht strahlend vor Begeisterung, die Augen zu Dreiecken mit Kräuselrand verzogen. »Sie erinnert mich an diese Dame mit dem Kamin«, erzählte er jetzt Ira. »Ich wußte, daß es da jemand gab, mir fiel bloß nicht mehr ein, wer es war.«

»Kamin?«

»Eine weiße Dame, die ich überhaupt nicht kannte«, sagte Mr. Otis. »Es tropfte ihr um den Schornstein rum rein, sagte sie und holte mich, um einen Voranschlag zu machen. Aber irgendwie trete ich daneben und falle, ratsch, von ihrem Dach runter, als ich da oben entlanglaufe. Mir blieb nur die Luft weg, wie das so ist, aber ein Weilchen hab ich gedacht, ich bin erledigt, lag da auf dem Boden und bekam keine Luft, und diese Dame wollte mich unbedingt zum Krankenhaus fahren. Aber unterwegs kam die Luft dann wieder, und ich sage zu ihr: ›Mississ, wir fahren lieber doch nicht hin, die nehmen mir nur mein ganzes Erspartes ab und sagen mir dafür, daß mir nichts fehlt‹, und sie sagt, gut, aber dann spendiert sie mir eine Tasse Kaffee und ein paar Bouletten bei McDonald's, und das liegt zufällig neben einem Spielwarenladen, da fragt sie mich, ob ich was dagegen hätte, nachher reinzugehen und so ein rotes Wägelchen für ihren Neffen zu kaufen, der hätte morgen Geburtstag. Ich sage, nein, und dann hat sie am Ende zwei gekauft, einen für Elbert, den Sohn von meiner Nichte, und daneben lag dann diese Gärtnerei –«

»Ja, genauso ist Maggie auch«, sagte Ira.

»Keine von den Geradlinigen.«

»Bestimmt nicht«, sagte Ira.

Damit schienen ihre Gesprächsthemen erschöpft. Sie verfielen in Schweigen und beobachteten, wie Maggie mit einer Getränkedose zurückkehrte, die sie auf Armeslänge von sich weghielt. »Das blöde Ding hat mich ganz vollgespritzt«, rief sie munter. »Ira? Willst du einen Schluck?«

»Nein, danke.«

»Mr. Otis?«

»Oh, also, nein, ich glaube nicht, daß ich einen will, trotzdem danke.«

Sie ließ sich zwischen ihnen nieder, kippte den Kopf nach hinten und nahm einen langen, gluckernden Zug.

Ira verspürte den Wunsch nach einer Patience. Dieses untätige Herumsitzen ging ihm auf die Nerven. Aber danach zu urteilen, wie diese Ballons herumwirbelten, würden seine Karten wohl wegwehen, also stopfte er die Hände unter die Achselhöhlen und sank auf der Mauer noch tiefer in sich zusammen.

Solche Ballons verkauften sie auch im Harborplace, diesem Einkaufszentrum in Baltimore, oder gleich daneben. Einsame, grimmig dreinblickende Männer standen an den Straßenecken, und über ihren Köpfen schwebten ganz Büsche aus herzförmigen Ballons. Er erinnerte sich, wie hingerissen seine Schwester Junie gewesen war, als sie sie zum erstenmal sah. Die arme Junie: in gewisser Weise war sie stärker behindert als Dorrie – beengter, eingesperrter. Junies Ängste irritierten sie alle, weil ihr in der Außenwelt, soweit sie wußten, nie irgend etwas Furchterregendes zugestoßen war. Am Anfang hatten sie versucht, ihr das klarzumachen. Sie hatten nutzlose Dinge gesagt, wie: »Was könnte denn schlimmstenfalls passieren?« und »Ich bin doch bei dir.« Aber dann hatten sie es nach und nach gelassen. Sie gaben es auf und ließen sie dort, wo sie war.

Außer Maggie. Sie war zu hartnäckig, sie gab nicht auf. Und nach jahrelangen vergeblichen Versuchen verfiel sie eines Tages auf den Gedanken, Junie würde sich vielleicht zum Ausgehen überreden lassen, wenn sie sich verkleiden könnte. Sie kaufte für Junie eine hellrote Perücke, ein hautenges Kleid mit Mohnblumen darauf und ein Paar Lackschuhe mit Pfennigabsätzen und Fesselriemen. Sie übertünchte Junies Gesicht mit einer dicken Schicht Make-up. Zu jedermanns Überraschung funktionierte es. Unter verängstigtem, freudlosem Gekicher ließ sich Junie von Maggie und Ira auf den Treppenabsatz vor der Haustür führen. Am nächsten Tag ein bißchen weiter. Und schließlich bis zum Ende des Blocks. Aber nie ohne Ira. Mit Maggie allein wollte sie nicht; Maggie war keine Blutsverwandte. (Iras Vater nannte Maggie nicht einmal bei ihrem Namen, sondern sprach immer von »Madam«. »Kommt Madam auch mit, Ira?« – ein Titel, in dem sich die spöttisch-skep-

tische Haltung genau spiegelte, die er von Anfang an zu ihr eingenommen hatte.)

»Ihr seht, was hier vor sich geht«, sagte Maggie über Junie. »Wenn
sie verkleidet ist, dann geht nicht sie selbst aus; es ist jemand anderes. Ihr wirkliches Selbst bleibt wohlgeborgen zu Hause.«

Offenbar hatte sie recht. Mit beiden Händen an Ira geklammert,
ging Junie zur Drogerie und verlangte eine Fernsehzeitschrift. Sie
betrat ein Lebensmittelgeschäft und bestellte Hühnerleber, in
einem herrischen, unverfrorenen Ton, als wäre sie eine völlig
andere Frau – eine extravagante, vielleicht sogar ein bißchen nut-
tenhafte Frau, der es nichts ausmachte, wie die Leute über sie
dachten. Dann brach sie wieder in Gekicher aus und fragte Ira, wie
er sie fände. Nun, Ira freute sich natürlich über ihre Fortschritte,
aber nach einiger Zeit wurde die ganze Sache doch ziemlich lästig.
Sie wollte hierhin und dorthin vorstoßen, und immer war es ein
gewaltiges Unternehmen – die Vorbereitungen, das Kleid und das
Make-up, obendrein mußte er ihr ständig gut zureden. Und diese
lächerlichen Absätze behinderten sie so sehr. Sie ging wie jemand,
der über einen frisch gebohnerten Fußboden laviert. Wirklich, es
war einfacher, wenn sie zu Hause blieben, dachte er. Aber er
schämte sich für diesen Gedanken.

Dann überkam sie dieser heftige Wunsch, einen Besuch bei Harborplace zu machen. Sie hatte die Eröffnung von Harborplace im
Fernsehen mitbekommen, und irgendwie war sie zu dem Schluß
gelangt, es sei ein Weltwunder. Also mußte sie es, nachdem sie ein
gewisses Selbstvertrauen gewonnen hatte, unbedingt mit eigenen
Augen sehen. Aber Ira wollte sie nicht hinfahren. Er war, um es
vorsichtig auszudrücken, kein Fan von Harborplace. Er fand, es
paßte nicht zu Baltimore – im Grunde war es bloß ein besseres
Einkaufszentrum. Und um einen Parkplatz zu finden, würde man
sich Arme und Beine ausreißen müssen. Konnte sie sich nicht damit zufriedengeben, daß man anderswo hinfuhr? Nein, das konnte
sie nicht. Konnte dann nicht Maggie allein sie hinfahren? Nein,
sie brauchte Ira. Er wußte es; wie er so etwas überhaupt vorschlagen konnte? Und dann wollte auch ihr Vater mitkommen, und
Dorrie ebenfalls, die so aufgeregt war, daß sie schon ihren »Koffer«

(eine Mantelschachtel von Hutzler) gepackt hatte. Am Ende mußte Ira klein beigeben.

Sie planten den Ausflug für einen Sonntag – das war Iras einziger arbeitsfreier Tag. Leider wurde es dann ein diesiger, lauwarmer Morgen, und für den Nachmittag waren Schauer angesagt. Ira schlug vor, die Sache zu verschieben, aber niemand wollte etwas davon wissen, auch Maggie nicht, die inzwischen genauso versessen darauf war wie die anderen. Also fuhr er sie alle in die Innenstadt, wo er wunderbarerweise einen Parkplatz an der Straße fand. Sie stiegen aus und gingen los. Es war so neblig, daß man die Gebäude aus einer Entfernung von ein paar Metern nicht mehr erkennen konnte. Als sie die Ecke von Pratt Street und Light Street erreichten und zum Harborplace hinübersahen, konnten sie die Pavillons gar nicht erkennen; bloß Flecken von etwas dunklerem Grau. Die Verkehrsampel, die auf Grün schaltete, war der einzige Farbtupfer. Und kein Mensch war zu sehen, außer einem einsamen Ballonverkäufer, der an der gegenüberliegenden Ecke Gestalt annahm, als sie näherkamen.

Es waren die Ballons, die Junies Aufmerksamkeit erregten. Sie schienen wie aus flüssigem Metall hergestellt; sie waren silbern und spiegelglatt und an den Rändern gekräuselt wie Sofakissen. Junie rief: »Oh!« Mit weit aufgerissenen Augen stakste sie auf die Straßenecke zu. »Was ist denn das?« fragte sie.

»Ballons, natürlich«, antwortete Ira. Aber als er versuchte, sie daran vorbeizulotsen, da wollte sie sie nicht aus den Augen lassen und reckte den Hals nach hinten, und Dorrie, die an seinem anderen Arm hing, machte es genauso.

Er begriff, worin das Problem bestand. Über die wichtigen Veränderungen auf der Welt hatte das Fernsehen Junie auf dem laufenden gehalten, aber nicht über die belanglosen, wie zum Beispiel diese neue Art von Luftballons. Deshalb wollte sie stehenbleiben. Es war vollkommen verständlich. Aber im Augenblick hatte Ira keine Lust, ihr etwas zu bieten. Er wollte überhaupt nicht hier sein, deshalb drängte er sie vorwärts und um den ersten Pavillon herum. Wie eine Klaue hatte Junies Hand seinen Arm gepackt. Dorrie, deren linkes Bein seit ihrem letzten Anfall teilweise gelähmt war, stützte sich auf seinen anderen Arm und hinkte auf eine groteske Weise neben ihm her, wobei ihr die Mantelschachtel von Hutzler bei jedem Schritt gegen die Hüfte schlug. Und hinter ihnen murmelte Maggie seinem Vater, der immer lauter und immer schwerer atmete, ermutigende Worte zu.

»Aber das sind nicht die Ballons, mit denen *ich* Erfahrung habe!« sagte Junie. »Woraus sind sie gemacht? Wie nennt man sie?«

Inzwischen hatten sie die Promenade am Wasser erreicht, und statt zu antworten, genoß Ira demonstrativ die Aussicht. »Das war es doch, was du unbedingt sehen wolltest, oder?« erinnerte er sie. Aber die Aussicht bestand nur aus undurchsichtigen weißen Nebellaken und einer verschwommenen *U.S.S.Constellation* über einer Wolke, und Harborplace war nichts weiter als eine klobige, lautlose Zusammenballung von Dampfschwaden.

Nun, der ganze Ausflug endete natürlich in einem Fiasko. Junie erklärte, im Fernsehen hätte alles viel besser ausgesehen, und Iras Vater sagte, ihm flattere das Herz in der Brust, und dann verletzte irgend etwas die Gefühle von Dorrie, sie fing an zu weinen und mußte nach Hause gebracht werden, bevor sie einen einzigen Pavillon betreten hatten. Ira konnte sich nicht mehr daran erinnern, was ihre Gefühle verletzt hatte, aber sehr genau und so deutlich, daß es diese Tankstelle im strahlenden Sonnenschein noch verdunkelte, erinnerte er sich an die Empfindung, die ihn überkam, als er dort zwischen seinen beiden Schwestern stand. Es war, als würde er ersticken. Der Nebel bildete einen winzigen Raum um sie herum, einen stickigen, dampfigen Raum, wie ein Swimmingpool in einem Haus. Er sog alle Geräusche auf, bis auf die nahen, bedrückend vertrauten Stimmen seiner Angehörigen. Der Nebel hatte sie alle eingehüllt, eingeschlossen, und die Hände seiner Schwestern zogen ihn hinab, wie Ertrinkende jeden hinabziehen, der sie zu retten versucht. Und Ira hatte gedacht: *O Gott, mein Leben lang werde ich an diese Leute gefesselt sein, und nie werde ich frei sein.* Und da wußte er, was er alles falsch gemacht hatte seit dem Tag, an dem er das Geschäft von seinem Vater übernommen hatte.

War es denn verwunderlich, daß er, was Kräfteverschwendung anging, so empfindlich war? Er hatte den einzigen ernsthaften Traum aufgegeben, den er je geträumt hatte. Verschwenderischer kann man gar nicht sein.

»Lamont!« sagte Maggie.

Sie sah nach einem gelben Blinklicht drüben bei den Zapfsäulen – ein Abschleppwagen, der nichts schleppte. Mit einem Quietschen, das einem durch Mark und Bein ging, hielt er an, und der Motor verröchelte. Ein schwarzer Mann in einer Jeansjacke schwang sich aus dem Fahrerhaus.

»Da ist er, alles klar«, sagte Mr. Otis und erhob sich ein paar Zentimeter von seinem Platz.

Lamont ging zur Hinterseite des Wagens und untersuchte irgend etwas. Er trat gegen einen Reifen und ging dann wieder zum Fahrerhaus. Er war nicht so jung, wie Ira erwartet hatte – kein Junge, sondern ein stämmiger, finster dreinblickender Mann mit einer pflaumenschwarzen Haut und einem schweren Gang.

»He, hallo!« rief Mr. Otis.

Lamont blieb stehen und sah zu ihm herüber. »Onkel Daniel?« sagte er.

»Geht's gut, mein Sohn?«

»Was machst 'n du hier?« fragte Lamont und kam näher.

Als er die Mauer erreicht hatte, standen Maggie und Ira auf, aber Lamont sah gar nicht in ihre Richtung. »Bistu noch nicht zu Tante Duluth zurück?« fragte er Mr. Otis.

»Lamont, ich brauch deinen Wagen da«, sagte Mr. Otis.

»Wofür?«

»Glaube, mein linkes Vorderrad ist locker.«

»Was? Wo steht er denn?«

»Drüben an der Route Eins. Die Leute hier waren so nett und haben mich mitgenommen.«

Lamont warf einen flüchtigen Blick auf Ira.

»Wir kamen gerade zufällig vorbei«, sagte Ira.

»Hmm«, meinte Lamont in einem unfreundlichen Ton, wandte sich wieder seinem Onkel zu und sagte: »Also, was erzählst du da. Dein Wagen steht irgendwo da draußen an der Straße ...«

»Mississ hier hat es gemerkt«, erklärte Mr. Otis und deutete auf

Maggie, die Lamont vertrauensvoll anstrahlte. Eine schmale Kante Limonadenschaum zog sich an ihrer Oberlippe entlang und weckte in Ira Beschützergefühle.

»Ich kann Ihnen nicht die Hand geben«, sagte sie zu Lamont. »Dieses Pepsi ist hochgegangen und hat mich ganz vollgespritzt.« Lamont blickte sie bloß nachdenklich an, mit herabgezogenen Mundwinkeln.

Mr. Otis sagte: »Sie beugt sich aus ihrem Fenster und ruft: ›Ihr Rad! Ihr Vorderrad fällt ab!‹«

»In Wirklichkeit war es eine Erfindung«, sagte Maggie zu Lamont. »Ich habe es nur so dahergesagt.«

O Herr im Himmel!

Lamont sagte: »Was haben Sie gesagt?«

»Ich habe geflunkert«, sagte Maggie munter. »Wir haben es Ihrem Onkel schon gestanden, aber, ich weiß nicht, er ließ sich nicht recht überzeugen.«

»Soll das heißen, Sie haben ihn angelogen?« fragte Lamont.

»Genau.«

Mr. Otis lächelte verlegen auf seine Schuhe herunter.

»Na ja, also eigentlich –«, setzte Ira an.

»Es war, nachdem er direkt vor uns scharf gebremst hatte«, sagte Maggie. »Wir wurden von der Fahrbahn gedrängt, und ich war so wütend, daß ich ihm, als wir ihn eingeholt hatten, das mit dem Rad gesagt habe. Aber ich hatte nicht gewußt, daß er alt war! Ich hatte nicht gewußt, daß er hilflos war!«

»Hilflos?« fragte Mr. Otis und lächelte jetzt noch unsicherer.

»Und außerdem kam es uns dann so vor, als würde mit seinem Rad wirklich etwas nicht stimmen«, sagte Maggie zu Lamont. »Deshalb brachten wir ihn zu der Tankstelle hier.«

Lamonts Miene wirkte nicht bedrohlicher als vorher, wie Ira erleichtert feststellte. Er wandte sich sogar völlig von Ira und Maggie ab und hielt sich an seinen Onkel: »Hörst du?« fragte er. »Hast du verstanden? Jetzt drängst du die Leute schon von der Straße runter.«

»Lamont, ich will dir sagen, wie es war«, erklärte Mr. Otis. »Wirklich, wenn ich so zurückdenke, glaube ich, das Rad funktionierte schon seit ein paar Tagen nicht mehr richtig.«

180

»Habe ich dir nicht gesagt, du sollst das Fahren aufgeben? Haben wir es nicht alle gesagt? Hat Florence dich nicht gebeten, deinen Führerschein abzugeben? Nächstes Mal hast du vielleicht nicht solches Glück. Nächstes Mal schießt dir irgendein verrückter weißer Mann den Kopf ab.«

Mr. Otis schien zu schrumpfen, während er ganz ruhig unter seinem Hut dastand, dessen Krempe sein Gesicht verdeckte.

»Wenn du zu Hause bei Tante Duluth geblieben wärst, wo du hingehörst, dann wär das alles nicht passiert«, sagte Lamont. »Auf dem Highway herumkurven! Mal hier und mal dort schlafen, wie ein Hippie!«

»Also, ich hatte gedacht, ich würde wirklich vorsichtig fahren und mich in acht nehmen«, sagte Mr. Otis.

Ira räusperte sich. »Noch mal zu dem Rad –«, sagte er.

»Du fährst jetzt schnurstracks nach Hause und gibst Ruhe«, sagte Lamont zu Mr. Otis. »Zieh das jetzt nicht noch mehr in die Länge, entschuldige dich bei Tante Duluth und sieh zu, daß dieser Rosthaufen den anderen Leuten nicht im Weg steht.«

»Ich kann mich nicht entschuldigen! Ich habe nichts getan, was mir leid tun müßte«, sagte Mr. Otis.

»Was macht das schon, Mann? Entschuldige dich trotzdem.«

»Hör mal, ich *könnte* es gar nicht getan haben; es war bloß in ihrem Traum. Duluth ging hin und hatte diesen Traum, verstehst du –«

»Du bist seit paar'n'fuffzig Jahren mit dieser Frau verheiratet«, sagte Lamont, »und die halbe Zeit habt ihr euch wegen irgendwas gezankt. Sie redet nicht mit dir, oder du redest nicht mit ihr, oder sie zieht aus oder du ziehst aus. Schluß damit, Mann, eines Tages zieht ihr noch beide aus und laßt euer Haus leerstehen. Viele würden ihren rechten Arm für so 'n nettes kleines Haus hergeben wie eures, und was macht ihr? Laßt es leerstehen, während du in deinem Chevy herumgondelst und Tante Duluth auf der Couch von Florence schläft und ihrer Familie lästig fällt.«

Ein erinnerndes Lächeln glitt über das Gesicht von Mr. Otis. »Das stimmt«, sagte er. »Ich dachte, diesmal verlasse ich sie, und sie dachte, sie würde mich verlassen.«

»Ihr seid wie zwei streitsüchtige Kinder«, sagte Lamont.

»Also, zumindest bin ich immer noch verheiratet, hörst du!«
sagte Mr. Otis. »Zumindest immer noch verheiratet, anders als
gewisse andere Leute, die ich jetzt nicht beim Namen nennen
möchte!«

Ira sagte: »Tja, also dann –«

»Noch schlimmer als Kinder«, fuhr Lamont fort, als hätte er nicht
zugehört. »Kinder haben wenigstens noch 'ne Menge Zeit vor
sich, aber ihr zwei seid alt und kommt ans Ende von eurem Leben. Ziemlich bald wird einer von euch beiden sterben, und dann
sagt sich der, der zurückbleibt: ›Warum war ich bloß so gemein?
Der *war* es doch; dieser Mensch war es, mit dem ich zusammen
war; und da haben wir uns nun dauernd angegiftet‹, wirst du dir
sagen.«

»Also, wahrscheinlich werde ich zuerst sterben«, sagte Mr. Otis,
»da brauch ich mir deswegen keine Sorgen zu machen.«

»Ich meine es ernst, Onkel.«

»Ich meine es auch ernst. Könnte sein, daß das, was man weg-
schmeißt, das einzige ist, was zählt; könnte sein, daß es bloß darauf ankommt, wäre das nichts? Weg damit! Alles weg, sage ich!
Geht gar nicht anders. Und überhaupt, überleg doch mal die Zeit,
die wir zusammen waren. Vielleicht denke ich am Ende ja so. ›Au-
wei, was hatten wir für eine Zeit miteinander. Wir waren so ein
richtig tolles Paar, haben uns gestritten wie die Kesselflicker, und
dann wieder ein Herz und eine Seele‹, werde ich sagen. Darüber
kann man im Altersheim nachdenken.«

Lamont verdrehte die Augen zum Himmel.

Ira sagte: »Also, ich möchte nicht vom Thema ablenken, aber ist
diese Sache mit dem Rad jetzt geregelt?«

Beide Männer sahen ihn an. »Oh«, sagte Mr. Otis schließlich. »Ich
vermute, ihr beide wollt weiterfahren.«

»Nur wenn Sie sicher sind, daß alles in Ordnung geht«, sagte Maggie zu ihm.

»Er kommt schon klar«, sagte Lamont. »Fahren Sie nur.«

»Ja, denken Sie nicht mehr an mich«, sagte Mr. Otis. »Ich möchte
Sie noch zu Ihrem Wagen begleiten.« Und schon ging er zwischen

ihnen beiden voran. Lamont blieb, angewidert dreinblickend, zurück.

»Dieser Junge ist immer so reizbar«, sagte Mr. Otis zu Ira. »Ich weiß gar nicht, von wem er das hat.«

»Meinen Sie, daß er Ihnen hilft?«

»Bestimmt. Aber zuerst muß er mal Dampf ablassen und den wilden Mann spielen.«

Sie hatten den Dodge erreicht, und Mr. Otis bestand darauf, für Maggie die Wagentür zu öffnen. Es dauerte länger, als sie selbst gebraucht hätte; er mußte sich erst hinstellen, um richtig ansetzen zu können. Unterdessen sagte er zu Ira: »Er ist der letzte, der hier was zu kritisieren hat. Ein geschiedener Mann! Verteilt hier Ratschläge, als verstünde er was davon!«

Er schloß die Tür hinter Maggie mit einem schwachen, wirkungslosen Klicken, so daß sie sie noch einmal öffnen und fest zuschlagen mußte. »Ein Mann, der beim ersten kleinen Streit aufsteht und abhaut«, sagte er zu Ira. »Lebt allein, ganz gestutzt und verrunzelt und vertrocknet wie eine Rosine. Setzt sich Abend für Abend allein vor den Fernseher und sucht sich keine neue, aus Angst, sie würde ihm genauso mitspielen wie seine Frau.«

»Tztz«, machte Maggie und sah durch das Fenster zu ihm hoch. »Ich finde es immer so traurig, wenn man so etwas sieht.«

»Aber glauben Sie, *er* sieht das?« fragte Mr. Otis. »Nöh.« Er folgte Ira auf die Fahrerseite des Wagens. »Er hält das für ein ganz normales Leben.«

»Also, hören Sie«, sagte Ira, während er sich hinter das Steuer setzte. »Wenn Sie irgendwelche Auslagen wegen des Abschleppwagens haben, lassen Sie es mich wissen, ja?« Er schloß die Tür und beugte sich aus dem Fenster: »Ich sollte Ihnen unsere Adresse aufschreiben.«

»Es wird keine Auslagen geben«, sagte Mr. Otis, »aber ich weiß es zu würdigen, daß Sie daran gedacht haben.« Er schob seinen Hut etwas zurück und kratzte sich am Kopf. »Ich hatte mal diesen Hund, wissen Sie«, sagte er. »Der klügste Hund, den ich je hatte. Bessie. Sie tat nichts lieber, als hinter so einem Gummiball herrennen. Ich warf ihn, und sie jagte hinterher. Aber jedesmal, wenn der Ball auf dem Küchenstuhl landete, steckte Bessie ihre Schnauze zwischen den Stäben der Rücklehne durch und winselte aufgeregt, aber nie ist sie darauf gekommen, einfach um den Stuhl herumzugehen und den Ball von vorne zu holen.«

Ira sagte: »Mmh...«

»Erinnert mich an Lamont«, sagte Mr. Otis.

»Lamont.«

»Blinde Flecken.«

»Ach so! Ja, Lamont!« sagte Ira. Es erleichterte ihn, daß er den Zusammenhang gefunden hatte.

»Also, ich will Sie nicht aufhalten«, sagte Mr. Otis und hielt Ira seine Hand hin. Sie war leicht und zerbrechlich, wie ein Vogelskelett. »Seid vorsichtig jetzt beim Fahren, hört ihr?« Er beugte sich vor, um Maggie noch einmal zu sagen: »Seien Sie vorsichtig!«

»Sie auch«, antwortete sie. »Und ich hoffe, das mit Duluth kommt wieder in Ordnung.«

»Ach, das wird schon, das wird. Früher oder später.« Er lachte kurz und trat einen Schritt zurück, als Ira den Motor anließ. Wie ein Gastgeber, der seine Gäste verabschiedet, stand er da und sah ihnen nach, bis sie auf die Straße einbogen und er aus Iras Rückspiegel verschwand.

»Tja«, sagte Maggie und machte es sich in ihrem Sitz bequemer. »Also jetzt...«

Als wäre dieser ganze Umweg nur ein kleines Hüsteln mitten in einer langen Geschichte gewesen, die sie gerade erzählte.

Ira schaltete das Radio ein, aber er konnte bloß Nachrichten von gänzlich lokalem Interesse finden – Getreidepreise, ein Brand in einem Gebäude der Kolumbus-Bruderschaft. Er stellte ab. Maggie wühlte in ihrer Handtasche. »Also wo, zum Kuckuck...?« sagte sie.

»Was suchst du denn?«

»Meine Sonnenbrille.«

»Auf dem Armaturenbrett.«

»Ach ja, richtig.«

Sie griff nach der Brille und stieß sie sich hoch auf die Nase. Dann drehte sie den Kopf hin und her und sah sich nach allen Richtungen um, als wolle sie ihre Wirksamkeit testen. »Stört dich das Sonnenlicht nicht an den Augen?« fragte sie ihn schließlich.

»Nein, es geht schon.«

»Vielleicht sollte ich mal fahren.«

»Nein, nein...«

»Ich habe dich den ganzen Tag noch gar nicht abgelöst«, sagte sie.

»Das ist in Ordnung. Trotzdem danke, Liebling.«

»Aber sag mir, wenn du es dir anders überlegst«, fügte sie noch hinzu, dann sank sie zurück in ihren Sitz und sah aus dem Fenster.

Ira stützte einen Ellbogen auf die Fensterleiste. Er fing an, eine Melodie zu pfeifen.

Maggie wurde starr und blickte zu ihm hinüber.

»Bloß, weil du mich am Steuer für eine leichtsinnige Frau hältst.«

»Häh?« sagte er.

»Du fragst dich gerade, wie verrückt du bist, daß du überhaupt darüber nachdenkst, ob du mich mal ans Steuer lassen sollst.«

Er zwinkerte mit den Augen. Er hatte geglaubt, das Thema sei erledigt. »Lieber Himmel, Maggie«, sagte er, »warum nimmst du immer alles so persönlich?«

»Ich tue es eben – deshalb«, sagte sie, aber sie sagte es leidenschaftslos, als interessierten sie ihre eigenen Worte nicht, und dann wendete sie sich wieder ab und studierte die Landschaft.

Sobald sie wieder auf der Route Eins waren, fuhr Ira schneller. Der Verkehr hatte zugenommen, aber es ging zügig voran. Die Felder wurden jetzt seltener, und Grundstücke, auf denen irgend etwas gelagert oder verkauft wurde, nahmen zu – ein Berg ausrangierter Autoreifen, eine in Stufen aufgetürmte Klippe aus Betonsteinen, ein Platz, auf dem diese mit Fenstern versehenen Verschläge standen, die auf die Ladefläche eines Pritschenwagen passen und mit denen sich so ein Wagen in ein Wohnmobil verwandeln läßt. Ira wußte nicht, wie sie hießen. Das störte ihn; er wußte gern, wie die Dinge genannt wurden, wollte immer den richtigen, den genauen Namen wissen, der den Gegenstand auf eine Formel brachte.

»Spruce Gum«, sagte Maggie.

»Wie bitte?«

Sie hatte sich in ihrem Sitz verdreht und blickte nach hinten. Sie sagte: »Spruce Gum! Das war die Abzweigung zu Fiona! Wir sind gerade daran vorbeigekommen.«

»Ach ja, Spruce Gum«, sagte er. Es klingelte etwas bei ihm.

»Ira«, sagte Maggie.

»Hmm?«

»Es ist nicht so weit von hier aus.«

Er sah sie an. Sie hielt die Hände zusammengepreßt, das Gesicht ihm zugewendet, die Lippen eng geschlossen und ein wenig vorgestülpt, als wolle sie ihm ganz bestimmte Worte entlocken (so wie sie früher Jesse die richtige Antwort zu entlocken versuchte, wenn sie mit ihm das Multiplizieren übte).

»Stimmt's?« fragte sie.

»Nein«, sagte er.

Sie verstand ihn falsch; sie holte tief Luft und wollte anfangen zu argumentieren. Aber er sagte: »Nein, ich glaube, es ist nicht weit.«

»Was? Heißt das, du willst mich hinfahren?«

»Na ja«, sagte er. Und dann: »Also, jetzt sind wir schon so weit, nicht wahr?« Und er schaltete den Blinker ein und hielt Ausschau nach einer Stelle, wo er wenden konnte.

»Danke, Ira«, sagte sie, schob sich so weit zu ihm hinüber, wie der Gurt es zuließ, und gab ihm einen kleinen Tuscher von einem Kuß unter das Ohr.

Ira sagte: »Hmf«, aber es klang unwirscher, als er wirklich war.

Nachdem er den Wagen auf einem Holzplatz gewendet hatte, fuhr er die Route Eins ein Stück zurück und bog dann links ab, in die Straße nach Spruce Gum. Sie fuhren jetzt auf die Sonne zu. Staubige Lichtspieße blitzten auf der Windschutzscheibe. Maggie schob ihre Brille höher, und Ira klappte die Sonnenblende herunter.

War es der dunstige Staubfilm auf der Windschutzscheibe, der ihn wieder an den Ausflug nach Harborplace erinnerte? Jedenfalls fiel ihm plötzlich aus irgendeinem Grund ein, warum Dorrie an jenem Tage angefangen hatte zu weinen.

Als sie dort, vom Nebel eingeschlossen, am Ufer standen, hatte sie ihren Koffer geöffnet und ihm gezeigt, was darin war. Es war ungefähr das, was sie jedesmal mitnahm. Da waren die zwei oder drei Comic-Hefte, so erinnerte er sich, und wahrscheinlich irgendeine Süßigkeit für ihr Leckermäulchen – ein zerdrückter Hostess-Napfkuchen vielleicht, dessen Zuckerguß schon im Zellophanpapier gesplittert war – und natürlich das Rheinkiesel-Hutband, das früher ihrer Mutter gehört hatte. Und schließlich ihr größter Schatz: eine Fan-Zeitschrift mit Elvis Presley auf dem Titelbild. *King of Rock* lautete die Schlagzeile. Dorrie betete Elvis Presley an. Normalerweise nahm Ira es gelassen hin und kaufte ihr sogar Poster, wenn er welche fand, aber an diesem Morgen fühlte er sich so beladen und belastet, daß er einfach keine Geduld hatte. »Elvis«, sagte Dorrie glücklich, und Ira erwiderte: »Du lieber Himmel, Dorrie, weißt du denn nicht, daß der Bursche tot und begraben ist?«

Da hatte sie aufgehört zu lächeln, ihre Augen hatten sich mit Tränen gefüllt, und Ira spürte einen Stich in seinem Inneren. Auf einmal machte ihn alles an ihr traurig – ihr kurzes Haar und ihre rissigen Lippen und ihr schmales Gesicht, das so freundlich und so nett war, wenn man nur richtig hinsah. Er legte einen Arm um sie. Er umarmte ihren knochigen kleinen Körper ganz fest und sah über ihren Kopf hinweg die *Constellation* im Nebel schweben. Die Mastspitzen waren verschwunden, die Seile und Ketten hatten sich aufgelöst, und das alte Schiff hatte auf einmal so alt ausgesehen, wie es wirklich war, eingehüllt in Nebelschwaden, die wie das Verschwimmen in der Zeit selbst aussahen. Junie hatte sich fest an seine andere Seite gedrückt, und Maggie und Sam hatten unverwandt zugesehen und gewartet, was Ira als nächstes zu tun vorschlagen würde. Da wußte er auf einmal, worin die eigentliche Verschwendung bestand; bei Gott, ja. Sie bestand nicht darin, daß er diese Menschen unterstützen mußte, sondern darin, daß er nicht wahrgenommen hatte, wie er sie liebte. Sogar seinen ausgemergelten, niedergedrückten Vater liebte er, und auch die Erinnerung an seine arme Mutter, die immer so hübsch gewesen war und es nie bemerkt hatte, weil sie jedesmal, wenn sie vor einen Spiegel trat, ihren Mund vor lauter Schüchternheit schief nach oben zog.

Aber das Gefühl war wieder verblaßt (wahrscheinlich schon im nächsten Moment, als nämlich Junie anfing zu betteln, sie sollten umkehren), und er vergaß wieder, was er verstanden hatte. Und zweifellos würde er wieder vergessen, so wie Dorrie, als sie schließlich zu Hause waren, vergessen hatte, daß Elvis Presley nicht mehr der König des Rock war.

Drei

1

Es gab ein Lied, das Maggie gern mit Ira sang, wenn sie zusammen unterwegs waren. *On the Road Again* hieß es – nicht der abgedroschene Ohrwurm von Willie Nelson, sondern ein Stück von einer alten *Canned-Heat*-Platte aus Jesses Sammlung, das wie ein Blues klang, mit einem wandernden, vorwärtsdrängenden Rhythmus. Ira machte die Begleitung: »Boing-da-da, boing-da-da, boing-da-da, boing! boing!« Und Maggie sang die Melodie. »*Take a hint from me, Mama, please! don't cry no more* – Versteh doch, was ich dir sage, bitte, hör auf zu weinen.« Es war, als würden die Telefonmasten im Rhythmus vorbeihuschen. Maggie fühlte sich beflügelt und ungebunden. Sie legte den Kopf zurück gegen ihren Sitz und markierte mit schlenkerndem Handgelenk den Takt.

Früher, wenn sie diese Strecke allein fuhr, war ihr die Gegend abweisend erschienen – Feindesland. Irgendwo zwischen diesen Waldstücken und diesen steinigen Weiden wurde ihr einziges Enkelkind als Geisel festgehalten, und Maggie (eingehüllt in ein Schultertuch oder in einen anonymen Trenchcoat oder versteckt unter Junies ausgebeulter roter Perücke) war gefahren, als müßte sie sich zwischen irgend etwas hindurchmogeln. Sie hatte ein Gefühl, als würde sie schleichen, ausweichen. Alle ihre Gedanken waren auf dieses Kind gerichtet, und fast krampfhaft hatte sie sich sein Gesicht vor Augen gehalten: ein fröhliches Babygesicht, rund wie ein Penny, mit Augen, die vor Begeisterung größer wurden, wenn Maggie ins Zimmer trat, und immer waren die kleinen Fäuste mit den Grübchen hochgeschnellt, sobald das Mädchen sie gesehen hatte. Leroy, ich komme! Vergiß mich nicht! Aber dann wa-

191

ren diese Fahrten immer wieder so enttäuschend verlaufen, bis hin zu jenem letzten Mal, dieser schrecklichen Situation, als Leroy sich in ihrem Wagen gewunden und den Kopf verdreht und »Mama?« gerufen hatte – und dabei nach ihrer Großmutter Ausschau hielt, nach ihrer anderen Großmutter, ihrer minderen Großmutter, die sich das Großmuttersein eigentlich bloß anmaßte; da hatte Maggie aufgegeben und sich auf die wenigen offiziellen Besuche mit Ira beschränkt. Aber auch die hatten ziemlich bald aufgehört. Leroy begann in ihrer Erinnerung zu verblassen und zu schrumpfen, bis sie eines Tages nicht größer war als jemand, den man durch ein umgekehrtes Fernglas betrachtet – noch immer geliebt, aber sehr weit weg.

Maggie fiel der letzte Sommer ein, als ihr alter Kater Pumpkin gestorben war. Seine plötzliche Abwesenheit hatte sie so sehr getroffen, daß er dadurch wieder ständig gegenwärtig war – dieser pelzige, zwischen ihren Fußknöcheln sich windende Körper, der plötzlich fehlte, wenn sie die Kühlschranktür öffnete, dieses Motorbootschnurren, das fehlte, wenn sie nachts aufwachte. Komischerweise hatte sie dies an die Zeit erinnert, als Leroy und Fiona weggegangen waren, obwohl es sich eigentlich überhaupt nicht vergleichen ließ. Aber es geschah etwas, das noch komischer war: Ungefähr einen Monat danach, als es draußen kalt zu werden begann, schaltete Maggie, wie jedes Jahr, den Luftentfeuchter im Keller ab, und auch diese Abwesenheit hatte sie getroffen. Tief in ihrem Inneren hatte sie bedauert, daß dieses stetige, vertrauenerweckende Surren, das die Dielen vibrieren ließ, plötzlich verstummt war. Was um Himmels willen war bloß los mit ihr? so hatte sie sich gefragt. Würde sie nun für den Rest ihrer Tage jeden Verlust gleich heftig betrauern – eine Schwiegertochter, ein Baby, einen Kater und einen Apparat, der für trockene Luft sorgt.

Hieß das alt werden?

Die Felder leuchteten messingfarben, schön wie ein Bild von einem Kalender. Sie hatten für Maggie jetzt nichts Bedrohliches. Vielleicht half es, daß Ira dabei war – ein Verbündeter. Vielleicht lag es auch daran, daß früher oder später selbst der stechendste Schmerz nachließ.

»*But I ain't going down that long old lonesome road all by myself* – Aber ich geh die alte einsame Straße nicht ganz allein«, sang sie vor sich hin, und Ira machte dazu: »Boing-da-da, boing-da-da –«

Wenn Fiona wieder heiratete, würde sie sehr wahrscheinlich eine neue Schwiegermutter bekommen. Daran hatte Maggie noch gar nicht gedacht. Sie überlegte, ob Fiona und diese Frau sich wohl verstehen würden. Ob sie wohl jeden freien Augenblick zusammensein würden, wie zwei gute Freundinnen?

»Überleg dir mal, wenn sie noch ein Baby bekommt!« sagte Maggie.

Ira unterbrach sein Boing-da-da und fragte: »Wie bitte?«

»Ich habe ihr doch die ganzen neun Monate geholfen. Was macht sie denn ohne mich?«

»Von wem redest du eigentlich?«

»Von Fiona natürlich. Von wem denn sonst?«

»Also, sie wird bestimmt irgendwie zurechtkommen«, sagte Ira.

Maggie meinte: »Vielleicht, vielleicht auch nicht.« Sie wandte sich von ihm ab und blickte wieder hinaus auf die Felder, die irgendwie unnatürlich, konturenlos wirkten. »Ich habe sie immer zum Schwangerschaftskursus gefahren«, sagte sie. »Ich habe die Übungen mit ihr gemacht. Ich war ihre offizielle Trainerin.«

»Dann kennt sie sich ja jetzt aus«, sagte Ira.

»Aber man muß es bei jeder Schwangerschaft wiederholen«, erklärte ihm Maggie. »Da muß man sich ranhalten.«

Sie dachte daran, wie sie hinter Fiona her gewesen war, die in ihrer Schwangerschaft ganz lethargisch geworden war und zu nichts Lust hatte und die letzten drei Monate vor der Geburt auf ihrer Couch vor dem Fernseher zugebracht hätte, wenn Maggie nicht gewesen wäre. Aber da klatschte Maggie energisch in die Hände – »Okay!« –, schaltete die Wiederholung von *Love Boat* ab, zog die Vorhänge auf und ließ das Sonnenlicht in das Halbdunkel des Wohnzimmers und über das Durcheinander aus Rock-Zeitschriften und Flaschen mit Diät-Limonade fluten. »Zeit für die Beckenlockerung!« rief sie, während Fiona eine widerwillige Bewegung machte und einen Arm hob, um ihre Augen vor dem Licht zu schützen.

»Beckenlockerung, du meine Güte«, sagte sie. »Hohlkreuz und Katzenbuckel, das klingt alles so großartig.« Aber sie kam doch auf die Füße, seufzend. Sogar in der Schwangerschaft hatte sie den Körper eines Teenagers – schlank und wie aus Gummi, er erinnerte Maggie an die spärlich bekleideten Mädchen, die sie an Stränden gesehen hatte und die einer vollkommen anderen Spezies als sie selbst anzugehören schienen. Der runde Bauch mit dem Baby war eine Last für sich, eine Art Paket, das Fiona vor sich hertrug. »Atemübungen – also wirklich!« stöhnte sie, während sie sich mit einem dumpfen Geräusch auf den Boden niederließ. »Glauben die denn, ich wüßte bis heute noch immer nicht, wie man atmet?«

»Ach, Liebling, sei froh, daß sie so etwas anbieten«, sagte Maggie. »Bei *meiner* ersten Schwangerschaft war so ein Kursus nirgendwo zu finden, und ich habe Todesängste ausgestanden. Wie gern hätte ich diese Übungen gemacht! Und dann nachher: ich weiß noch, wie ich mit Jesse aus dem Krankenhaus kam und dachte: ›Moment mal. Lassen die mich hier einfach so mit ihm weggehen? Ich habe doch keine blasse Ahnung von Babys! Ich habe doch gar kein Zeugnis dafür. Ira und ich, wir sind doch bloß Amateure.‹ Weißt du, für alle möglichen unwichtigen Dinge bekommt man Unterricht – Klavierspielen, Maschineschreiben. Jahrelang lernt man, wie man Gleichungen löst, die man im gewöhnlichen Leben weiß Gott nie wieder zu lösen braucht. Aber das Elternsein? Oder auch die Ehe, überleg dir das mal! Bevor man mit einem Auto fahren darf, muß man einen behördlich genehmigten Fahrunterricht absolvieren, aber Autofahren ist nichts, überhaupt nichts, verglichen mit dem, was es heißt, tagein, tagaus mit einem Ehemann zusammenzuleben und einen neuen Menschen großzuziehen.«

Was vielleicht nicht sonderlich ermutigend klang, denn Fiona hatte gesagt: »O je« und hatte den Kopf in die Hände gestützt.

»Aber du schaffst es bestimmt gut«, hatte Maggie rasch hinzugefügt. »Außerdem bin ich ja auch noch da und kann dir helfen.«

»Herr jemine«, hatte Fiona gesagt.

Ira bog in eine kleine Seitenstraße ein, die Elm Lane – zwei Reihen heruntergekommener eingeschossiger Häuser, in den meisten

Einfahrten Wohnmobile und manchmal auch ein nach vorn gekippter Wohnwagenanhänger. Maggie fragte ihn: »Wer wird denn jetzt nachts aufstehen und ihr das Baby zum Stillen bringen?«

»Ihr Mann, hoffentlich«, versetzte Ira. »Vielleicht läßt sie das Baby diesmal ja auch in *ihrem* Zimmer schlafen, wie du es sie schon beim letzten Mal hättest machen lassen sollen.« Er zuckte leicht mit den Schultern, als wollte er etwas abschütteln, und sagte dann: »Was für ein Baby eigentlich? Fiona bekommt doch gar kein Baby; sie heiratet bloß, das behauptest du jedenfalls. Also, alles der Reihe nach.«

Nun ja, aber damals war auch nicht alles der Reihe nach gegangen; Fiona war im zweiten Monat, als sie Jesse heiratete. Aber daran wollte Maggie ihn jetzt nicht erinnern. Sie dachte an etwas ganz anderes. Eine unerwartete, ergreifende Körpererinnerung hatte sie gepackt: wie sie die kleine Leroy zur Mahlzeit um zwei Uhr morgens zu Fiona hereingebracht hatte – wie das daunenweiche Köpfchen an Maggies Schulter hin- und hergefahren war, der kleine Vogelmund, der die Mulde an Maggies Hals in ihrem Bademantelkragen gesucht hatte, und dann die enge, nach Schlaf riechende Wärme von Jesses und Fionas Schlafzimmer.

»Oh«, sagte sie unwillkürlich, und dann noch einmal: »Oh!« Denn da, in Mrs. Stuckeys Garten (festgebackener Boden, eigentlich gar kein Garten), stand ein mageres kleines Mädchen mit hellblondem Haar, und dieses Haar reichte genau bis zu der Unterkante ihrer Kinnbacken. Sie hatte eben eine gelbe Frisbee-Scheibe geworfen, die nun torkelnd auf den Wagen zuflog und mit einem dumpfen Geräusch auf dem Kühler landete, als Ira in die Einfahrt bog.

»Das ist nicht –«, sagte Maggie. »Ist das –?«

»Muß wohl Leroy sein«, sagte Ira.

»Bestimmt nicht!«

Natürlich mußte sie es sein. Aber Maggie mußte einen so gewaltigen Sprung durch die Zeit machen – von dem Säugling auf ihrer Schulter zu diesem schlaksigen Kind, in zwei Sekunden. Es fiel ihr ziemlich schwer. Das Kind ließ die Hände sinken und starrte zu ihnen herüber. Mit gerunzelter Stirn sah sie aus, als hätte sie ein Netz über den Kopf gezogen. Sie trug eine rosa Bluse mit einem roten Fleck vorne darauf, Johannisbeersaft oder Cola, und ausgebeulte, in schreiend bunten Farben bedruckte Shorts. Ihr Gesicht war so schmal, daß es dreieckig wirkte, ein Katzengesicht, und ihre Arme und Beine waren dünne, weiße Stengel.

»Vielleicht ist es ein Mädchen aus der Nachbarschaft«, sagte Maggie zu Ira – ein letztes Aufbäumen.

Er antwortete nicht einmal.

Sobald er den Motor abgeschaltet hatte, öffnete Maggie die Tür und stieg aus. Sie rief: »Leroy?«

»Was?«

»Bist du Leroy?«

Das Kind besann sich einen Augenblick, als ob es nicht ganz sicher sei, und nickte dann.

»Aha«, sagte Maggie. »Also, Tag, du!« rief sie.

Leroy starrte sie immer noch an. Ihr Argwohn war kein bißchen gewichen.

Eigentlich, so überlegte Maggie (und paßte sich bereits den neuen Entwicklungen an), war dies eine der interessantesten Altersstufen. Siebeneinhalb – alt genug, mit einem Erwachsenen Gespräche zu führen, aber noch immer bereit, den Erwachsenen zu bewundern, vorausgesetzt, daß dieser seine Karten richtig ausspielte. Behutsam, ihre Tasche mit beiden Händen haltend, ging Maggie um den Wagen herum und auf das Kind zu, wobei sie dem Drang widerstand, die Arme zu einer Umarmung auszubreiten.

»Ich glaube, du kannst dich gar nicht an mich erinnern«, sagte sie und blieb in angemessener Entfernung stehen.

Leroy schüttelte den Kopf.

»Ja, Kindchen, ich bin deine Oma!«

»Tatsächlich?« fragte Leroy. Sie kam Maggie vor wie jemand, der hinter einem Schleier hervorlauert.

»Deine andere Oma. Oma Moran.«

Es war verrückt, daß man sich seinem eigen Fleisch und Blut vorstellen mußte. Und noch verrückter war, daß Jesse das gleiche hätte tun müssen. Seit wann hatte er seine Tochter nicht mehr zu Gesicht bekommen? Seit der Zeit, kurz nachdem er und Fiona sich getrennt hatten – als Leroy noch nicht einmal ein Jahr alt war.

Was für ein trauriges, verbautes Leben mußten sie alle führen!
»Ich gehöre zu der Familie von der Seite deines Vaters«, erklärte
sie Leroy, und Leroy sagte: »Ach.«
Immerhin wußte sie, daß sie einen Vater hatte.
»Und das hier ist dein Großvater«, sagte Maggie.
Leroys Blick wanderte zu Ira hinüber. Im Profil sah man, daß ihre
Nase klein und extrem spitz war. Allein schon wegen der Nase
hätte Maggie sie lieben können.
Ira war jetzt ebenfalls ausgestiegen, aber er kam nicht sofort zu
Leroy herüber. Statt dessen griff er nach der Frisbee-Scheibe auf
dem Kühler. Dann kam er quer über den Hof auf sie zu, wobei er
die Scheibe untersuchte und hin- und herdrehte, als hätte er noch
nie eine gesehen. (Sah ihm das nicht ähnlich? Ließ Maggie vor-
wärtspreschen, während er selbst ein ganzes Stück zurückblieb,
aber man merkte, daß er doch mitkam und sich das, was sie möglicherweise erreichte, ebenfalls zunutze machen würde.) Als er
vor Leroy stand, warf er ihr die Frisbee-Scheibe mit leichtem
Schwung zu, und wie zwei magere Spinnen fuhren ihre beiden
Hände hoch, um sie zu greifen.
»Danke«, sagte sie.
Maggie wünschte, sie hätte an die Frisbee-Scheibe gedacht.
»Du kennst uns gar nicht mehr, nicht wahr?« fragte sie Leroy.
Leroy schüttelte den Kopf.
»Na ja. Ich war dabei, als du geboren wurdest, mußt du wissen. Ich
habe im Krankenhaus darauf gewartet, daß du kommst. Die ersten
acht oder neun Monate deines Lebens hast du bei uns gewohnt.«
»Wirklich?«
»Kannst du dich nicht daran erinnern?«
»Wie sollte sie denn, Maggie?« fragte Ira.
»Na, es könnte doch sein«, meinte Maggie, denn sie selbst konnte
sich sehr deutlich an ein Kleidchen mit einem kratzigen Kragen
erinnern, in das man sie als kleines Kind immer wieder gesteckt
hatte und das sie überhaupt nicht gemocht hatte. Und außerdem
sollte man meinen, daß all die liebevolle Fürsorge irgendwelche
Spuren hinterlassen hätte, oder? Sie sagte: »Vielleicht hat ihr ja
Fiona etwas erzählt.«

»Sie hat mir erzählt, daß ich in Baltimore gewohnt habe«, sagte Leroy.

»Das war bei uns«, sagte Maggie. »Deine Eltern haben in dem alten Jungenzimmer von deinem Daddy gewohnt.«

»Ach.«

»Und dann ist deine Mutter mit dir weggezogen.«

Leroy rieb sich die Wade mit der Innenseite ihres nackten Fußes. Sie stand sehr gerade, aufrecht wie ein Soldat, und erweckte dadurch den Eindruck, sie werde bloß von einem Gefühl der Pflicht an ihrem Platz gehalten.

»Nachher haben wir dich an deinen Geburtstagen besucht, erinnerst du dich?«

»Nee.«

»Sie war doch noch ganz klein, Maggie«, sagte Ira.

»Wir kamen zu deinen ersten drei Geburtstagen«, bohrte Maggie weiter. (Manchmal erwischte man eine Erinnerung und konnte sie wie aus dem Nichts hochspulen, wenn man den richtigen Haken benutzte.) »Aber an deinem zweiten Geburtstag warst du nicht da, da warst du im Kinderpark von Hershey, und wir haben dich nicht getroffen.«

»Ich war schon sechsmal im Hershey-Park«, sagte Leroy. »Mindy Brant war erst zweimal.«

»Bei deinem dritten Geburtstag haben wir dir ein Kätzchen mitgebracht.«

Leroy legte den Kopf auf die Seite. Ihr Haar fiel nach einer Seite – strohblond und seidig, leichter als Luft. »Ein Tigerkätzchen«, sagte sie.

»Genau.«

»Überall gestreift, sogar auf dem Bauch.«

»Das weißt du noch!«

»Ihr seid das gewesen, die mir die Katze gebracht haben?«

»Ja, das waren wir.«

Leroy sah von einem zum anderen. Auf ihrer Haut waren zarte Sommersprossen zu erkennen, wie mit diesen Zuckerstreuseln gepudert, die man auf Kuchen streut. Das mußte von der Seite der Stuckeys herstammen. Maggies Familie bekam nie Sommersprossen, und die von Ira mit ihrem indianischen Einschlag schon gar nicht. »Und was passierte dann?« fragte sie.

»Wie meinst du das?«

»Was passierte mit dem Kätzchen! Ihr müßt es wieder mitgenommen haben.«

»Oh, nein, Liebes, wir haben es nicht wieder mitgenommen. Oder vielmehr, wir taten es doch, aber nur, weil sich herausstellte, daß du eine Allergie hattest. Du hast angefangen zu niesen, und deine Augen tränten.«

»Und dann?« fragte Leroy.

»Na ja, ich wollte dich wieder besuchen«, sagte Maggie, »aber dein Opa meinte, wir sollten es lieber sein lassen. Ich wollte es wirklich von ganzem Herzen, aber dein Opa sagte zu mir –«

»Nein, ich meine, was habt ihr mit dem Kätzchen gemacht?« fragte Leroy.

»Ach. Das Kätzchen. Ja. Wir haben es den beiden Schwestern von deinem Opa geschenkt, deinen... Großtanten, ja, das sind sie wohl; ach du meine Güte.«

»Und haben sie es noch?«

»Nein, also, es ist nämlich von einem Auto überfahren worden«, sagte Maggie.

»Oh.«

»Es war an den Straßenverkehr nicht gewöhnt, und irgendwie ist es einmal hinausgelaufen, als jemand die Tür offen gelassen hatte.«

Leroy sah starr vor sich hin. Maggie hoffte, daß sie sie nicht zu sehr aufgeregt hatte. »Nun, sag doch mal! Ist deine Mutter zu Hause?«

»Meine Mutter? Klar.«

»Könnten wir sie sehen?«

Ira sagte: »Vielleicht hat sie zu tun.«

»Nein, hat sie nicht«, sagte Leroy, machte kehrt und ging auf das Haus zu. Maggie wußte nicht, ob sie ihr folgen sollten oder nicht. Sie sah zu Ira hinüber. Der stand krumm da, die Hände in den Hosentaschen, sie nahm das als Wink und blieb, wo sie war.

»Ma!« rief Leroy und stieg die zwei Stufen zur Haustür hinauf. Ihre Stimme hatte etwas Mückenhaftes, das zu ihrem schmalen

Gesicht paßte. »Ma? Bist du da?« Sie öffnete die Fliegentür. »He, Ma!«

Und ganz plötzlich beugte sich Fiona aus dem Eingang, einen Arm hatte sie ausgestreckt und hielt die Fliegentür, damit sie nicht wieder zufiel. Sie trug Shorts aus abgeschnittenen Jeans und ein T-Shirt mit irgendeinem Schriftzug darauf. »Warum schreist du denn so?« sagte sie. In diesem Moment sah sie Maggie und Ira. Sie richtete sich auf.

Maggie ging voran, die Handtasche an sich gepreßt. Sie sagte: »Wie geht's, Fiona?«

»Na ja ... gut«, sagte Fiona.

Und dann sah sie über sie hinweg. Oh, Maggie täuschte sich nicht. Fionas Augen glitten verstohlen über den Garten hinweg und blieben einen winzig kleinen Augenblick an dem Wagen hängen. Sie fragte sich, ob Jesse mitgekommen war. So viel lag ihr noch an ihm, daß sie es sich fragte.

Die Augen kehrten zu Maggie zurück.

»Hoffentlich stören wir nicht«, sagte Maggie.

»Ach, hm, nein ...«

»Wir kamen in der Nähe vorbei und dachten, wir schauen mal rein und sagen Guten Tag.«

Fiona hob den freien Arm und strich sich mit dem Handrücken das Haar aus der Stirn – dabei wurde die seidig weiße Innenseite ihres Handgelenks sichtbar, eine Geste, die Fiona verwirrt und verlegen aussehen ließ. Ihr Haar war immer noch ziemlich lang, aber sie hatte etwas damit gemacht, es lag jetzt buschiger und breiter, hing nicht mehr wie ein Vorhang. Und sie hatte zugenommen. Ihr Gesicht war an den Wangenknochen ein wenig breiter geworden, die Mulden an den Schlüsselbeinen waren weniger ausgeprägt, und obwohl sie so durchsichtig und blaß wirkte wie immer, hatte sie offenbar angefangen, Make-up zu verwenden, denn Maggie entdeckte halbmondförmige Lidschatten über ihren Augen – dieser rosa Schatten, der in letzter Zeit so beliebt zu sein schien und mit dem die Frauen aussahen, als seien sie schwer erkältet.

Maggie stieg die Stufen hinauf und stand nun neben Leroy, ihre Handtasche hielt sie immer noch in einer Weise umklammert, die zu erkennen gab, daß sie nicht mal ein Händeschütteln erwartete. Sie konnte jetzt die Schrift auf Fionas Hemd lesen: LIME SPIDERS stand dort – was immer das bedeuten mochte. »Ich habe dich heute morgen im Radio gehört«, sagte sie.

»Im Radio«, sagte Fiona immer noch verwirrt.

»Auf AM Baltimore.«

»Baltimore«, wiederholte Fiona.

Inzwischen war Leroy unter den Arm ihrer Mutter geschlüpft und hatte sich so gedreht, daß sie neben Fiona stand und Maggie aus den gleichen unheimlich hellen, wasserblauen Augen ansah. Im Erscheinungsbild dieses Kindes war keine Spur von Jesse. Man hätte meinen sollen, daß wenigstens seine Hautfarbe durchgeschlagen wäre.

»Ich habe zu Ira gesagt: ›Warum fahren wir nicht mal kurz vorbei?‹« sagte Maggie. »Wir waren sowieso hier in der Gegend, wegen der Beerdigung von Max Gill. Erinnerst du dich noch an Max Gill? Den Mann von meiner Freundin Serena? Er starb an Krebs. Da habe ich gesagt: ›Warum fahren wir nicht mal vorbei und sagen Fiona Guten Tag. Wir bleiben nur eine Minute.‹«

»Es ist komisch, euch zu sehen«, sagte Fiona.

»Komisch?«

»Ich meine... Also kommt doch erst mal rein, ja?«

»Ach, du hast bestimmt viel zu tun«, sagte Maggie.

»Nein, gar nicht. Kommt nur rein.«

Fiona drehte sich um und ging voran ins Haus. Leroy folgte ihr und gleich dahinter Maggie. Ira ließ sich etwas mehr Zeit. Als Maggie über ihre Schulter zurückblickte, sah sie, daß er im Hof kniete und sich einen Schuh band, wobei ihm eine Haarsträhne in die Stirn fiel. »So komm doch, Ira«, rief sie.

Er erhob sich, ohne etwas zu sagen, und kam auf sie zu. Ihr Ärger legte sich. Manchmal, so dachte sie, bekam Ira etwas Fahriges, etwas von einem verschämten, kleinen Jungen, der sich beim Umgang mit anderen Leuten noch nicht recht wohl fühlt.

Die Haustür führte direkt ins Wohnzimmer, wo die durch die Jalousien einfallende Sonne den grünen Wollteppich in Streifen teilte. Berge von gehäkelten Kissen waren auf einer mit einem verblichenen Tropenmuster bezogenen Couch gestapelt. Auf dem Couchtisch türmten sich Stöße von Zeitschriften und Comic-Heften, die ins Rutschen geraten waren. Daneben stand ein grüner Keramikaschenbecher in der Form eines Ruderboots. Von früheren Besuchen her erinnerte sich Maggie an diesen Aschenbecher. Sie erinnerte sich daran, wie sie ihn in den verlegenen Pausen angestarrt und sich gefragt hatte, ob er wohl schwimmen konnte, denn dann würde er ein wunderbares Badewannenspielzeug für Leroy abgeben. Jetzt fiel es ihr wieder ein, nachdem sich diese Erinnerung offenbar während all der Jahre in irgendeinem Fach ihres Gehirns versteckt gehalten hatte.

»Nehmt Platz«, sagte Fiona und schüttelte ein Kissen auf. Als Ira mit eingezogenem Kopf im Eingang erschien, fragte sie ihn: »Und wie geht es dir?«

»Och, ganz gut«, sagte er.

Maggie wählte für sich die Couch und hoffte, Leroy werde sich neben sie setzen. Aber Leroy ließ sich auf dem Teppich nieder und streckte ihre Stengelbeine aus. Fiona setzte sich in einen Sessel, und Ira blieb stehen. Er wanderte im Zimmer umher und hielt vor einem Bild mit zwei jungen Bassets inne, die es sich in einer Hutschachtel gemütlich gemacht hatten. Mit der Spitze eines Fingers fuhr er über die vergoldete Profilleiste des Rahmens.

»Wollt ihr was trinken?« fragte Fiona.

Maggie sagte: »Nein, danke.«

»Vielleicht ein Sodawasser oder so was?«

»Wir sind nicht durstig, wirklich.«

Leroy sagte: »Ich könnte ein Soda vertragen.«

»Dich habe ich nicht gefragt«, sagte Fiona zu ihr.

Maggie bedauerte, daß sie für Leroy kein Geschenk mitgebracht hatte. Es blieb ihnen so wenig Zeit, Verbindung aufzunehmen; sie fühlte sich gehetzt und verzagt. »Leroy«, sagte sie übertrieben munter, »interessierst du dich sehr für Frisbee?«

»Eigentlich nicht«, erzählte Leroy ihren nackten Füßen.

»Ach so.«

»Ich lerne es noch«, sagte Leroy. »Ich bekomme die Scheibe nicht dahin, wo ich sie hinhaben will.«

»Ja, das ist das Schwierige daran, das stimmt«, sagte Maggie.

Leider hatte sie selbst keine Erfahrung mit Frisbee-Scheiben. Sie warf einen hoffnungsvollen Blick zu Ira hinüber, aber der war inzwischen zu irgendeinem braunen Apparat aus Metall hinübergeschlendert, der in der Ecke stand – ein Ventilator in einem Kasten oder ein Heizgerät. Sie wendete sich wieder Leroy zu. »Leuchtet sie im Dunkeln?« fragte sie nach einer Pause.

Leroy sagte: »Häh?«

»Das heißt: Wie bitte«, ermahnte Fiona sie.

»Wie bitte?«

»Leuchtet die Frisbee-Scheibe im Dunkeln? Ich glaube, solche gibt es.«

»Meine nicht«, sagte Leroy.

»Ach!« rief Maggie. »Dann sollten wir dir vielleicht mal so eine leuchtende kaufen.«

Leroy dachte darüber nach. Schließlich fragte sie: »Warum soll ich denn im Dunklen Frisbee spielen?«

»Gute Frage«, sagte Maggie.

Sie setzte sich zurück, entkräftet, und fragte sich, wo es nun weitergehen könnte. Wieder sah sie zu Ira hinüber. Er war vor dem Apparat in die Hocke gegangen und untersuchte in vollkommener Konzentration die Regler.

Na ja, es hatte keinen Zweck, immer darum herumzureden. Maggie setzte ein Lächeln auf. Sie neigte den Kopf, machte ein verständnisvolles Gesicht und sagte: »Fiona, es hat uns überrascht, als wir von deinen Heiratsplänen hörten.«

»Wovon?«

»Von deinen Heiratsplänen.«

»Soll das ein Witz sein?«

»Ein Witz?« fragte Maggie. Sie zögerte. »Heiratest du denn etwa nicht?«

»Nicht daß ich wüßte.«

»Aber ich hab es im Radio gehört!«

Fiona sagte: »Was hast du denn immer mit diesem Radio? Ich weiß gar nicht, wovon du sprichst.«

»Auf WNTK«, sagte Maggie. »Du hast angerufen und gesagt –«

»Der Sender, den ich höre, ist WXLR«, versetzte Fiona.

»Nein, es war auf –«

»*Excellent Rock Around the Clock*. Ein Sender in Brittstown.«

»Es war auf WNTK«, sagte Maggie.

»Und sie haben behauptet, ich würde heiraten?«

»*Du* hast es behauptet. Du hast angerufen und gesagt, deine Hochzeit wäre nächsten Samstag.«

»Das war ich nicht«, sagte Fiona.

Schlagartig veränderte sich der Rhythmus im Zimmer.

Maggie spürte eine Woge der Erleichterung und gleich darauf eine brennende Verlegenheit. Wie hatte sie so sicher sein können? Was um Himmels willen war in sie gefahren, daß sie sich kein Mal gefragt hatte, ob die Stimme, die sie gehört hatte, wirklich die von Fiona war? Und dann in einem so unzulänglichen, andauernd gestörten, knackenden Radio; sie wußte ganz genau, wie unzureichend es war, mit diesen mickrigen, kleinen Lautsprechern, die von High Fidelity noch meilenweit entfernt waren.

Sie machte sich auf Iras Ich-hab's-dir-ja-Gesagt gefaßt. Aber Ira schien noch immer ganz von dem Apparat in Anspruch genommen. Das war nett von ihm.

»Ich glaube, dann habe ich mich geirrt«, sagte sie schließlich.

»Das glaube ich auch«, sagte Fiona.

Und Leroy sagte: »Verheiratet!«, ließ ein leises, belustigtes Zischen vernehmen und wackelte mit den Zehen. Auf jedem Zehennagel erkannte Maggie winzige Sprenkel von rotem Nagellack, der schon fast ganz abgeblättert war.

»Wer war denn der Glückliche?« fragte Fiona.

»Das hast du nicht gesagt«, antwortete Maggie.

»Was denn: ich kam einfach in die Sendung und verkündete meine Verlobung?«

»Es war eine Talk-Show, bei der die Hörer anrufen konnten«, sagte Maggie. Sie sprach langsam; sie war dabei, ihre Gedanken neu zu ordnen. Auf einmal heiratete Fiona nun doch nicht. Es bestand also immer noch eine Chance! Die Sache konnte ins Lot gebracht werden! Aber unlogischerweise meinte Maggie immer noch, die Hochzeit sei wirklich geplant gewesen, und wunderte sich jetzt

204

über die Wankelmütigkeit dieses Mädchens. »Die Leute riefen an und unterhielten sich mit dem Moderator über ihre Ehe«, erklärte sie.

Fiona runzelte ihre bleichen Augenbrauen, als überlegte sie, ob sie vielleicht doch zu den Anrufern gehört hatte.

Sie war so hübsch, und Leroy war so liebenswert eigensinnig und ungewöhnlich; Maggie spürte, wie sie die beiden mit durstigen Augen in sich aufsog. Es war wie ganz früher mit ihren eigenen Kindern, als jedes Fältchen am Hals, jedes Grübchen an den Fingerknöcheln sie zum Träumen bringen konnte. Da, sieh doch, Fionas Haar, es glänzte wie diese gekräuselten Bänder, mit denen Geschenke eingepackt wurden! Sieh doch, die netten Goldknöpfchen in Leroys Ohrläppchen!

In das Gitterrost des Apparates hinein fragte Ira: »Ist dieses Ding hier wirklich gut?« Seine Stimme klang blechern.

»Soviel ich weiß, ja«, sagte Fiona.

»Einigermaßen energiesparend?«

Sie hob beide Hände, die Innenflächen nach oben. »Da bin ich überfragt.«

»Wieviel Wärmeeinheiten gibt es denn her?«

»Mom benutzt es im Winter, um sich die Füße zu wärmen«, sagte Fiona. »Ehrlich gesagt, ich habe mich nie darum gekümmert.«

Ira lehnte sich noch weiter vor, um das Schildchen auf der Rückseite zu lesen.

Maggie wollte das Thema wechseln. Sie sagte: »Wie geht es denn deiner Mutter, Fiona?«

»Ach, der geht es gut. Sie ist gerade einkaufen.«

»Wunderbar«, sagte Maggie. Wunderbar, daß es ihr gutgeht, hatte sie sagen wollen. Aber es war auch wunderbar, daß Fionas Mutter unterwegs war. Sie sagte: »Und du siehst auch sehr gut aus. Du trägst dein Haar jetzt ein bißchen voller, nicht wahr?«

»Es ist gewellt«, sagte Fiona. »Ich benutze so eine spezielle Brennschere; weißt du, breiteres Haar macht schlanker.«

»Schlanker! Du brauchst doch nicht schlanker zu werden.«

»Aber sicher! Sieben Pfund habe ich vergangenen Sommer zugenommen.«

205

»Ach, das kann doch nicht sein. Also du bist doch bloß ein –«
Bloß ein Strich, wollte sie sagen; oder bloß ein Stengel. Aber sie
geriet durcheinander und brachte die beiden Wörter zusammen:
»Du bist doch bloß ein Strengel!«
Fiona warf ihr einen harten Blick zu; kein Wunder, es hatte ein
bißchen beleidigend geklungen. »Bloß Haut und Knochen, wollte
ich sagen«, erklärte Maggie und unterdrückte ein Kichern. Jetzt
fiel ihr wieder ein, wie brüchig ihr Verhältnis zueinander gewesen
war, wie gereizt und abwehrend Fiona sich oft verhalten hatte.
Maggie faltete die Hände und stellte ihre Füße auf dem grünen
Teppich sorgfältig nebeneinander.
Fiona heiratete also nun doch nicht.
»Wie geht es Daisy?« fragte Fiona.
»Der geht es gut.«
Leroy fragte: »Daisy und wie weiter?«
»Daisy Moran«, sagte Fiona. Ohne weitere Erläuterung wendete
sie sich wieder Maggie zu. »Auch schon erwachsen jetzt, schätze
ich.«
»Daisy ist deine Tante. Die kleine Schwester von deinem Daddy«,
sagte Maggie zu Leroy, und zu Fiona gewandt: »Ja, morgen geht sie
aufs College.«
»Aufs College! Na, war immer schon ein kluges Köpfchen.«
»Ach, nein ... Aber es stimmt, sie hat ein volles Stipendium be-
kommen.«
»Die liebe kleine Daisy«, sagte Fiona. »Sieh mal an!«
Ira war mit dem Apparat nun endlich fertig. Er kam auf den
Couchtisch zu. Die Frisbee-Scheibe lag auf einem Stoß Comic-
Hefte. Er nahm sie und untersuchte sie noch einmal ganz genau.
Maggie warf ihm einen verstohlenen Blick zu. Er hatte noch im-
mer nicht gesagt: »Ich hab's dir ja gesagt«, statt dessen glaubte sie
etwas von Großmut und Nachsicht in der Art, wie er sich hielt, zu
erkennen.
»Wißt ihr, ich gehe jetzt auch zur Schule, gewissermaßen«, sagte
Fiona.
»Ach? Auf was für eine Schule denn?«
»Ich studiere Elektrolyse.«

»Aber, das ist ja herrlich«, sagte Maggie.

Wenn sie doch nur diesen überdrehten Tonfall abschütteln könnte. Er schien zu einem ganz anderen Menschen zu gehören – einer ältlichen, matronenhaften, süßlichen Frau, die alles anstaunte und von allem entzückt war.

»Der Schönheitssalon, wo ich als Shampoo-Mädchen arbeite, zahlt mir den Kurs«, sagte Fiona. »Sie wollen selbst jemanden haben, der amtlich geprüft ist und diese Sache machen kann. Sie sagen, ich würde bestimmt einen Haufen Geld verdienen.«

»Das ist ja ganz herrlich!« sagte Maggie. »Dann kannst du ja vielleicht bald ausziehen und dir selbst etwas suchen.«

Und dich von der anmaßenden Großmutter befreien, dachte Maggie bei sich. Aber Fiona warf ihr nur einen verständnislosen Blick zu.

Leroy sagte: »Zeig ihnen dein Übungsgerät, Ma.«

»Ja, zeig doch mal«, sagte Maggie.

»Ach, das wollt ihr doch bestimmt nicht sehen«, sagte Fiona.

»Aber gewiß doch. Nicht wahr, Ira?«

Ira sagte: »Hmm? Ach so, ja, unbedingt.« Er hielt die Frisbee-Scheibe waagerecht hoch, wie ein Teebrett, und versetzte sie nachdenklich in Drehung.

»Na gut, einen Moment«, sagte Fiona, stand auf und ging aus dem Zimmer. Ihre Sandalen schlappten leise über den Holzfußboden im Korridor.

»Sie hängen ein Schild in das Schaufenster des Schönheitssalons«, sagte Leroy zu Maggie. »Von einem Maler gemalt, mit Ma's Namen.«

»Also, das ist doch was!«

»Es ist eine richtige Wissenschaft, sagt Ma. Man braucht ausgebildete Fachleute, die einem beibringen, wie es geht.«

Leroy machte ein stolzes, triumphierendes Gesicht. Maggie widerstand dem Drang, sich hinunterzubeugen und ihr die Hände auf die schmalen Knie zu legen.

Fiona kam mit einem rechteckigen gelben Küchenschwamm und einem kurzen Metallstab von der Größe eines Kugelschreibers zurück. »Erst proben wir mit einem Übungsinstrument«, sagte sie.

Sie ließ sich auf der Couch neben Maggie nieder. »Wir sollen trainieren, den richtigen Winkel zu treffen, er muß genau stimmen.« Sie legte den Schwamm vor sich in den Schoß und nahm den Stab zwischen die Finger. An seiner Spitze war eine Nadel, wie Maggie jetzt sah. Aus irgendeinem Grund hatte sie immer geglaubt, Elektrolyse sei etwas, na ja, worüber man eigentlich nicht sprach, aber Fiona war so sehr bei der Sache und so geschickt, wie sie da auf eine der Poren des Schwammes lossteuerte und die Nadel in einer genau festgelegten Neigung hineinführte; das alles beeindruckte Maggie sehr. Sie sah, daß dies ein Gebiet war, wo es auf Fachkönnen ankam – vielleicht so ähnlich wie bei der Zahnhygiene. Fiona sagte: »Wir zielen in den Haarbalg, siehst du, vorsichtig, vorsichtig...«, und dann sagte sie: »Hoppla!« und hob den Handballen ein wenig. »Wenn das ein richtiger Mensch wäre, hätte ich mich jetzt gerade auf seinen Augapfel gestützt«, erklärte sie. Und zu dem Schwamm sagte sie: »Verzeihung, meine Dame, ich wollte Ihnen nicht weh tun.« Ein gefleckter schwarzer Schriftzug war auf den Schwamm gedruckt: STABLER'S DUNKELBIER. HERGESTELLT AUS BERGQUELLWASSER.

Ira stand jetzt über ihnen, die Frisbee-Scheibe baumelte an einem Finger. Er fragte: »Stellt die Schule den Schwamm?«

»Ja, er ist in der Teilnahmegebühr inbegriffen«, sagte Fiona.

»Die bekommen sie bestimmt umsonst«, überlegte Ira. »Mit freundlichen Empfehlungen von Stabler's. Interessant.«

»Stabler's? Jedenfalls üben wir zuerst mit einem Modell und dann mit dem richtigen Ding. Wir Schüler probieren es alle aneinander aus: Augenbrauen, Schnurrbart und so was. Das Mädchen, das meine Partnerin ist, will, daß ich ihre Bikini-Kante mache.«

Ira dachte einen Augenblick darüber nach und zog sich dann hastig zurück.

»Du weißt doch, bei diesen schmal geschnittenen Badeanzügen heutzutage sieht man alles, was du hast«, sagte Fiona zu Maggie.

»Ja, das wird langsam unmöglich!« rief Maggie. »Ich behalte einfach meinen alten, bis sich die Mode ändert.«

Ira räusperte sich und sagte: »Leroy, wie wäre es mit einem Frisbee-Spiel.«

Leroy sah zu ihm hoch.

»Ich könnte dir zeigen, wie du sie dahin bekommst, wo du sie hinhaben willst«, fügte er hinzu.

Sie brauchte so lange zu ihrem Entschluß, daß es Maggie einen Stich versetzte, Iras wegen, aber schließlich sagte Leroy: »Also gut« und stand vom Boden auf. »Erzähl von dem Schild, das ein Maler malen soll«, sagte sie noch zu Fiona. Dann ging sie hinter Ira aus dem Zimmer. Bevor die Fliegentür ins Schloß fiel, machte sie ein Geräusch wie ein Akkord auf der Mundharmonika. So.

Zum erstenmal war Maggie mit Fiona wieder allein, seit diesem scheußlichen Morgen. Ausnahmsweise waren sie einmal ohne den hemmenden Einfluß von Ira und die feindselige, argwöhnische Gegenwart von Mrs. Stuckey. Maggie rückte auf der Couch nach vorn. Sie schloß ihre Hände fest zusammen; die Knie schob sie vertraulich in Fionas Richtung.

»Auf dem Schild soll stehen FIONA MORAN«, sagte Fiona, »GEPRÜFTE ELEKTROLOGISTIN. SCHMERZLOSE ENTFERNUNG VON LÄSTIGEM HAAR.«

»Ich kann gar nicht erwarten, es zu sehen«, sagte Maggie.

Sie dachte über diesen Namen nach: Moran. Wenn Fiona Jesse wirklich haßte, hätte sie dann jahrelang diesen Namen behalten?

»Im Radio«, sagte sie, »hast du dem Mann erzählt, du würdest aus Sicherheit heiraten.«

»Maggie, ich schwöre dir, der Sender, den ich höre, ist —«

»WXLR«, sagte Maggie. »Ja, ich weiß. Aber irgendwie habe ich mir in den Kopf gesetzt, daß du es warst, und da...«

Sie beobachtete, wie Fiona den Schwamm und die Nadel in den Aschenbecher legte, der wie ein Ruderboot aussah.

»Na ja«, sagte sie. »Egal, wer da angerufen hat, sie sagte jedenfalls, beim ersten Mal hätte sie aus Liebe geheiratet und es hätte nicht funktioniert. Deshalb gehe es ihr diesmal bloß um Sicherheit.«

»So eine komische Tante«, sagte Fiona. »Wenn die Ehe sie schon so geschlaucht hat, als sie den Typ liebte, wie wird es da erst sein, wenn sie ihn nicht liebt?«

»Eben!« sagte Maggie. »Oh, Fiona, ich bin so froh, daß du es nicht warst!«

»Du meine Güte, ich habe nicht mal einen festen Freund«, sagte
Fiona.
»Nicht?«
Maggie fand die Formulierung allerdings ein wenig besorgniserre-
gend. Sie sagte: »Heißt das ..., daß du jemand hast, der nicht fest
ist?«
»Ich komme kaum dazu, mich zu verabreden«, sagte Fiona.
»Ach! Das ist aber schade«, sagte Maggie. Sie machte ein mitfüh-
lendes Gesicht.
»Dieser eine Typ? Mark Derby? Mit dem bin ich ungefähr drei
Monate gegangen, aber dann gab es Streit. Ich hatte mir seinen
Wagen geliehen und ihm eine Beule reingefahren, das war der
Grund. Dabei war ich gar nicht schuld. Ich wollte nach links abbiegen, als diese Teenys von hinten kamen und mich links überholten. Da bin ich natürlich mit ihnen zusammengerasselt. Und
dann waren die so frech und haben behauptet, es hätte an mir gelegen; sie behaupteten, ich hätte den rechten Blinker eingeschaltet
gehabt und nicht den linken.«
»Also, wer sich über so etwas aufregt, mit dem wirst du dich doch
nicht mehr verabreden wollen«, sagte Maggie zu ihr.
»Ich sagte: ›Ich hatte den linken Blinker an. Meinst du, ich könnte
rechts und links nicht unterscheiden?‹«
»Selbstverständlich kannst du das«, sagte Maggie beschwichtigend. Sie hob ihre linke Hand und schaltete einen imaginären
Blinker ein, um es auszuprobieren. »Ja, links ist runter, und rechts
ist ... aber vielleicht ist es nicht bei allen Automodellen dasselbe.«
»Doch, es ist überall genau dasselbe«, sagte Fiona. »Soviel ich
weiß, jedenfalls.«
»Dann war es vielleicht der Scheibenwischer«, sagte Maggie.
»Das habe ich schon oft gemacht: die Scheibenwischer eingeschaltet, statt den Blinker.«
Fiona überlegte. Dann sagte sie: »Nein, denn *etwas* hat ja ge-
blinkt. Sonst hätten sie nicht gesagt, ich hätte nach rechts ge-
blinkt.«
»Einmal war ich mit meinen Gedanken ganz woanders, ich will

den Blinker schalten und erwische die Gangschaltung«, sagte Maggie. Sie fing an zu lachen. »Mit neunzig Sachen unterwegs, und dann in den Rückwärtsgang. Oh, Gott.« Sie zog die Mundwinkel wieder nach unten und besann sich. »Also«, sagte sie zu Fiona, »ich würde sagen, ohne diesen Mann stehst du dich besser.«

»Was für einen Mann? Ach so, Mark«, sagte Fiona. »Ja, also wir waren nicht verliebt oder so was. Ich ging nur mit ihm aus, weil er mich gefragt hatte. Außerdem ist meine Mutter mit seiner Mutter befreundet. Er hat eine sehr nette Mutter; eine Frau mit so einem lieben Gesicht, die ein bißchen stottert. Ich finde immer, Stottern ist ein Zeichen von Aufrichtigkeit, oder?«

Maggie sagte: »Ja, da-da-das stimmt.«

Es dauerte eine Sekunde, bis Fiona begriff. Dann lachte sie. »Ach, du witzige Nudel«, sagte sie und klopfte Maggie auf das Handgelenk. »Ich hatte vergessen, was du für eine Nudel bist.«

»Ist denn jetzt Schluß damit?« fragte Maggie.

»Womit?«

»Ich meine … mit Mark Derby. Angenommen, er würde dich noch mal fragen, ob du mit ihm ausgehst?«

»Kommt nicht in Frage«, sagte Fiona. »Der und sein kostbarer Subaru; kommt gar nicht in Frage, daß ich mit dem noch mal ausgehe.«

»Das ist sehr klug von dir«, sagte Maggie.

»Ach. Ich muß verrückt gewesen sein.«

»*Er* war verrückt, daß er dich nicht zu schätzen wußte«, sagte Maggie.

Fiona sagte: »He, wie wär's mit einem Bier.«

»O ja, sehr gern.«

Fiona sprang auf, zog ihre Shorts glatt und ging aus dem Zimmer. Maggie sank tiefer in die Couch und lauschte den Geräuschen, die von draußen durch das Fenster drangen – ein Wagen, der vorbeisauste, und Leroy heiseres Lachen. Wenn dies ihr Haus wäre, überlegte sie, würde sie dieses ganze Durcheinander aus dem Weg schaffen. Von der Platte des Couchtischs war nichts zu sehen, und auf den Schichten von Sofakissen saß es sich überhaupt nicht bequem.

»Wir haben bloß Bud Light – ist das in Ordnung?« fragte Fiona, als sie zurückkam. Sie trug zwei Bierdosen und eine Tüte Kartoffelchips.

»Ja, wunderbar; ich mache gerade eine Diät«, sagte Maggie.

Sie nahm eine Dose und zog den Verschluß auf, während sich Fiona neben sie auf die Couch setzte. »*Ich* sollte mal eine Diät machen«, sagte sie und riß die Zellophantüte auf. »Diesen Happen für Zwischendurch kann ich einfach nicht widerstehen.«

»Bei mir ist es genauso«, sagte Maggie. Sie nahm einen Schluck von ihrem Bier. Es schmeckte frisch und bitter; Erinnerungen begannen zu strömen, ähnlich wie beim Duft eines ganz bestimmten Parfums. Seit wann hatte sie kein Bier mehr getrunken? Vielleicht seit Leroy ein Baby gewesen war. Damals hatte sie (daran erinnerte sie sich jetzt, während sie die Kartoffelchips mit einer Geste zurückwies) manchmal sogar zwei oder drei Dosen an einem Tag getrunken, hatte Fiona Gesellschaft geleistet, denn es hieß, Bier sei gut für ihre Milchbildung. Heute würde man darüber wahrscheinlich die Stirn runzeln, aber damals waren sie sich pflichtbewußt und tugendhaft vorgekommen, während sie schlückchenweise ihre Miller High Life tranken und das Baby schläfrig vor sich hin nuckelte. Fiona sagte immer, sie könne spüren, wie das Bier direkt in ihre Brüste schießt. Sie und Maggie fingen an zu trinken, wenn Maggie von der Arbeit nach Hause kam – am Nachmittag, nur sie beide. Dabei wurden sie ganz warm und zutraulich miteinander. Wenn Maggie dann an die Vorbereitungen für das Abendessen ging, fühlte sie sich, oh, nicht betrunken oder so etwas, aber erfüllt von Optimismus, und später bei Tisch war sie vielleicht ein bißchen gesprächiger als sonst. Aber es war nicht so, daß es den anderen aufgefallen wäre. Außer Daisy vielleicht. »Also, Ma. Ehrlich!« sagte Daisy dann. Aber das sagte sie immer. Seltsam, genau wie Maggies Mutter. »Ehrlich, Maggie.« Irgendwann spät nachmittags war sie einmal vorbeigekommen und hatte Maggie erwischt, wie sie auf der Couch lag und ein Bier auf dem Zwerchfell balancierte, während Fiona neben ihr dem Baby »*Dust in the Wind*« vorsang. »Wie könnt ihr euch nur so gehenlassen«, hatte Mrs. Daley gefragt, und als Maggie sich umsah, hatte sie es sich plötzlich auch gefragt. Die billigen, aufgeschlagenen Zeitschriften, die überall herumlagen, die Plastikwindeln, die Schwiegertochter, die im Haus wohnte – es sah wirklich ziemlich heruntergekommen aus. Wie war das geschehen?

»Ich frage mich, ob Claudine und Peter je geheiratet haben«, sagte Maggie jetzt und nahm noch einen Schluck Bier.

»Claudine? Peter?« fragte Fiona.

»In dieser Familienserie, die wir immer gesehen haben. Weißt du noch? Seine Schwester versuchte immer, sie auseinanderzubringen.«

»Gott, ja. Natascha. Das war eine gemeine Frau«, sagte Fiona. Sie griff tief in die Tüte mit Kartoffelchips.

»Sie hatten sich gerade verlobt, als du uns verlassen hast«, sagte Maggie. »Sie hatten eine ganz große Party geplant, und dann bekam Natascha Wind von der Sache – weißt du noch?«

»Irgendwie sah sie diesem Mädchen ähnlich, das ich in der Grundschule nie leiden konnte«, sagte Fiona.

»Und dann hast du uns verlassen«, sagte Maggie.

Fiona sagte: »Übrigens, wo du gerade davon sprichst, am Ende ist es ihr wohl doch nicht gelungen, die beiden auseinanderzubringen, weil sie ein paar Jahre später dieses Baby bekamen, das dann von einer verrückt gewordenen Stewardess entführt wurde.«

»Zuerst konnte ich gar nicht glauben, daß du wirklich weggegangen warst, für immer«, sagte Maggie. »Monatelang habe ich immer, wenn ich nach Hause kam, den Fernseher eingeschaltet, um mitzubekommen, wie es mit Claudine und Peter weiterging, damit ich dir, wenn du zurückgekommen wärst, erzählen könnte, was du verpaßt hattest.«

»Na ja«, sagte Fiona. Sie stellte ihr Bier auf den Couchtisch.

»Albern von mir, nicht? Egal, wohin du gehen würdest – ein Fernseher wäre bestimmt immer in der Nähe. Schließlich bist du ja nicht in die Wildnis gegangen. Aber ich weiß nicht; vielleicht wollte ich auch selbst sehen, wie die Geschichte weiterging, damit wir nachher, wenn du zurückgekommen wärst, so weitermachen könnten wie vorher. Ich war fest überzeugt, daß du zurückkommen würdest.«

»Na ja, also. Vorbei ist vorbei«, sagte Fiona.

»Nein, das ist es nicht! Alle Leute reden so, aber was vorbei ist, ist nie vorbei; nicht ganz«, sagte Maggie zu ihr. »Fiona, wir reden hier über eine Ehe. Ihr beide hattet so viel investiert; da steckte so viel Kraft und Anstrengung drin. Und eines Tages habt ihr euch über irgend etwas gestritten, nicht schlimmer als sonst, und da bist du einfach gegangen. Einfach so! Zuckst mit den Achseln und gehst davon! Wie konnte das passieren?«

»Es ist eben passiert, fertig«, sagte Fiona. »Herrjemine! *Müssen* wir diese Sachen immer wieder aufwärmen?« Sie griff nach ihrer Bierdose, legte den Kopf weit zurück und trank. Maggie sah, daß sie an jedem Finger Ringe trug – manche aus einfachem Silber, manche mit Türkis besetzt. Das war neu. Aber ihre Nägel waren noch immer mit dem Perlrosa lackiert, das anscheinend immer ihre besondere Farbe gewesen war und das Maggie sofort an Fiona erinnerte, wenn sie es irgendwo zu Gesicht bekam.

Maggie drehte ihre Dose gedankenvoll in der Hand und warf dabei verstohlene Blick auf Fiona.

»Ich möchte wissen, was Leroy macht«, sagte Fiona.

Noch eine Ausflucht. Es war offenkundig, was Leroy machte; sie war draußen vor dem Fenster. »Du mußt ihr ein bißchen mehr Dreh geben«, sagte Ira gerade, und Leroy rief: »Paß auf, jetzt kommt ein Hammer!«

»Im Radio hast du gesagt, deine erste Ehe sei wirkliche, wahre Liebe gewesen«, sagte Maggie zu Fiona.

»Hör mal. Wie oft soll ich dir noch –«

»Ja, ja«, beeilte sich Maggie, »das warst nicht du; ich verstehe. Aber trotzdem, etwas von dem, was das Mädchen im Radio sagte . . . ich meine, es war, als würde sie nicht bloß für sich sprechen. Es war, als würde sie über etwas sprechen, das alle Welt so macht. ›Nächsten Samstag heirate ich aus Sicherheit‹, sagte sie, und da kam es mir auf einmal so vor, als würde die ganze Welt vertrocknen und einschrumpfen, ganz klein und verkniffen werden. Ich fühlte mich plötzlich – ich weiß nicht – so hoffnungslos. Fiona, vielleicht sollte ich es nicht sagen, aber im letzten Frühjahr brachte Jesse so eine junge Frau, die er kennengelernt hatte, zum

Abendessen mit – oh, nichts Wichtiges! keine, die wichtig war! –, und ich dachte im stillen: Na ja, sie ist ja gut und schön, nehme ich an, aber doch nicht das, worum es geht. Weißt du, sie ist nur die zweitbeste, dachte ich. Wir finden uns einfach zu schnell ab. Oh, warum gibt sich jeder mit weniger zufrieden? habe ich mir überlegt. Und das gleiche Gefühl habe ich bei wie-heißt-er-noch-mal – Mark Derby. Warum verabredest du dich mit jemandem, bloß weil er dich fragt, wenn ihr, du und Jesse, einander so sehr liebt?«

»Nennst du das Liebe, wenn er diese Anwaltspapiere ohne ein Wort unterschreibt und zurückschickt und sich nicht einmal zum Schein dagegen sträubt?« fragte Fiona. »Wenn er mit seinem Unterhaltsscheck zwei oder drei oder gar vier Monate im Rückstand ist und ihn dann ohne jeden Brief und wortlos schickt, nicht mal mein ganzer Name auf dem Umschlag, sondern nur F. Moran?«

»Ach, das ist reiner Stolz, Fiona. Ihr beide seid irgendwie zu –«

»Und wenn er seine Tochter seit ihrem fünften Geburtstag nicht mehr gesehen hat? Erkläre das mal einem Kind! ›Ach, er ist einfach bloß stolz, Leroy, Liebling –‹«

»Seit ihrem fünften Geburtstag?« fragte Maggie.

»Immer fragt sie sich, wieso andere Kinder Väter haben. Sogar die Kinder, deren Eltern geschieden sind – die sehen ihre Väter zumindest an den Wochenenden.«

»Er hat sie an ihrem fünften Geburtstag besucht?« fragte Maggie.

»Nun sieh dir das an! Er hat es dir nicht mal erzählt.«

»Was denn: Ist er einfach vorbeigekommen? Oder wie?«

»Er ist aus heiterem Himmel hier aufgetaucht, den Wagen bis unters Dach vollgestopft mit den unpassendsten Geschenken, die man sich vorstellen kann«, sagte Fiona. »Stofftiere und Puppen, und ein Teddybär, der so groß war, daß er ihn wie einen Menschen auf dem Vordersitz anschnallen mußte, weil er nicht durch die hintere Tür paßte. Für ein Kind war er viel zu groß zum Schmusen, und dabei hätte Leroy es gar nicht gewollt. Sie ist keine von denen, die andauernd schmusen. Sie ist eher sportlich. Er hätte ihr Sportgeräte mitbringen sollen; er hätte – «

»Aber Fiona, wie sollte er das denn wissen?« fragte Maggie. Etwas in ihrem Inneren begann zu schmerzen; der Gedanke an ihren

215

Sohn bekümmerte sie, wie er da mit seiner Wagenladung verschrobener Geschenke anrückt, für die er seinen letzten Penny ausgegeben haben mußte, denn, weiß Gott, er stand nicht gut da. Sie sagte: »Immerhin hat er es gut gemeint. Er hat es sich nur nicht überlegt.«

»Natürlich hat er es sich nicht überlegt! Er hatte nicht die blasseste Ahnung; das letzte Mal, als er zu Besuch kam, war sie noch ein Baby. Und da kommt er nun mit dieser Puppe an, die trinkt und trockengelegt werden muß und ›Mama‹ schreit, und als er Leroy in ihrer Latzhose sieht, bleibt er wie angewurzelt stehen; man sieht es ihm an, daß sie ihm nicht gefällt. Er sagt: ›Wer ist denn das?‹ Er sagt: ›Aber sie ist so –‹ Dabei hatte ich sie ganz schnell von der Nachbarin holen müssen, ich hatte ihr unterwegs auf der Straße das Haar glatt gestrichen und hatte ihr gesagt: ›Steck dein Hemd in die Hose, Süße. Komm, ich leih dir meine Haarspange‹, und Leroy hielt still, was sie sonst nie tut, das kannst du mir glauben. Und als ich die Spange befestigt hatte, sagte ich: ›Stell dich mal gerade hin, laß dich ansehen‹, und sie stellte sich gerade hin und fuhr sich mit der Zunge über die Lippen und sagte: ›Bin ich so in Ordnung? Oder nicht?‹ Und ich sagte: ›Du siehst gut aus, Süße‹, und dann geht sie ins Haus, und Jesse sagt: ›Aber sie ist so –‹«

»Er war überrascht, daß sie so groß geworden war, das ist alles«, meinte Maggie.

»Ich hätte heulen können ihretwegen«, sagte Fiona.

»Ja«, sagte Maggie sanft. Sie wußte, wie das ist.

Fiona sagte: »›Wie ist sie denn, Jesse?‹ frage ich ihn. ›Wie ist sie denn? Wie kommst du dazu, hier hereinzuplatzen und mir zu erzählen, sie sei irgendwie oder irgendwas, wo du uns seit letztem Dezember keinen Scheck mehr geschickt hast? Und statt dessen verschwendest du dein Geld für diesen Mist, diesen Schrott‹, sage ich zu ihm, ›für diese Babypuppe mit ihrem blöden Hundegesicht; die einzige Puppe, an der Leroy wirklich hängt, ist G.I. Joe.‹«

»Oh, Fiona«, sagte Maggie.

»Ja, was hat er denn erwartet?«

»Oh, wieso passiert das bloß immer wieder zwischen euch? Er liebt dich, Fiona. Er liebt euch beide. Er ist nur der ungeschickteste Mensch der Welt, wenn es darum geht, das auch zu zeigen. Wenn du wüßtest, was es ihn gekostet haben muß, diese Fahrt zu machen! Ich kann dir gar nicht sagen, wie oft ich ihn danach gefragt habe. Ich habe ihm gesagt: ›Hast du vor, deine Tochter einfach so wegdriften zu lassen, hinaus aus deinem Leben? So wird es nämlich kommen, Jesse; das prophezeie ich dir‹, und er sagte: ›Nein, aber ich... aber ich kann mir nicht vorstellen, wie ... ich will nicht einer von diesen künstlichen Vätern sein, mit diesen eifrigen Besuchen im Zoo und danach Essen und Quatschen bei McDonald's.‹ Und ich sagte: ›Na ja, immer noch besser als gar nichts, oder?‹, und er sagte: ›Nein, es ist nicht besser als gar nichts. Überhaupt nicht. Und was verstehst *du* überhaupt davon?‹ – wie er so redet, du kennst ihn ja, wenn er wütend ist, aber wenn man ihm dann in die Augen sieht, erkennt man darunter diese dunklen Ringe, die er immer bekam, wenn er als kleiner Kerl versuchte, seine Tränen zu unterdrücken.«

Fiona zog den Kopf ein. Sie fing an, mit einem Finger auf der Kante ihrer Bierdose herumzufahren.

»An Leroys erstem Geburtstag«, erzählte Maggie, »hatte er sich ganz darauf eingestellt, euch zusammen mit uns zu besuchen, ich habe es dir damals erzählt. Ich sagte: ›Jesse, ich bin sicher, es würde Fiona viel bedeuten, wenn du kommst‹, und er sagte: ›Na, vielleicht komme ich mit. Ja‹, sagte er, ›ich könnte das machen, schätze ich‹, und dann hat er mich fünfzigmal gefragt, über was für Geschenke sich ein einjähriges Baby freuen würde. Nachher ging er den ganzen Samstag einkaufen und kam schließlich mit einer von diesen Dosen mit unterschiedlich geformten Löchern im Deckel zurück, durch die man verschiedene Formen hineinsortieren kann, aber am Montag nach der Arbeit tauschte er sie wieder um, gegen ein Lamm aus Wolle, weil es nicht so aussehen sollte, als wolle er sie intellektuell fordern oder so etwas. ›Ich will nicht wie Oma Daley sein, die immer mit diesen pädagogischen Spielsachen ankommt‹, sagte er, und dann am Donnerstag – Leroys Geburtstag fiel in dem Jahr auf einen Freitag, weißt du noch? – fragte er mich, wie du deine Einladung formuliert hättest. ›Ich meine‹, sagte er, ›klang es für dich so, als würde sie erwarten, daß ich das

Wochenende über dableibe? Dann könnte ich mir vielleicht den Bus von Dave leihen und würde unabhängig von dir und Daddy fahren.‹ Und ich sagte: ›Also, das könntest du ruhig tun, Jesse. Ja, was für eine gute Idee; warum nicht?‹ Er sagte: ›Aber was hat sie denn genau gesagt, das möchte ich wissen‹, und ich antwortete: ›Oh, ich weiß nicht mehr‹, und er: ›Denk nach.‹ Ich sagte: ›Also, eigentlich ... hm, also eigentlich hat sie es gar nicht gesagt, Jesse, nicht direkt‹, und er sagte: ›Moment mal. Du hast mir doch eben erzählt, sie hätte gesagt, es würde ihr viel bedeuten, wenn ich käme.‹ Ich sagte: ›Nein, *ich* habe das gesagt, aber ich weiß, daß es stimmt. Ich weiß, daß es ihr sehr viel bedeuten würde.‹ Er sagte: ›Was ist denn nun? Du hast mir klipp und klar gesagt, Fiona hätte das gesagt.‹ Ich erwiderte: ›Das habe ich nie gesagt! Soviel ich weiß jedenfalls nicht; höchstens vielleicht irrtümlich –‹ Er sagte: ›Soll das heißen, daß sie gar nicht nach mir gefragt hat?‹ – ›Na ja, ich weiß einfach, sie hätte es getan‹, sagte ich zu ihm, ›wenn ihr beide nicht so verdammt stur auf eure Würde pochen würdet. Jesse, ich weiß einfach, sie wollte –‹ Aber da war er schon weg. Hatte die Tür hinter sich zugeschlagen und war verschwunden, kam den ganzen Donnerstagabend nicht zurück, und am Freitag mußten wir ohne ihn losfahren. Ich war so enttäuscht.«

»*Du* warst enttäuscht!« sagte Fiona. »Du hattest versprochen, du würdest ihn mitbringen. Ich habe gewartet, ich habe mich schick gemacht, ich war im Schönheitssalon, und dann biegt ihr in die Einfahrt ein, und er ist nicht dabei.«

»Ich habe es ihm erzählt, als wir heimkamen«, sagte Maggie. »Ich sagte zu ihm: ›Wir haben getan, was wir konnten, Jesse, aber Fiona hat sich nicht unseretwegen schön gemacht, da kannst du sicher sein. Das war deinetwegen, und du hättest ihr Gesicht sehen sollen, als du nicht aus dem Wagen gestiegen bist.‹«

Fiona schlug mit der flachen Hand auf ein Sofakissen. Sie sagte: »Ich hätte mir denken können, daß du es so drehen würdest.«

»Was drehen?«

»Na, mich vor Jesse so hinzustellen, als wäre ich auf sein Mitleid angewiesen.«

»Das habe ich gar nicht. Ich habe bloß gesagt –«

»Er hat mich dann nämlich angerufen. Ich wußte, daß er deshalb anruft. Er sagt: ›Fiona? Liebling?‹ Ich habe es seiner Stimme angehört, daß ich ihm leid tat. Ich wußte, was du ihm erzählt haben mußtest. Ich sage: ›Was willst du? Rufst du aus einem bestimmten Grund an?‹ Er sagt: ›Nein, hm, eigentlich nicht...‹ Ich sage: ›Na, also dann verschwendest du dein Geld, oder?‹ und lege auf.«

»Fiona, um Gottes willen«, sagte Maggie. »Ist dir denn nie in den Sinn gekommen, daß er dich vielleicht anruft, weil du ihm fehlst?«

Fiona sagte nur: »Ha!« und nahm noch einen Schluck Bier.

»Ich wollte, du hättest ihn sehen können, wie ich ihn sah«, sagte Maggie. »Nachdem du gegangen warst, meine ich. Er war ein Wrack! Völlig kaputt. Sein liebster Besitz war deine Schildpattseifendose.«

»Was?«

»Erinnerst du dich nicht an deine Seifendose, die mit dem Schildpattdeckel?«

»Doch, ja.«

»Manchmal öffnete er sie und sog den Duft davon ein«, sagte Maggie. »Ich habe ihn gesehen! Bestimmt! An dem Tag, an dem du weggegangen bist, abends. Ich fand Jesse im Schlafzimmer, er hatte die Nase ganz tief in deine Seifendose gesteckt und die Augen geschlossen.«

»Also, jetzt hör aber mal!«

»Ich glaube, er hat meinen Geruchssinn geerbt«, sagte Maggie.

»Meinst du diese kleine Plastikdose? Die, in der ich meine Gesichtsseife aufgehoben habe?«

»Als er mich sah, versteckte er sie hinter seinem Rücken«, erzählte Maggie. »Es war ihm peinlich, daß ich ihn überrascht hatte. Du weißt doch, er spielt immer gern den Mir-kann-Keiner. Aber ein paar Tage später, als deine Schwester kam und deine Sachen holen wollte, da konnte ich deine Seifendose nirgendwo finden. Sie packte deinen Kosmetikkoffer, da fiel es mir wieder ein, und ich sagte: ›Mal sehen, hier irgendwo muß doch...‹, aber die Seifendose war wie verschwunden. Und Jesse konnte ich nicht fragen, weil er weggegangen war, sobald deine Schwester hereingekom-

219

men war, also fing ich an, die Schubfächer an seinem Schreibtisch aufzuziehen, und da fand ich sie, in der Schublade mit seinen Schätzen, die er niemals wegwirft – seine alten Baseball-Eintrittskarten und die Zeitungsausschnitte über seine Band. Aber ich habe sie deiner Schwester nicht gegeben. Ich habe die Schublade einfach wieder geschlossen. Übrigens, ich glaube, er hat diese Seifendose bis heute aufgehoben, Fiona, und du kannst mir nicht erzählen, er hätte es getan, weil du ihm leid tust. Er will sich an dich erinnern. Er geht nach dem Geruch, genau wie ich; der Geruch ist das, was ihm einen Menschen am plastischsten in Erinnerung ruft.«

Fiona blickte auf ihre Bierdose herunter. Dieser Lidschatten war seltsam attraktiv, wie Maggie jetzt auffiel. Er gab ihren Augenlidern die zarte Röte von Pfirsichen.

»Sieht er immer noch genauso aus?« fragte Fiona schließlich.

»Genauso?«

»Siehst er noch so aus wie früher?«

»Ja, schon.«

Fiona stieß einen deutlich hörbaren Seufzer aus.

Für einen Augenblick trat Stille ein, in die Leroy hineinrief: »Verflixt! Daneben.« Ein Auto fuhr vorüber und zog ein flatterndes Band Country Music hinter sich her. *I've had some bad times, lived through some sad times*...

»Weißt du«, sagte Fiona, »es gibt Nächte, da wache ich auf und denke: Wieso ist am Ende alles so verwickelt gewesen? Es ging doch so wunderbar einfach los. Er war einfach dieser Junge, in den ich mich verknallt hatte und dem ich überall, wo seine Band spielte, nachlief, und alles war völlig unkompliziert. Als er mich zu Anfang nicht bemerkte, da habe ich ihm ein Telegramm geschickt, hat er dir das jemals erzählt? *Fiona Stuckey würde gerne mit dir zum Deep Creek Lake fahren*, das stand drin, weil ich wußte, daß er mit seinen Freunden eine Tour dahin plante. Und dann nahm er mich mit, und dort hat alles angefangen. War das nicht unkompliziert? Aber dann, ich weiß nicht, dann verwickelte und verknotete sich alles irgendwie, und ich weiß nicht mal genau, wie es passierte. Manchmal denke ich: Mensch, vielleicht sollte ich einfach noch mal ein Telegramm loslassen. *Jesse*, würde ich schreiben, *ich liebe dich noch sehr, und ich glaube, daran ändert sich auch nichts mehr.* Er bräuchte nicht mal zu antworten; er soll es bloß wissen. Oder ich bin unten in Baltimore bei meiner Schwester und denke: Warum gehe ich nicht mal vorbei und besuche ihn? Einfach auf ihn zugehen? Einfach mal sehen, was passiert?«

»Oh, das solltest du tun«, sagte Maggie.

»Aber er würde sagen, ›Was machst denn *du* hier?‹ Oder so etwas Ähnliches. Ich meine, es steht von vornherein fest, daß es schiefgeht. Alles würde bloß wieder von vorne anfangen.«

»O Fiona, ist es nicht an der Zeit, daß jemand diesen Kreislauf durchbricht?« fragte Maggie. »Nimm wirklich mal an, er würde so reden, was ich gar nicht glaube. Könntest du nicht ein einziges Mal fest bleiben und sagen: ›Ich bin hier, weil ich dich sehen will, Jesse‹? Einfach einen Schnitt durch dieses ganze Hickhack, die verletzten Gefühle und Mißverständnisse machen und sagen: ›Ich bin hier, weil du mir gefehlt hast. So ist das!‹«

»Tja, vielleicht sollte ich es machen«, sagte Fiona langsam.

»Natürlich solltest du.«

»Vielleicht sollte ich mit euch zurückfahren.«

»Mit uns?«

»Oder vielleicht doch nicht.«

»Meinst du... heute nachmittag?«

»Nein, lieber nicht; was rede ich denn da? O Gott. Ich wußte, ich darf tagsüber nichts trinken; davon wird mir immer so flau im Kopf –«

»Aber das ist eine wunderbare Idee!« sagte Maggie.

»Na ja, wenn Leroy mitkäme, zum Beispiel; wenn wir bloß einen kleinen Besuch machten. Wir würden eben euch beide besuchen, nicht Jesse. Schließlich seid ihr Leroys Großeltern, nicht? Das wäre doch ganz natürlich, oder? Und übernachten könnte ich dann bei meiner Schwester –«

»Nein, nicht bei deiner Schwester. Warum denn? Wir haben reichlich Platz im Haus.«

Draußen hörte man ein Knirschen auf dem Kies – das Geräusch

eines Wagens, der auf das Haus zurollte. Maggie wurde starr, aber Fiona schien es gar nicht zu hören. »Und morgen könnten wir nach dem Mittagessen den Greyhound-Bus nehmen«, sagte sie, »oder, mal überlegen, spätestens so gegen halb vier. Übermorgen muß ich wieder arbeiten, und Leroy muß zur Schule –«

Eine Wagentür wurde krachend zugeschlagen. Eine hohe, vorwurfsvolle Stimme rief: »Leroy?«

Fiona richtete sich auf. »Mom«, sagte sie und sah beklommen drein.

Die Stimme sagte: »Wer ist denn da bei dir, Leroy?« Und dann: »Ach. Mr. Moran.«

Was Ira antwortete, konnte Maggie nicht verstehen. Durch die Jalousien drang nur ein kurzes Brummeln.

»Du meine Güte!« sagte Mrs. Stuckey. »Na, das ist doch . . .« dieses oder das.

»Es ist Mom«, sagte Fiona zu Maggie.

»Oh, wie nett; dann können wir ja auch ihr Guten Tag sagen«, meinte Maggie unfroh.

»Die bekommt einen Anfall.«

»Einen Anfall?«

»Sie würde mich umbringen, wenn ich euch besuche.«

Maggie gefiel der ungewisse Klang dieser Formulierung nicht.

Die Fliegentür ging auf, und herein stapfte Mrs. Stuckey – eine Frau mit grauen, struppigen Haaren in einem zerknitterten Strandkleid. Sie schleppte zwei beigebraune Einkaufstüten, und zwischen ihren farblosen, gesprungenen Lippen hing eine Zigarette. Oh, Maggie hatte nie verstanden, daß diese Frau eine Tochter wie Fiona haben konnte – die zierliche Fiona. Mrs. Stuckey stellte die Tüten mitten auf den Teppich. Auch jetzt blickte sie noch nicht auf. »Also wenn ich eins nicht ausstehen kann«, sagte sie und nahm ihre Zigarette aus dem Mund, »dann sind es diese neumodischen Einkaufstüten mit den Griffen, die einem in die Finger schneiden.«

»Wie geht es Ihnen, Mrs. Stuckey?« fragte Maggie.

»Und dann kippen sie auch noch im Kofferraum um, und alles fällt raus«, sagte Mrs. Stuckey. »Mir geht es gut, soviel ich weiß.«

»Wir sind nur auf einen Sprung vorbeigekommen«, sagte Maggie.
»Wir mußten zu einer Beerdigung in Deer Lick.«

»Hmm«, murmelte Mrs. Stuckey. Sie nahm einen Zug von ihrer
Zigarette. Sie hielt sie wie einen Fremdkörper zwischen Daumen
und Zeigefinger. Auch wenn sie es direkt darauf angelegt hätte,
hätte sie kein unvorteilhafteres Kleid wählen können. Es ließ ihre
teigigen, mit Flecken übersäten Oberarme ganz frei.

Maggie wartete darauf, daß Fiona die Fahrt nach Baltimore zur
Sprache bringen würde, aber Fiona spielte mit ihrem größten Tür-
kisring herum. Sie schob ihn über das erste Fingergelenk, drehte
ihn und schob ihn wieder herunter. Also mußte Maggie es auf sich
nehmen. Sie sagte: »Ich habe versucht, Fiona zu einem Besuch bei
uns zu überreden.«

»Na, das wird ja wohl nichts«, sagte Mrs. Stuckey.

Maggie sah zu Fiona hinüber. Fiona spielte noch immer mit ihrem
Ring.

»Sie überlegt sich, ob sie es vielleicht macht«, sagte Maggie
schließlich.

Mrs. Stuckey ging auf Distanz zu ihrer Zigarette und musterte
finster die lange Aschensäule an der Spitze. Dann drückte sie die
Zigarette in dem Ruderboot aus, gefährlich nah neben dem gelben
Schwamm. Ein Rauchschwaden schlängelte sich auf Maggie zu.

»Ich und Leroy könnten doch übers Wochenende hinfahren«,
sagte Fiona zaghaft.

»Wie bitte?«

»Über das Wochenende.«

Mrs. Stuckey bückte sich nach den Einkaufstüten und begann mit
leicht eingeknickten Knien, so daß die Arme für ihren Körper zu
lang wirkten, aus dem Zimmer zu waten. An der Tür sagte sie:
»Lieber würde ich dich im Grab liegen sehen.«

»Aber Mom!«

Fiona war jetzt aufgestanden und folgte ihr in den Gang. Sie sagte:
»Mom, das Wochenende ist sowieso schon halb vorbei. Es geht
doch bloß um eine einzige Nacht! Eine Nacht im Haus von Leroys
Großeltern.«

»Und Jesse Moran ist wohl nicht zufällig in der Nähe, wie?« sagte

Mrs. Stuckey in der Ferne. Dann ein Poltern – vermutlich hatte sie die Einkaufstüten auf einen Tisch gewuchtet.

»Ach, Jesse ist vielleicht unterwegs, aber –«

»Jaa, jaa«, sagte Mrs. Stuckey und atmete heftig aus.

»Und wenn er da wäre? Findest du nicht, daß Leroy ihren Daddy ruhig kennen sollte?«

Mrs. Stuckeys Antwort hierauf war nur ein Murmeln, aber Maggie verstand sie deutlich. »Wer Jesse Moran zum Daddy hat, der sollte ihn möglichst schnell vergessen.«

Also! Maggie spürte, wie ihr Hitze ins Gesicht stieg. Im ersten Augenblick wollte sie in die Küche marschieren und Mrs. Stuckey kräftig die Meinung sagen. »Hören Sie mal«, würde sie sagen. »Glauben Sie vielleicht, ich hätte Ihre Tochter nicht auch manchmal verflucht? Sie hat meinem Sohn sehr, sehr weh getan. Es gab Augenblicke, da hätte ich ihr den Hals umdrehen können, aber haben Sie mich je ein Wort gegen sie sagen hören?«

Sie richtete sich auch auf, mit einem plötzlichen, heftigen Ruck, so daß die Sofafedern quietschten, aber dann hielt sie inne. Sie strich ihr Kleid vorne glatt. Und mit dieser Geste glätteten sich auch ihre Gedanken, und statt in die Küche zu stürmen, griff sie nach ihrer Handtasche und machte sich mit zusammengepreßten Lippen auf die Suche nach einer Toilette. Lieber Gott, laß die Toilette nicht auf der anderen Seite der Küche liegen. Nein, da war sie – die offene Tür am Ende des Gangs. Sie erkannte es an dem wäßrigen Grün eines Duschvorhangs.

Nachdem sie die Toilette benutzt hatte, trat sie ans Waschbecken und betupfte sich die Wangen mit kaltem Wasser. Sie beugte sich näher zum Spiegel. Ja, sie machte ganz entschieden einen erhitzten Eindruck. Sie würde sich in acht nehmen müssen. Sie hatte nicht einmal das eine Bier ausgetrunken, aber es kam ihr so vor, als spüre sie schon die Wirkung. Dabei kam jetzt alles darauf an, die Karten richtig auszuspielen.

Zum Beispiel, was Jesse anging. Sie hatte es Fiona gegenüber zwar nicht erwähnt, aber Jesse wohnte in einer eigenen Wohnung am Stadtrand, und deshalb konnten sie sich nicht darauf verlassen, daß er zufällig vorbeikommen würde, während Fiona zu Besuch

224

war. Er mußte ausdrücklich eingeladen werden. Maggie hoffte, daß er noch keine anderen Pläne hatte. Samstag: das konnte Schwierigkeiten geben. Sie sah auf ihre Uhr. Es war gut möglich, daß er am Samstagabend mit seiner Band singen oder einfach mit seinen Freunden ausgehen würde. Manchmal verabredete er sich auch mit einer Frau – niemand Wichtiges, aber trotzdem...

Sie drückte die Spülung, glitt dann im Schutze dieses Geräuschs aus der Toilette und öffnete die Tür nebenan. Das mußte Leroys Zimmer sein. Überall lagen schmutzige Kleider und Comic-Hefte herum. Sie schloß die Tür wieder und versuchte die gegenüber. Aha, ein Erwachsenenschlafzimmer. Eine ordentliche weiße Tagesdecke und ein Telefon auf dem Nachttischchen.

»Nach allem, was du getan hast, um dich von ihm loszumachen, willst du jetzt wieder zu diesem Burschen zurück, du wirst dich wieder genauso von ihm einwickeln lassen wie immer«, sagte Mrs. Stuckey, während sie mit Konservendosen herumknallte.

»Wer sagt denn, daß ich mich einwickeln lasse? Es ist doch bloß ein Wochenendbesuch.«

»Der läßt dich Männchen machen, genau wie früher.«

»Mom, ich bin fünfundzwanzig Jahre alt. Ich bin kein grünes Ding mehr wie früher.«

Lautlos schloß Maggie die Tür hinter sich, ging hinüber und griff zum Hörer. O je, keine Drucktasten. Sie zuckte jedesmal zusammen, wenn sich die Wählscheibe mit geräuschvollem Schnarren zum Anschlagpunkt zurückdrehte. Aber die Stimmen in der Küche unterhielten sich weiter. Sie entspannte sich und drückte den Hörer an ihr Ohr.

Es klingelte einmal. Zweimal.

Gut, daß Jesse heute arbeitete. Denn in den letzten Wochen hatte das Telefon in Jesses Wohnung nicht richtig geklingelt. Er konnte andere Leute anrufen, bekam aber nie mit, wenn jemand ihn sprechen wollte. »Warum läßt du es nicht reparieren? Oder kaufst dir ein neues; die sind heutzutage spottbillig«, hatte Maggie gesagt, aber er hatte geantwortet: »Ach, ich weiß nicht, irgendwie ist es Klasse so. Jedesmal, wenn ich an dem Telefon vorbeikomme, nehme ich aufs Geratewohl den Hörer ab und sage: ›Hallo?‹ Schon

zweimal habe ich wirklich jemanden am anderen Ende gehabt.«
Maggie mußte lächeln, wenn sie jetzt daran dachte. Jesse hatte so
etwas ... ach, so etwas *Glückliches* an sich. Er war irgendwie be-
günstigt, so fröhlich und munter drauflos.

»Chick's Moto-Shop«, sagte ein Junge.

»Könnte ich Jesse sprechen, bitte.«

Der Hörer am anderen Ende polterte unsanft auf eine harte Unterlage. »Jess!« rief der Junge und entfernte sich. Dann trat Stille ein,
sie war hinterlegt mit dem Sirren der Ferne.

Natürlich war das Diebstahl, wenn man es genau nahm – ein
fremdes Telefon benutzen, um Ferngespräche zu führen. Vielleicht sollte sie ein paar Münzen auf dem Nachttischchen liegen
lassen. Oder würde das als Beleidigung aufgefaßt? Mrs. Stuckey
konnte man nichts recht machen.

Jesse sagte: »Hallo.«

»Jesse?«

»Ma?«

Er hatte die Stimme von Ira, nur viele Jahre jünger.

»Jesse, ich kann nicht lange sprechen«, flüsterte sie.

»Was ist? Sprich lauter, ich kann dich kaum verstehen.«

»Ich kann nicht«, sagte sie.

»Was?«

Sie umschloß das untere Ende des Hörers mit ihrer freien Hand.
»Ich hatte mir überlegt ...«, sagte sie. »Meinst du, du könntest
heute abend zum Essen kommen?«

»Heute abend? Also, eigentlich wollte ich –«

»Es ist wichtig«, sagte sie.

»Wieso denn?«

»Es ist einfach so«, sagte sie und versuchte, Zeit zu gewinnen.

Sie mußte sich jetzt entscheiden. Sie konnte so tun, als sei es wegen Daisy, weil Daisy wegging. (Das würde wahrscheinlich funktionieren. Denn trotz ihrer Streitereien in der Kindheit mochte er
Daisy sehr gern und hatte sie erst letzte Woche gefragt, ob er ihn
vergessen werde, wenn sie nun wegging.) Oder sie sagte ihm die
Wahrheit und brachte damit möglicherweise wieder eine dieser
lächerlichen Szenen in Gang.

Aber hatte sie nicht eben selbst gesagt, es sei Zeit, durch all das einen Schnitt zu machen?

Sie holte tief Luft und sagte: »Fiona und Leroy kommen zum Dinner.«

»Wie bitte?«

»Du, leg nicht auf! Sag nicht nein! Du hast nur diese eine Tochter!« rief sie hastig.

Und blickte dann ängstlich zur Tür, aus Furcht, sie habe zu laut gesprochen.

»Also, jetzt mal langsam, Ma«, sagte Jesse.

»Wir sind hier oben in Pennsylvania«, sagte sie ruhiger, »waren bei einer Beerdigung. Max Gill ist gestorben – ich weiß nicht, ob Daisy es dir erzählt hat. Und da wir nun schon in der Gegend waren... und Fiona hat mir ausdrücklich gesagt, daß sie dich sehr gern sehen würde.«

»Oh, Ma. Ist das jetzt wieder so wie die anderen Male?«

»Was für andere Male?«

»Als du mir gesagt hast, sie hätte angerufen, und ich dir geglaubt und sie zurückgerufen habe –«

»Aber sie hatte wirklich angerufen! Ich schwöre es!«

»Irgend jemand hatte angerufen, aber du konntest nicht wissen, wer es war. Ein anonymer Anruf. *Das* hattest du mir nicht erzählt, nicht wahr?«

Maggie sagte: »Das Telefon klingelte, ich nahm ab. Ich sagte: ›Hallo?‹ Keine Antwort. Es war ein paar Monate, nachdem sie weggegangen war; wer hätte es denn sonst sein sollen? Ich sagte: ›Fiona?‹ Sie legte auf. Wenn es nicht Fiona war, warum hätte sie dann auflegen sollen?«

»Aber mir hast du nur erzählt: ›Jesse, Fiona hat heute angerufen‹, und ich breche mir fast den Hals, um ans Telefon zu kommen, und mache mich vollkommen lächerlich. Ich sage: ›Fiona? Was wolltest du denn?‹, und sie sagt: ›Mit wem spreche ich, bitte?‹ Ich sage: ›Verdammt, Fiona, du weißt ganz genau, daß ich es bin, Jesse‹, und sie sagt: ›Also rede nicht in dieser Sprache mit mir, Jesse Moran‹, und ich sage: ›Also, jetzt hör mal. Darf ich dich daran erinnern, daß nicht ich *dich* angerufen habe?‹, und sie sagt: ›Aber du hast mich doch angerufen, Jesse, ich hab dich doch hier am Apparat, oder etwa nicht?‹, und ich sage: ›Verdammt noch mal –‹«

»Jesse«, erwiderte Maggie, »Fiona sagt, manchmal überlegt sie, ob sie dir noch mal ein Telegramm schicken soll.«

»Ein Telegramm?«

»So wie das erste. Du erinnerst dich doch an das erste.«

»Ja«, sagte Jesse. »Ich erinnere mich.«

»Du hast mir nie davon erzählt. Aber jedenfalls«, beeilte sie sich fortzufahren, »in diesem Telegramm würde stehen *Jesse, ich liebe dich noch sehr, und ich glaube, daran ändert sich auch nichts mehr.*«

Es verging ein Augenblick.

Dann sagte er: »Du kannst es einfach nicht lassen, wie?«

»Glaubst du, ich hätte mir das ausgedacht?«

»Wenn sie es wirklich schicken wollte, was hat sie denn davon abgehalten?« fragte er. »Warum habe ich es nie bekommen, hm?«

»Wie hätte ich mir das ausdenken sollen, wo ich nicht mal von dem ersten wußte, Jesse? Beantworte mir das mal! Und ich zitiere sie ganz genau; ausnahmsweise kann ich dir genau sagen, wie sie es ausgedrückt hat. Ich weiß es, weil es einer von diesen unbeabsichtigten Reimen war. Du weißt doch, wie sich Wörter manchmal reimen können, ohne daß man es gewollt hat. Es ist paradox, denn wenn man es wollte, dann müßte man sich tagelang den Kopf zerbrechen und spezielle Wörterbücher durchsehen...«

Sie plapperte daher, was ihr gerade einfiel, damit Jesse Zeit hatte, sich eine Antwort zu überlegen. Gab es irgend jemand, der mehr Angst davor hatte, sein Gesicht zu verlieren, als Jesse? Außer Fiona natürlich.

Dann glaubte sie, in seinem Schweigen einen anderen Ton zu hören – einen Wechsel von plattem Unglauben zu etwas weniger Sicherem. Sie verstummte. Sie wartete.

»Wenn ich tatsächlich vorbeikäme«, sagte er schließlich, »um wieviel Uhr würdest du das Essen anrichten?«

»Machst du es, Jesse? Kommst du? Oh, Jesse, ich bin so froh! Sagen wir, halb sieben«, sagte sie. »Tschüs!« und legte auf, bevor er in eine andere, widerstrebendere Phase überwechseln konnte.

Einen Augenblick blieb sie neben dem Bett stehen. Vorne im Garten rief Ira: »Wau, das war's!«

Sie nahm ihre Handtasche und verließ das Zimmer.

Fiona kniete im Gang und wühlte auf dem Boden eines Wandschranks herum. Sie zog ein paar Galoschen hervor und warf sie beiseite. Sie griff noch einmal hinein und zog eine Einkaufstasche aus Leinen hervor.

»Also, ich habe mit Jesse gesprochen«, sagte Maggie zu ihr.

Fiona erstarrte. Die Leinentasche hing in der Luft.

»Er freut sich wirklich, daß du kommst«, sagte Maggie.

»Hat er das gesagt?« fragte Fiona.

»Ja, gewiß.«

»Ich meine, ausdrücklich?«

Maggie schluckte. »Nein«, sagte sie, denn wenn hier ein Kreislauf unterbrochen und ein Schnitt gemacht werden mußte, dann spielte auch sie eine Rolle darin, das wußte sie sehr wohl. Sie sagte: »Er hat mir bloß gesagt, daß er zum Abendessen kommen würde. Aber es war nicht zu überhören, wie sehr er sich gefreut hat.«

Fiona betrachtete sie zweifelnd.

»Er sagte: ›Ich bin da!‹« versicherte ihr Maggie.

Schweigen.

»›Gleich nach der Arbeit bin ich da, Ma! Du kannst dich darauf verlassen!‹« sagte Maggie. »›Verdammt! Das möchte ich auf keinen Fall verpassen!‹«

»Na schön«, sagte Fiona endlich.

Sie zog den Reißverschluß an der Tasche auf.

»Wenn ich alleine führe, würde ich bloß eine Zahnbürste mitnehmen«, sagte sie zu Maggie. »Aber wenn man ein Kind hat, na, du weißt schon. Pyjamas, Comics, Märchenbücher, Malbücher für das Auto... und ihr Baseballhandschuh muß auch mit, ihr heißgeliebter Baseballhandschuh. Man weiß ja nie, ob sich nicht vielleicht ein Spiel organisieren läßt, sagt sie.«

»Nein, da hat sie recht, das weiß man nie«, sagte Maggie und lachte hell auf vor lauter Ausgelassenheit.

2

Wenn Ira wirklich erstaunt war, hatte er eine bestimmte Art, seine Miene einzufrieren. Da hatte Maggie nun befürchtet, er würde wütend werden, aber nein, er trat nur einen Schritt zurück und starrte sie an, während seine Miene gefror, hart und glatt wie aus Holz geschnitzt.

Er sagte: »Was ist mit Fiona?«

»Sie kommt zu Besuch«, erklärte Maggie. »Ist das nicht nett?«

Keine Reaktion.

»Beide, Fiona und Leroy«, fügte Maggie hinzu.

Immer noch keine Reaktion.

Vielleicht wäre es besser, wenn er wütend würde.

Sie ging an ihm vorüber, immerzu lächelnd. »Leroy, Liebling, deine Mutter will, daß du zu ihr kommst«, rief sie. »Du sollst ihr beim Packen helfen.«

Leroy ließ sich offenbar nicht so leicht aus der Fassung bringen wie Ira. Sie sagte: »Ah, okay« und gab der Frisbee-Scheibe einen gekonnten Dreh in Iras Richtung, bevor sie zum Haus hüpfte. Die Scheibe prallte von Iras linkem Knie ab und landete im Schmutz. Geistesabwesend sah er zu ihr herab.

»Wir hätten den Wagen saubermachen sollen«, sagte Maggie zu ihm. »Wenn ich gewußt hätte, daß wir heute noch so viele Fahrgäste haben würden...«

Sie ging zu dem Dodge hinüber. Der Wagen war jetzt von einem roten Maverick eingezwängt, der Mrs. Stuckey gehören mußte. Man konnte sehen, daß der Dodge in letzter Zeit eine ziemliche

230

Strecke gefahren war. Er sah mitgenommen und staubig aus. Sie öffnete eine Hintertür und schnalzte mit der Zunge. Ein Stapel von Büchern aus der Bibliothek machte sich auf der Hinterbank breit, und auch eine gehäkelte Jacke, nach der sie seit Tagen gefahndet hatte, lag dort ganz zerknautscht und zerknittert, ohne Zweifel, weil Mr. Otis darauf gesessen hatte. Der Boden war übersät mit Plastikverschlüssen von Getränkedosen. Sie griff in den Wagen, um die Bücher einzusammeln – dickleibige, bedeutende Romane von Dostojewski und Thomas Mann. Sie hatte sie sich unter einem Ansturm guter Vorsätze zu Beginn des Sommers ausgesucht und mußte sie nun ungelesen und mit erheblicher Überschreitung der Leihfrist zurückgeben. »Mach doch bitte mal den Kofferraum auf, ja?« sagte sie zu Ira.

Er ging langsam auf den Kofferraum zu und öffnete ihn, ohne daß sich sein Gesichtsausdruck veränderte. Sie packte die Bücher hinein und wollte die Bluse holen.

»Wie konnte das passieren?« fragte Ira sie.

»Naja, wir sprachen über ihre Seifendose, verstehst du, und da –«

»Worüber? Ich meine, es ging so schnell. So plötzlich. Ich lasse euch wegen einer kleinen Frisbee-Partie allein, und als nächstes tauchst du hier draußen mit einer Bierfahne und einem ganzen Schwung unerwarteter Übernachtungsgäste auf.«

»Also, Ira, ich dachte, du würdest dich freuen«, sagte sie. Sie faltete die Jacke und legte sie in den Kofferraum.

»Da müßt ihr beide ja, kaum daß ich die Tür hinter mir zugemacht hatte, gleich zur Sache gekommen sein«, sagte er. »Wie schaffst du das bloß?«

Maggie begann, die Getränkeverschlüsse vom Boden des Wagens aufzusammeln. »Du kannst den Kofferraum wieder zumachen«, sagte sie.

Sie trug eine Handvoll Verschlüsse hinter das Haus und warf sie in einen zerbeulten Mülleimer. Der Deckel gehörte gar nicht dazu, eine verknickte Blechkappe, die sie wieder schief auf den Eimer setzte. An der hölzernen Seitenwandung des Hauses waren Schimmelflecken zu sehen, und Rostzungen liefen von einem Öltank herab, der unter einem Fenster angebracht war.

»Wie lange werden sie denn bleiben?« fragte Ira, als sie zurückkam.

»Nur bis morgen.«

»Morgen müssen wir Daisy zum College fahren, hast du das vergessen?«

»Nein, habe ich nicht.«

»Aha«, sagte er. »Deine listigen Ränke: Jesse und Fiona zusam-
menbringen und dann allein lassen. Ich kenne dich, Maggie
Moran!«

»So gut kennst du mich nun auch wieder nicht«, sagte sie zu ihm.
Wenn der heutige Abend so verliefe, wie sie es erhoffte, würde sie
morgen keine Ränke mehr zu schmieden brauchen.

Sie öffnete auf ihrer Seite die vordere Wagentür und ließ sich in
den Sitz sinken. Hier drin war es stickig. Sie wischte mit dem
Saum ihres Rockes über die Oberlippe.

»Und wie bringen wir *ihm* das bei?« fragte Ira. »›Eine Überraschung, eine Überraschung für dich, Jesse-Junge! Hier ist deine Ex-
Frau, hier ist deine verlorene Tochter. Mach dir nichts draus, daß
ihr seit Jahren von Rechts wegen getrennt seid; *wir* haben beschlossen, daß ihr euch ab heute wieder zusammentut.‹«

»Also, damit du es weißt«, meinte sie, »ich habe ihm schon gesagt, daß sie kommen, und er kommt zum Abendessen zu uns.«

Ira bückte sich, um einen Blick zu ihr hineinzuwerfen: »Du hast
mit ihm gesprochen?«

»Jawohl.«

»Wie das?« fragte er.

»Am Telefon natürlich.«

»Du hast ihn angerufen? Eben gerade?«

»Jawohl.«

»Und er kommt zum Abendessen?«

»Jawohl.«

Er richtete sich wieder auf und lehnte sich an den Wagen. »Ich
kann's nicht fassen«, sagte er.

»Was denn?«

»Irgend etwas ist da zu einfach an dieser Sache.«

Sie konnte von ihm nur das mittlere Stück sehen – ein weißes

Hemd, das aussah, als wäre nichts darin, und das ihm aus dem Gürtel hing. Verbrannte er sich denn nicht? Dieses Blech mußte Hitze abstrahlen wie ein Bügeleisen. Obwohl die Luft jetzt kühler geworden war und die Sonne etwas weniger prall schien und sich anschickte, hinter ein Baumgekritzel in der Ferne zu sinken.

»Kummer macht mir bloß dieser Maverick«, sagte sie zu Iras Gürtelschnalle.

»Hmm?«

»Der Maverick von Mrs. Stuckey. Ich würde sie nicht gern bitten, ihn wegzusetzen, aber ich weiß nicht, ob wir Platz genug haben, um daran vorbeizukommen.«

Das packte ihn, wie sie vermutet hatte – eine Frage der Logistik. Er machte kehrt, ganz plötzlich; sie spürte, wie der Wagen schaukelte. Er schlenderte hinüber, um zu sehen, wie der Maverick stand, und Maggie legte den Kopf an den Sitz zurück und schloß die Augen.

Warum war Ira immer so gegen Jesse eingestellt? Warum hatte er immer diesen skeptischen Ton in der Stimme, wenn er von ihm sprach? Oh, Jesse war nicht vollkommen – weiß Gott nicht –, aber er hatte alle möglichen liebenswerten Eigenschaften. Er war so großzügig und herzlich. Und wenn er die Geduld verlor, nun, dann fand er sie auch bald wieder und schleppte Groll nie lange mit sich herum, was man von Ira nicht gerade behaupten konnte.

War es einfach der alte Neid – der Neid eines belasteten, beengten Mannes auf den, der seiner ganzen Veranlagung nach sorgenfrei war?

Als Jesse noch ein Baby war, sagte Ira immer: »Nimm ihn nicht jedesmal hoch, wenn er schreit. Fütter ihn nicht jedesmal, wenn er Hunger hat. Du verwöhnst ihn.«

»Ihn verwöhnen?« hatte Maggie gefragt. »Ist das denn Verwöhnen, ihn füttern, wenn er Hunger hat? So ein Unsinn.«

Aber sie klang überzeugter, als sie wirklich war. Verzog sie ihn vielleicht doch? Sie hatte hier zum erstenmal mit einem kleinen Kind zu tun. In ihrer Familie war sie die jüngste gewesen, und sie war nie weiter mit Babys in Berührung gekommen, wie es bei manchen ihrer Freundinnen gewesen war. Und dann war Jesse ein so rätselhaftes Baby – anfangs immerzu von Bauchweh geplagt, während nichts darauf schließen ließ, was für ein fröhlicher kleiner Junge einmal aus ihm werden sollte. Ohne ersichtlichen Grund waren mitten in der Nacht kleine, rotgesichtige Wutanfälle über ihn gekommen, und Maggie hatte ihn endlos lange herumtragen müssen. Um den Eßtisch hatte sie eine richtige Spur in den Teppich gelaufen. War es möglich, so fragte sie sich, daß dieses Baby sie einfach nicht leiden konnte? Wo stand geschrieben, daß ein Kind immer zu seinen Eltern paßte? Wenn man es recht überlegte, war es eigentlich erstaunlich, daß so viele Familien so gut zurechtkamen. Man konnte sich nur auf sein Glück verlassen – mit den richtigen Charaktergenen war es wie beim Würfelspiel. Und in Jesses Fall war es mit dem Glück vielleicht nicht so weit her gewesen. Es kam ihr vor, als würde er sich über seine Eltern ärgern. Sie waren ihm zu engstirnig, zu gesetzt, zu konservativ.

Einmal hatte Maggie einen schreienden Jesse durch den Gang in einem Autobus getragen und hatte plötzlich mit Staunen gespürt, wie er sich auf ihrem Arm entspannte. Er war still geworden, und sie hatte ihm ins Gesicht gesehen. Er blickte unverwandt nach einer auffällig gekleideten Blondine auf einem der Sitze. Er begann sie anzulächeln. Er streckte seine Arme aus. Sein Typ, endlich! Aber leider las die Blondine in einer Zeitschrift und würdigte ihn keines Blickes.

Und dann der Augenblick, als er die anderen Kinder entdeckte, die ihn allesamt augenblicklich liebgewannen – sofort war er auf der Straße und wurde zu Hause kaum noch gesichtet. Aber auch daran fand Ira etwas auszusetzen, denn Jesse verpaßte die festgesetzten Zeiten, vergaß, zum Abendessen zu erscheinen, vernachlässigte seine Hausaufgaben wegen eines improvisierten Basketballspiels in der Straße. Mister Flattermann nannte Ira ihn. Und Maggie mußte zugeben, daß der Name berechtigt war. Kamen denn manche Menschen einfach ohne die Fähigkeit zur Welt, einen Augenblick mit dem nächsten zu verbinden? Dann jedenfalls gehörte Jesse zu ihnen: Er glaubte einfach nicht an Konsequenzen, konnte nicht verstehen, daß andere ihm Dinge vorhielten, die schon Stunden, Tage oder gar eine ganze Woche zurücklagen. Es bestürzte ihn wirklich, daß jemand wegen irgend etwas zornig bleiben konnte, das er sofort wieder vergessen hatte.

Einmal, als er elf oder zwölf war, hatte er mit Maggie in der Küche seine Späße getrieben, hatte auf seinen Fanghandschuh eingehämmert und sie wegen ihrer Kochkünste aufgezogen. Da klingelte das Telefon, er nahm ab und sagte: »Häh? Mr. Bunch?« Mr. Bunch war sein Lehrer in der sechsten Klasse, deshalb nahm Maggie an, der Anruf sei für Jesse, und ging zurück an ihre Arbeit. Jesse sagte: »Häh?« Und dann: »Moment mal! Dafür kann *ich* doch nichts!« Dann knallte er den Hörer auf, und als Maggie zu ihm hinüberblickte, sah sie diese vielsagenden dunklen Ringe unter seinen Augen. »Jesse? Liebling? Was ist denn los?« hatte sie gefragt. »Nichts«, erwiderte er barsch und ging hinaus. Seinen Fängerhandschuh ließ er auf dem Tisch liegen, abgewetzt und tief eingebeult und merkwürdig lebendig. Durch die Küche ging ein Echo.

Aber keine zehn Minuten später sah sie ihn vorne im Garten, wie er zusammen mit Herbie Albright unter schallendem Gelächter durch die niedrigen Buchsbaumhecken brach, was sie ihm schon hundertmal verboten hatten.

Ja, es war sein Lachen, das ihr vor Augen trat, wenn sie an ihn dachte – die leuchtenden, tanzenden Augen, die schneeweißen Zähne, den Kopf zurückgeworfen, so daß das klare braune Profil seiner Kehle sichtbar wurde. (Aber warum erinnerte sich Maggie an das Lachen, während Ira immer die Wutanfälle einfielen?) In einer Familie, die kaum Kontakt zu anderen Menschen unterhielt, war Jesse in einem fast komisch wirkenden Maße gesellig und hatte jede Menge Freunde. Jeden Nachmittag brachte er Klassenkameraden aus der Schule mit nach Hause, und manchmal blieben sieben oder acht von ihnen übers Wochenende. Ihre Schlafsäcke nahmen den ganzen Platz auf dem Fußboden seines Zimmers ein, während ihre abgelegten Jacken und ihre Spielzeugrevolver und Teile von Flugzeugmodellen auf den Flur hinausquollen. Wenn Maggie sie morgens zum Pfannkuchenfrühstück weckte, hing ein wilder, moschusartiger Jungengeruch in der Tür, dann blinzelte sie, wich zurück und begab sich in die Sicherheit ihrer Küche zurück, wo die kleine Daisy, bis an die Zehenspitzen

235

in eine von Maggies Schürzen gehüllt, auf einem Stuhl stand und mit ernster Miene Eierkuchenteig rührte.

In einem Frühjahr begann er zu laufen und lief wie ein Verrückter, stürzte sich darauf, wie auf alles, für das er sich interessierte, gleichgültig, wie kurz die Begeisterung anhielt. Damals war er fünfzehn und hatte noch keinen Führerschein, deshalb bat er Maggie manchmal, ihn zu seiner Lieblingsbahn zu fahren, die mit Zedernholzspänen bedeckte Strecke der Ralston School, außerhalb der Stadt im Wald, in Baltimore County. Maggie wartete im Wagen auf ihn, las in einem Buch aus der Bibliothek und blickte von Zeit zu Zeit hoch, um zu sehen, wie er vorankam. Sie fand ihn immer sofort, auch wenn die Strecke mit Damen mittleren Alters in Trainingsanzügen und Schülern von Ralston in numerierten Uniformen überfüllt war. Jesse trug ramponierte Jeans und ein schwarzes T-Shirt mit abgetrennten Ärmeln, aber er war nicht nur an seiner Kleidung zu erkennen; es war sein unverwechselbarer Laufstil. Sein Schritt war weit und offen, als hielte er nichts in Reserve für den nächsten Sprung. Seine Beine flogen dahin, und seine Arme machten lange, gestreckte Bewegungen und packten mit vollen Händen nach der Luft vor ihm. Jedesmal, wenn Maggie ihn sah, schlug ihr das Herz vor Liebe ein wenig höher. Dann verschwand er an dem bewaldeten Ende der Strecke, und sie kehrte zu ihrem Buch zurück.

Aber eines Tages kam er nicht mehr aus dem Wald. Sie wartete, aber er tauchte nicht auf. Die anderen kamen, auch die langsamsten, auch die albern wirkenden Geher, die mit ihren Ellbogen pumpten wie Küken mit ihren Flügeln. Schließlich stieg sie aus, ging hinüber zur Laufbahn und hielt nach ihm Ausschau. Kein Jesse. Sie folgte der Krümmung des Ovals in den Wald hinein, ihre Arbeitsschuhe mit den Kreppsohlen sanken so tief in die Zedernspäne ein, daß sie die Anspannung ihrer Wadenmuskeln spürte. Die Leute stampften an ihr vorbei, drehten sich kurz nach ihr um, und immer sah es so aus, als würden sie ihr Gesicht hinter sich lassen. Zwischen den Bäumen links von ihr blitzte etwas Weißes. Es war ein Mädchen in einem weißen Hemd und Shorts, sie lag auf dem Rücken in den Blättern, und Jesse lag auf ihr. Er war vollkommen bekleidet, aber er lag direkt auf ihr, und das Mädchen hatte seine weißen Arme um seinen Hals geschlungen. »Jesse, ich muß bald nach Hause«, rief Maggie. Dann machte sie kehrt und ging zum Wagen zurück. Unscheinbar und unbeholfen kam sie sich dabei vor. Einen Augenblick später knirschten hinter ihr die Zedernspäne, Jesse überholte sie und rannte weiter, seine erstaunlich langen Turnschuhe landeten geschickt auf dem Boden, Plopplop, und seine muskulösen braunen Arme schaufelten durch die Luft.

Von nun an hieß es also Mädchen, Mädchen, Mädchen – eine lange Parade sich drängelnder Mädchen, alle blond und schlank und hübsch, mit weichen, unausgeprägten Gesichtern und adrett gekleidet. Sie riefen ihn an und schickten ihm Briefe, die nach Parfüm rochen, und manchmal standen sie einfach vor der Tür und behandelten Maggie mit einer Ehrerbietung, bei der sie sich ganz alt vorkam. Sie machten ihr lebhafte Komplimente – »Oh, Mrs. Moran, diese Bluse finde ich wunderbar!« – und hielten dabei hinter ihr Ausschau nach Jesse. Maggie mußte sich in acht nehmen, um nicht böse zu werden und ihnen den Zutritt zu verwehren. Wußte sie nicht sehr genau, wie verschlagen Mädchen sein konnten? Dem konnte ein Junge sich nicht entziehen! Aber dann kam Jesse angeschlendert, machte gar keine besondere Miene, wenn er sie sah, gab sich auch gar keine Mühe, sein T-Shirt strömte den Hefegeruch von frischem Schweiß aus, und sein Haar hing ihm in die Augen. Die Mädchen gerieten ins Taumeln vor Lebhaftigkeit, und Maggie merkte, daß sie es waren, die »sich nicht entziehen« konnten. Sie fühlte sich bekümmert und war gleichzeitig stolz. Sie schämte sich für diesen Stolz, und zum Ausgleich dafür war sie zu jedem Mädchen, das kam, ganz besonders freundlich. Manchmal war sie so nett, daß die Mädchen sie noch Monate später besuchten, nachdem Jesse sie längst hatte fallenlassen. Dann saßen sie in der Küche und führten vertrauliche Gespräche mit ihr, nicht bloß über Jesse, auch über andere Dinge, Probleme mit ihren Eltern und dergleichen. Maggie gefiel das. Meistens saß Daisy auch dabei, den Kopf über ihre Hausaufgaben gebeugt, und Maggie hatte das Gefühl, sie bildeten alle drei eine innige Gemeinschaft von Frauen, wie sie sie immer vermißt hatte, als sie mit ihren Brüdern groß geworden war.

Hatte um diese Zeit auch die Musik eingesetzt? Laute Musik mit einem hämmernden Takt. Eines Tages überflutete sie einfach das Haus, als hätte Jesse mit seinem Eintritt ins Jugendalter eine Tür aufgestoßen, durch die plötzlich Trommeln und elektrische Gitarren hereinströmten. Er brauchte nur kurz mit eingezogenem Kopf in die Küche zu kommen, um sich ein Sandwich zu holen – schon begann das Radio mit der eingebauten Uhr *Lyin' Eyes* zu plärren. Er brauchte nur hoch in sein Zimmer zu hasten, um seinen Fängerhandschuh zu holen, schon ertönte aus seiner Stereo-Anlage *Afternoon Delight*. Und selbstverständlich stellte er nie irgend etwas ab, so daß die Musik immer noch spielte, wenn er schon längst wieder aus dem Haus war. Vielleicht wollte er es so. Es war seine Unterschrift, der Fußabdruck, den er auf ihrem Leben zurückließ. »Ich bin jetzt draußen in der weiten Welt«, sagte er, »aber vergeßt mich nicht«, und da saßen sie, zwei schwerfällige Erwachsene und ein steifes kleines Mädchen, während *When Will I Be Loved* durch die Leere schrillte, die er hinter sich zurückgelassen hatte.

Dann gefiel ihm plötzlich nicht mehr, was seinen Klassenkameraden gefiel, und er behauptete, die Top Forty seien Zahnarztmusik, Musik für Aufzüge. (»Ach«, sagte Maggie traurig, denn ihr hatte diese Musik gefallen – zumindest manche Stücke.) Die Stücke, die nun durch das Haus gellten, hatten etwas Greinendes, Verschwommenes oder auch etwas richtig Übellauniges an sich, und sie wurden von finster dreinblickenden, wie Beatniks aussehenden Gruppen gesungen, die sich in Fetzen und Lumpen und Teile von Militäruniformen kleideten. (Mit der Zeit wanderten die alten Plattenalben nach unten und sammelten sich in dem Regal unter dem Hifi-Gerät im Wohnzimmer, und mit jeder neuen Phase bei Jesse wuchs Maggies Sammlung von ausgemusterten Platten, die sie manchmal heimlich spielte, wenn sie allein im Haus war.)

Dann fing er an, seine eigenen Songs zu schreiben, mit seltsam modernen Titeln wie *Microwave Quartet* und *Cassette Recorder Blues*. Manche sang er Maggie vor, wenn Ira nicht in der Nähe war.

Er hatte eine näselnde, ausdruckslose Art zu singen, die eher wie Sprechen war. In Maggies Ohren klang es sehr professionell, eigentlich genau wie das, was man im Radio hören konnte, doch sie war schließlich seine Mutter. Aber auch seine Freunde waren beeindruckt; sie wußte es. Sein Freund Don Burnham, dessen Cousin zweiten Grades um ein Haar als Roadie bei den Ramones angestellt worden wäre, sagte, Jesse sei gut genug, um selbst eine Gruppe auf die Beine zu stellen und vor Publikum zu singen.

Dieser Don Burnham war ein sehr netter, wohlerzogener Junge, der zu Beginn der elften Klasse an Jesses Schule gekommen war. Als Jesse ihn zum erstenmal mit nach Hause brachte, hatte Don mit Maggie Konversation getrieben (was bei Jungen in diesem Alter wirklich keine Selbstverständlichkeit war) und hatte sich von Daisy ihre Postkartensammlung mit Bildern aus den Hauptstädten aller amerikanischen Bundesstaaten zeigen lassen. »Wenn ich nächstes Mal komme«, hatte er Maggie ganz unvermittelt gesagt, »bringe ich Ihnen meine Sammlung von Doonesbury-Karikaturen aus der Zeitung mit.« Maggie hatte gesagt: »Oh, da bin ich aber gespannt.« Aber beim nächsten Mal brachte er seine akustische Gitarre mit, und Jesse sang ihm einen seiner Songs vor, während Don dazu klimperte. *Seems like this old world is on fast forward nowadays* ... Dann sagte Don zu Jesse, er solle vor Publikum singen, und von diesem Augenblick an (so schien es jedenfalls im Rückblick) war und blieb Jesse verschwunden.

Er gründete eine Gruppe namens »Spin the Cat« – er und ein paar ältere Jungen, die meisten von ihnen hatten die High School abgebrochen. Maggie hatte keine Ahnung, wie er an sie geraten war. Er fing an, sich wuchtiger zu kleiden, es sah nach Kampfanzug aus – schwarze Köperhemden, schwarze Jeans und knittrige Motorradstiefel. Zu allen möglichen Tages- und Nachtzeiten kam er nach Hause und roch nach Bier und Tabak oder, wer weiß, vielleicht sogar nach etwas Schlimmerem als Tabak. Bald hatte er ein Gefolge von Mädchen eines ganz neuen Typs, schneidiger, auffallender gekleidet, die nichts darauf gaben, sich bei Maggie einzuschmeicheln oder bei ihr in der Küche zu sitzen. Und im Frühling kam heraus, daß er schon eine ganze Zeitlang nicht am Unterricht in der Schule teilgenommen hatte und nicht in die letzte Klasse versetzt werden würde.

Mit siebzehneinhalb Jahren hatte er seine Zukunft weggeworfen, sagte Ira, bloß wegen eines einzigen Freundes. Es spielte keine Rolle, daß Don Burnham gar nicht zu Jesses Gruppe gehörte und selbst glatt in die letzte Klasse übergewechselt war. Aus Iras Sicht war der eine Ratschlag von Don ein Volltreffer gewesen, er hatte alles ausgelöst, und danach hatte sich das ganze Leben verändert. Don war so etwas wie ein Werkzeug der Vorsehung, ein Schicksalsbote. Aus Iras Sicht.

Reiß dich zusammen oder scher dich weg, hatte Ira zu Jesse gesagt. Er solle zusehen, daß er sich die fehlenden Noten in den Sommerkursen hole, oder er solle sich eine Stelle suchen und sich eine eigene Wohnung nehmen. Jesse sagte, er habe die Nase voll von der Schule. Liebend gern würde er sich eine Stelle suchen, sagte er, und könne es auch gar nicht erwarten, endlich in eine eigene Wohnung zu ziehen, wo er kommen und gehen könne, wann es ihm paßte, ohne daß ihm ständig jemand im Nacken säße. Ira sagte bloß: »Hoffentlich sind wir dich bald los«, und ging nach oben. Mit seinen Motorradstiefeln über die Veranda polternd, ging Jesse aus dem Haus. Maggie fing an zu weinen.

Wie hätte sich Ira in Jesse hineinversetzen können? Ira gehörte zu den Menschen, die tüchtig und tatkräftig auf die Welt kommen. Alles fiel ihm leicht. Er konnte sich gar nicht vorstellen, wie sich Jesse fühlte, wenn er jeden Morgen zur Schule trottete – die Schultern schon gegen die nächste Niederlage hochgezogen, den knittrigen Jackenkragen hochgeschlagen, die Hände tief in den Taschen. Wie es sein mußte, in Jesses Haut zu stecken! Eine vollkommen manierliche jüngere Schwester zu haben und dazu einen so nahtlosen, unfehlbaren Vater. Wirklich, seine einzige Stütze war seine Mutter, seine unbesonnene, tolpatschige Mutter, sagte Maggie zu sich. Es war einer ihrer gequälten, privaten Witze, aber sie meinte es trotzdem ernst. Und sie wünschte sich, er besäße mehr von ihren Eigenschaften. Zum Beispiel ihre Fähigkeit, in allen Dingen das Beste zu sehen. Ihr Geschick, zu akzeptieren, sich auf etwas einzustellen.

Aber nein. Schlitzäugig und argwöhnisch, ohne jeden Rest seiner alten Unbeschwertheit, durchstreifte Jesse die Stadt auf der Suche nach Arbeit. Er hoffte auf eine Stelle in einem Plattenladen. Er hatte nicht mal Taschengeld (zu jener Zeit spielte die Band von ihm noch umsonst – für »die Schau«, so drückten sie es aus) und mußte sich das Geld für den Bus von Maggie leihen. Jeden Tag kam er bedrückter nach Hause als am Tag zuvor, und jeden Abend gab es Streit zwischen ihm und Ira. »Wenn du dich zu deinen Vorstellungsgesprächen wie ein normaler Mensch anziehen würdest –«, sagte Ira zu ihm.

»Wo sie so viel auf das Äußere geben, will ich sowieso nicht arbeiten«, sagte Jesse.

»Prima, dann werd' doch gleich Kanalarbeiter, das ist der einzige Job, wo sie *keinen* Wert auf das Äußere legen.«

Dann ging Jesse wieder aus dem Haus und schlug die Tür hinter sich zu, aber wie flau alles wirkte, wenn er gegangen war! Wie seicht, wie freudlos! Quer durch das Wohnzimmer blickten Maggie und Ira einander an. Maggie gab Ira die Schuld; er sei zu streng. Ira gab Maggie die Schuld; sie sei zu sanft.

Tief in ihrem Inneren gab sich Maggie manchmal selbst die Schuld. Sie erkannte jetzt, daß ein ganz bestimmtes Motiv hinter jeder Entscheidung gestanden hatte, die sie als Mutter getroffen hatte: Die einfache Tatsache, daß ihre Kinder Kinder waren, jahrelang dazu verurteilt, sich ohnmächtig, verwirrt und eingezwängt vorzukommen, erfüllte sie mit so viel Mitleid, daß es ihr undenkbar erschien, ihnen weitere Härten zuzumuten. Bei ihnen konnte sie alles entschuldigen, ihnen konnte sie alles verzeihen. Vielleicht wäre sie eine bessere Mutter gewesen, wenn sie sich nicht so gut daran erinnert hätte, wie man sich als Kind fühlt.

Sie träumte, daß Jesse tot sei – daß er schon vor Jahren gestorben sei, schon damals, als er noch ein fröhlicher, zu jedem Streich aufgelegter kleiner Junge war, aber irgendwie hatte sie es nicht wahrgenommen. Im Traum schluchzte sie hemmungslos; nach einem solchen Verlust konnte man nicht weiterleben. Dann sah sie in der Menschenmenge an Deck (sie machte nämlich plötzlich eine Schiffsreise) einen Jungen, der Jesse ähnlich sah. Er stand bei seinen Eltern, die sie nie zuvor gesehen hatte. Er blickte zu ihr hinüber und sah dann schnell wieder weg. Sie rückte ein paar Zentimeter näher und tat so, als würde sie den Horizont studieren. Er war in einer anderen Familie wieder auferstanden; so erklärte sie es sich. Er war jetzt nicht ihr Junge, aber das machte nichts, sie würde wieder von vorn beginnen. Sie würde ihn zurückgewinnen. Sie bemerkte, daß seine Augen wieder auf ihr ruhten, und sie spürte, wie verwirrt er war, wie er sich halb an sie erinnerte und halb nicht; und sie wußte, im tiefsten Inneren bedeutete es, daß er und sie einander immer lieben würden.

Damals war Daisy neun Jahre alt oder fast neun – noch so sehr Kind, hätte man meinen sollen, daß Maggie mit ihr reichlich beschäftigt war. Aber zu eben diesem Zeitpunkt setzte sich auch Daisy in den Kopf, ihre eigenen Wege zu gehen. Immer war sie ihrem Alter ein bißchen voraus gewesen. Als sie noch ganz klein war, hatte Ira sie immer die »kleine Dame« genannt, weil sie so erwachsen und zurückhaltend wirkte, ihr kleines Gesicht ein Knoten von Entschiedenheit. Mit dreizehn Monaten hatte sie ihre Sauberkeitserziehung selbst begonnen. In der ersten Klasse hatte sie ihren Wecker so gestellt, daß sie eine Stunde früher als alle anderen im Haus geweckt wurde, und war jeden Morgen nach unten gegangen, um sich aus der frischen Wäsche das Richtige zusammenzusuchen. (Schon damals konnte sie besser bügeln als Maggie und wollte gern blitzsauber und in stimmigen Farben angezogen sein.) Und jetzt war sie anscheinend vorzeitig in die Phase geraten, in der die Außenwelt Vorrang vor der eigenen Familie erhält. Sie hatte vier sehr ernste, gleichgesinnte Freundinnen, darunter eine, Lavinia Murphy, deren Mutter einfach perfekt war. Die perfekte Mrs. Murphy führte den Vorsitz im Elternbeirat der Schule und beim Backbasar und hatte (da sie nicht berufstätig war) reichlich Zeit, die kleinen Mädchen zu allen möglichen kulturellen Veranstaltungen zu fahren, und sie gab wunderbare Nachthemdpartys für die Mädchen, mit Schatzsuchen. Das Frühjahr 1978 verbrachte Daisy praktisch bei den Murphys. Maggie kam von der Arbeit nach Hause und rief: »Daisy?«, fand jedoch nur ein stilles Haus und einen Zettel auf dem Bücherregal vorne im Flur.

Aber dann eines Nachmittags war es im Haus nicht still. Maggie konnte spüren, wie es verschwörerisch murmelte, sobald sie eingetreten war, und oben war Jesses Schlafzimmertür abgeschlossen. Sie klopfte. Nach einer Schreckpause rief Jesse: »Moment.« Sie hörte Rascheln und Getuschel. Als er herauskam, hatte er ein Mädchen im Schlepptau. Ihr langes blondes Haar war zerwühlt, und ihre Lippen sahen mitgenommen aus. Sie drückte sich mit niedergeschlagenen Augen an Maggie vorbei und ging hinter Jesse die Treppe hinunter. Maggie hörte, wie sich die Haustür öffnete; sie hörte, wie sich Jesse mit leiser Stimme verabschiedete. Als er wieder nach oben kam (nicht beschämt, er ging direkt auf Maggie zu), sagte sie zu ihm, die Mutter dieses Mädchens würde gewiß entsetzt sein, wenn sie erführe, daß ihre Tochter mit einem Jungen allein in dessen Schlafzimmer gewesen sei. Jesse sagte: »Ach nein, ihre Mom lebt irgendwo in Pennsylvania. Fiona wohnt bei ihrer Schwester, und der macht es nichts aus.«

»Aber mir«, sagte Maggie.

Jesse sagte dagegen nichts, und das Mädchen kam auch nicht mehr vorbei. Jedenfalls war nichts von ihr zu sehen, wenn Maggie jeden Tag von der Arbeit heimkehrte. Aber Maggie hatte so ein Gefühl; manches kam ihr jetzt seltsam vor. Ihr fiel auf, daß Jesse häufiger denn je fort war, daß er geistesabwesend zurückkehrte, daß die kurzen Zeiten, während der er sich zu Hause aufhielt, von langen privaten Gesprächen am Telefon im oberen Stock ausgefüllt wurden, und wenn Maggie zufällig den Hörer abnahm, war es immer die sanfte, fragende Stimme desselben Mädchens.

Schließlich fand er eine Stelle in einer Fabrik für Briefumschläge, irgend etwas im Versand, und fing an, nach einer Wohnung zu suchen. Die Schwierigkeit bestand bloß darin, daß die Mieten so hoch und sein Lohn so kümmerlich war. Gut so, sagte Ira. Da würde er vielleicht mitbekommen, wie es im Leben zuging. Maggie wünschte sich, Ira würde den Mund halten. »Mach dir keine Sorgen«, sagte sie zu Jesse. »Irgend etwas ergibt sich bestimmt.« Das war Ende Juni. Im Juli wohnte er noch immer zu Hause. Und an einem Mittwochabend im August paßte er Maggie ab, als sie allein in der Küche war, und teilte ihr ganz ruhig und unumwun-

243

den mit, er habe dieses Mädchen, das er kannte, anscheinend in Schwierigkeiten gebracht.

Im Raum wurde es seltsam still. Maggie wischte sich die Hände an der Schürze ab.

Sie sagte: »Ist es diese Fiona?«

Er nickte.

»Und jetzt?« fragte Maggie. Sie war genauso ruhig wie er; es überraschte sie selbst. Es war, als würde diese Sache jemand anderem widerfahren. Vielleicht hatte sie es unbewußt auch erwartet. Vielleicht war es etwas, das ohnehin auf sie zukam, wie ein Gletscher, der sich ihnen entgegenschob.

»Also«, sagte Jesse, »darüber möchte ich mit dir sprechen. Ich will nämlich nicht das gleiche, was sie will.«

»Was willst du denn?« fragte Maggie und glaubte, die Antwort zu kennen.

»Ich will, daß sie das Baby behält.«

Einen Moment lang begriff sie nicht. Schon das Wort »Baby« wirkte auf Jesses Lippen völlig deplaziert. Es wirkte auf eine schreckliche Weise fast kitschig. Sie sagte: »Sie soll es behalten?«

»Ich habe mir überlegt, ich suche jetzt eine Wohnung für uns drei.«

»Willst du denn heiraten?«

»Genau.«

»Aber du bist nicht mal achtzehn Jahre alt«, sagte Maggie. »Und ich wette, das Mädchen auch nicht. Ihr seid zu jung.«

»In zwei Wochen habe ich Geburtstag, Ma, und bei Fiona dauert es auch nicht mehr lange. Und sie kann die Schule sowieso nicht ausstehen; die halbe Zeit schwänzt sie und hängt mit mir herum. Außerdem, ich wollte schon immer ein Kind haben. Es ist genau das, was ich schon lange brauche: etwas Eigenes.«

»Etwas Eigenes?«

»Ich muß bloß einen besser bezahlten Job finden, das ist alles.«

»Jesse, du hast eine ganze Familie, die deine eigene ist. Was redest du da eigentlich?«

»Aber es ist nicht das gleiche«, sagte Jesse. »Ich hatte nie das Gefühl ... Ich weiß nicht. Na, jedenfalls, ich habe mich schon nach einer Stelle umgesehen, wo ich mehr verdiene. Weißt du, ein Baby braucht eine ziemliche Ausstattung. Ich habe mir aus Doktor Spock eine Liste herausgeschrieben.«

Maggie starrte ihn an. Die einzige Frage, die ihr einfiel, war: »Wie in aller Welt bist du denn an Doktor Spock geraten?«

»Im Buchladen; wo denn sonst?«

»Du bist in einen Buchladen gegangen und hast dir ein Buch über Säuglingspflege gekauft.«

»Klar.«

Das schien die größte Überraschung überhaupt zu sein. Sie konnte es sich nicht vorstellen.

»Ich habe eine Menge gelernt«, erzählte er. »Ich finde, Fiona sollte stillen.«

»Jesse –«

»Und dann habe ich in einer Heimwerkerzeitschrift diese Baupläne für eine Wiege gefunden.«

»Liebling, du weißt nicht, wie schwer das ist. Ihr seid selbst noch Kinder! Ihr schafft das nicht mit einem Baby.«

»Ich habe nur eine Bitte, Ma! Und ich meine es ernst«, sagte Jesse. Er hatte tatsächlich diese scharfen Kanten um die Lippen, die sich immer zeigten, wenn er wegen irgend etwas sehr entschieden war.

»Aber worum bittest du mich denn?« sagte Maggie.

»Ich will, daß du mit Fiona sprichst.«

»Wie? Worüber denn?«

»Sag ihr, daß du findest, sie sollte es behalten.«

»Heißt das, sie will es zur Adoption freigeben«, fragte Maggie.

»Oder will sie ... hmm ... die Schwangerschaft abbrechen.«

»Das sagt sie jedenfalls, aber –«

»Was denn nun?« fragte Maggie.

»Das zweite.«

»Ach.«

»Aber eigentlich will sie das gar nicht. Ich weiß es«, sagte er. »Sie ist bloß so stur. Von mir erwartet sie, wie's scheint, nur das Schlechteste. Sie ist überzeugt, daß ich sie sitzenlasse oder so. Also zuerst, da hat sie mir überhaupt nichts gesagt – kannst du dir das vorstellen? Hat es mir verheimlicht! Macht sich wochenlang

Sorgen und kein Sterbenswörtchen zu mir, obwohl sie mich jeden Tag gesehen hat oder fast jeden. Und als der Test dann positiv war, was tut sie? Kommt und will von mir das Geld, um das Baby loszuwerden. Ich sage: ›Was? Wozu willst du es? Jetzt aber mal langsam‹, sage ich zu ihr. ›Läßt du da nicht ein paar von den üblichen Stufen aus? Wo bleibt denn das „Und was meinst *du* dazu, Jesse?" und „Wie sollen wir uns denn nun entscheiden?" Willst du mir denn gar keine Chance geben?‹ frage ich sie. Sie sagt: ›Was für eine Chance denn?‹ – ›Und was ist mit Heiraten?‹ frage ich sie. ›Wie wäre es, wenn du mich zur Verantwortung ziehst, Herrgott noch mal?‹ Da sagt sie: ›Du brauchst mir keinen Gefallen zu tun, Jesse Moran.‹ Ich sage: ›Gefallen? Du sprichst von meinem Sohn.‹ Sie sagt: ›Oh, da mache ich mir keine Illusionen‹ – so redet sie, wenn sie auf ihrem hohen Roß sitzt. ›Ich mache mir keine Illusionen‹, sagt sie. ›Was du für einer bist, wußte ich schon, als ich dich zum erstenmal zu Gesicht bekam. Locker, leicht und ungebunden‹, sagt sie, ›Lead-Sänger in einer Hard-Rock-Band. Du brauchst mir nicht zu erklären, wer du bist.‹ Ich kam mir vor wie mit der Schablone gestanzt oder so. Ich meine, wie kommt sie dazu, sich so ein Bild von mir zu machen? Das hat nichts mit dem zu tun, was wirklich geschehen ist, das kann ich dir sagen. Also sage ich zu ihr: ›Nein, ich gebe dir dieses Geld *nicht*; kommt überhaupt nicht in Frage‹, und sie sagt: ›Das hätte ich mir denken können‹ – versteht mich absichtlich falsch. Ich kann es nicht leiden, wenn Leute so sind, absichtlich so tun, als wäre ihnen Unrecht geschehen, und den Märtyrer spielen. ›Ich hätte mir denken können‹, sagte sie, ›daß ich mich nicht mal wegen der läppischsten Abtreibungsgebühr auf dich verlassen kann.‹ Das sagt sie einfach so, es zischte förmlich durch die Luft; einen Moment lang brachte ich wirklich keinen Ton heraus. Ich sage: ›Verdammt noch mal, Fiona –‹ und sie sagt: ›Oh, wunderbar, großartig, jetzt fluchst du auch noch auf mich‹, und ich sage –"

»Jesse, Liebling«, unterbrach ihn Maggie. Sie rieb sich die linke Schläfe. Sie hatte das Gefühl, einen wichtigen Faden aus dem Auge zu verlieren. »Ich meine wirklich, wenn Fiona es sich überlegt hat –«, sagte sie.

»Sie hat einen Termin am Montagmorgen in dieser Klinik drüben an der Whitside Avenue. Am Montag hat ihre Schwester frei; ihre Schwester geht mit. Verstehst du? Sie bittet nicht *mich*, mitzukommen. Und ich habe auf sie eingeredet, bis ich blau im Gesicht war. Mir fällt nichts mehr ein. Deshalb meine Bitte: Mach du das! Geh zur Klinik und halte sie auf!«

»Ich?«

»Du kommst immer so gut mit meinen Freundinnen aus. Du schaffst das; ich weiß es. Erzähl ihr von meinem Job. Ich hör in der Umschlagfabrik auf. Ich habe mich bei einem Computer-Laden beworben, wo sie mich als Computer-Reparateur ausbilden wollen, die Ausbildungszeit wird bezahlt. Sie sagen, ich hätte eine gute Chance, die Stelle zu bekommen. Und Dave aus der Band – seine Mutter besitzt ein Haus in Waverly, in der Nähe des Stadions, und das ganze Dachgeschoß wird im November frei, spottbillig, sagt Dave, mit einem kleinen Zimmer für das Baby. Babys sollen ja besser von Anfang an nicht im Zimmer der Eltern schlafen; das habe ich alles nachgelesen. Du würdest staunen, was ich alles weiß! Ich habe mich für Schnuller entschieden. Manche Leute finden, daß sie nicht gut aussehen, aber wenn man einem Baby einen Schnuller gibt, dann lutscht es später nicht am Daumen. Und es stimmt absolut nicht, daß wegen einem Schnuller später die Vorderzähne schief wachsen.«

Seit Monaten hatte er nicht mehr so viel geredet, aber das Bedrückende daran war: je länger er redete, desto jünger schien er zu sein. Sein Haar war wirr, wo er mit den Fingern hindurchgefahren war, und sein Körper bestand aus lauter scharfen Kanten, wie er da in der Küche hin und her fuhr. Maggie sagte: »Jesse, Liebling, aus dir wird bestimmt mal ein wunderbarer Vater, aber hier muß die Entscheidung wirklich bei dem Mädchen liegen. Sie ist es, die die Schwangerschaft durchzustehen hat.«

»Aber nicht allein. Ich würde sie unterstützen. Ich würde sie trösten. Ich würde mich um sie kümmern. Ich will das wirklich, Ma.«

Sie wußte nicht, was sie noch sagen sollte, und Jesse mußte es bemerkt haben. Er hörte auf, herumzurennen. Er stand jetzt schräg vor ihr. Er sagte: »Hör mal. Du bist meine einzige Hoffnung. Ich bitte dich doch nur, sag ihr, wie ich darüber denke. Dann kann sie sich so oder so entscheiden, ganz, wie sie will. Was soll denn daran falsch sein?«

»Aber warum kannst denn nicht *du* ihr sagen, was du denkst?« fragte Maggie.

»Meinst du vielleicht, ich hätte es nicht versucht? Ich habe mir die Zunge aus dem Hals geredet. Aber alles, was ich sage, kommt irgendwie falsch bei ihr an. Sie fühlt sich beleidigt, ich fühle mich beleidigt; und dann verwickeln wir uns, und alles ist irgendwie verknotet. Aber jetzt sind wir erschöpft. Wir sind völlig erledigt.«

Maggie wußte genau, was er meinte.

»Willst du es dir nicht einfach mal überlegen?« fragte er.

Sie neigte den Kopf zur Seite.

»Bloß mal über die Möglichkeit nachdenken?«

»Oh«, sagte sie, »über die *Möglichkeit*, vielleicht...«

Er sagte: »Ja! Mehr will ich gar nicht! Danke, Ma. Tausend Dank.«

»Aber Jesse –«

»Und Daddy erzählst du noch nichts, nicht wahr?«

»Zunächst mal nicht«, sagte sie kraftlos.

»Du kannst dir ausmalen, was *er* sagen würde«, fügte er hinzu.

Dann gab er ihr eine seiner raschen Umarmungen und war verschwunden.

Während der nächsten Tage fühlte sie sich bedrückt, unentschlossen. Beispiele von Jesses Unbeständigkeit kamen ihr in den Sinn – daß er (wie die meisten Jungen in seinem Alter) immer wieder neue Phasen hatte, sich für neue Dinge begeisterte und die alten hinter sich ließ. Aber eine Frau und ein Baby konnte man nicht hinter sich lassen! Doch dann tauchten auch andere Bilder auf: zum Beispiel das Jahr, in dem sie alle Grippe gehabt hatten, bis auf Jesse, und wie er sich um sie hatte kümmern müssen. Durch einen Nebel von Fieber hatte sie ihn beobachtet, verschwommen, wie er an ihrem Bett saß und ihr eine Schale Hühnerbrühe gab, einen Löffel nach dem anderen, und wenn sie zwischen den einzelnen Schlucken einnickte, wartete er, ohne sich zu beklagen, bis sie wieder hochfuhr, und gab ihr dann den nächsten Löffel.

»Du hast es doch nicht vergessen, oder?« fragte Jesse sie jetzt jedesmal, wenn er ihr begegnete. Und: »Du nimmst dein Versprechen doch nicht zurück, oder?«

»Nein, nein...«, sagte sie dann immer. Aber dann: »Was für ein Versprechen eigentlich?« Worauf hatte sie sich da eingelassen? Eines Abends schob er ihr einen Zettel in die Hand – eine Adresse auf der Whitside Avenue. Die Klinik, so nahm sie an. Sie steckte ihn in ihre Rocktasche. Sie sagte: »Also, du weißt ja, ich kann nicht–« Aber Jesse war schon wieder verschwunden, gelenkig wie ein Fassadenkletterer.

Ira war in jenen Tagen gut gelaunt, weil er von dem Computer-Job gehört hatte. Es hatte geklappt, wie Jesse es vorausgesehen hatte, und die Ausbildung sollte im September losgehen. »Das hört sich schon besser an«, sagte Ira zu Maggie. »Das hat Zukunft. Und wer weiß? Vielleicht entschließt er sich nach einiger Zeit, wieder zur Schule zu gehen. Die wollen bestimmt, daß er die Schule zu Ende macht, ehe sie ihn befördern.«

Maggie blieb still, nachdenklich.

Am Samstag mußte sie arbeiten, so daß sie nicht zum Nachdenken kam, aber am Sonntag saß sie lange auf der Veranda. Es war ein goldener, warmer Tag, und alle Welt schien mit kleinen Kindern unterwegs zu sein. Kinderwagen und Buggys rollten vorbei, und Männer mit Kindern in Rucksäcken keuchten vorüber. Maggie fragte sich, ob ein Rucksack auch zu den Ausstattungsdingen gehörte, die Jesse für wesentlich hielt. Sie würde wetten, daß ja. Sie wendete den Kopf nach dem Haus und lauschte. Ira sah sich im Fernsehen ein Baseballspiel an, und Daisy war bei Mrs. Perfect. Jesse schlief noch, er hatte auf einer Tanzveranstaltung in Howard County gespielt und war spät nach Hause gekommen. Kurz nach drei hatte sie ihn die Treppe heraufkommen hören, leise vor sich hinsingend: *Girlie if I could I would put you on defrost... – Ich würde dich abtauen, Mädchen, wenn ich könnte.*

»Die Musik ist heute so anders«, hatte sie einmal zu Jesse gesagt. »Früher hieß es ›Du mußt mich ewig lieben‹ und heute heißt es ›Komm, hilf mir heute nacht dabei‹.«

»Ach, Ma«, hatte er gesagt, »verstehst du denn nicht? Früher haben sie es bloß besser versteckt. Es war schon immer ›Komm, hilf mir heute nacht dabei‹.«

Ihr fiel eine Zeile aus einem Schlager ein, der populär gewesen war, als Jesse noch klein war. *I must think of a way*, so hieß es taktvoll und behutsam, *into your heart* ... – *Wie finde ich bloß den Weg in dein Herz.*

Als kleiner Junge erzählte ihr Jesse, während sie kochte, gern Geschichten; anscheinend glaubte er, sie brauche dabei Unterhaltung. »Es war einmal eine Dame, die gab ihren Kindern immer nur Krapfen zu essen«, begann er, oder: »Es war einmal ein Mann, der lebte oben auf einem Riesenrad.« Alle seine Geschichten waren drollig und phantasievoll, und wenn sie es sich jetzt überlegte, erkannte sie, daß sie ein gemeinsames Thema hatten: die Fröhlichkeit, den Triumph des reinen Vergnügens über das Praktische. Eine dieser Geschichten spann sich über mehrere Wochen fort, sie handelte von einem geistig zurückgebliebenen Vater, der vom Haushaltsgeld eine elektrische Orgel kaufte. Die Sache mit der Zurückgebliebenheit kam von seiner Tante Dorrie her, vermutete Maggie. Aber so, wie er es erzählte, war die Behinderung des Vaters eher ein Vorzug. Der Vater sagte: »Wozu brauchen wir Essen? Ich finde es viel besser, wenn meine Kinder schöne Musik hören.« Maggie lachte, als sie die Geschichte Ira erzählte, aber Ira fand sie nicht witzig. Er fühlte sich beleidigt, zuerst wegen Dorrie (er konnte das Wort »zurückgeblieben« nicht ausstehen) und dann auch wegen sich selbst. Warum war denn der Vater der Zurückgebliebene? Warum nicht die Mutter? – das wollte er wahrscheinlich sagen, es wäre ja auch viel realistischer, angesichts von Maggies Unbeholfenheit. Oder vielleicht meinte er es überhaupt nicht so, aber Maggie glaubte es doch, und dann wurde ein Streit daraus.

Wegen Jesse, so schien es ihr jetzt, hatten sie sich gestritten, seit er auf der Welt war, und immer hatten sie die gleichen Standpunkte eingenommen. Ira mäkelte, Maggie entschuldigte. Ira behauptete, Jesse sei unhöflich, er weigere sich, diese aufsässige Miene abzulegen, er sei hoffnungslos ungeschickt, wenn er im Laden aushelfe. Er müsse doch nur noch zu sich selbst finden, hatte Maggie gesagt. Bei manchen dauere es länger, bei anderen weniger lang. »Jahrzehnte länger?« fragte Ira. Sie sagte: »Hab ein bißchen Geduld, Ira.« (Ein kleiner Seitenhieb. Eigentlich war Ira derjenige, der Geduld hatte. Maggie war die Hastige.)

Wieso hatte sie nie erkannt, welche Kraft die Jugend besitzt, als sie selbst jung gewesen war? Jetzt sah sie darin eine verpaßte Chance. Als junges Mädchen hatte sie sich viel zu leicht einschüchtern lassen; sie hätte sich nicht träumen lassen, daß Kinder imstande sind, in einer Familie solche Unwetter zu entfachen.

Sie und Ira versuchten, ihre Unwetter für sich zu behalten, aber Jesse hatte ohne Zweifel zumindest etwas davon mitbekommen. Vielleicht hatte er auch bloß gespürt, wie sie empfanden; denn als er dreizehn, vierzehn wurde, da hatte er seine spärlichen Gesprächskrümel immer häufiger Maggie hingeworfen, während er Ira gegenüber immer mehr auf Distanz ging. Um die Zeit, als er ihr von dem Baby erzählte, fühlte sich Maggie selbst ziemlich weit von Ira entfernt. Sie hatten zu viele Streitereien hinter sich, hatten das Thema Jesse tausendmal durchgekaut. Es war nicht nur ihr Versprechen, das Maggie abhielt, Ira von dem Baby zu erzählen; es war auch Kriegsmüdigkeit. Ira würde an die Decke gehen! Und selbstverständlich zu Recht.

Aber dann dachte sie wieder daran, wie Jesse ihr mit dem Suppenlöffel an die Lippen gestupst und sie zum Essen überredet hatte. Manchmal, auf dem Höhepunkt ihres Fiebers, war sie aufgewacht und hatte eine dünne, traurige, weit entfernte Musik vernommen, die aus den Kopfhörern über seinen Ohren drang, und sie war überzeugt gewesen, daß es die Klänge seiner innersten Gedanken waren, die ihr nach so langer Zeit nun endlich verständlich wurden.

Am Montagmorgen ging sie wie üblich um sieben zur Arbeit, entschuldigte sich aber um viertel vor neun, ihr sei schlecht, und fuhr dann zur Whitside Avenue. Die Klinik war in einem umgebauten Ladenlokal untergebracht, mit einem Schaufenster, das mit einem Vorhang verdeckt war. Sie erkannte die Klinik nicht zuerst an der Hausnummer, sondern an einer Ansammlung von Demonstranten vor dem Eingang. Es waren drei Frauen, mehrere Kinder und ein kleiner, eleganter Mann. DIESE KLINIK MORDET UNSCHULDIGE KINDER, stand auf einem Schild, und auf einem anderen war ein vergrößertes Foto von einem lächelnden Baby zu sehen, und quer über den wuscheligen schwarzen Lockenkopf stand in Weiß gedruckt GEBT IHR EINE CHANCE. Maggie parkte vor einer Versicherungsagentur nebenan. Die Demonstranten spähten zu ihr hinüber und wendeten sich dann wieder der Klinik zu.

Ein Wagen fuhr vor, und ein Mädchen in Jeans stieg aus, hinter ihr ein Junge. Das Mädchen beugte sich noch einmal herunter, um dem Fahrer etwas zu sagen, dann winkte sie, und der Wagen fuhr davon. Das Paar ging rasch auf die Klinik zu, während die Demonstranten sie umschwärmten. »Gott sieht, was ihr vorhabt!« rief eine Frau, und eine andere versperrte dem Mädchen den Weg, aber es wich ihr aus. »Wo ist Ihr Gewissen?« rief der Mann ihr nach. Das Mädchen und der Junge verschwanden hinter der Tür. Die Demonstranten begaben sich zurück auf ihre früheren Plätze. Sie debattierten heftig über irgend etwas; anscheinend waren sie uneins. Maggie hatte den Eindruck, einige von ihnen fanden, sie hätten energischer auftreten sollen.

Ein paar Minuten später stieg eine Frau aus einem Taxi. Sie war vielleicht in Maggies Alter, sehr gut gekleidet und ganz allein. Die Demonstranten hatten offenbar das Gefühl, sie müßten frühere Niederlagen wettmachen. Sie umringten die Frau; sie hatten ihr so viel zu sagen, daß ihr aufgeregtes Gesumm bis an Maggies Ohr drang. Sie bestürmten sie mit Flugblättern. Die größte Frau legte ihr einen Arm um die Schulter. Die Patientin, wenn man sie so nennen konnte, schrie: »Lassen Sie mich los!« und stieß der Demonstrantin einen Ellbogen in die Rippen. Dann war auch sie verschwunden. Die Demonstrantin krümmte sich nach vorn – vor Schmerz, wie Maggie zunächst dachte, aber sie hielt bloß eines der Kinder ab. Sie kehrten auf ihre ursprünglichen Plätze zurück. In der Hitze bewegten sie sich so langsam, daß ihre Empörung irgendwie angestrengt und unecht wirkte.

Maggie kramte in ihrer Handtasche nach einem Stück Papier, mit dem sie sich Luft zufächeln konnte. Gern wäre sie ausgestiegen, aber wo sollte sie sich hinstellen? Etwa neben die Demonstranten?

Schritte näherten sich, zwei Paar Füße, sie blickte auf und erkannte Fiona und ein etwas älteres Mädchen, das mußte Fionas Schwester sein.

Sie hatte befürchtet, sie würde Fiona nicht wiedererkennen, sie hatte sie ja nur einmal zu Gesicht bekommen. Aber sie wußte sofort Bescheid – das lange blonde Haar, das bleiche Gesicht, in dem noch nichts geschrieben stand. Sie trug Jeans und ein leuchtendes, krebsrotes T-Shirt. Zufällig hatte Maggie ein Vorurteil gegen Krebsrot. Sie hielt es für drittklassig. (Wie merkwürdig, daß sie Fiona früher für drittklassig gehalten hatte! Damals war sie ihr irgendwie billig und aufgedonnert vorgekommen; sie hatte der sanften Bleichheit ihres Gesichts mißtraut, und sie hatte geargwöhnt, das zu dick aufgetragene Make-up der Schwester verdecke nur denselben ungesunden Teint. Blanke Engstirnigkeit! Maggie konnte sich das jetzt eingestehen, nachdem sie die guten Seiten von Fiona kennengelernt hatte.)

Jedenfalls stieg sie aus dem Wagen, ging zu ihnen hinüber und sagte: »Fiona?«

Die Schwester murmelte: »Ich hab' dir ja gesagt, daß sie irgendwas machen würden.« Offenbar hielt sie Maggie für eine Demonstrantin. Und Fiona ging weiter, mit gesenkten Augenlidern, die wie zwei Mondsicheln aussahen.

»Fiona, ich bin Jesses Mutter«, rief Maggie.

Fiona verlangsamte ihren Schritt und sah sie an. Die Schwester blieb stehen.

»Ich will mich nicht einmischen, wenn du genau weißt, was du tust«, sagte Maggie, »aber, Fiona, hast du es aus allen Blickwinkeln überlegt?«

»Da gibt's nicht viele Blickwinkel«, sagte ihre Schwester barsch. »Sie ist siebzehn Jahre alt.«

Fiona ließ sich von ihr vorwärtszerren, während sie über die Schulter hinweg nach Maggie zurückblickte.

»Hast du mit Jesse darüber gesprochen?« fragte Maggie. Sie lief hinter ihnen her. »Jesse will dieses Baby! Er hat es mir gesagt.«

Die Schwester rief nach hinten: »Wird er es auch bekommen? Wird er es nachts herumtragen und trockenlegen?«

»Ja, das wird er!« sagte Maggie. »Es bekommen natürlich nicht...«

253

Sie waren jetzt bei den Demonstranten angelangt. Eine Frau hielt ihnen eine Broschüre hin. Auf dem Umschlag war ein Farbfoto von einem ungeborenen Baby abgebildet, das über die Embryonalphase anscheinend schon weit hinaus war, fast so weit, daß es zur Welt kommen konnte. Fiona fuhr zurück. »Lassen Sie sie in Ruhe«, sagte Maggie zu der Frau. Und dann: »Fiona, Jesse liegt wirklich sehr viel an dir. Du mußt es mir glauben.«

»Was ich von Jesse Moran gesehen habe, reicht mir fürs Leben«, sagte die Schwester. Sie drängte sich an einer dicken Frau mit zwei Kleinkindern und einem Säugling in einem Tragetuch vorbei.

»Das sagen Sie nur, weil Sie ihn in eine ganz bestimmte Rolle gesteckt haben«, sagte Maggie zu ihr, »der Rock-Musiker, der Ihre kleine Schwester schwanger gemacht hat. Aber so einfach ist das nicht! So klar und schablonenmäßig geht das nicht! Er hat ein Buch von Doktor Spock gekauft – hat er dir das erzählt, Fiona? Er hat sich schon mit Schnullern beschäftigt, und er findet, du solltest stillen.«

Die dicke Frau sagte zu Fiona: »Alle Engel des Himmels weinen über dich.«

»Hören Sie zu«, sagte Maggie zu der Frau. »Daß *Sie* zu viele Kinder bekommen haben, ist noch lange kein Grund, anderen Leuten das gleiche an den Hals zu wünschen.«

»Die Engel nennen so etwas Mord«, sagte die Frau.

Fiona fuhr zusammen. Maggie sagte: »Sehen Sie denn nicht, daß Sie sie aufregen?« Sie hatten jetzt den Eingang der Klinik erreicht, aber der elegante kleine Herr versperrte ihnen den Weg. »Gehen Sie weg da«, sagte Maggie zu ihm. »Fiona! Überleg es dir! Mehr will ich gar nicht von dir.«

Der Mann wich nicht von der Stelle, was Fiona Zeit gab, sich nach Maggie umzudrehen. Sie hatte Tränen in den Augen. »Jesse kümmert sich nicht«, sagte sie.

»Natürlich kümmert er sich!«

»Er sagt mir: ›Keine Bange, Fiona, ich laß dich nicht hängen.‹ Als wäre ich eine Pflichtsache! Eine Wohltätigkeitsangelegenheit!«

»Er hat es nicht so gemeint. Du hast ihn falsch verstanden. Er will dich aufrichtig heiraten.«

254

»Und von welchem Geld sollen sie leben?« fragte die Schwester. Sie hatte eine viel tiefere Stimme als Fiona, laut und unfreundlich. »Er hat ja nicht mal einen anständig bezahlten Job.«

»Aber er bekommt einen! Computer! Aufstiegschancen!« sagte Maggie. Sie mußte in diesem Telegrammstil sprechen, weil Fionas Schwester die Demonstranten irgendwie abgedrängt hatte und nun die Eingangstür aufzog. Eine Frau hielt Fiona eine Postkarte vor die Nase: wieder das Baby mit dem Lockenkopf. Maggie schob es beiseite. »Komm doch wenigstens mit mir nach Hause, damit ihr darüber sprechen könnt, du und Jesse«, sagte sie zu Fiona. »Das verpflichtet dich zu gar nichts.«

Fiona zögerte. Ihre Schwester sagte: »Herrgott noch mal, Fiona«, aber Maggie nutzte ihre Chance. Sie nahm Fiona beim Handgelenk und führte sie durch die Menschenansammlung zurück, wobei sie ihr beständig gut zuredete. »Er sagt, er baut eine Wiege; er hat schon die Pläne besorgt. Da bricht einem das Herz. Lassen Sie sie in Ruhe, verdammt! Soll ich die Polizei rufen? Wer gibt Ihnen das Recht, uns hier zu belästigen?«

»Wer gibt ihr das Recht, ihr Baby zu ermorden?« rief eine Frau.

»Sie hat jedes Recht auf dieser Welt! Fiona, wir reden hier über ein Naturtalent im Sich-Kümmern. Du hättest ihn sehen sollen während der Hong-Kong-Grippe.«

»Was?«

»Oder Bangkok oder Sing-Sing oder was weiß ich für einer Grippe . . . Jedenfalls hat das mit Mitleid nichts zu tun. Er will dieses Baby mehr als alles andere.«

Fiona sah ihr ins Gesicht. Sie sagte: »Und er baut eine . . .?«

»Ja, eine Wiege. Eine schöne, mit einem Dachhimmel«, sagte Maggie. Wenn sich herausstellen sollte, daß sie keinen Dachhimmel hatte, konnte sie immer noch sagen, sie habe sich geirrt.

Fionas Schwester hastete neben ihnen her, ihre Absätze klapperten hektisch. Sie sagte: »Fiona, wenn du nicht sofort zurückkommst, dann will ich mit dieser ganzen Sache nichts mehr zu tun haben, das sage ich dir. Fiona, die haben dich da fest eingeplant!« Die Demonstranten folgten ihnen zaghaft in einigem Abstand. Fionas Handgelenk war glatt und unglaublich dünn, wie ein

Bambusstab. Maggie ließ es widerstrebend los, um die Wagentür zu öffnen. »Steig ein«, sagte sie. »Haut ab«, sagte sie zu den Demonstranten. Und zu der Schwester sagte sie: »Nett, Sie kennenzulernen.«

Die Demonstranten zogen sich zurück. Eine Frau sagte: »Also, so was...«

»Die Verfassung gibt uns das Recht, so etwas zu tun, merken Sie sich das!« sagte Maggie. Die Frau blickte verwirrt drein.

»Ich mache eine Klinik ausfindig«, sagte Fionas Schwester, »ich begleite sie zum Test. Ich mache den Termin, ich opfere einen wunderbaren freien Tag, an dem ich genausogut mit meinem Freund nach Ocean City hätte fahren können –«

»Das können Sie auch jetzt noch«, sagte Maggie und sah auf ihre Uhr. Sie hastete auf die Fahrerseite, besorgt, Fiona könnte versuchen zu entfliehen, aber als sie einstieg, saß Fiona ganz ermattet da, den Kopf zurückgelegt, die Augen geschlossen. Ihre Schwester beugte sich durch das offene Fenster. »Fiona, erklär mir bloß eins«, sagte sie. »Wenn Jesse Moran so scharf auf dieses Baby ist, wieso ist er dann nicht selbst gekommen, um dich zu holen?«

Fiona zog die Brauen hoch und sah zu Maggie hinüber. »Er hat es versucht«, sagte Maggie zu ihr. »Seit Tagen hat er es versucht, du weißt es selbst, aber irgendwie kommt ihr euch immer wieder in die Quere.«

Fiona schloß erneut die Augen. Maggie ließ den Wagen an und fuhr los.

Seltsam war nur, daß sie, als sie – zumindest zeitweilig – gewonnen hatte, nicht das mindeste Triumphgefühl verspürte. Sie war bloß ausgelaugt. Und, ehrlich gesagt, auch etwas durcheinander. Wieso ging das alles nun so aus, wo sie doch Jesse die ganze Zeit gesagt hatte, er sei noch längst nicht alt genug? O Gott. Was hatte sie da getan? Sie warf einen verstohlenen Blick zu Fiona hinüber. Fionas Haut schien zu glänzen, sie wirkte wie glasiert. »Ist dir schlecht?« fragte Maggie.

»Ich glaube, ich muß gleich brechen«, sagte Fiona, fast ohne die Lippen zu bewegen.

»Soll ich anhalten?«

»Nein, fahren wir lieber hin.«

Maggie fuhr vorsichtiger, als würde sie einen Korb mit Eiern transportieren.

Sie parkte vor dem Haus, stieg aus, ging um den Wagen und half Fiona aus ihrem Sitz. Fiona war schwer. Mit ihrem ganzen Gewicht stützte sie sich auf Maggie. Aber sie hatte einen jungen Geruch – nach frischgebügeltem Leinen und diesen zuckrigen Anfängerkosmetika, die man in billigen Warenhäusern bekam – und das stimmte Maggie irgendwie zuversichtlich. Ach, dieses Mädchen war in ihrem Kern nicht schlecht. Sie war kaum älter als Daisy; ein ganz normales Kind mit einem offenen Gesicht, bloß vollkommen durcheinander wegen dem, was ihr zugestoßen war. Langsam überquerten sie den Gehweg und stiegen die Stufen zur Veranda hoch. Ihre Schuhe hatten auf den Dielen einen hohlen Klang. »Setz dich hierhin«, sagte Maggie und half Fiona in den Sessel, in dem sie gestern den ganzen Nachmittag gesessen hatte. »Du brauchst frische Luft«, sagte sie. »Atme tief durch. Ich hole Jesse.«

Fiona schloß die Augen.

Die Zimmer drinnen waren kühl und dunkel. Maggie stieg die Treppe zu Jesses Zimmer hinauf und klopfte an die Tür. Sie steckte den Kopf hinein. »Jesse?« fragte sie.

»Mmf.«

Seine Rollos waren heruntergezogen, so daß sie die Umrisse der Möbel kaum erkennen konnte. Sein Bett war ein Gewirr aus zerwühlten Decken. »Jesse, ich habe Fiona mitgebracht«, sagte sie. »Kommst du runter auf die Veranda?«

»Was?«

»Komm doch bitte runter auf die Veranda und rede mit Fiona.«

Er ruckte ein wenig und hob den Kopf, da wußte sie, daß sie ihn lassen konnte. Sie ging wieder hinunter in die Küche, wo sie aus einer Kanne im Kühlschrank ein Glas Eistee eingoß. Das Glas stellte sie auf einen Porzellanteller, garnierte es mit einem Kranz von Salz-Crackers und brachte es hinaus zu Fiona. »Hier«, sagte sie. »Nimm kleine Bissen von diesen Salz-Crackers. Und den Tee in kleinen Schlucken.«

Fiona schien es schon wieder besser zu gehen, sie saß aufrecht in ihrem Sessel und sagte: »Danke«, als Maggie ihr den Teller auf die Knie stellte. Sie knabberte an der Kante eines Crackers. Maggie ließ sich in einen Schaukelstuhl neben ihr sinken.

»Als ich Daisy erwartete«, sagte Maggie, »habe ich volle zwei Monate nur von Tee und Salz-Crackers gelebt. Es ist ein Wunder, daß wir nicht an Unterernährung gelitten haben. Bei Daisy war mir immer so elend, daß ich glaubte, ich würde sterben, aber bei Jesse hatte ich keinen Augenblick lang irgendwelche Beschwerden. Ist das nicht komisch? Man sollte meinen, es wäre umgekehrt.«

Fiona legte ihren Cracker hin. »Ich hätte in der Klinik bleiben sollen«, sagte sie.

»Ach, Liebling«, sagte Maggie. Plötzlich fühlte sie sich niedergeschlagen. Plötzlich sah sie mit fröstelmachender Klarheit das Gesicht vor sich, das Ira machen würde, wenn er erfuhr, was sie getan hatte. »Fiona, es ist nicht zu spät«, sagte sie. »Du bist ja nur hier, um alles zu besprechen, nicht wahr? Du bist zu nichts verpflichtet.« Aber schon während sie sprach, sah sie die Klinik wieder zurückweichen. Es ist, wie wenn man auf ein Hüpfseil zuläuft, überlegte sie. Verpaßt man den Sekundenbruchteil, in dem das Einspringen möglich ist, geht alles daneben. Sie streckte die Hand aus und berührte Fionas Arm. »Und schließlich«, sagte sie, »schließlich liebt ihr euch doch, oder? Liebt ihr euch nicht?«

»Ja, doch, aber wenn wir heiraten, würde er es mir am Ende vorwerfen«, sagte Fiona. »Ich meine, er ist ein Lead-Sänger! Wahrscheinlich will er nach England oder nach Australien oder irgendwohin gehen, wenn er berühmt ist. Aber bis dahin – seine Band hat doch gerade erst angefangen, Geld einzuspielen. Wo sollen wir denn wohnen? Wie sollen wir das schaffen?«

»Fürs erste könntet ihr hier bei uns wohnen«, sagte Maggie. »Im November könnt ihr dann in eine Wohnung in Waverly ziehen, von der Jesse gehört hat. Jesse hat schon alles überlegt.«

Fiona starrte auf die Straße. »Wenn ich in der Klinik geblieben wäre, dann wäre jetzt alles vorbei«, sagte sie nach einer Minute.

»O Fiona. Bitte. Oh, sag, daß ich nichts Falsches getan habe!« sagte Maggie. Sie sah sich nach Jesse um. Wo blieb er denn nur?

Dieses Werben um Fiona war doch nicht ihre Sache. »Warte hier«, sagte sie, stand auf und eilte ins Haus zurück. »Jesse!« rief sie. Aber er antwortete nicht, statt dessen hörte sie das Geräusch der laufenden Dusche. Dieser Junge würde auf seiner Dusche auch noch bestehen, wenn das Haus in Flammen stand, dachte sie. Sie rannte nach oben und trommelte gegen die Badezimmertür: »Jesse, wo bleibst du denn?«

Er stellte das Wasser ab: »Was?«

»Jetzt komm schon!«

Keine Antwort. Aber sie hörte, wie der Duschvorhang quietschend die Stange entlangglitt.

Nun trat sie in sein Zimmer und ließ beide Rollos hochschnellen. Sie wollte sein Doktor-Spock-Buch finden. Es würde ein zusätzliches Plus für ihn liefern, bis er nach unten kam; zumindest würde es ein Gesprächsthema abgeben. Aber sie konnte es nicht finden – nur schmutzige Kleider, Pommes-Frites-Schachteln, Platten, die nicht in ihre Hülle zurückgesteckt waren. Dann suchte sie nach den Plänen für die Wiege. Wie sie wohl aussahen – Blaupausen? Nichts davon zu sehen. Ach, natürlich, er hatte sie mit in den Keller genommen, wo Ira sein Werkzeug aufbewahrte. Sie schoß die Treppe hinunter und rief im Vorbeigehen auf die Veranda hinaus: »Er kommt gleich!« (Sie konnte sich vorstellen, daß Fiona aufstehen und davongehen würde.) Durch die Küche, ein paar schmale Holzstufen hinunter, zu Iras Werkbank. Auch hier keine Pläne. Iras Werkzeuge hingen fein säuberlich an der Rückwand, und jedes paßte genau in seinen gemalten Umriß hinein – ein sicheres Zeichen dafür, daß Jesse sie nicht angerührt hatte. Auf der Werkbank selbst lagen zwei Blätter Sandpapier und ein Packen Dübelstäbe, die noch mit Gummis zusammengebunden waren. Sie gehörten zu einem Trockengestell, das Ira in einer Ecke der rückwärtigen Veranda zu bauen versprochen hatte. Sie ergriff die Dübelstäbe und rannte die Kellertreppe wieder hoch. »Sieh mal«, sagte sie zu Fiona und schlug die Fliegentür zu. »Jesses Wiege.«

Fiona ließ ihr Glas sinken. Sie nahm die Stäbe in die Hand und betrachtete sie. »Wiege?« sagte sie zweifelnd.

»Sie soll ... Gitterstäbe haben; dazu sind sie da«, sagte Maggie. »Antik soll sie aussehen.«

Nach der Art zu urteilen, wie Fiona die Stäbe musterte, hätte man meinen können, es stände auf ihnen etwas geschrieben.

Dann kam Jesse heraus und brachte den Duft von Shampoo mit. Sein Haar war naß und zerzaust, und seine Haut strahlte. Er sagte: »Fiona? Hast du es doch nicht getan?« und sie blickte auf, wobei sie noch immer die Stäbe wie eine Art Zepter hielt, und sagte: »Also gut, Jesse, wenn du willst. Ich finde, wir könnten heiraten, wenn du willst.«

Dann nahm Jesse sie in seine Arme und ließ den Kopf auf ihre Schulter sinken, und irgend etwas an diesem Bild – sein dunkler Kopf neben ihrem blonden – erinnerte Maggie daran, wie sie sich die Ehe immer vorgestellt hatte, als sie selbst noch nicht verheiratet gewesen war. Sie hatte sich den Unterschied irgendwie größer vorgestellt, als er wirklich war, mehr als einen tiefen Einschnitt und Umbruch im Leben – zwei einander entgegengesetzte Teile, die mit einem dramatischen Krachen zueinandergezogen werden. Sie hatte geglaubt, wenn sie verheiratet wäre, würden alle ihre alten Probleme wegfallen, ungefähr so, wie wenn man in Ferien fährt und ein paar verwickelte Aufgaben unerledigt zurückläßt, so als würde man nie zurückkehren und sich nie mehr mit ihnen beschäftigen müssen. Sie hatte sich natürlich getäuscht. Aber jetzt, da sie Jesse und Fiona zusah, konnte sie fast wieder glauben, daß ihre alte Ansicht doch die richtige gewesen war. Sie glitt ins Haus zurück, schloß ganz leise die Fliegentür hinter sich und war fest überzeugt, daß sich am Ende doch alles einrenken werde.

Sie heirateten in Cartwheel, in Mrs. Stuckeys Wohnzimmer. Im Kreise der Angehörigen. Ira sagte nicht viel und machte ein verdrießliches Gesicht, Maggies Mutter war vor lauter Empörung ganz starr, und Maggies Vater wirkte wie benebelt. Nur Mrs. Stuckey war in richtiger Festlaune. Sie trug einen fuchsienroten Hosenanzug aus Kordsamt und ein Ansteckbukett, das so groß war wie ihr Kopf, und vor der Zeremonie sagte sie allen, nur eines finde sie schade, daß Mr. Stuckey diesen Tag nicht mehr miterleben durfte. Obwohl, sagte sie, vielleicht sei er ja im Geiste anwesend; und dann ließ sie sich des längeren über ihre private Theorie der Geister aus. (Sie waren die Vervollständigung der beabsichtigten Handlungen der Toten, die unvollendeten Pläne, die noch in der Luft hingen – ungefähr wie wenn man sich nicht mehr erinnern kann, warum man in die Küche gegangen ist, und den Handgriff dann pantomimisch ausführt, eine Drehung des Handgelenks vielleicht, und dies erinnert einen daran, daß man den tropfenden Wasserhahn abstellen wollte. Bestand also nicht die Möglichkeit, daß Mr. Stuckey direkt hier im Wohnzimmer unter ihnen weilte, nachdem er so oft davon geträumt hatte, seine beiden kostbaren Töchter eines Tages zum Altar zu führen?) Dann sagte sie, in ihren Augen sei die Ehe pädagogisch ebenso wertvoll wie die High School, vielleicht sogar noch wertvoller. »Ich meine, ich bin ja selbst von der Schule abgegangen«, sagte sie, »und ich habe es nie bereut.« Fionas Schwester verdrehte die Augen. Aber es war gut, daß Mrs. Stuckey so dachte, denn Fiona wurde erst im Januar achtzehn und brauchte für den Trauschein die elterliche Einwilligung. Fiona selbst trug ein beiges, locker fallendes Kleid, das sie zusammen mit Maggie gekauft hatte, und Jesse wirkte in Anzug und Krawatte sehr vornehm. Er sah wirklich wie ein Erwachsener aus. Daisy war ihm gegenüber ganz scheu, klammerte sich ständig an Maggies Arm und blickte zu ihm hinüber. »Was ist denn los mit dir? Stell dich gerade hin«, sagte Maggie zu ihr. Aus irgendeinem Grund war sie sehr reizbar. Sie fürchtete, daß Ira ihr für immer böse sein würde. Anscheinend machte er sie allein für die ganze Situation verantwortlich.

Nach der Hochzeit fuhren Jesse und Fiona für eine Woche nach Ocean City. Dann kamen sie zurück und wohnten in Jesses altem Zimmer, wo Maggie eine zusätzliche Kommode aufgestellt und Jesses alte Koje gegen ein Doppelbett von J.C.Penney ausgewechselt hatte. Im Haus wurde es jetzt natürlich enger, aber es war eine angenehme Art von Enge, fröhlich und erwartungsvoll. Fiona schien sich gut einzuleben; sie war so liebenswürdig, ließ sich so bereitwillig von Maggie versorgen – bereitwilliger, als ihre Kinder je gewesen waren. Jesse machte sich jeden Morgen gutgelaunt auf den Weg zu seinem Computer-Job und kam jeden Abend mit irgendeiner neuen Spielerei für die Babyausstattung zurück – einer Packung Windelklammern in Häschenform oder einer Kleinkindertasse mit einem kunstvoll geformten Schnabel. Er las alles über die Geburt und begeisterte sich immer wieder für neue Theorien, eine seltsamer als die andere. (So schlug er eines Tages vor, die Entbindung sollte unter Wasser stattfinden, aber er konnte keinen Arzt finden, der sich darauf einlassen wollte.)

Daisy und ihre Freundinnen vergaßen Mrs. Perfect vollkommen und kampierten in Maggies Wohnzimmer – fünf verzückte kleine Mädchen, denen es die Sprache verschlagen hatte und die ehrfurchtsvoll Fionas Bauch beäugten. Und Fiona spielte mit, lud sie manchmal in ihr Zimmer ein, wo sie ihre wachsende Babyausstattung bewundern durften, und anschließend setzte sie eine nach der anderen vor den Spiegel und experimentierte mit ihrem Haar. (Ihre Schwester war Kosmetikerin und hatte Fiona alles, was sie wußte, beigebracht, so erzählte Fiona.) Und wenn dann Jesses Band abends irgendwo ein Engagement hatte, zogen er und Fiona zusammen los und kamen nicht vor zwei oder drei Uhr morgens zurück. Im Halbschlaf hörte Maggie ihr Geflüster auf der Treppe. Das Schloß an ihrer Schlafzimmertür klickte verstohlen, und Maggie sank zurück in den Schlaf, zufrieden.

Sogar Ira hatte sich anscheinend abgefunden, nachdem der erste Schock überwunden war. Oh, anfangs war er so außer sich gewesen, daß Maggie befürchtet hatte, er würde für immer aus dem Haus gehen. Tagelang hatte er kein Wort gesprochen, und wenn Jesse ins Zimmer kam, war er hinausgegangen. Aber mit der Zeit beruhigte er sich. Er fühlte sich am wohlsten, so dachte Maggie, wenn er den duldsamen Leidensmann spielen konnte, und dazu hatte er jetzt reichlich Gelegenheit. Seine schlimmsten Befürchtungen hatten sich bestätigt: Sein Sohn hatte ein Mädchen in Schwierigkeiten gebracht, seine Frau hatte sich in unverzeihlicher Weise eingemischt, und nun wohnte dieses Mädchen zwischen den Iggy-Pop-Postern in Jesses Schlafzimmer. Er konnte seufzen und sagen: »Habe ich es dir nicht gesagt? Habe ich dich nicht immer gewarnt?« (Zumindest konnte er es andeuten; denn

262

laut sagte er das nicht.) Fiona in ihrem flaumigen, rosa Bademantel und ihren großen rosa Damenpantoffeln, ihre Perlmuttseifendose in der Hand, glitt jeden Morgen an ihm vorbei ins Badezimmer, und Ira drückte sich an die Wand, als wäre sie zweimal so breit, wie sie wirklich war. Aber er begegnete ihr mit unfehlbarer Liebenswürdigkeit. Er brachte ihr sogar seine komplizierte Patience-Variante bei, als ihr das langweilige Herumsitzen zuviel wurde, und er lieh ihr Bücher aus seiner Seefahrer-Bibliothek – ein ganzes Regal mit Memoiren von Leuten, die ganz allein um die Welt gesegelt waren und dergleichen. Jahrelang hatte er diese Bücher schon seinen Kindern schmackhaft zu machen versucht. (»Also, ich finde«, sagte Fiona zu Maggie, »diese Bücher sind im Grunde immer dasselbe: ›Unterwegs auf Route soundso‹.« Aber sie ließ es Ira nicht merken.) Und im November, als die Wohnung in Waverly eigentlich frei werden sollte, fragte Ira nicht, warum sie nicht auszogen.

Maggie fragte auch nicht nach; sorgfältig vermied sie dieses Thema. Soviel sie wußte, war mit der Wohnung irgend etwas schiefgegangen. Vielleicht hatten die derzeitigen Mieter ihre Pläne geändert. Jedenfalls war von Ausziehen keine Rede. Fiona folgte Maggie jetzt überallhin, wie ihr die Kinder nachgelaufen waren, als sie noch klein waren. Sie ging ihr von einem Zimmer ins andere nach und stellte ihre mürrischen Fragen. »Warum fühle ich mich so schlapp?« fragte sie, oder: »Werde ich denn nie mehr Fußknöchel haben?« Sie hatte einen Schwangerschaftskursus begonnen und wollte, daß Maggie sie in den Kreißsaal begleitete. Jesse würde vielleicht umkippen oder so was. Maggie sagte: »Jesse will unbedingt dabeisein«, aber Fiona sagte: »Ich will nicht, daß er mich so sieht! Er ist nicht mal ein Blutsverwandter.«

Das war sie auch nicht, hätte Maggie einwenden können. Obwohl es in mancher Hinsicht so aussah, als wäre sie einer.

In Jesses Gesellschaft verfiel Fiona jetzt immer häufiger in einen klagenden, nörgelnden Tonfall. Sie beklagte sich über die Ungerechtigkeit – daß Jesse jeden Morgen zur Arbeit gehen konnte, während sie zu Hause saß und immer dicker wurde. Sie wäre doch besser auf der Schule geblieben, sagte sie jetzt, zumindest für das

Herbstsemester; aber nein, alles mußte so sein, wie Jesse es wollte: und sie war das Heimchen am Herd, das Mütterchen. Wenn sie so redete, lag etwas Tantenhaftes in ihrer Stimme, und wenn Jesse antwortete, klang es verstockt. »Hast du überhaupt zugehört, was ich gesagt habe?« konnte Fiona dann fragen, und Jesse antwortete: »Ich hab's gehört, ja.« Was war es bloß, das Maggie so vertraut daran vorkam? Es war fast eine Melodie, die Melodie der Streitereien, die Jesse früher mit seinen Eltern gehabt hatte; das war es. Jesse verhielt sich Fiona gegenüber eher wie ein Junge zu seiner Mutter als wie ein Mann zu seiner Frau.

Aber Fiona ging es nicht gut; kein Wunder, daß sie so bissig war. Die Schläfrigkeit der ersten Schwangerschaftsphase ließ sie nicht mehr los, auch im siebten und im achten Monat nicht, wenn die meisten Frauen wahre Energiebündel sind. Jesse sagte zum Beispiel: »Zieh dich an! Wir sind heute in der Granite Tavern engagiert, da bezahlen sie richtiges Geld«, aber sie sagte: »Ach, ich weiß nicht; vielleicht lasse ich dich ohne mich gehen.«

»Ohne dich?« fragte er. »Du meinst, allein?« Und er blickte ganz gekränkt und erstaunt drein. Aber er ging. Einmal blieb er sogar nicht mal zum Abendessen – er ging fort, kaum daß sie ihm gesagt hatte, daß sie nicht mitkommen würde, obwohl es noch nicht mal sechs Uhr war. Da aß dann auch Fiona nichts, sondern saß nur am Tisch und spielte mit ihrem Essen herum, von Zeit zu Zeit lief ihr eine Träne die Wange herunter, und nachher zog sie die Windjacke mit Kapuze an, die sie über ihrem Bauch gar nicht mehr zuknöpfen konnte, und machte einen langen, sehr langen Spaziergang. Vielleicht machte sie auch einen Besuch bei ihrer Schwester; Maggie hatte keine Ahnung. Um acht rief Jesse an, und Maggie mußte ihm sagen, daß sie irgendwohin ausgegangen sei. »Was heißt denn hier ausgegangen?«

»Hinausgegangen eben, Jesse. Sie kommt bestimmt bald zurück.«

»Mir sagte sie, sie sei zu müde, um auszugehen. Sie könnte nicht mit in die Granite Tavern kommen, weil sie zu müde sei.«

»Oh, vielleicht ist sie –«

Aber er hatte schon aufgelegt, ein dumpfer metallischer Schlag in ihrem Ohr.

Nun, solche Dinge passierten eben. (Das wußte Maggie nur zu genau.) Und am nächsten Morgen waren Jesse und Fiona wieder guter Dinge – hatten sich irgendwo ausgesöhnt und gingen miteinander liebevoller um als je zuvor. Maggie war ohne Grund besorgt gewesen, wie sich herausstellte.

Das Baby sollte Anfang März kommen, aber am ersten Februar wachte Fiona mit Rückenschmerzen auf. Maggie war gleich ganz aufgeregt, als sie es hörte. »Ich wette, das ist es«, sagte sie zu Fiona.
»Das kann nicht sein!« sagte Fiona. »Ich bin noch nicht soweit.«
»Natürlich bist du soweit. Du hast deine Ausstattung beisammen; dein Koffer ist gepackt –«
»Aber Jesse hat die Wiege noch nicht gebaut.«
Das stimmte. Er hatte sich mit allem möglichen Babyzubehör versehen, aber die Wiege hatte noch nicht Gestalt angenommen. Maggie sagte: »Macht nichts. Er kann sie bauen, wenn du im Krankenhaus bist.«
»Es sind sowieso ganz normale Rückenschmerzen«, sagte Fiona. »So ein Gefühl hatte ich schon oft, auch bevor ich schwanger war.«
Aber gegen Mittag, als Maggie von ihrer Arbeitsstelle anrief, klang Fiona schon unsicherer. »Ich habe immer solche Krämpfe im Bauch«, sagte sie. »Komm doch bitte früh nach Hause, ja?«
»Das mache ich«, sagte Maggie. »Hast du Jesse schon angerufen?«
»Jesse? Nein.«
»Warum rufst du ihn nicht an?«
»Okay, aber versprich mir, daß du kommst, ja? Geh gleich los.«
»Ich bin schon unterwegs.«
Als sie nach Hause kam, war Jesse gerade damit beschäftigt, Fionas Wehen mit einer hochoffiziell aussehenden Stoppuhr zu messen, die er eigens für diese Gelegenheit gekauft hatte. Er war überglücklich. »Wir kommen gut voran!« sagte er zu Maggie.
Fiona blickte verängstigt drein. Sie stieß immer wieder kleine Seufzer aus, nicht während der Wehen, aber dazwischen. »Schatz, ich glaube, du atmest nicht richtig«, sagte Jesse zu ihr.

Fiona erwiderte: »Hör auf damit. Ich atme so, wie es mir paßt.«
»Ich will doch bloß, daß es dir gutgeht. Geht es dir gut? Bewegt sich das Kind?«
»Ich weiß nicht.«
»Bewegt es sich oder nicht? Fiona? Du mußt doch etwas spüren.«
»Ich sage doch, ich weiß es nicht. Nein. Es bewegt sich nicht.«
»Das Baby bewegt sich nicht«, sagte Jesse zu Maggie.
»Nur keine Sorge. Es macht sich bloß bereit«, sagte Maggie.
»Da stimmt etwas nicht.«
»Es ist alles in Ordnung, Jesse. Glaub mir.«
Aber er glaubte ihr nicht, und deshalb machten sie sich schließlich viel zu früh auf den Weg zum Krankenhaus. Maggie fuhr. Jesse sagte, er würde einen Unfall bauen, wenn er führe, aber dann schimpfte er während der ganzen Fahrt über jedes Manöver, das Maggie machte. »Wie kommst du bloß auf die Idee, dich hinter einen Bus zu setzen? Wechsle die Spur. Nicht jetzt, um Himmels willen! Sieh in den Rückspiegel. O Gott, wir kommen noch alle um, und sie müssen ihr das Baby mitten auf der Franklin Avenue aus dem Bauch schneiden.«
Fiona schrie bei diesen Worten auf, was Maggie so entnervte, daß sie kräftig auf die Bremse trat und alle drei nach vorne geschleudert wurden. Jesse sagte: »Laß uns hier raus! Besser, wir gehen zu Fuß! Lieber soll die Geburt auf dem Gehweg stattfinden!«
»Na, schön«, sagte Maggie. »Dann steigt aus!«
Fiona sagte: »Wie bitte?«
»Jetzt mal langsam, Ma«, sagte Jesse. »Kein Grund, hysterisch zu werden. Bei Ma kann man sich drauf verlassen, daß sie bei jedem kleinen Zwischenfall ausrastet«, sagte er zu Fiona.
Den Rest der Strecke legten sie schweigend zurück, Maggie ließ sie am Eingang des Krankenhauses aussteigen und fuhr weiter, um einen Parkplatz zu suchen.
Als sie in der Aufnahme wieder zu ihnen stieß, setzte sich Fiona gerade in einen Rollstuhl. »Ich möchte, daß meine Schwiegermutter mitkommt«, sagte sie der Schwester.
»Nur Daddy kann mit Ihnen kommen«, antwortete die Schwester. »Oma muß im Warteraum bleiben.«

266

Oma?

»Ich will nicht Daddy, ich will Oma!« rief Fiona. Es klang, als wäre sie sechs Jahre alt.

»So, dann wollen wir mal«, sagte die Schwester und rollte sie davon. Jesse folgte ihr mit diesem gekränkten, ungeschützten Ausdruck auf dem Gesicht, den Maggie in letzter Zeit so oft an ihm gesehen hatte.

Maggie ging in den Warteraum, der groß wie ein Fußballplatz war. Eine riesige Fläche beigebrauner Teppichboden, aufgelockert von Sitzgruppen aus Couchen und Sesseln, die mit beigem Kunstleder bezogen waren. Sie ließ sich auf einer leeren Couch nieder und nahm von dem Beistelltischchen aus beigem Holz eine ganz zerlesene Zeitschrift. »Wie Sie Ihre Ehe in Schwung halten« war der erste Artikel überschrieben. Er gab ihr den Rat, sie solle unvorhersehbar sein und ihren Ehemann nach der Arbeit mit nichts als einer schwarzen Spitzenschürze am Leib begrüßen. Ira würde glauben, sie habe den Verstand verloren. Von Jesse, Fiona und den fünf verzückten kleinen Mädchen ganz zu schweigen. Sie wünschte, sie hätte ihr Strickzeug mitgebracht. Eine große Strickerin war sie nicht – ein paar Zentimeter liefen ihr die Maschen ganz munter aus der Hand, aber dann rückten sie zu kleinen, sich kräuselnden Verdickungen zusammen, es erinnerte sie an ein Auto, das abwechselnd vorwärtsschnellt und dann wieder bockt –, aber in letzter Zeit hatte sie ein rotes Football-Trikot für das Baby angefangen. (Es würde ein Junge werden; alle glaubten das, und es waren auch nur Jungennamen erwogen worden.)

Sie legte die Zeitschrift beiseite und ging hinüber zu der Reihe von Münztelefonen an der Wand. Zuerst wählte sie die Nummer von zu Hause. Als niemand antwortete – auch Daisy nicht, die normalerweise um drei aus der Schule zurück war –, sah sie auf die Uhr und stellte fest, daß es kaum zwei war. Sie hatte gemeint, es sei viel später. Sie wählte die Nummer von Iras Laden. »Sam's Rahmenladen«, meldete er sich.

»Ira?« sagte sie. »Stell dir vor – ich bin im Krankenhaus.«

»Wirklich? Was hast du denn?«

»Nichts habe ich. Fiona bekommt ihr Kind.«

»Oh«, sagte er. »Ich dachte, du hättest den Wagen zu Schrott gefahren oder so was.«

»Hast du Lust, zu kommen und mit mir hier zu warten? Es wird noch ein Weilchen dauern.«

»Na ja, vielleicht sollte ich nach Hause gehen und mich um Daisy kümmern«, sagte Ira.

Maggie seufzte. »Daisy ist in der Schule«, sagte sie zu ihm. »Und zu kümmern braucht man sich schon seit Jahren nicht mehr um sie.«

»Aber jemand muß doch das Abendessen machen.«

Sie gab es auf. (Mochte der liebe Gott verhindern, daß sie im Krankenhaus sterben mußte; er würde wahrscheinlich nicht kommen.) Sie sagte: »Also mach, was du willst, Ira, ich dachte bloß, du würdest gern dein Enkelkind sehen wollen.«

»Das werde ich noch früh genug sehen, oder?« fragte er.

Maggie erblickte Jesse auf der anderen Seite des Warteraums. »Ich muß Schluß machen«, sagte sie und hängte ein. »Jesse?« rief sie und lief zu ihm hinüber. »Was gibt es Neues?«

»Alles wunderbar. Das behaupten sie jedenfalls.«

»Wie geht es Fiona?«

»Sie ist ängstlich«, sagte er, »und ich versuche, sie zu beruhigen, aber diese Leute von der Station schicken mich ständig hinaus. Jedesmal wenn irgendein höheres Tier kommt, sagen sie, ich soll hinausgehen.«

So viel zum Thema moderne Zeiten, dachte Maggie. Von allem, was wirklich wichtig war, wurden die Männer nach wie vor ferngehalten.

Jesse kehrte zu Fiona zurück, aber er hielt Maggie auf dem laufenden, tauchte etwa alle halbe Stunde auf und sprach fachmännisch über Phasen und Zentimeter. »Es geht jetzt ziemlich schnell voran«, sagte er einmal, und ein andermal: »Viele Leute glauben, bei Acht-Monats-Kindern sei das Risiko größer als bei Sieben-Monats-Kindern, aber das ist ein Ammenmärchen. Bloß ein Aberglaube.« Sein Haar stand ihm in dicken Büscheln vom Kopf, wie vom Wind zerzaustes Gras. Maggie widerstand der Versuchung, ihre Hand auszustrecken und es zu glätten. Auf einmal erinnerte er sie an Ira. So verschieden die beiden in anderer Hinsicht waren, beide waren davon überzeugt, daß sie eine Sache unter Kontrolle bekommen konnten, indem sie etwas darüber lasen und sich kundig machten.

Sie überlegte, ob sie für eine Weile nach Hause fahren sollte (es war jetzt fünf Uhr), aber sie wußte, daß sie dort nur unruhig herumlaufen würde, deshalb blieb sie und hielt telefonischen Kontakt. Daisy berichtete, Ira bereite eine Pfannkuchenmahlzeit vor. »Ohne frisches Grünzeug?« fragte Maggie. »Wo bleibt denn das Grünzeug?« Ira kam ans Telefon und versicherte ihr, als Beilage gebe es eingelegte Holzapfelringe. »Eingelegte Holzapfelringe sind nicht grün, Ira, sie sind rot und kommen aus der Dose«, sagte Maggie. Ihr war zum Weinen zumute. Sie hätte zu Hause sein sollen, um die Ernährung ihrer Familie zu überwachen; sie hätte in den Kreißsaal stürmen sollen, um Fiona zu trösten; sie hätte Jesse in die Arme nehmen und ihn wiegen sollen, denn er war noch ein Kind und viel zu jung für das, was ihm hier widerfuhr. Aber hier stand sie und hielt krampfhaft einen salzig riechenden Hörer in einer öffentlichen Telefonkabine fest. In ihrem Magen hatte sich alles zusammengezogen und verknotet. Es war noch gar nicht so lange her, daß sie selbst Patientin im Kreißsaal gewesen war, und ihre Muskeln erinnerten sich noch genau daran.

Sie verabschiedete sich von Ira und trat dann durch die Türen, hinter denen Jesse immer verschwand. Sie wanderte einen Flur entlang und hoffte, nun ja, wenigstens eine Kinderstation voller Neugeborener zu finden, die sie aufmuntern würden. Sie kam an einem anderen, kleineren Warteraum vorüber, der vielleicht zu einem Labor oder einem Privatbüro führte. Ein älteres Ehepaar saß dort in zwei Plastiksesseln, und ihnen gegenüber ein stämmiger Mann in einem Overall voller Farbspritzer. Als Maggie ihren Schritt verlangsamte, um einen Blick hineinzuwerfen, rief eine Schwester: »Mister Plum?«, und der ältere Mann stand auf und betrat ein angrenzendes Zimmer, nachdem er eine nagelneue Zeitschrift auf den Tisch zurückgelegt hatte. Maggie trat rasch ein, als habe sie ganz selbstverständlich das Recht, sich hier aufzuhalten, und griff nach der Zeitschrift, wobei sie eine unbeholfene halbe Verbeugung machte, um der alten Dame zu bedeuten, daß sie nicht stören wollte. Sie setzte sich neben den Mann im Overall. Es machte nichts, daß auch dies eine Frauenzeitschrift war; die Seiten strömten wenigstens noch den Geruch von frischer Druckfarbe aus, und die Filmstars, die ihre Geheimnisse ausplauderten, hatten aktuelle Frisuren. Sie überflog einen Artikel über eine neue Diät. Man suchte sich unter seinen Lieblingsspeisen eine aus und aß davon, soviel man wollte, dreimal am Tag; sonst nichts. Maggie hätte sich die Rindfleisch- und Bohnen-Burritos aus dem Lexington-Supermarkt ausgesucht.

In dem angrenzenden Zimmer sagte die Schwester: »Also, Mr. Plum, ich gebe Ihnen diese Flasche für den Urin mit.«

»Wofür?«

»Urin.«

»Wie bitte?«

»Sie ist für den Urin!«

»Lauter bitte – ich kann Sie nicht verstehen.«

»*Urin* habe ich gesagt! Sie nehmen sie mit nach Hause! Sie sammeln Ihren ganzen Urin darin! Vierundzwanzig Stunden lang! Dann bringen Sie die Flasche zurück!«

Die Frau in dem Sessel gegenüber von Maggie ließ ein verlegenes Kichern hören. »Er ist taub wie ein Türknopf«, sagte sie zu Maggie. »Dem muß man alles und jedes ins Ohr schreien, damit er was versteht.«

Maggie lächelte und schüttelte den Kopf, sie wußte nicht, wie sie sonst hierauf eingehen sollte. Der Mann im Overall rührte sich. Er legte seine großen, behaarten Fäuste auf die Knie. Er räusperte sich und sagte: »Wissen Sie, es ist ganz komisch. Ich höre die Stimme von der Schwester sehr gut, aber ich verstehe kein Wort von dem, was sie sagt.«

Maggies Augen füllten sich mit Tränen. Sie ließ ihre Zeitschrift sinken und kramte in ihrer Handtasche nach einem Papiertaschentuch, da sagte der Mann: »Sie, hallo? Alles in Ordnung?«

Sie konnte ihm nicht sagen, daß es seine freundliche Art gewesen war, die sie so gerührt hatte – soviel Zartgefühl bei einem Menschen, bei dem man es gar nicht erwartete –, und deshalb sagte sie:

»Es ist wegen meinem Sohn, er bekommt ein Baby. Vielmehr, die Frau von meinem Sohn.«

Der Mann und die alte Frau warteten, die Gesichter bereit, eine gebührend erschreckte und mitleidsvolle Miene aufzusetzen, sobald sie das Schlimme an der ganzen Sache vernommen hatten. Und sie konnte ihnen nicht sagen: »Ich bin allein schuld daran, ich bringe alles Mögliche in Gang und denke nie an die Folgen.« Also sagte sie statt dessen: »Es kommt Monate zu früh, der richtige Termin ist noch längst nicht...«

Der Mann schnalzte mit der Zunge. Seine Stirn furchte sich, als wäre sie aus Stoff. Die alte Frau sagte: »Oh, Himmel, Sie müssen vor lauter Sorgen ganz krank sein. Aber geben Sie die Hoffnung nicht auf, also die Frau von meinem Neffen Brady, Angela...«

Und das war der Grund, warum dann Jesse, als er ein paar Minuten später den Gang vom Kreißsaal entlangkam, seine Mutter in einem kleinen Seitenraum fand, umgeben von lauter drängelnden Fremden. Sie streichelten sie und trösteten sie mit murmelnder Stimme – eine alte Frau, irgendein Arbeiter, eine Krankenschwester mit einem Schreibblock in der Hand und ein gebückter alter Mann, der eine riesige leere Flasche umklammert hielt. »Ma?« sagte Jesse und trat herein. »Das Baby ist da, es geht beiden gut.«

»Gelobt sei Jesus Christus!« rief die alte Frau und warf die Hände zur Decke empor.

»Das Dumme ist bloß«, sagte Jesse, während er der Frau mißtrauisch zusah, »es ist ein Mädchen. Irgendwie habe ich mit einem Mädchen gar nicht gerechnet.«

»Darüber werden Sie sich doch jetzt nicht aufregen?« fragte die alte Frau. »In einem Augenblick wie diesem? Dieses Kind wurde den Klauen des Todes entrissen!«

»Den...?« sagte Jesse und dann: »Nein, es ist bloß ein Aberglaube, daß Acht-Monats-Kinder –«

»Laß uns gehen«, sagte Maggie, kämpfte sich durch das Gedränge, nahm ihn beim Arm und lotste ihn hinaus.

Wie dieses Baby dann das Haus in Beschlag nahm! Ihre Wutschreie und ihr Trauertaubengurren, diese Geruchsmischung aus Puder

und Ammoniak, ihre rudernden Arme und Beine. Sie hatte Fionas
Teint, aber Jesses Witz und Lebhaftigkeit (diesmal war es keine
»kleine Dame«). Ihre kleinen, feingeschnittenen Züge waren im
unteren Teil ihres Gesichts ganz eng zusammengerückt, und
wenn Fiona ihr das bißchen Haar zu einer Tolle auf dem Kopf zu-
sammenkämmte, sah sie aus wie eine Kewpie-Puppe; und wie
eine Puppe wurde sie auch von den verzückten kleinen Mädchen
überall herumgeschleppt, die, wenn es gestattet gewesen wäre, die
Schule versäumt hätten, bloß um sie unter die Achselhöhlen zu
nehmen und herumzutragen oder ihr die Rassel zu dicht vor die
Augen zu halten oder atemlos über ihr zu hängen, wenn Maggie
sie badete. Sogar Ira zeigte Interesse, obwohl er es zu verbergen
suchte. »Sagt mir Bescheid, wenn sie groß genug zum Baseball-
spielen ist«, hatte er gesagt, aber schon in der zweiten Woche hatte
Maggie mitbekommen, daß er gelegentlich in die Kommodenschublade blinzelte, in der Leroy schlief. Und als sie sitzen gelernt
hatte, da hatten die beiden längst ihre Zwiegespräche aufgenommen, zu denen sonst niemand zugelassen war.
Und Jesse? Er war ganz und gar bei der Sache – immer war er bereit,
auszuhelfen, so sehr, daß es manchmal direkt lästig war, wenn
man Fiona glauben wollte. Er trug Leroy während ihrer Schreian-
fälle herum, und er stieg nach der Mahlzeit um zwei Uhr morgens
aus seinem warmen Bett, um sie ihr »Bäuerchen« machen zu lassen und sie dann in Maggies Zimmer zurückzubringen. Und einmal, als Maggie Fiona zu einem Einkaufsbummel mitnahm, da
kümmerte er sich einen ganzen Samstagmorgen allein um sie und
sah gar nicht mitgenommen aus, als er Leroy wieder ablieferte,
wenngleich die übervorsichtige Art, wie er sie angezogen hatte –
die Träger der Strampelhose klemmten den Kragen ein und hatten
den doppelten Rüschenkranz ganz zerdrückt –, Maggie aus irgendeinem Grund traurig stimmte. Er behauptete jetzt, er habe nie
einen Jungen haben wollen, und wenn doch, dann wisse er nicht
mehr, warum. »Mädchen sind genau richtig«, sagte er. »Leroy ist
genau richtig. Bloß, weißt du...«
»Bloß was?«
»Na ja, eben... also, bevor sie geboren war, da gab es, wie soll ich

sagen, diese Vorfreude. Und jetzt habe ich nichts mehr, worauf ich
mich freuen kann, weißt du?«

»Ach, das vergeht«, sagte Maggie. »Mach dir keine Sorgen.«

Aber später sagte sie zu Ira: »Ich habe noch nie gehört, daß ein
Vater unter Wochenbettdepression leidet.«

Aber wenn die Mutter nicht darunter litt, dann vielleicht der Vater; verhielt sich das so? Denn Fiona war fröhlich und gar nicht
grüblerisch. Oft, wenn sie mit dem Baby herumhüpfte, glich sie
eher einem der verzückten kleinen Mädchen als einer Mutter. Sie
kümmerte sich, fand Maggie, zu sehr darum, Leroy auszustaffie-
ren, um die niedlichen Kleidchen und das Schleifchen im Haar.
Aber vielleicht kam es ihr auch nur so vor. Vielleicht war Maggie
eifersüchtig. Tatsächlich, sie gab das Baby nicht gern preis, wenn
sie morgens zur Arbeit fuhr. »Wie kann ich sie allein lassen?« jammerte sie Ira vor. »Fiona hat nicht die geringste Ahnung von Säuglingspflege.«

»Dann muß sie es eben lernen«, sagte Ira. Und so fuhr Maggie los,
aber innerlich blieb sie zu Hause und rief mehrmals am Tage an,
um zu hören, wie es ging. Und es ging immer sehr gut.

Im Altenheim hörte sie eines Nachmittags mit an, wie sich ein
Besucher mittleren Alters mit seiner Mutter unterhielt – einer
geistesabwesenden Frau mit schlaff herabhängendem Unterkiefer
in einem Rollstuhl. Er erzählte ihr, wie es seiner Frau ging, wie es
den Kindern ging. Seine Mutter strich währenddessen die Decke
auf ihrem Schoß glatt. Er erzählte ihr von seiner Arbeit. Seine
Mutter zupfte ein paar Flusen aus der Decke und schnippte sie auf
den Fußboden. Er erzählte ihr von einer Postkarte, die zu Hause
für sie angekommen war. Die Kirche veranstaltete zu Ostern
einen Basar, und sie sollte ankreuzen, welche Aufgabe sie als frei-
willige Helferin übernehmen wolle. Dem Sohn kam das angesichts der Behinderung seiner Mutter komisch vor. »Sie ließen dir
die Wahl«, erzählte er kichernd. »Du könntest am Handarbeits-
stand mit verkaufen, oder du könntest dich um die Babys kümmern.« Die Hände seiner Mutter wurden ruhig. Sie hob den Kopf.
Ihr Gesicht leuchtete auf und strahlte. »Oh!« rief sie leise. »Ich
kümmere mich um die Babys!«

Maggie wußte genau, was sie empfand.

Leroy war ein großes, dünnes Kind, und Fiona machte sich Sorgen, daß ihr die Kommodenschublade, in der sie schlief, bald zu klein werden würde. »Wann fängst du denn nun mit dieser Wiege an?« fragte sie Jesse, und Jesse sagte: »Jetzt bald.«

Maggie sagte: »Vielleicht sollten wir einfach ein Kinderbett kaufen. Eine Wiege ist für ein Neugeborenes; sie würde nicht mehr lange hineinpassen.«

Aber Fiona sagte: »Nein, an dieser Wiege hängt mein Herz.« Zu Jesse sagte sie: »Du hast es versprochen.«

»Also daß ich es *versprochen* habe, daran kann ich mich nicht erinnern.«

»Aber das hast du«, sagte sie.

»Ist ja gut! Ich mach sie! Hab ich's dir nicht eben gesagt?«

»Du brauchst mich nicht so anzuschreien«, sagte sie.

»Ich schreie dich nicht an.«

»Das tust du doch.«

»Tue ich nicht.«

»Wohl.«

»Kinder! Kinder!« sagte Maggie und tat so, als würde sie scherzen. Aber sie tat nur so.

Einmal brachte Fiona eine Nacht bei ihrer Schwester zu, nahm das Baby und marschierte nach einem Streit hinaus. Eigentlich war es gar kein Streit gewesen, nur ein kleines Mißverständnis. Die Band sollte in einem Club in der Innenstadt von Baltimore spielen, und Fiona wollte, wie üblich, mitkommen, bis Jesse besorgt meinte, Leroy sei erkältet und sollte nicht allein gelassen werden. Fiona sagte, Maggie werde sich um sie kümmern, und Jesse sagte, ein erkältetes Baby brauche seine Mutter, und dann sagte Fiona, es sei einfach toll, wieviel ihm an diesem Baby liege und wie wenig an seiner Frau, und dann sagte Jesse ...

Na ja.

Fiona ging weg und kam erst am nächsten Morgen zurück; Maggie hatte befürchtet, sie sei für immer gegangen und bringe das arme kranke Baby in Gefahr, das viel mehr Pflege brauchte, als Fiona ihm bieten konnte. Fiona mußte schon immer mit dem Plan ge-

spielt haben, sie zu verlassen. Allein schon diese Seifendose! War
es nicht seltsam, daß sie nun seit fast einem Jahr zweimal am Tag
eine Perlmuttseifendose, eine Tube Aim-Zahnpasta (nicht die
Marke der Morans) und eine Zahnbürste in einem Plastikbehälter
ins Badezimmer trug? Und daß sie ihre Toilettensachen ständig in
einem ordentlichen PVC-Reisenecessaire auf der Kommode ver-
staute? Sie hätte ebensogut ein Gast sein können. Sie hatte nie
vorgehabt, sich auf Dauer hier einzurichten.

»Geh ihr nach«, sagte Maggie zu Jesse, aber Jesse fragte: »Wozu
sollte ich? Sie ist diejenige, die gegangen ist.« Er war auf seiner
Arbeitsstelle, als Fiona am nächsten Morgen bleich und mit ver-
quollenen Augen zurückkam. Strähnen ihres ungekämmten
Haars hatten sich mit dem Besatz aus Pelzimitation an der Kapuze
ihrer Windjacke verfilzt, und Leroy war ungeschickt in eine grell-
bunte, über Eck gefaltete Wolldecke gewickelt, die ihrer Schwester gehören mußte.

Es stimmte, was Maggies Mutter sagte: In dieser Familie ging es
von einer Generation zur anderen immer weiter bergab. In jeder
Hinsicht befanden sie sich auf dem Abstieg, nicht nur, was ihre
Berufe und ihre Bildung anging, sondern auch in der Art, wie sie
ihre Kinder großzogen und ihren Haushalt führten. (»Wieso hast
du zugelassen, daß alles so herunterkommt?« hallte es noch durch
Maggies Erinnerung.) Mrs. Daley sah auf die schlafende Leroy herunter und kräuselte mißbilligend die Lippen. »Einen Säugling in
eine Kommodenschublade zu stecken! Einfach bei dir und Ira
wohnen zu bleiben! Was denken die sich? Es muß an dieser Fiona
liegen. Wirklich, Maggie, diese Fiona ist so... Also, sie ist nicht
mal ein Mädchen aus Baltimore! Und was ist das für ein Spekta-
kel, den ich da höre?«

Maggie neigte den Kopf und lauschte. »Das ist Canned Heat«,
meinte sie.

»Candide? Ich will nicht wissen, wie es heißt; ich meine, warum
läuft das? Als ihr Kinder klein wart, habe ich immer Beethoven
und Brahms gespielt und alle Opern von Wagner!«

Ja, und Maggie konnte sich noch an die quälende Langeweile erinnern, wenn Wagners Bombast durch das Haus schmetterte. Und

an ihre Enttäuschung, wenn sie eine wichtige Geschichte mit den Worten »Ich und Emma, wir waren bei . . .« begann und gleich von ihrer Mutter unterbrochen wurde. (»Das heißt bitteschön ›Emma und ich‹.«) Sie hatte sich geschworen, es bei ihren eigenen Kindern nie so zu machen, lieber wollte sie hören, was sie zu erzählen hatten. Das mit der Grammatik würde sich schon von selbst finden. Allerdings hatte es sich dann doch nicht gefunden, zumindest nicht bei Jesse.

Vielleicht entsprang ihr eigenes Abgleiten sogar einer Absicht. Wenn es so war, dann mußte sie sich bei Jesse entschuldigen. Vielleicht führte er nur ihren geheimen Umsturzplan weiter und wäre sonst – wer weiß? – vielleicht Anwalt geworden wie der Vater von Mrs. Daley.

Aber jetzt war es zu spät.

Leroy lernte krabbeln und krabbelte sofort aus ihrer Schublade heraus, und am nächsten Tag kam Ira mit einem Kinderbett nach Hause. Ohne jede Bemerkung baute er es in seinem und Maggies Schlafzimmer zusammen. Ohne jede Bemerkung sah Fiona von der Tür aus zu. Die Haut unter ihren Augen wirkte blaß und gefleckt.

An einem Samstag im September feierten sie den Geburtstag von Iras Vater. Maggie hatte einen Brauch daraus gemacht, daß sie seinen Geburtstag alle gemeinsam auf der Pimlico-Rennbahn verbrachten – obwohl dann der Laden geschlossen bleiben mußte. Sie nahmen ein riesiges Picknick mit und für jeden einen Zehn-Dollar-Schein zum Wetten. Früher hatte sich die ganze Familie in Iras Auto gezwängt, aber das war jetzt natürlich nicht mehr möglich. In diesem Jahr waren Jesse und Fiona mit von der Partie (die im Jahr davor gerade in den Flitterwochen gewesen waren), außerdem auch Leroy, und sogar Iras Schwester Junie hatte sich dazu durchgerungen, mitzufahren. Deshalb lieh Jesse den Bus aus, mit dem seine Band sonst die Instrumente transportierte. SPIN THE CAT stand auf der Seite, das S und das C waren gestreift wie Tigerschwänze. Hinten in den Wagen packten sie die Picknickkörbe und die Babysachen, und dann fuhren sie zum Rahmenladen, um

Iras Vater und seine Schwestern abzuholen. Junie hatte ihr gewöhnliches Ausgehkostüm angezogen, ganz aus Schrägstreifen geschnitten, und trug einen Sonnenschirm, der sich nicht zusammenklappen ließ, was einige Komplikationen verursachte, als sie einsteigen wollte. Und Dorrie umklammerte ihre Mantelschachtel von Hutzler, was noch mehr Komplikationen verursachte. Aber alle nahmen es gutgelaunt hin – sogar Iras Vater, der immer wieder sagte, in seinem Alter sollte man nicht mehr soviel Wind um einen Geburtstag machen.

Der Tag war schön, einer von denen, die kühl anfangen, bis einem das Sonnenlicht zuerst sanft die äußeren Schichten wärmt und dann auch die inneren. Daisy wollte alle dazu bringen, *Camptown Races* anzustimmen, und Iras Vater hatte ein schiefes, befangenes Lächeln aufgesetzt. So sollten Familien sein, dachte Maggie. Und in dem Bus, der sie vom Parkplatz zur Rennbahn brachte – einem Bus, den sie zur Hälfte füllten, wenn man die auf leeren Sitzen schaukelnden Picknickkörbe und die Tasche für die Windeln und den zusammengeklappten Sportwagen mitrechnete, der den Mittelgang versperrte –, empfand Maggie Mitleid mit den anderen Fahrgästen, die allein oder zu zweit dasaßen. Die meisten trugen eine Alltagsmiene zur Schau. Sie waren ordentlich gekleidet, blickten streng und zielstrebig drein und waren hier, um zu gewinnen. Die Morans waren hier, um zu feiern.

Sie nahmen eine ganze Sitzreihe auf der unüberdachten Tribüne in Beschlag und stellten Leroy in ihrem Wagen daneben ab. Dann begab sich Mr. Moran, der sich auf seine Pferdekenntnis etwas einbildete, zum Sattelplatz, um einen Eindruck zu gewinnen, und Ira ging mit, um ihm Gesellschaft zu leisten. Jesse fand ein Pärchen, das er kannte – einen Mann in einer Motorradmontur und ein dünnes Mädchen in Wildlederhosen mit Fransen –, und verschwand mit ihnen; er war kein großer Spieler. Die Frauen setzten sich und fingen an, sich ihre Pferde nach dem Klang ihrer Namen auszusuchen – eine Methode, die so gut zu funktionieren schien wie jede andere. Maggie neigte zu einem, das »Barmherzigkeit« hieß, aber Junie war nicht einverstanden. Sie sagte, in ihren Ohren klinge das nicht nach einem schneidigen Pferd.

Wegen des Babys, das zahnte oder irgend etwas anderes hatte und ein bißchen gereizt war, wanderten sie nacheinander zu den Wettschaltern. Zuerst gingen Fiona und Iras Schwestern, während Maggie mit Leroy und Daisy zurückblieb. Als die anderen wieder da waren, gingen Maggie und Daisy, die jede Menge guter Ratschläge auf Lager hatte. »Mach es so«, sagte sie, »setze zwei Dollar auf den dritten Platz. Das ist am sichersten.« Aber Maggie sagte: »Wenn es mir um die Sicherheit ginge, würde ich jetzt zu Hause sitzen«, und setzte die ganzen zehn Dollar auf Sieg von Nummer Vier. (Früher hatte sie versucht, die Familie zu überreden, alle sollten ihr Geld zusammenlegen und direkt zum »Fünfzig-Dollar-Minimum-Schalter« zu gehen, einem gefährlichen, aufregenden Ort, dem sie niemals auch nur nahe gekommen war, aber inzwischen hatte sie diese Versuche aufgegeben.) Unterwegs begegneten sie Ira und seinem Vater, die über Statistiken diskutierten. Das Gewicht der Jockeys, ihre bisherigen Leistungen, die schnellsten Zeiten der Pferde und auf welchem Boden sie am besten liefen – es gab eine Menge zu bedenken, wenn man es darauf anlegte. Maggie verwettete ihre zehn Dollar und ging wieder, während Daisy bei den Männern blieb, und nun standen sie zu dritt da und beratschlagten.

»Dieses Kind raubt mir den letzten Nerv«, sagte Fiona, als Maggie zurückkam. Leroy wollte offenbar nicht getragen werden, sie strebte zum Boden, der mit Verschlüssen von Bierdosen und Zigarettenkippen übersät war. Dorrie, die eigentlich helfen sollte, hatte statt dessen ihre Mantelschachtel geöffnet und verteilte auf allen Sitzen Marshmallows, in einer langen Kette, die von einem Ende der Reihe zum anderen reichte. Maggie sagte: »Komm, ich nehme sie, das arme Lämmchen«, und dann trug sie Leroy hinunter an die Barriere, um die Pferde zu bestaunen, die sich gerade mit gezierten Hopsern an der Startmaschine versammelten. »Wie machen die Pferde?« fragte Maggie und fuhr fort: »Wieher-wieher-wieher!« Ira und sein Vater kamen zurück, sie debattierten immer noch. Jetzt ging es um das Blatt mit Renntips, das Mr. Moran von einem Mann ohne Zähne gekauft hatte. »Für welche habt ihr denn gestimmt?« fragte Maggie sie.

»Das ist doch keine Abstimmung, Maggie«, sagte Ira. Die Pferde starteten, wunderlich sahen sie aus, wie Spielzeug. Sie galoppierten vorüber mit einem Geräusch, das Maggie an eine im steifen Wind knatternde Fahne erinnerte. Und schon war das Rennen zu Ende. »So kurz?« beklagte sich Maggie. Sie konnte nicht begreifen, wie rasch alles vor sich ging; es gab kaum etwas zu sehen. »Wirklich, von einem Baseballspiel hat man mehr«, sagte sie zu dem Baby.

Auf der elektrischen Anzeigetafel leuchteten die Resultate auf: Von Nummer Vier war nichts zu sehen. Irgendwie fühlte sich Maggie erleichtert. Nun brauchte sie keine Wahl mehr zu treffen. Der einzige, bei dem es sich gut angelassen hatte, war Mr. Moran. Er hatte sechs Dollar mit Nummer Acht gewonnen, einem Pferd, das sein Tippzettel empfohlen hatte. »Siehst du?« sagte er zu Ira. Daisy hatte gar nicht gewettet; sie hob ihr Geld für ein Rennen auf, bei dem sie sich sicherer fühlte.

Maggie reichte das Baby zu Daisy hinüber und fing an, das Essen auszupacken. »Es gibt Schinken auf Roggen, Truthahn auf Weißbrot, Roastbeef auf Vollkorn«, verkündete sie. »Es gibt Hühnersalat, gefüllte Eier, Kartoffelsalat und Kohlsalat. Pfirsiche, frische Erdbeeren und Melonenscheiben. Und hebt euch ein bißchen Hunger für den Geburtstagskuchen auf.« Die Leute um sie herum vertilgten Imbißkost, die sie sich gleich neben der Rennbahn gekauft hatten. Sie blickten neugierig nach den Körben, die Daisy alle mit einem gestärkten karierten und an den Kanten umgeschlagenen Tuch ausgelegt hatte. Maggie verteilte Servietten. »Wo ist Jesse?« fragte sie und blickte suchend über die Menge.

»Keine Ahnung«, meinte Fiona. Irgendwie war Leroy wieder auf ihrem Arm gelandet. Fiona rüttelte sie heftig, während Leroy das Gesicht verzog und quengelte. Also, das hätte Maggie im voraus sagen können. In einem so hektischen Rhythmus wiegt man kein Baby; hätte Fiona das nicht inzwischen wissen können? Der bloße Instinkt mußte ihr das sagen. Ein Anflug von Verärgerung stichelte in Maggies Kreuz. Um ehrlich zu sein, sie ärgerte sich weniger über Fiona als über diese Quengelei – Leroys abgehacktes »Eh, eh«. Wäre Maggie nicht gerade damit beschäftigt gewesen, die

279

Pappteller zu füllen, hätte sie sie übernehmen können, aber jetzt konnte sie nur Vorschläge machen. »Setz sie doch mal in den Wagen, Fiona. Vielleicht schläft sie ein.«

»Die schläft nicht ein; die klettert sofort wieder heraus«, sagte Fiona. »Oh, wo ist bloß Jesse.«

»Daisy, geh mal und such deinen Bruder«, befahl Maggie.

»Ich kann nicht; ich esse gerade.«

»Geh trotzdem. Himmel noch mal, ich kann nicht alles machen.«

»Ist es denn meine Schuld, wenn er mit seinen blöden Freunden irgendwohin abschwirrt?« fragte Daisy. »Ich habe gerade mein Sandwich angefangen.«

»Also hör mal, Fräulein . . . Ira?«

Aber Ira und sein Vater waren wieder zu den Wettschaltern gegangen. Maggie sagte: »Oh, ver–, Dorrie, geh du doch mal bitte los und such Jesse für mich, ja?«

»Aber ich teile hier doch gerade diese Marshmallows aus«, sagte Dorrie.

Die Marshmallows erstreckten sich in einer schnurgeraden, ununterbrochenen Reihe über die ganze Länge der Sitzreihe, wie eine punktierte Linie. Infolgedessen konnte sich keiner von ihnen hinsetzen. Am entfernteren Ende der Sitzreihe blieben immer wieder Leute stehen, die einen Platz suchten, aber dann sahen sie die Marshmallows und gingen weiter. Maggie seufzte. Hinter ihr scholl ein Fanfarenstoß durch die klare, ruhige Luft, aber Maggie, das Gesicht zur Tribüne gewandt, suchte in der Menge weiter nach Jesse. Dann schob Junie ein paar von Dorries Marshmallows beiseite und setzte sich ruckartig hin, wobei sie ihren Sonnenschirm mit beiden Händen festhielt. »Maggie«, murmelte sie, »ich fühle mich auf einmal so, ich weiß nicht . . .«

»Hol tief Luft«, sagte Maggie energisch. Das passierte hin und wieder. »Denk daran, daß du als jemand anderer hier bist.«

»Ich glaube, ich werde ohnmächtig«, sagte Junie, und ohne Warnung schwang sie ihre Sandalen mit den Pfennigabsätzen hoch und legte sich flach auf die Sitze. Den Sonnenschirm hielt sie immer noch mit beiden Händen gefaßt, er erhob sich über ihrer Brust, als sei er dort eingepflanzt. Dorrie machte sich geistesabwesend um sie herum zu schaffen und versuchte, so viele Marshmallows wie möglich zu retten.

»Daisy, ist das da drüben bei den Leuten dein Bruder?« fragte Maggie.

Daisy fragte: »Wo?« aber Fiona war schneller. Sie drehte sich um und sagte: »Aber sicher ist er das.« Dann schrie sie: »Jesse Moran! Beweg deinen Arsch und komm her!«

Ihre Stimme klang schrill und durchdringend. Alle Leute guckten.

Maggie sagte: »Oh, also, ich würde nicht –«

»Hörst du?« kreischte Fiona, und Leroy fing jetzt wirklich an zu weinen.

»Du brauchst doch nicht so zu schreien, Fiona«, sagte Maggie.

Fiona sagte: »Was?«

Sie funkelte Maggie böse an, ohne auf das heulende Kind zu achten. Es war einer von diesen Augenblicken, in denen Maggie am liebsten einfach den Rückwärtsgang eingelegt hätte, um noch mal anzufahren. (Gegenüber zornigen Frauen hatte sie sich immer wie gelähmt gefühlt.) Unterdessen begann Jesse, der seinen Namen nicht überhört haben konnte, sich einen Weg zu ihnen zu bahnen.

Maggie sagte: »Oh, da kommt er!«

»Willst du mir etwa verbieten, meinen eigenen Mann anzuschreien?« fragte Fiona.

Sie schrie noch immer. Sie mußte es tun, um das kreischende Baby zu übertönen. Leroys Gesicht war rot, und Spieße von feuchtem Haar klebten ihr auf der Stirn. Offen gestanden, sie war irgendwie unansehnlich. Maggie spürte einen Drang, sich von all diesen Menschen zu entfernen, so zu tun, als hätte sie nichts mit ihnen zu schaffen; aber statt dessen versuchte sie, die Erregung aus ihrer Stimme zu verbannen, und sagte: »Nein, ich meinte nur, er war doch gar nicht so weit weg, verstehst du –«

»Das meintest du nicht«, sagte Fiona und preßte das Kind zu fest an sich. »Du versuchst, uns Vorschriften zu machen, genau wie immer; du versuchst unser Leben zu bestimmen.«

»Nein, wirklich, Fiona –«

»Was ist denn los?« fragte Jesse munter, als er bei ihnen war.

»Ma und Fiona streiten sich«, sagte Daisy. Sie knabberte zierlich an ihrem Sandwich.

»Das stimmt überhaupt nicht!« sagte Maggie. »Ich habe bloß vorgeschlagen –«

»Ihr streitet euch?« sagte Ira. »Was soll denn das?«

Er und Mr. Moran standen plötzlich im Gang hinter Jesse. »Was ist hier los?« fragte er über Leroys Geschrei hinweg.

Maggie sagte zu ihm: »Nichts ist los! Herrgott noch mal, ich habe bloß gesagt –«

»Kann man euch Leute nicht mal eine Minute allein lassen?« fragte Ira. »Und warum liegt Junie da flach? Wieso passiert das alles so *schnell*?«

Unfair, unfair! Wenn man ihn reden hörte, hätte man glauben können, solche Szenen spielten sich bei ihnen jeden Tag ab. Man hätte glauben können, daß Ira selbst zu den Anwärtern für den Friedensnobelpreis gehört. »Damit du es weißt«, sagte Maggie zu ihm, »ich stand bloß hier und habe mich um meine Sachen gekümmert –«

»Seit ich dich kenne, hast du es noch nie geschafft, dich um deine eigenen Sachen zu kümmern«, fuhr Fiona sie an.

»Nun aber mal langsam, Fiona!« sagte Jesse.

»Und du!« kreischte Fiona und wandte sich ihm zu. »Glaubst du vielleicht, dieses Baby gehört mir allein? Wieso bleibt es immer an mir hängen, während du mit deinen Kumpeln abhaust, kannst du mir das mal sagen?«

»Das waren keine Kumpel von mir; das waren bloß –«

»Er hat auch mit ihnen getrunken«, murmelte Daisy, die Augen auf ihr Sandwich geheftet.

»Na und?« sagte Jesse zu ihr.

»Aus dieser flachen silbernen Flasche von dem Mädchen.«

»Und was ist dabei, Fräulein Zimperlich?«

»Jetzt hört mal«, sagte Ira. »Jetzt setzen wir uns alle mal einen Augenblick hin, damit ein bißchen Ruhe ist. Wir versperren den Leuten die Sicht.«

Er ging mit gutem Beispiel voran und setzte sich. Dann sah er hinter sich.

»Meine Marshmallows!« kreischte Dorrie.

»Du kannst deine Marshmallows nicht hierhin legen, Dorrie. Dann kann sich ja niemand setzen.«

»Du hast meine Marshmallows durcheinandergebracht!«

»Ich glaube, ich werde krank«, sagte Junie in die Speichen ihres Sonnenschirms hinein.

Leroys Geschrei hatte jetzt die Stufe erreicht, wo sie um jedes bißchen Luft ringen mußte.

Ira stand wieder auf und wischte sich den Hosenboden ab. Er sagte: »Also hört mal, Leute –«

»Hör auf, uns *Leute* zu nennen«, verlangte Fiona.

Ira hielt inne, er blickte verwirrt drein.

Maggie spürte ein Zupfen an ihrem Ärmel. Es war Mr. Moran, der sich irgendwie zu ihr durchgedrängelt hatte. Er hielt einen Schein hoch. »Was ist denn?« fragte sie.

»Ich habe gewonnen.«

»Gewonnen? Was?«

»Das letzte Rennen. Mein Pferd lief als erstes ein.«

»Ach, das Rennen«, sagte sie. »Ja, ist das nicht...«

Aber ihre Aufmerksamkeit schwenkte zu Fiona hinüber, die eine lange Liste von Vorwürfen abspulte, die sie anscheinend während der letzten Monate für Jesse aufgespart hatte: »...wußte von Anfang an, daß ich verrückt war, dich zu heiraten; habe ich es nicht gesagt? Aber du warst ganz weg vor lauter Getue, du mit deinen Schnullern und deinem Doktor Spock...«

Die Leute in den Reihen hinter ihnen sahen angestrengt in verschiedene Richtungen, aber sie warfen einander vielsagende Blicke zu und lächelten sich verstohlen an.

Die Morans waren zu einem Schauspiel geworden. Maggie konnte es nicht ertragen. Sie sagte: »Bitte! Können wir uns nicht mal setzen?«

»Du und deine berühmte Wiege«, sagte Fiona zu Jesse, »keinen Finger hast du dafür krumm gemacht, und dabei hattest du es mir versprochen, du hast es mir geschworen –«

»Gar nichts habe ich dir geschworen! Was hast du eigentlich immer mit dieser Wiege?«

»Du hast es mir bei der Bibel geschworen«, sagte Fiona zu ihm.

»Du lieber Gott im Himmel! Also, vielleicht habe ich mal mit dem Gedanken gespielt, eine zu bauen, aber ich wäre ja verrückt gewesen, wenn ich es wirklich gemacht hätte. Ich sehe es genau vor mir: Daddy steht daneben, meckert an jedem Hammerschlag herum und erklärt mir, was für ein hoffnungsloser Trottel ich bin, und ich wette, wenn ich dann fertig wäre, würdest du ihm zustimmen, wie immer. Also, nicht mit mir!«

»Immerhin hast du das Holz gekauft, oder?«

»Welches Holz?«

»Du hast diese langen Holzstäbe gekauft.«

»Stäbe? Für eine Wiege? Ich habe keine Stäbe gekauft?«

»Deine Mutter hat mir gesagt –«

»Wie sollte ich denn aus Stäben eine Wiege bauen?«

»Gitterstäbe, hat sie mir gesagt.«

Beide sahen auf Maggie. Zufällig hörte das Baby genau in diesem Augenblick auf zu schreien und holte hechelnd Luft. Eine Baßstimme dröhnte über den Lautsprecher und verkündete, »Veruntreuung« sei von der Starterliste gestrichen.

Ira räusperte sich und sagte: »Sprecht ihr von Dübelstäben? Die waren von mir.«

»Ira, nicht«, jammerte Maggie, denn es bestand noch immer eine Chance, die Sache beizulegen, wenn er nur nicht darauf beharrte, jede langweilige Einzelheit haarklein auszubreiten. »Das waren die Gitterstäbe für deine Wiege«, sagte sie Jesse. »Du hattest auch schon die Blaupausen. Stimmt's?«

»Was für Blaupausen? Ich habe doch bloß gesagt –«

»Wenn ich mich recht erinnere«, unterbrach Ira sie auf seine pedantische Art, »wurden diese Stäbe für das Trockengestell gekauft, das ich auf der hinteren Veranda gebaut habe. Ihr habt dieses Trockengestell alle gesehen.«

»Trockengestell«, wiederholte Fiona. Sie sah Maggie immer noch an.

»Tja, hmm«, sagte Maggie, »diese Sache mit der Wiege ist doch eigentlich albern, oder? Ich meine, es ist wie mit der Halskette aus dem Billig-Markt, über die sich die Verwandten gleich nach der

284

Beerdigung in die Haare geraten. Es ist doch bloß eine ... Und außerdem könnte Leroy eine Wiege sowieso nicht mehr brauchen! Sie hat das hübsche Kinderbett, das Ira gekauft hat.«

Leroy blieb still und ließ, immer noch hechelnd, Maggie nicht aus den Augen.

»Wegen dieser Wiege habe ich dich geheiratet«, sagte Fiona zu Jesse.

»Also, das ist doch einfach lächerlich!« rief Maggie. »Wegen einer Wiege! Das habe ich ja noch nie –«

»Maggie, genug«, sagte Ira.

Sie verstummte, mit offenem Mund.

»Wenn du Jesse wegen einer Wiege geheiratet hast«, sagte Ira zu Fiona, »dann hast du dich gewaltig getäuscht.«

»Oh, Ira!« rief Maggie.

»Halt den Mund, Maggie. Sie hätte dir das gar nicht erzählen sollen, es ging sie nichts an«, sagte Ira zu Fiona. »Das ist eben Maggies Schwäche: Sie findet es richtig, anderer Leute Leben zu verändern. Sie glaubt, die Menschen, die sie liebt, seien besser, als sie in Wirklichkeit sind, und dann fängt sie an, allerlei daran herumzuschieben und zu verändern, damit es in das Bild paßt, das sie von ihnen hat.«

»Das stimmt überhaupt nicht«, sagte Maggie.

»Aber Tatsache ist«, sagte Ira ganz ruhig zu Fiona, »daß Jesse nicht imstande ist, irgend etwas zu Ende zu bringen, nicht einmal eine simple Wiege. Ihm fehlt da etwas; ich weiß, er ist mein Sohn, aber ihm fehlt etwas, und damit wirst du dich abfinden müssen. Er hat keinen Biß. Vor einem Monat hat er seine Stelle verloren, und jetzt hängt er jeden Tag mit seinen Freunden herum, statt sich nach einer Arbeit umzusehen.«

Maggie und Fiona sagten gleichzeitig: »Wie bitte?«

»Die haben herausbekommen, daß er keinen High-School-Abschluß hat«, sagte Ira zu ihnen. Und dann so, als wäre es ihm noch nachträglich eingefallen: »Er trifft sich auch mit einem anderen Mädchen.«

Jesse sagte: »Was redest du denn da? Dieses Mädchen ist bloß eine Freundin.«

»Ich weiß nicht, wie sie heißt«, sagte Ira, »aber sie gehört zu einer Rock-Gruppe namens ›Babies in Trouble‹.«

»Wir sind bloß gut befreundet, ich sage es dir doch! Sie ist das Mädchen von Dave!«

Fiona sah aus, als wäre sie aus Porzellan. Ihr Gesicht war kreidebleich und reglos; die Pupillen waren schwarze Stecknadeln.

»Wenn du das alles schon so lange weißt«, sagte Maggie zu Ira, »warum hast du dann nicht mal was gesagt?«

»Ich fand es irgendwie nicht richtig. Ich halte nichts davon, in den Welten von anderen Leuten herumzufuhrwerken«, sagte Ira. Und dann (gerade als Maggie anfing, ihn zu hassen) sackte sein Gesicht ab, und er ließ sich erschöpft auf einen Tribünensitz sinken. »Ich hätte es auch jetzt nicht tun sollen«, sagte er.

Er hatte eine ganze Abteilung Marshmallows zum Absturz gebracht, aber Dorrie, die ein Gefühl für Stimmungen hatte, bückte sich bloß still, um sie aufzusammeln.

Fiona hatte die offene Hand ausgestreckt. »Gib mir die Schlüssel«, sagte sie zu Jesse.

»Häh?«

»Die Wagenschlüssel. Gib sie her.«

»Wo willst du hin?« fragte Jesse sie.

»Ich weiß nicht. Woher soll ich das wissen. Ich will hier bloß weg.«

»Fiona, ich habe mit diesem Mädchen nur geredet, weil sie mich nicht für so einen Trottel hielt, wie das anscheinend alle anderen tun. Du mußt mir glauben, Fiona.«

»Die Schlüssel«, antwortete Fiona.

Ira sagte: »Gib sie ihr, Jesse.«

»Aber –«

»Wir nehmen den Bus.«

Jesse griff in die Gesäßtasche seiner Jeans. Er zog einen Schlüsselbund mit einem kleinen schwarzen Turnschuh aus Gummi hervor. »Wirst du zu Hause sein? Oder was?« sagte er.

»Ich habe keine Ahnung«, sagte Fiona und schnappte ihm die Schlüssel aus der Hand.

»Wo willst du denn hin? Zu deiner Schwester?«

»Irgendwohin. Das geht dich nichts an. Ich weiß nicht, wohin. Ich will bloß mein Leben weiterleben«, sagte sie.

Und dann schob sie das Baby höher auf ihre Hüfte und stapfte davon, die Tasche mit den Windeln und den Kinderwagen zurücklassend und auch ihren Pappteller mit dem Kartoffelsalat, der eine jammervolle Elfenbeintönung annahm.

»Sie kommt bestimmt wieder«, sagte Maggie zu Jesse. Und dann sagte sie: »Das werde ich dir nie verzeihen, Ira Moran.«

Wieder spürte sie ein Zupfen an ihrem Ärmel und drehte sich um. Iras Vater hielt immer noch seinen Schein hoch. »Ich hatte recht, daß ich diesen Tippzettel gekauft habe«, sagte er. »Was versteht Ira schon von Tippzetteln?«

»Nichts«, sagte Maggie wütend und fing an, Fionas Sandwich einzuwickeln. Überall um sie herum hörte sie Gemurmel, wie Wellengekräusel, das sich über einen Teich ausbreitet:

»Was hat er gesagt?«

»Tippzettel.«

»Was hat sie gesagt?«

»Nichts.«

»Doch sie hat etwas gesagt. Ich habe gesehen, wie sich ihre Lippen bewegten.«

»Sie hat ›Nichts‹ gesagt.«

»Aber ich glaube, ich habe doch gesehen –«

Maggie richtete sich auf und blickte zu den Leuten in den Sitzreihen über ihr hinauf. »Ich habe ›Nichts‹ gesagt, das habe ich gesagt«, rief sie ganz deutlich.

Jemand sog hörbar Luft ein. Alle blickten anderswohin.

Es war erstaunlich, so sagte Ira oft, wie sich Menschen einfach etwas einredeten, das sie unbedingt glauben wollten. (Er meinte damit Maggie.) Er sagte es, als Maggie drohte, sie werde das Polizeirevier verklagen, nachdem sie Jesse wegen Trunkenheit und Ruhestörung verhaftet hatten. Er sagte es, als sie beschwören wollte, daß »Spin the Cat« besser klinge als »The Beatles«. Und er sagte es wieder, als sie nicht einsehen wollte, daß Fiona für immer gegangen war.

An dem Abend nach dem Rennen saß Maggie noch lange mit Jesse zusammen und tat so, als würde sie stricken, obwohl sie genausoviel aufribbelte, wie sie anfügte. Jesse trommelte mit den Fingern auf die Armlehne seines Sessels. »Kannst du nicht einmal stillsitzen?« fragte Maggie, und dann sagte sie: »Vielleicht solltest du noch mal bei ihrer Schwester anrufen.«

»Ich habe es schon dreimal versucht, Herrgott noch mal. Die lassen es einfach klingeln.«

»Vielleicht solltest du selbst hingehen.«

»Das wäre noch schlimmer«, sagte Jesse. »Ich klopfe an die Tür, und die verstecken sich da drin und horchen. Ich wette, die würden kichern und sich ansehen und solche Glotzaugen machen.«

»Das würden sie nicht!«

»Ich glaube, ich bringe den Wagen zu Dave zurück«, sagte Jesse.

Er stand auf, um zu gehen. Maggie versuchte nicht, ihn zurückzuhalten, weil sie dachte, er werde, ohne etwas davon zu sagen, doch zu der Wohnung der Schwester fahren.

Der Wagen hatte vor dem Haus gestanden, als sie von Pimlico zurückkehrten. Einen erleichterten Moment lang hatte jeder gemeint, Fiona sei im Haus. Und die Schlüssel lagen oben auf dem Bücherschrank gleich neben der Tür, wo die Familie immer Schlüssel und einzeln herumfliegende Handschuhe hinlegte und auch die Zettel, auf denen stand, wann sie wieder zurück sein würden. In dem Zimmer, das sie mit Jesse teilte, sah das Bett wie vereist aus. Jede Erhebung der Laken und Decken schien erstarrt. In Maggies und Iras Zimmer stand das Kinderbett leer und verwaist. Trotzdem, diese Abwesenheit konnte nicht von Dauer sein. Nichts war gepackt, nichts fehlte. Sogar Fionas Toilettensachen lagen noch in ihrem Reisenecessaire auf der Kommode. »Siehst du?« sagte Maggie zu Jesse, denn auch er war beunruhigt, das konnte sie sehen; und sie zeigte auf das Necessaire. »Ah ja«, sagte er zuversichtlicher. Sie ging über den Flur ins Badezimmer und fand dort die übliche Flotte von Gummienten und Schiffchen. »*Ihr* seid mir welche!« sagte sie glücklich. Als sie wieder herauskam und noch einmal an Jesses Zimmer vorüberkam, sah sie, wie er mit halbgeschlossenen Augen vor der Kommode stand und seine Nase tief in Fionas Seifendose getaucht hatte. Sie verstand ihn vollkommen. Gerüche konnten einen Menschen noch deutlicher vergegenwärtigen als selbst Bilder; wußte sie das nicht selbst?

Als der Abend immer länger wurde und Jesse nicht zurückkehrte, sagte sie sich, daß er Fiona gefunden haben mußte. Sie hatten jetzt wohl ein schönes, langes Gespräch miteinander. Maggie ribbelte ihre unordentliche Strickerei wieder auf, wickelte die Wolle zu einem Knäuel zusammen und ging zu Bett. Ira murmelte im Dunkeln: »Jesse schon zurück?«

»Nein, Fiona auch nicht, beide nicht.«

»Ach was, Fiona«, sagte er. »Fiona ist für immer weg.«

Es war plötzlich eine sonderbare Klarheit in seiner Stimme. Sie klang wie die Stimme eines Menschen, der im Schlaf sprach, und das verlieh seinen Worten etwas Orakelhaftes und Endgültiges. Maggie spürte deutlich, wie Ärger in ihr hochstieg. *Er* hatte gut reden! Er konnte Menschen beiseite stoßen, ohne daß es ihm etwas ausmachte.

Es schien ihr bezeichnend, daß sich Ira unter Unterhaltung diese endlos langen Bücher vorstellte, in denen Männer vollkommen allein über den Atlantik segelten.

Aber er behielt recht: Am Morgen war Fiona immer noch nicht da. Jesse kam mit demselben betäubten Ausdruck im Gesicht zum Frühstück herunter. Maggie wollte eigentlich nicht fragen, aber schließlich sagte sie: »Liebling? Du hast sie nicht gefunden?«

»Nein«, sagte er und bat dann um die Marmelade in einem Ton, der jede weitere Frage abschnitt.

Erst im Laufe des Nachmittags kam ihr der Gedanke an ein Verbrechen. Warum hatten sie nicht daran gedacht? Natürlich: niemand, der mit einem Säugling unterwegs ist, würde all das zurücklassen, was Fiona zurückgelassen hatte – den Karton mit den Windeln, den Kinderwagen, die rote Kindertasse aus Plastik, aus der Leroy so gern ihren Saft trank. Jemand mußte sie entführt haben, oder noch schlimmer: sie bei einem Straßenüberfall erschossen haben. Es galt, sofort die Polizei zu benachrichtigen. Das alles erzählte sie Ira, der im Wohnzimmer die Sonntagszeitung las. Ira sah nicht einmal auf. »Erspar dir die Peinlichkeit, Maggie«, sagte er gelassen.

»Peinlichkeit?«

»Sie ist aus freien Stücken gegangen. Behellige die Polizei nicht damit.«

»Ira, junge Mütter gehen nicht einfach mit ihrer Handtasche los. Die packen. Das müssen sie! Überleg doch mal«, sagte sie. »Denk an all das, was sie zu dem einfachen Ausflug nach Pimlico mitgenommen hat. Weißt du, was ich vermute? Ich vermute, sie kam hierher zurück, hat den Wagen abgestellt und hat Leroy mit zum Lebensmittelgeschäft genommen, um Zahnungsbiskuits zu kaufen – gestern morgen hörte ich sie sagen, daß ihr die Zahnungsbiskuits bald ausgingen –, und dann ist sie direkt in einen Raubüberfall hineingeraten. Du hast doch gelesen, daß die Räuber immer Frauen mit Kindern als Geiseln nehmen! Das ist wirkungsvoller. Es bringt etwas.«

Ira betrachtete sie fast geistesabwesend über die Kante seiner Zeitung hinweg, als sei sie für ihn nur von untergeordnetem Interesse.

»Also, sie hat sogar ihre Seife dagelassen! Ihre Zahnbürste!« sagte sie zu Ira.

»Ihr Reisenecessaire auch«, ergänzte Ira.

»Ja, und wenn sie aus freien Stücken gegangen wäre –«

»Ihr Reisenecessaire, Maggie! Wie sie es in einem Hotel benutzen würde. Aber jetzt ist sie wieder, ich weiß nicht, bei ihrer Schwester oder ihrer Mutter, wo ihre richtigen Sachen sind, und da braucht sie kein Necessaire.«

»Aber das ist doch Unsinn«, sagte Maggie. »Sieh dir doch bloß ihren Schrank an. Er hängt voller Kleider.«

»Bist du sicher?«

»Natürlich. Das habe ich als erstes nachgesehen.«

»Bist du sicher, daß nichts fehlt? Ihr Lieblingspullover? Die Jacke, an der sie so hängt?«

Maggie überlegte einen Augenblick. Dann stand sie auf und ging den Flur entlang zu Jesses Zimmer.

Jesse lag vollkommen bekleidet auf dem Bett, die Arme hinter dem Kopf verschränkt. Er sah zu ihr hinüber, als sie eintrat. »Entschuldige, bloß einen Moment«, sagte sie zu ihm und öffnete die Tür zu seinem Schrank.

Da hingen Fionas Kleider, aber nicht ihre Windjacke und nicht dieser Kittel mit den breiten Streifen, den sie so gern im Haus trug. Es waren nur zwei oder drei Röcke da (sie trug kaum Röcke), ein paar Blusen und ein Rüschenkleid, von dem sie immer behauptet hatte, es mache sie dick. Maggie drehte sich um und trat an Fionas Kommode. Jesse sah vom Bett aus zu. Sie zog eine Schublade auf und fand darin bloß eine einzige Blue Jeans (künstlich mit Bleichmittel behandelt, ein Verfahren, das nicht mehr in Mode war), darunter zwei Rollkragenpullover vom letzten Winter und darunter eine von diesen Umstandshosen mit einem elastischen Einsatz vorne. Es war wie bei einer archäologischen Grabung durch verschiedene Ablagerungen. Maggie hatte einen Moment lang die Phantasie, wenn sie weiter graben würde, fände sie noch Fionas Club-Trikots, die sie als Jubelmädchen auf dem Baseballplatz getragen hatte, ihren Kittel aus der Grundschule und ganz unten ihre Babykleider. Sie glättete die Schichten wieder und schloß die Schublade.

»Aber wo kann sie denn sein?« fragte sie Jesse.

Lange schien er nicht antworten zu wollen. Aber schließlich sagte er: »Ich denke, bei ihrer Schwester.«

»Du hast doch gesagt, du hättest sie dort nicht gefunden.«

»Ich bin gar nicht dagewesen.«

Sie überlegte kurz. Dann sagte sie: »Ach, Jesse.«

»Ich mache mich nicht zum Narren, verdammt noch mal.«

»Jesse, Lieber –«

»Wenn ich um sie betteln muß, dann will ich sie lieber gar nicht«, sagte er.

Dann kehrte er das Gesicht zur Wand und beendete damit das Gespräch.

Zwei oder drei Tage später rief Fionas Schwester an. »Mrs. Moran?« sagte sie mit dieser lauten Stimme, die Maggie sofort wiedererkannte. »Hier spricht Crystal Stuckey. Fionas Schwester.«

»Ah ja!«

»Und ich möchte wissen, ob Sie in der nächsten Zeit zu Hause sind, dann könnten wir vorbeikommen und ihre Sachen holen.«

»Ja, natürlich, kommen Sie doch gleich«, sagte Maggie. Denn zufällig war Jesse da – er lag wieder auf seinem Bett. Sobald sie aufgelegt hatte, ging sie zu ihm. »Das war Fionas Schwester«, sagte sie. »Christina?«

Seine Augen glitten zu ihr hinüber. »Crystal«, sagte er.

»Crystal. Sie kommen, um ihre Sachen zu holen.«

Er richtete sich langsam auf und schwang seine Schuhe über die Bettkante.

»Ich gehe derweil einkaufen«, sagte Maggie zu ihm.

»Was? Nein, warte.«

»Dann habt ihr das Haus für euch.«

»Warte, geh nicht. Wie soll ich denn –? Vielleicht brauchen wir dich.«

»Wozu denn?«

»Ich will ihr nichts Falsches sagen«, meinte er.

»Liebling, du sagst ihr bestimmt nichts Falsches.«

»Ma. Bitte«, sagte er.

Also blieb sie. Aber sie ging auf ihr Zimmer, um nicht im Wege zu sein. Ihr Zimmer lag an der Vorderseite des Hauses, und deshalb konnte sie, als ein Wagen vorfuhr, den Vorhang beiseite ziehen und sehen, wer da kam. Es war Crystal mit einem bulligen jungen Mann, zweifellos der berühmte Freund, den Fiona immer wieder ins Gespräch brachte. Ihn also hatte Crystal mit »wir« gemeint; Fiona war nirgendwo zu sehen. Maggie ließ den Vorhang sinken. Sie hörte die Türklingel; sie hörte Jesse rufen: »Ich komme!« und wie er die Treppe hinunterpolterte, zwei Stufen auf einmal nehmend. Dann, nach einer Pause, hörte sie ein kurzes Gemurmel. Die Tür wurde wieder zugeschlagen. Hatte er sie hinausgeworfen oder was? Wieder hob sie den Vorhang und spähte hinaus, aber sie erblickte Jesse, nicht die Besucher – Jesse, der auf dem Gehweg davonstürmte und sich mit hochgezogenen Schultern in seine schwarze Lederjacke kauerte. Unten im Flur rief Crystal: »Mrs. Moran?« – ihre Stimme war jetzt weniger laut, eher zaghaft.

»Einen Augenblick«, sagte Maggie.

Crystal und ihr Freund hatten Kartons aus dem Spirituosenge-schäft mitgebracht, und Maggie half ihnen beim Einpacken. Oder versuchte es jedenfalls. Sie streifte eine Bluse von einem Bügel und faltete sie langsam, bedauernd zusammen, aber Crystal sagte: »Diese Blusen können Sie für die Veteranen spenden. Mit synthe-tischen Sachen brauchst du dich nicht abzugeben, hat Fiona zu mir gesagt. Sie wohnt jetzt wieder zu Hause und hat nicht viel Platz im Schrank.«

Maggie sagte: »Ach« und legte die Bluse beiseite. Sie spürte einen Stich von Neidgefühl. Wäre es nicht wunderbar, wenn man nur das aufheben würde, was erstklassig und echt und rein ist, und alles andere hinter sich ließe! Als Crystal und ihr Freund wieder abfuhren, hatten sie nur wertloses Zeug zurückgelassen.

Dann fand Jesse eine Stelle in einem Schallplattenladen und lag nicht mehr so viel auf seinem Bett herum; Daisy und die verzück-ten kleinen Mädchen kehrten zu Mrs. Perfect zurück. Maggie war wieder allein. Plötzlich wurden ihr das Geplauder und das ereig-nisreiche Hin und Her einfach genommen und auch die Einblicke in anderer Leute Haushalte, die Kinder einem verschaffen kön-nen. Damals fing sie an, ihre Spähtouren nach Cartwheel zu ma-chen, auch wenn sie nie besonders befriedigend verliefen; und manchmal entschloß sie sich, nach der Arbeit zu Fuß zum Rahmenladen zu gehen, statt allein zu Hause herumzusitzen. Aber dort fragte sie sich dann, warum sie eigentlich gekommen war, denn Ira hatte meistens zuviel zu tun, um sich mit ihr zu unterhalten, und in ein paar Stunden, sagte er, wäre er ja sowieso nach Hause gekommen, oder? Weshalb saß sie eigentlich hier herum?

Sie stieg dann die Treppe in die Wohnung der Familie hinauf und ließ sich von seinen Schwestern die neueste Familienserie erzäh-len, oder sein Vater zählte alle seine Schmerzen und Wehwehchen auf. Außer an seinem sogenannten schwachen Herz litt Mr. Moran noch an Arthritis, und auch sein Sehvermögen ließ nach. Schließlich war er über achtzig. Die Männer in dieser Familie hatten ihre Kinder traditionell so spät in ihrem Leben gezeugt, daß Mr. Moran, wenn die Rede auf seinen Urgroßvater kam, von einem Mann sprach, der noch im 18. Jahrhundert geboren war. Maggie war das noch nie aufgefallen, aber jetzt erschien es ihr direkt unheimlich. In was für einer ältlichen, zittrigen Umgebung sie lebte! Morgens das Altersheim, nachmittags bei den Morans und die Abende mit Iras Patiencen . . . Sie zog ihre Jacke enger um sich und hörte sich interessiert die letzten Neuigkeiten von den Verdauungsstörungen ihres Schwiegervaters an. »Früher, da konnte ich alles essen«, berichtete er ihr. »Was ist bloß passiert?« Er spähte aus seinen glanzlosen Augen zu ihr hinüber, als erwartete er eine Antwort. In letzter Zeit waren seine Augenlider zu schweren, faltigen Hautsäcken geworden; seine Cherokee-Großmutter zeigte sich von Jahr zu Jahr deutlicher. »Rona hat nicht das geringste davon mitbekommen«, sagte er zu Maggie. Rona war Iras Mutter. »Sie starb, bevor sie das alles durchmachte«, sagte er. »Runzeln und Knoten und knarrende Gelenke und Sodbrennen – das hat sie alles nicht gehabt.«

»Na ja, aber sie hatte andere Schmerzen«, wendete Maggie ein. »Vielleicht sogar schlimmere.«

»Es ist, als hätte sie gar kein richtiges Leben gelebt«, sagte er, ohne zuzuhören. »Ich meine, das ganze Leben, dieser ganze verkorkste Mist, der zum Schluß noch kommt.«

Er klang mürrisch; er schien zu glauben, seine Frau habe irgendwie Glück gehabt. Maggie schnalzte mit der Zunge und tätschelte seine Hand. Sie fühlte sich an, dachte sie, wie eine Adlerklaue.

Zuletzt ging sie dann wieder zu Ira hinunter und überredete ihn, den Laden ein paar Minuten früher zu schließen und zu Fuß mit ihr nach Hause zu gehen. Wie in einen düsteren Nebel gehüllt, den Blick irgendwie nach innen gekehrt, latschte er neben ihr her. Wenn sie an dem Haus der Geschwister Larkin vorüberkamen, blickte Maggie immer hinauf und sah dann rasch wieder weg. Früher, wenn sie Leroy in ihrem Wagen nach Hause schob, hatten sie auf der vorderen Veranda der Larkins immer ein hoffnungsvoll wartendes Schaukelpferd gefunden. Wie durch Zauberhand hierher versetzt, stand es plötzlich an der obersten Stufe, wo auf dem

Hinweg nichts gewesen war: ein winziges, verblichenes Tier mit einem verschämten Lächeln und langen schwarzen, tief herabhängenden Wimpern. Aber jetzt war nichts mehr von ihm zu sehen; sogar die beiden alten Damen hatten irgendwie mitbekommen, daß es die Morans nicht geschafft hatten, ihre Familie zusammenzuhalten.

Oh, wie würde Fiona bloß die beständige Wachsamkeit aufbringen, die ein Kind verlangte? Es war ja nicht bloß das Füttern und Anziehen. Leroy gehörte zu diesen waghalsigen Babys, die sich unerschrocken von Treppenabsätzen und Stuhlkanten herunterstürzten, immer darauf vertrauend, daß jemand da war, der sie auffing. Fiona war dafür bei weitem nicht wachsam genug. Und ihr Geruchssinn war kaum ausgebildet, wie Maggie aufgefallen war. Maggie konnte ein Feuer fast schon riechen, wenn es noch gar nicht ausgebrochen war. Maggie konnte durch einen Supermarkt gehen und unfehlbar den Geruch von Lebensmitteln aufspüren, die nicht sachgerecht behandelt worden waren – ein schaler, stechender Äthergeruch, nicht unähnlich dem Geruch von Kindern, die Fieber haben. Niemand sonst bemerkte etwas, aber Maggie rief »Stop« und hielt die flache Hand hoch, während die anderen zu einem Sandwich-Stand drängten. »Da nicht! Überall sonst, aber nicht da!«

Sie hatte so viel zu bieten, wenn es nur jemand annehmen wollte. Es schien jetzt zwecklos, ein richtiges Essen zu kochen. Jesse war immer unterwegs, und Daisy aß meistens bei Mrs. Perfect, und wenn man sie nötigte, zu Hause zu essen, dann war sie so eingeschnappt, daß es auch keinen Spaß machte, mit ihr am Tisch zu sitzen. Deshalb wärmte Maggie einfach ein paar eingefrorene Mahlzeiten oder eine Büchsensuppe auf. Manchmal tat sie nicht einmal das. Eines Abends, als sie zwei Stunden lang am Küchentisch gesessen und ins Leere gestarrt hatte, statt den Ausflug zum Rahmenladen zu machen, war Ira hereingekommen und hatte gesagt: »Was gibt es zum Abendessen?«, und sie hatte gesagt: »Ich schaffe es nicht mit dem Abendessen! Sieh dir doch bloß das hier an!«, und auf die Suppendose vor ihr gedeutet. »Zweidreiviertel Portionen«, las sie vor. »Glauben die denn, daß ich zweidreiviertel

Personen zu versorgen habe? Oder drei – und daß ich einer von ihnen weniger gebe? Oder soll ich den Rest vielleicht für eine andere Mahlzeit aufheben? Aber weißt du, wie lange es dauert, bis das dann aufgeht? Zuerst habe ich eine dreiviertel Portion zuviel, dann sechs Viertel und dann neun. Ich müßte vier Dosen öffnen, bis so viel bleibt, daß es glatt ausgeht. Vier Dosen, stell dir vor! Vier Dosen von ein und derselben Geschmacksrichtung!«

Sie fing an zu weinen und ließ dicke Tränen an ihren Wangen herunterlaufen. Sie fühlte sich, wie sie sich als Kind gefühlt hatte, wenn sie wußte, daß sie sich unvernünftig benahm, wenn sie wußte, daß sie die Erwachsenen bestürzte und sich einfach schrecklich aufführte, aber dann auf einmal *wollte* sie sich unvernünftig benehmen und fand sogar ein gewisses Vergnügen daran.

Ira hätte auch auf dem Absatz kehrtmachen und wieder hinausgehen können; eigentlich rechnete sie damit. Statt dessen ließ er sich auf dem Stuhl ihr gegenüber nieder. Er stützte die Ellbogen auf den Tisch und ließ den Kopf in die Hände sinken.

Maggie hörte auf zu weinen. Sie sagte: »Ira?«

Er antwortete nicht.

»Ira, was ist denn?« fragte sie ihn.

Sie stand auf, beugte sich über ihn und legte ihm einen Arm um die Schulter. Sie ging neben ihm in die Hocke und versuchte ihm ins Gesicht zu sehen. War irgend etwas mit seinem Vater? Oder mit einer seiner Schwestern? Ärgerte er sich so über Maggie, daß er es einfach nicht mehr verkraftete? Was war es?

Die Antwort schien aus seinem Rücken zu kommen – aus dem Auf und Ab der knorrigen Wirbel, die an seinem gebeugten, warmen, schmalen Rücken hinabliefen. Ihre Finger fühlten die Antwort zuerst.

Er war genauso traurig wie Maggie und aus denselben Gründen. Er war einsam und müde und ohne Hoffnung, und aus seinem Sohn war nichts geworden, und seine Tochter hielt nicht viel von ihm, und er wußte immer noch nicht, wo er etwas falsch gemacht hatte.

Er ließ seinen Kopf gegen ihre Schulter sinken. Sein Haar war dicht und rauh, durchsetzt von grauen Strähnen, die sie nie zuvor bemerkt hatte und die sie mehr schmerzten, als es ihre eigenen paar grauen Haare je getan hatten. Sie umarmte ihn ganz fest und schmiegte ihr Gesicht an seinen Backenknochen. Sie sagte: »Es wird alles gut werden. Alles wird gut werden.«

Und das wurde es schließlich auch. Sie wußte auch nicht, woran es lag. Na ja, zum einen gefiel Jesse seine neue Stelle wirklich, und mit der Zeit schien er wieder etwas von seiner alten Munterkeit zurückzugewinnen. Und dann verkündete Daisy schließlich, Mrs. Perfect sei eine »komische Tussi«, und nahm ihren Platz in der Familie wieder ein. Und Maggie gab ihre Spähtouren auf, als wären Leroy und Fiona in ihrem Kopf irgendwie zur Ruhe gebettet worden. Aber der wichtigste Grund war ein anderer. Es ging dabei mehr um Ira, glaubte sie – um diesen Augenblick zusammen mit Ira in der Küche. Obwohl sie nachher nie mehr darüber sprachen und Ira sich überhaupt nicht anders verhielt als früher und das Leben ganz genauso weiterging wie immer.

Sie reckte sich auf ihrem Sitz und hielt durch die Windschutz-scheibe Ausschau nach den anderen. Eigentlich mußten sie jetzt fertig sein. Ja, da kam Leroy rückwärts aus dem Haus, mit einem Koffer, der größer war als sie selbst. Ira kramte zwischen den Sa-chen im Kofferraum herum und pfiff eine fröhliche Melodie. *King of the Road* – das war es. Maggie stieg aus, um die hintere Wagen-tür zu öffnen. Jetzt kam es ihr so vor, als wäre sie, seit sie heute morgen aufgewacht war, ohne es zu wissen, nur zu diesem einen Zweck unterwegs gewesen: Leroy und Fiona endlich nach Hause zu holen.

3

So wie der Wagen von Mrs. Stuckey hinter ihrem geparkt war, hatten sie noch eben genug Platz, um daran vorbeizukommen. Das behauptete Ira jedenfalls. Maggie glaubte, er täusche sich. »Du könntest es schaffen, wenn der Briefkasten nicht da stände«, sagte sie, »aber er steht nun mal da, und du wirst gegen ihn stoßen, wenn du ausschwenkst.«

»Nur wenn ich taubstumm und blind wäre«, meinte Ira.

Auf dem Rücksitz stieß Fiona einen leisen Seufzer aus.

»Hör mal«, sagte Ira zu Maggie. »Du stellst dich neben den Briefkasten. Und wenn ich zu nah herankomme, gibst du mir ein Zeichen. Dann brauche ich bloß noch einen Meter oder so in den Garten zu setzen und dann scharf rechts, zurück auf die Einfahrt –«

»Also dafür möchte ich nicht verantwortlich sein! Du wirst gegen den Briefkasten fahren und mir die Schuld geben.«

»Vielleicht sollten wir einfach Mom bitten, den Maverick wegzusetzen«, schlug Fiona vor.

Maggie sagte: »Na ja«, und Ira sagte: »Nein, wir schaffen es bestimmt auch so.«

Keiner von ihnen wollte, daß Mrs. Stuckey hier noch einen großen Auftritt bekam.

»Also gut, du setzt dich ans Steuer«, sagte Ira zu Maggie, »und ich weise dich ein.«

»Dann fahre *ich* gegen den Briefkasten und bekomme wieder die Schuld zugeschoben.«

»Maggie. Zwischen dem Briefkasten und dem Maverick sind gute drei Meter Platz. Sobald du an dem Maverick vorbei bist, stößt du kurz in die Auffahrt zurück und hast freie Fahrt. Ich sage dir, wann.«

Maggie überlegte. Sie sagte: »Versprichst du mir, daß du nicht schimpfst, wenn ich gegen den Briefkasten fahre?«

»Du fährst nicht gegen den Briefkasten!«

»Versprich es, Ira.«

»Guter Gott! Schön, ich verspreche es.«

»Und daß du nicht zum Himmel hinaufguckst oder dieses Zischen machst.«

»Vielleicht sollte ich doch lieber Mom holen«, sagte Fiona.

»Nein, nein, das ist ein Kinderspiel«, sagte Ira zu ihr. »Jeder Schwachkopf schafft das; glaub mir.«

Maggie gefiel dieser Ton nicht.

Ira stieg aus dem Wagen und stellte sich neben den Briefkasten. Maggie schob sich auf den Fahrersitz. Sie packte das Lenkrad mit beiden Händen und warf einen prüfenden Blick in den Rückspiegel. Er war falsch eingestellt, auf Iras Größe und nicht auf ihre, und sie griff hinauf, um ihn zurechtzurücken. Der obere Teil von Leroys Kopf, matt glänzend wie die Rückseite eines Uhrenetuis, blitzte sie an, gefolgt von Iras magerer Gestalt. Er hatte die Ellbogen hochgewinkelt und seine Hände in die Gesäßtaschen gestopft. Der Briefkasten war eine kleine Nissenhütte neben ihm.

Auch der Fahrersitz war auf Iras Größe eingestellt, viel zu weit nach hinten, aber Maggie dachte, bei einer so kurzen Strecke komme es darauf nicht an. Sie schaltete in den Rückwärtsgang. Ira rief: »Okay, bring sie jetzt scharf nach links...«

Wieso waren schwierige Aufgaben bei ihm immer weiblichen Geschlechts? Dieser Wagen war keine »sie«, solange er nicht irgendein kompliziertes Manöver ausführen mußte. Genauso war es mit widerspenstigen Schrauben, festsitzenden Deckeln auf Konservengläsern und klobigen Möbelstücken, wenn sie umgeräumt werden sollten.

Sie bog auf den festgebackenen Boden des Gartens zurück und um den Maverick herum, wobei sie vielleicht ein bißchen zu schnell wurde, aber sie hatte den Wagen noch unter Kontrolle. Dann streckte sie den Fuß nach der Bremse aus. Es war keine da. Oder vielmehr, es war eine da, aber an der falschen Stelle, näher, als sie in Anbetracht dessen, daß der Sitz so weit zurückgestellt war, erwartet hatte. Ihr Fuß traf die Hebelstange statt des Pedals, und nun schoß der Wagen ungehindert nach hinten. Ira schrie: »Was zum –?« Maggie, die immer noch in den Rückspiegel starrte, sah etwas vorbeihuschen – Ira, der in Deckung ging. *Wopp!* sagte der Briefkasten, als sie ihn traf. Und Leroy sagte mit ehrfürchtiger Stimme: »Mann!«

Maggie nahm den Gang heraus und schob den Kopf aus dem Fenster. Ira rappelte sich gerade wieder hoch. Er klopfte sich die Hände ab. »Du mußtest unbedingt beweisen, daß du mit dem Briefkasten recht hattest, Maggie, wie?«

»Du hast es versprochen, Ira!«

»Das linke Rücklicht ist zum Teufel«, sagte er und bückte sich, um es zu untersuchen. Er ruckelte an etwas herum. Man hörte ein Klirren. Maggie zog ihren Kopf wieder ein und sah nach vorn.

»Er hat versprochen, keinen Ton zu sagen«, sagte sie zu Fiona und Leroy. »Paßt mal auf, wie er jetzt Wort hält.«

Fiona tätschelte geistesabwesend Leroys Knie.

»In tausend Stücke!« rief Ira.

»Du hast versprochen, du würdest keinen Krach deswegen anfangen!«

Er brummte; sie sah, daß er den Briefkasten zurechtrückte. Der schien, von hier aus gesehen, nicht mal eine Beule abbekommen zu haben. »Ich glaube nicht, daß wir es deiner Mutter sagen müssen«, meinte Maggie zu Fiona.

»Sie weiß es schon«, sagte Leroy. »Sie sieht vom Haus aus zu.«

Tatsächlich, eine der Jalousiesprossen hing verdächtig abgeschrägt. Maggie sagte: »Also, dieser Tag fing einfach so... Ich weiß nicht...«, und dann ließ sie sich so tief in ihren Sitz sinken, daß sie am Ende fast auf ihren Schulterblättern saß.

Jetzt tauchte Ira im Fenster auf. »Probier mal dein Licht«, sagte er zu ihr.

»Hmm?«

»Dein Licht. Ich will sehen, ob sie noch funktioniert.«

300

Schon wieder dieses »sie«. Erschöpft und ohne sich dazu aufzurichten, streckte Maggie die Hand aus und zog den Knopf.

»Genau, wie ich es mir gedacht hatte«, rief Ira von hinten. »Das linke Rücklicht ist kaputt.«

»Ich will nichts davon hören«, sagte Maggie zur Decke des Wagens.

Wieder tauchte Ira im Fenster auf und forderte sie mit einem Wink auf, auf ihre Seite zu rücken. »Dafür bekommen wir einen Strafzettel – wetten?« sagte er, während er die Tür öffnete und einstieg.

»Das ist mir vollkommen egal«, sagte sie.

»So spät, wie wir jetzt fahren«, sagte er (noch ein Vorwurf), »da ist es dunkel, bevor wir die halbe Strecke hinter uns haben, die Polizei wird uns schnappen, weil wir ohne Rücklicht unterwegs sind.«

»Dann halt unterwegs an und laß es reparieren«, sagte Maggie.

»Na ja, du kennst doch diese Autobahntankstellen«, sagte Ira zu ihr. Er legte den Gang ein, setzte ein kleines Stück vorwärts und rollte dann rückwärts ganz gemächlich aus der Einfahrt hinaus. Es schien ihm überhaupt keine Schwierigkeiten zu machen. »Die nehmen eine Stange Geld für Sachen, die ich bei Rudy's Autozubehör fast umsonst bekomme«, sagte er. »Ich lasse es einfach drauf ankommen.«

»Du könntest ja immer noch sagen, daß deine Frau eine Vollidiotin ist.«

Er widersprach nicht.

Als sie auf der Straße waren, sah Maggie noch einmal nach dem Briefkasten, der leicht schräg, aber sonst unbeschädigt dastand. Sie drehte sich auf ihrem Sitz nach hinten, bis sie Fiona und Leroy sehen konnte – ihre bleichen, starren, beunruhigend ähnlichen Gesichter. »Und euch beiden geht's gut?« fragte sie.

»Klar«, antwortete Leroy für beide. Sie hielt ihren Baseballhandschuh an die Brust gedrückt.

Ira sagte: »Das habt ihr wohl nicht erwartet, daß wir einen Unfall bauen würden, bevor wir aus eurer Einfahrt raus sind, wie?«

»Wir haben auch nicht erwartet, daß du unbedingt einen Unfall gebaut haben wolltest«, sagte Fiona.

301

Ira blickte mit hochgezogenen Brauen zu Maggie hinüber.

Die Sonne war jetzt nicht mehr zu sehen, und der Himmel hatte seine Farbe verloren. Ein plötzlich aufkommender Wind kehrte die Unterseite der Viehweiden nach oben. Leroy sagte: »Wie lange müssen wir eigentlich fahren?«

»Bloß eine Stunde oder so«, sagte Fiona zu ihr. »Du weißt doch, wie weit es bis Baltimore ist.«

Maggie sagte: »Leroy weiß noch etwas von Baltimore?«

»Von den Besuchen bei meiner Schwester.«

»Ach so, natürlich«, sagte Maggie.

Eine Zeitlang achtete sie auf die Landschaft. In dem verblassenden Licht sahen die kleinen Häuser irgendwie gedrückt, niedergeschlagen aus. Schließlich rang sie sich zu der Frage durch: »Wie geht es denn deiner Schwester, Fiona?«

»Den Umständen entsprechend, gut«, sagte Fiona. »Du weißt doch, sie hat ihren Mann verloren.«

»Ich wußte nicht mal, daß sie verheiratet ist.«

»Ach ja, das weißt du ja gar nicht«, sagte Fiona. »Daß sie ihren Freund geheiratet hat? Avery? Und keine sechs Wochen später kam er bei einem Unfall auf der Baustelle ums Leben.«

»Die arme Crystal«, sagte Maggie. »Was ist bloß los? Alle verlieren ihre Ehemänner. Habe ich dir erzählt, daß wir gerade von Max Gills Beerdigung kommen?«

»Ja, aber ich glaube, ich habe ihn nicht gekannt«, sagte Fiona.

»Du mußt ihn gekannt haben! Er war mit meiner Freundin Serena verheiratet, mit der ich zur Schule gegangen bin. Die Gills. Du hast sie bestimmt mal kennengelernt.«

»Na ja, aber diese Leute waren alt«, sagte Fiona. »Oder vielleicht nicht alt, also, du weißt schon. Crystal und Avery hatten gerade ihre Flitterwochen hinter sich. Wenn man erst sechs Wochen verheiratet ist, ist alles noch wunderbar.«

Und später nicht mehr, sollte das heißen. Wogegen Maggie nichts sagen konnte. Dennoch, es machte sie traurig, als ihr auffiel, daß sie alle dies für ausgemacht hielten.

Vor ihnen tauchte ein Stoppschild auf, Ira bremste und bog dann auf die Route Eins ein. Nach den Landstraßen, auf denen sie bisher

gefahren waren, wirkte die Route Eins eindrucksvoller. Lastzüge glitten auf sie zu, einige hatte schon ihr Licht angeschaltet. Jemand hatte ein handgeschriebenes Schild auf die Veranda eines kleinen Cafés gestellt: AB SOFORT WIRD ABENDESSEN SERVIERT. Gutes ländliches Essen, ohne Zweifel – Maiskörner am Kolben und Zwieback. Maggie sagte: »Ich finde, wir sollten unterwegs anhalten und noch etwas einkaufen. Leroy, hast du großen Hunger?«
Leroy nickte heftig.
»Seit heute morgen habe ich nichts gehabt außer Chips und Brezeln«, sagte Maggie.
»Und ein Bier am hellichten Tage«, erinnerte sie Ira.
Maggie tat, als hätte sie es nicht gehört. »Leroy«, sagte sie, »erzähl mal, was dein Lieblingsessen ist.«
Leroy sagte: »Ach, ich weiß nicht.«
»Es muß doch etwas geben.«
Leroy bohrte eine Faust in die Innenfläche ihres Baseballhandschuhs.
»Hamburger? Hot Dogs?« fragte Maggie. »Steaks vom Holzkohlengrill? Oder wie wäre es mit Krabben?«
Leroy sagte: »Krabben in Schalen? Igitt!«
Plötzlich wußte Maggie nicht mehr weiter.
»Brathähnchen ißt sie gern«, sagte Fiona. »Andauernd bittet sie Mom, welche zu machen. Nicht wahr, Leroy?«
»Brathähnchen! Prima!« sagte Maggie. »Was wir dazu brauchen, kaufen wir auf dem Weg in die Stadt. Wäre das nicht schön?«
Leroy schwieg. Kein Wunder. Maggie merkte selbst, wie angestrengt munter sie klang. Eine alte Frau, die sich zuviel Mühe gab. Aber wenn Leroy nur sah, daß Maggie innerlich immer noch jung war und bloß hinter einer älteren Maske hervorschaute!
Da räusperte sich plötzlich Ira. Maggie zuckte zusammen. Ira sagte: »Hm, Fiona, Leroy . . . habt ihr gehört, daß wir Daisy morgen ins College bringen?«
»Ja, Maggie hat es mir erzählt«, sagte Fiona. »Ich kann's gar nicht glauben: die liebe kleine Daisy.«
»Ich meine, wir bringen sie beide hin. Wir fahren früh morgens los.«

303

»Aber *so* früh auch nicht«, sagte Maggie rasch.

»Also zwischen acht und neun aber doch, Maggie.«

»Was willst du damit sagen?« fragte Fiona Ira. »Meinst du, wir sollten nicht mit zu Besuch kommen?«

Maggie sagte: »Lieber Himmel, nein! Das meinte er überhaupt nicht.«

»Es klang aber so«, sagte Fiona.

Ira sagte: »Ich wollte nur sicher sein, daß ihr wißt, worauf ihr euch einlaßt. Ich meine, daß es so ein kurzer Besuch sein wird.«

»Das macht doch nichts, Ira«, sagte Maggie. »Wenn sie will, kann sie morgen früh noch zu ihrer Schwester fahren.«

»Na dann ist ja gut, aber es wird schon dunkel, und wir haben nicht mal den halben Weg hinter uns. Ich finde —«

»Vielleicht sollten wir besser gleich hier anhalten und wieder kehrtmachen«, sagte Fiona.

»Oh, nein, Fiona!« rief Maggie. »Wir hatten doch alles abgesprochen!«

»Ich weiß gar nicht mehr, warum ich eigentlich gesagt habe, daß wir mitkommen«, meinte Fiona. »Gott! Was habe ich mir bloß dabei gedacht?«

Maggie löste ihren Gurt und drehte sich so weit nach hinten, daß sie Fiona ins Gesicht sehen konnte. »Fiona, bitte«, sagte sie. »Es ist doch nur für ganz kurz, und wir haben Leroy schon so lange nicht mehr gesehen. Es gibt so viel, was ich ihr zeigen möchte. Ich möchte, daß sie Daisy kennenlernt, und ich hatte mir überlegt, ob ich mit ihr einen Besuch bei den Larkin-Schwestern mache; die werden gar nicht glauben, wie groß du geworden bist.«

»Wer sind die Larkin-Schwestern?« fragte Leroy.

»Diese beiden alten Damen; früher stellten sie immer ihr Schaukelpferd vor die Tür, damit du darauf reiten konntest.«

Fiona sagte: »Daran kann ich mich gar nicht erinnern.«

Leroy sagte: »Ich auch nicht.«

»Natürlich kannst *du* nicht«, sagte Fiona zu ihr. »Du warst ja noch ein Baby. Du hast ja nur ganz kurz dort gewohnt.«

Das fand Maggie ungerecht. Sie sagte: »Gott, sie war immerhin fast ein Jahr alt, als du weggegangen bist, Fiona.«

304

»War sie nicht! Sie war kaum sieben Monate.«

»Das stimmt nicht; sie muß mindestens, also, acht Monate war sie bestimmt. Wenn ihr im September gegangen seid –«

»Sieben Monate, acht Monate, was macht denn das schon?« fragte Ira. »Warum machst du denn so eine Staatsaffäre daraus?« Er fand Leroys Gesicht im Rückspiegel und sagte zu ihr: »Ich wette, du kannst dich auch nicht daran erinnern, wie deine Oma versucht hat, dir das Wort ›Daddy‹ beizubringen.«

»Habe ich das?« fragte Maggie.

»Es sollte eine Überraschung zu seinem Geburtstag sein«, sagte Ira zu Leroy. »Sie wollte in die Hände klatschen, und auf das Zeichen hin solltest du ›Daddy‹ sagen. Aber als sie dann in die Hände klatschte, hast du bloß gelacht. Du dachtest, es wäre ein Spiel.«

Maggie versuchte, sich das vorzustellen. Warum trafen sich ihre eigenen Erinnerungen nie mit denen von Ira? Statt dessen schienen sich ihrer beider Erinnerungen wie bei einer Schwalbenschwanzverzahnung ineinanderzufügen – an den einen Moment erinnerte er sich, an den nächsten sie, als hätten sie sich darauf geeinigt, ihr gemeinsames Leben zwischen sich aufzuteilen. (Unsinnigerweise machte sie sich immer Sorgen, daß sie sich in den Augenblicken, an die sie sich nicht erinnerte, vielleicht nicht richtig verhalten hatte.)

»Und hat es funktioniert oder nicht?« fragte Leroy.

»Was?«

»Habe ich gelernt, ›Daddy‹ zu sagen?«

»Nein, eigentlich nicht«, sagte Ira. »Du warst noch viel zu klein zum Sprechen.«

»Oh.«

Leroy schien das erst verdauen zu müssen. Dann rückte sie nach vorn, so daß ihr Gesicht nun direkt vor dem von Maggie war. In ihren Augen gab es Punkte von dunklerem Blau, als wären auch sie mit Sommersprossen übersät. »Ich sehe ihn doch, oder?« sagte sie. »Er hat doch kein Konzert oder so was, nicht?«

»Wer?« fragte Maggie, obwohl sie es natürlich wußte.

»Na . . . Jesse.«

»Sicher wirst du ihn sehen. Du siehst ihn beim Abendessen, wenn er von der Arbeit kommt. Er mag Brathähnchen genauso gern wie du. Es muß Vererbung sein.«

»Die Sache ist doch die –«, begann Ira.

Maggie sagte: »Was ißt du gern zum Nachtisch, Leroy?«

»Die Sache ist doch die«, meinte Ira, »wir haben Samstagabend. Was ist, wenn Jesse etwas anderes vorhat und zum Essen nicht kommen kann?«

»Aber er *kann* kommen, Ira; ich habe es dir doch schon gesagt.«

»Oder wenn er gleich danach wieder weg muß. Ich meine, was machen wir dann, Maggie? Wir haben kein Spielzeug mehr und keine Sportsachen mehr, und unser Fernseher ist nicht in Ordnung. Wir haben nichts, womit wir ein Kind beschäftigen könnten. Und würdest du bitte nach vorne sehen und dich anschnallen? Du machst mich nervös.«

»Ich überlege gerade, was wir zum Nachtisch kaufen könnten«, sagte Maggie. Aber sie drehte sich herum und tastete nach ihrem Gurt. »Dein Daddy ißt zum Nachtisch am liebsten Pfefferminzeis mit Schokosplittern«, erzählte sie Leroy.

»Oh, ich auch«, sagte Leroy.

Fiona sagte: »Was redest du denn da? Du magst Pfefferminzeis mit Splittern doch gar nicht.«

»Ich mag es sehr gern«, sagte Leroy zu ihr.

»Das stimmt überhaupt nicht.«

»Doch, Ma, es stimmt. Als ich klein war, mochte ich es nicht.«

»Also dann mußt du letzte Woche ja noch sehr klein gewesen sein, Fräuleinchen.«

Maggie sagte hastig: »Welche Sorten magst du denn noch, Leroy?«

»Also, Vanille mit Schokolade, zum Beispiel«, sagte Leroy.

»Oh, was für ein Zufall! Jesse ist auch ganz verrückt nach Vanille mit Schokolade.«

Fiona rollte mit den Augen. Leroy sagte: »Wirklich? Ich finde Vanille mit Schokolade einfach toll.«

»Ich habe schon erlebt, daß du überhaupt nichts zum Nachtisch gegessen hast, wenn es bloß Pfefferminzeis mit Schokosplittern gab«, sagte Fiona zu Leroy.

»Alles weißt du nun auch nicht von mir«, rief Leroy.

Fiona sagte: »Na so was!« und versank mit fest verschränkten Armen in ihrem Sitz.

Sie waren jetzt in Maryland, und es kam Maggie so vor, als würde das Land hier anders aussehen – üppiger. Die Hänge, aus denen das Vieh verschwunden war, hatten ein dunkles, sattes Grün angenommen, und in dem fahlen Licht glimmerten die langen weißen Zäune wie im Mondlicht. Ira pfiff *Sleepytime Gal – Schlafenszeit, Mädchen*. Einen Augenblick lang wußte Maggie nicht, warum. Bedeutete es, daß er müde war, oder was? Aber dann fiel ihr ein, daß er wohl immer noch an Leroys Babyzeit dachte. Mit diesem Lied hatten sie sie immer in den Schlaf gesungen – er und Maggie, zweistimmig. Maggie lehnte den Kopf zurück gegen den Sitz und ließ schweigend den Text an sich vorüberziehen, während er pfiff: *When you're a stay-at-home, play-at-home, eight-o'clock Sleepytime gal . . .*

Mit einem Mal blickte sie auf ihr Handgelenk hinunter und sah, daß sie zwei Uhren trug. Die eine war ihre normale Uhr, eine kleine Timex, und die andere war eine große, alte, klotzige Männeruhr mit einem breiten Lederband. Sie gehörte ihrem Vater, aber sie war schon vor Jahren verloren- oder kaputtgegangen. Das Zifferblatt war rechteckig, rötlich, die Zahlen blaßblau, und sie leuchteten im Dunkeln. Sie krümmte ihre Handfläche, schob sie über das Handgelenk und beugte den Kopf ganz nah heran, so daß eine kleine dunkle Höhle entstand, in der sie die Zahlen leuchten sah. Ihre Finger rochen nach Kaugummi. Neben ihr sagte Serena: »Bloß noch fünf Minuten, mehr verlange ich nicht. Wenn bis dahin nichts passiert, dann können wir gehen, das verspreche ich dir.«

Maggie hob den Kopf und starrte durch die Blätter auf die beiden Steinlöwen auf der anderen Seite der Straße. Zwischen ihnen lag ein weißer Gehweg, der sich durch einen makellosen Rasen bis zu einem stattlichen Backsteinhaus im Kolonialstil schlängelte, und in diesem Haus wohnte der Mann, der Serenas Vater war. Die Haustür hatte keine Fenster, nicht mal diese winzigen Glasscheiben, die zu hoch angebracht sind, um irgendwie nützlich zu sein. Maggie fragte sich, wie Serena so beharrlich auf etwas so Nichts-

307

sagendes und Unergiebiges starren konnte. Sie hockten eingezwängt zwischen den verschlungenen Ästen eines Rhododen-
dronbusches. Maggie sagte: »Das hast du mir schon vor einer halben Stunde versprochen. Es kommt ja doch keiner.«

Serena legte ihr eine Hand auf den Arm und machte: »Pst!« Die
Tür klappte auf. Mr. Barrett trat heraus, drehte sich dann um und
sagte etwas. Seine Frau erschien, an ihren Handschuhen ziehend.
Sie trug ein enganliegendes braunes Kleid mit langen Ärmeln, und
Mr. Barretts Anzug hatte fast den gleichen Braunton. Maggie und
Serena hatten ihn nie anders als im Anzug gesehen, nicht mal an
den Wochenenden. Er war wie eine Figur aus dem Puppenhaus,
dachte Maggie – eine von diesen Gliederpuppen aus Plastik mit
aufgemalten Kleidern, die man nicht umziehen kann, und mit
einem offenen, anonymen Gesicht. Er schloß die Tür, reichte seiner Frau den Arm, und dann bewegten sie sich mit knirschenden
Schritten den Weg hinab. Als sie zwischen den Steinlöwen hin-
durchkamen, schien es, als blickten sie direkt zu Maggie und Serena hinüber; Maggie konnte die Silberspießchen in Mr. Barretts
Bürstenschnitt erkennen. Aber sein Gesichtsausdruck sagte ihr
genausowenig wie der seiner Frau. Sie bogen nach links ab und
gingen auf einen blauen Cadillac zu, der an der Bordsteinkante
geparkt war. Serena atmete tief aus. Maggie empfand eine tiefe, fast
erstickende Enttäuschung. Wie verschlossen diese Leute waren!
Man konnte sie den ganzen Tag studieren und wußte am Ende doch
nichts über sie. (War das bei anderen Ehepaaren nicht auch so?) Es
gab Augenblicke – wie sie sich zum erstenmal geliebt hatten oder
auch ein Gespräch, das sie mal geführt hatten, als einer von ihnen
mitten in der Nacht, von Angst geschüttelt, aufgewacht war –, von
denen niemand sonst auf der Welt etwas ahnte.

Maggie wendete sich Serena zu und sagte: »Oh, Serena, mein herzliches Beileid.« Serena trug ihr rotes Beerdigungskleid, und sie
tupfte sich die Tränen mit dem Saum ihres schwarzen Umhangs
ab. »Liebe, es tut mir so leid«, sagte Maggie, und als sie aufwachte,
weinte sie ebenfalls. Sie glaubte, zu Hause im Bett zu sein, und Ira
liege neben ihr, sein Atem ging so regelmäßig wie das Geräusch
vorbeizischender Reifen auf einer Straße, und sein nackter, war-

308

mer Arm stützte ihr den Kopf, aber was sie da fühlte, war die Kopf-
stütze des Autositzes. Sie setzte sich aufrecht und fuhr sich mit
den Fingerspitzen über die Augen.

Das Licht war noch eine Stufe tiefer herabgedämmert, und sie hatten das lange Straßenstück durch die Vorstadtwildnis von Baltimore erreicht. Leuchtreklamen schossen vorüber, QUALITÄTS-
WERKZEUG FÜR INSTALLATEURE und CECIL'S GRILL und EAT EAT EAT.
Ira war nur ein graues Profil, und als sich Maggie zu Leroy und
Fiona umdrehte, sah sie, daß alle Farbe von ihnen abgeflossen war,
bis auf die Neonflecken, die über ihre Gesichter huschten. »Ich
muß geschlafen haben«, sagte sie zu ihnen, und sie nickten. Sie
fragte Ira: »Wie weit noch?«

»Eine Viertelstunde. Wir sind schon innerhalb des Rings.«

»Vergiß nicht, wir müssen noch einkaufen.«

Sie ärgerte sich über sich selbst, weil sie einen Teil der Unterhaltung verpaßt hatte. (Oder hatten sie sich gar nicht unterhalten?
Das wäre noch schlimmer.) Sie hatte ein wattiges Gefühl im Kopf,
und nichts erschien ihr ganz und gar wirklich. Sie kamen an
einem Gebäude mit einer erleuchteten, verglasten Veranda vorbei, auf der Trommeln und Schlagzeuge ausgestellt waren, kleinere Trommeln waren auf größere gestapelt, manche waren gold-
gesprenkelt wie ein Abendkleid aus Lamé, an allen glitzerte das
Chrom, und sie überlegte, ob sie schon wieder träumte. Sie wendete den Kopf, um das Haus nicht aus den Augen zu verlieren. Die
Trommeln wurden kleiner, aber sie blieben gespenstisch hell, wie
Fische in einem Aquarium.

»Ich hatte einen völlig verrückten Traum«, sagte sie nach einem
Weilchen.

»Kam ich darin vor?« wollte Leroy wissen.

»Nein, soweit ich mich erinnern kann, nicht. Aber es hätte gut
sein können.«

»Letzte Woche hat meine Freundin Valerie geträumt, ich wäre gestorben«, sagte Leroy.

»Ooh, so was darfst du gar nicht aussprechen!«

»Sie träumte, ich wäre von einem Traktor überfahren worden«,
sagte Leroy voller Befriedigung.

Maggie drehte sich nach hinten, um Fionas Blick zu finden. Sie wollte sie beruhigen und ihr zu verstehen geben, daß so ein Traum nichts zu bedeuten habe, oder vielleicht wollte sie auch selbst diese Beruhigung haben. Aber Fiona hörte gar nicht zu. Sie schaute nach dem Gewirr von Bedarfsartikelgeschäften und Pizzerien.

»Primawert Supermarkt«, sagte Ira und schaltete den linken Blinker an.

Maggie sagte: »Primawert? Habe ich noch nie gehört.«

»Er liegt an der Strecke, darauf kommt es jetzt an«, sagte Ira zu ihr. Er wurde von einem Schwall entgegenkommender Fahrzeuge aufgehalten, aber schließlich fand er eine Lücke und schoß über die Straße auf einen Parkplatz, der mit stehengebliebenen Einkaufswagen übersät war. Er parkte neben einem Lieferwagen und stellte den Motor ab.

Leroy sagte, sie würde gern mitkommen. Maggie meinte: »Ja, natürlich«, und auch Ira, der gerade begonnen hatte, es sich hinter dem Steuerrad bequem zu machen, richtete sich wieder auf und öffnete die Tür, als hätte er vor, ebenfalls mitzugehen. Maggie mußte darüber lächeln. (Sollte ihr niemand erzählen, daß sein Enkelkind ihm gleichgültig war!) Fiona sagte: »Also alleine bleibe ich hier ganz bestimmt nicht sitzen«, und stieg ebenfalls aus und folgte ihnen. Sie hatte nie gern Lebensmittel eingekauft, fiel Maggie wieder ein.

Wie sich zeigte, war der Primawert einer von diesen riesigen, kalten, weißglänzenden Supermärkten mit einer ganzen Batterie von Kassen, die meisten geschlossen. Aus den Lautsprechern triefte irgendein schmalziges Liebeslied. Unwillkürlich verlangsamte Maggie ihren Schritt und ging jetzt im Takt der Musik. Ihre Handtasche träumerisch schwenkend, schwebte sie am Obst und am Gemüse vorbei, während die anderen vorangingen. Leroy rannte mit einem leeren Wagen los und sprang dann hinten auf und ließ sich rollen, bis sie Ira eingeholt hatte, der schon bei der Geflügeltheke angekommen war. Er drehte sich um und lächelte ihr zu. Aus Maggies Blickwinkel hatte sein Gesicht etwas Scharfkantiges und Wölfisches an sich – wirklich hungrig war er. Es zeigte sich in der Art, wie er Leroy sein Gesicht entgegenstreckte. Maggie über-

310

holte Fiona und trat neben ihn. Sie hakte sich bei ihm ein und ließ ihre Wange an seiner Schulter entlangstreifen.

»Dunkles oder helles Fleisch?« fragte Ira gerade Leroy.

»Dunkles«, entgegnete Leroy prompt. »Ich und Ma, wir mögen besonders Unterschenkel.«

»Wir auch«, sagte Ira zu ihr, griff ein Paket heraus und ließ es in ihren Wagen fallen.

»Und manchmal essen ich und Ma auch Oberschenkel, aber von Flügeln halten wir nicht so viel«, sagte Leroy.

»Ich und Ma« hier, »Ich und Ma« dort – wie lange war es her, daß Maggie so sehr im Mittelpunkt der Welt eines anderen Menschen gestanden hatte? Und diese »Ma« war bloß Fiona, die zartgebaute Fiona, die in ihren abgeschnittenen Shorts den Gang entlangschlenderte.

Die Lautsprechermusik mitsummend, legte Ira eine Packung Oberschenkel auf die Unterschenkel im Wagen. »Und jetzt zum Eis«, sagte er. Leroy rollte auf ihrem Wagen davon, während Maggie und Ira folgten. Maggie war immer noch bei ihm eingehakt. Fiona blieb zurück.

In der Tiefkühlabteilung fiel ihnen die Entscheidung für Vanille mit Schokolade nicht schwer, aber es gab so viele verschiedene Sorten, zwischen denen man aussuchen konnte: die Hausmarke von Primawert selbst und die bekannten anderen Marken und dann die fremdartig klingenden Delikateßmarken, die Ira immer die »Modedesserts« nannte. Er war grundsätzlich gegen Modedesserts; er wollte das Eis von Primawert. Fiona, die die Haarpflegeabteilung entdeckt hatte, äußerte keine Meinung, aber Leroy sagte, sie und Ma nähmen immer am liebsten Breyer's. Und Maggie war dafür, etwas zu riskieren und eine unbekannte Marke auszuprobieren. Sie hätten noch ewig darüber diskutieren können, aber jetzt erklang aus dem Lautsprecher *Tonight You Belong to Me*, und als es schon halb vorüber war, fing Ira an, mitzubrummen: »*Way down*«, grummelte er gedankenverloren, »*by the stream . . .*« Da konnte auch Maggie nicht widerstehen und stimmte bei der munteren, kleinen Sopranpartie mit ein: »*How sweet, it will seem . . .*« Es begann als ein Spaß, aber es wurde zu einem richtigen Auftritt.

»*Once more, just to dream, in the moonlight!*« Ihre Stimmen ver-
flochten sich zum Refrain und glitten dann wieder auseinander,
um sich aufs neue zu vereinigen und ineinanderzuschmiegen.
Fiona vergaß die Schachtel mit Haartönung, die sie gerade studierte; Leroy hatte ihre Hände voller Bewunderung unter dem
Kinn gefaltet; eine alte Frau blieb im Gang stehen und lächelte
ihnen zu. Es war diese alte Frau, die Maggie auf den Erdboden zu-
rückbrachte. Plötzlich glaubte sie, etwas Täuschendes in dieser
ganzen Szene wahrzunehmen, eine Lüge, an der sie und Ira mit
ihrem gefälligen Duett und den romantischen Blicken, die sie einander zuwarfen, gemeinsam strickten. Mitten in einem Solovers
brach sie ab. »Patience and Prudence«, erläuterte sie Leroy munter. »Neunzehnhundertsiebenundfünfzig.«

»Sechsundfünfzig«, sagte Ira.

Maggie sagte: »Egal.«

Sie wandten ihre Aufmerksamkeit wieder dem Eis zu.

Am Ende entschieden sie sich für Breyer's, mit Schokoladensauce
aus dem Regal über der Gefriertruhe. »Hershey's Schokoladensauce oder Nestlé?« fragte Ira.

»Das überlasse ich euch beiden.«

»Oder hier ist noch eine von Primawert. Wie wäre es mit der?«

»Bloß nicht Brown Cow«, sagte Leroy. »Brown Cow kann ich
nicht ausstehen.«

»Also Brown Cow ganz bestimmt nicht«, sagte Ira.

»Brown Cow riecht wie Kerzenwachs«, sagte Leroy zu Maggie.

Maggie sagte: »Aha.« Sie sah in Leroys kleines spitzes Gesicht
hinab und lächelte.

Fiona fragte Maggie: »Hast du schon mal daran gedacht, ein Gel zu
benutzen?«

»Was bitte?«

»Ein Gel. Für dein Haar.«

»Ach für mein Haar!« sagte Maggie. Sie hatte gedacht, es sei von
einer besonderen Eiscremesauce die Rede. »Also, ich glaube nicht.«

»Viele von unseren Kosmetikerinnen empfehlen es.«

Empfahl Fiona es auch Maggie? Vielleicht sprach sie nur ganz all-
gemein. »Was bewirkt es denn?« fragte Maggie.

312

»Also in deinem Fall würde es deinem Haar ein bißchen, ich weiß nicht, ein bißchen Fasson oder so geben. Irgendwie mehr Halt.«

»Ich nehme es«, entschied Maggie.

Sie nahm eine silbrige Dose aus dem Regal und dazu eine Flasche Affinity Shampoo, da sie immer noch den Gutschein hatte. (*Bringt die Fülle zurück, die Ihnen die Zeit genommen hat*, versprach ein kleines Reklame-Display.) Dann gingen sie alle, von Maggie getrieben, zur Kasse, denn auf ihrer Uhr war es schon nach sechs, und sie hatte zu Jesse halb sieben gesagt. Ira sagte: »Hast du genug Geld? Dann hole ich schon mal den Wagen, während du bezahlst.«

Sie nickte, und er ging davon. Leroy legte die Sachen, die sie eingekauft hatten, ordentlich nebeneinander auf den Kassentisch. Der Kunde vor ihnen kaufte nur Brot. Roggenbrot, Weißbrot, weiße Brötchen, Vollkornbrötchen. Vielleicht versuchte er seine Frau dick zu machen. Womöglich war er einer von der eifersüchtigen Sorte, und seine Frau war sehr schlank und sehr schön. Der Kunde zog mit seinem Brot ab. »Doppelte Tüten, bitte«, sagte Leroy mit herrischer, sachkundiger Stimme. Der Junge hinter der Kasse brummte, ohne aufzusehen. Er war muskulös und sehr braun und sah gut aus. In seinem offenen Hemdkragen trug er eine goldene Rasierklinge an einem Kettchen. Was in aller Welt mochte das bedeuten? Rasch tippte er ihre Sachen ein, wobei seine Finger die Tasten förmlich zu durchbohren schienen. Zuletzt kam das Shampoo. Maggie kramte in ihrer Tasche nach dem Gutschein und überreichte ihn ihm. »Hier«, sagte sie, »das ist für Sie.«

Er nahm ihn und drehte ihn um. Er las ihn ganz genau, seine Lippen schienen sich fast zu bewegen. Dann gab er ihn ihr zurück. Er sagte: »Ja, ehm, danke«, und dann: »Das macht sechzehn dreiundvierzig.«

Maggie war irritiert, aber sie zählte das Geld ab und griff nach der Tüte. Hinter der Kasse fragte sie Fiona: »Nimmt Primawert keine Gutscheine an oder was?«

»Gutscheine? Ich weiß nicht«, sagte Fiona.

»Vielleicht ist er abgelaufen«, sagte Maggie. Sie nahm ihre Einkaufstüte in die andere Hand, um nach dem Verfallsdatum zu sehen. Aber der Aufdruck war im rechten Winkel von Durwood Cleggs dicker blauer Schrift verdeckt: »*Hold me close, hold me tight, make me thrill with delight* – Pack mich, drück mich, laß mich zittern ...«

Maggie wurde heiß im Gesicht. Sie sagte: »Also, so ein eingebildeter Kerl!«

»Wie bitte?« fragte Fiona, aber Maggie antwortete nicht. Sie zerknüllte den Gutschein und steckte ihn in die Einkaufstüte.

Draußen war es jetzt viel dunkler. Der Himmel war von einem dunklen, durchscheinenden Blau, und Insekten schwirrten um die Lampen hoch über dem Parkplatz. Am Bordstein stand Ira an den Wagen gelehnt. »Willst du die Sachen in den Kofferraum packen?« fragte er Maggie, aber sie sagte: »Nein, ich nehme sie so.« Plötzlich fühlte sie sich alt und erschöpft. Es kam ihr vor, als würden sie nie mehr nach Hause kommen. Sie stieg in den Wagen und ließ sich in den Sitz fallen, die Einkaufstüte nahm sie achtlos auf die Knie.

Die Erzengel-Michael-Kirche. Charly's Spirituosen. Gebrauchtwagenhändler, einer nach dem anderen. Die Gatch Memorial Church. Der Totenmann's-Krabben-Kasten. Ein Nachtlokal, vor dem rote und blaue Neonbläschen über einem Neon-Cocktailglas sprudelten. Friedhöfe, heruntergekommene Holzhäuser, Schnellrestaurants, leere Sportplätze. Sie bogen von der Belair Road nach rechts ab – endlich, endlich waren sie von der Route Eins herunter – und fuhren nun die Straße hinunter, an der sie wohnten. Die Holzhäuser wurden immer häufiger. Ihre Fenster waren gelbe Lichtrechtecke, manche waren mit Vorhängen verschleiert, andere waren völlig einsehbar und ließen verzierte Schmucklampen erkennen, säuberlich in die Mitte der Fensterbank gerückt. Ohne rechten Grund fielen Maggie die Fahrten ein, die sie mit Ira gemacht hatte, als sie noch nicht verheiratet waren, wie sie an Häusern vorbeifuhren, in denen, so schien ihr, jedes andere Paar der Welt einen Platz zum Alleinsein hatte. Was hätte sie damals für das kleinste dieser Häuser gegeben oder auch bloß für vier Wände und ein Bett! Sie spürte eine süße, traurige Fülle in der Brust, während sie an diesen längst vergangenen Schmerz zurückdachte.

Sie kamen am Chiromantischen Salon »Sehendes Auge« vorüber, eigentlich bloß ein Privathaus mit einem Schild im Wohnzimmerfenster. Ein Mädchen saß draußen auf den Stufen, vielleicht wartete sie, bis sie an die Reihe kam; sie hatte ein kleines, herzförmiges Gesicht und war ganz in Schwarz, bis auf die dunkelroten Wildlederschuhe, die im Licht der Veranda deutlich zu sehen waren. Ein Mann stapfte den Gehweg entlang, ein kleines Mädchen ritt auf seinen Schultern und hielt sich an zwei Handvoll von seinem Haar fest. Die Umgebung wirkte jetzt irgendwie vertraulicher, weniger anonym. Maggie drehte sich zu Leroy um und sagte: »Ich schätze, das kommt dir alles nicht bekannt vor.«

»Oh, ich habe es schon mal gesehen«, sagte Leroy.

»Tatsächlich?«

»Nur im Vorbeifahren«, verbesserte Fiona sie rasch.

»Wann war denn das?«

Leroy sah zu Fiona hinüber, die sagte: »Wir sind hier ein-, zweimal vorbeigekommen.«

»Was du nicht sagst«, meinte Maggie.

Ira parkte vor ihrem Haus. Es war eines von diesen Häusern, die aussehen, als bestünden sie fast nur aus einer Vorderveranda, jedenfalls von der Straße aus – geduckt und anspruchslos, überhaupt nicht beeindruckend, wie Maggie ohne weiteres zugab. Sie hätte sich gewünscht, daß wenigstens die Lichter brennen würden. Es hätte einladender ausgesehen. Aber alle Fenster waren dunkel. »So!« sagte sie zu herzlich. Sie öffnete die Tür und stieg aus dem Wagen und griff nach der Lebensmitteltüte. »Kommt rein, ihr!«

Es hatte etwas Fahriges, wie sie da einander auf dem Bürgersteig im Weg standen. Sie waren zu lange unterwegs gewesen. Als Ira die Stufen hinauf vorausging, stieß er mit Fionas Koffer gegen das Geländer, und dann hantierte er eine Zeitlang mit dem Schlüssel, bis er die Tür geöffnet hatte.

Sie traten in die schale, enge Dunkelheit der vorderen Diele. Ira schaltete das Licht an. Maggie rief: »Daisy?« ohne Hoffnung, daß Daisy antworten würde. Offensichtlich war niemand zu Hause. Sie schob die Lebensmitteltüte auf ihre linke Hüfte und nahm den

Notizblock, der oben auf dem Bücherregal lag. *Bin zu Lavinia,*
mich verabschieden, stand in Daisys gestochener Handschrift
darauf. »Sie ist bei Mrs. Perfect«, sagte Maggie zu Ira. »Ach, die
kommt bestimmt gleich zurück! Wie lange braucht man, um sich
zu verabschieden? Die ist im Nu wieder da!«

Das alles galt nur Leroy, es sollte zeigen, daß Daisy wirklich exi-
stierte – daß es in diesem Haus nicht bloß alte Leute gab.

Leroy, den Baseballhandschuh unter einen Arm geklemmt,
machte die Runde durch die Diele. Sie sah sich die Fotos an, mit
denen die Wände bedeckt waren. »Wer ist das?« fragte sie und
zeigte auf eines.

Ira als junger Vater stand in geflecktem Sonnenlicht und hielt ungeschickt ein Baby. »Das ist dein Opa, wie er deinen Daddy trägt«,
sagte Maggie zu ihr.

Leroy sagte: »Ach« und ging sofort weiter. Wahrscheinlich hatte
sie gehofft, es sei Jesse, der Leroy trägt. Maggie sah sich um, ob sie
ein solches Bild finden konnte. Das Muster der Tapete war wegen
all der Fotos kaum zu erkennen, die hier hingen, alle professionell
von Ira gerahmt, alle in verschiedenen Formen und verschiedenen
Mattierungen, wie eine Musterschau. Da war Jesse als Krabbel-
kind, als kleiner Junge auf einem Roller, als heftzweckengroßes
Gesicht zwischen Reihen anderer Gesichter in der fünften Klasse.
Aber kein Bild von Jesse als Erwachsenem, wie Maggie bemerkte;
nicht einmal als Teenager. Und ganz gewiß nicht als Vater. Damals war schon längst kein Platz mehr an den Wänden gewesen.
Außerdem sagte Maggies Mutter immer wieder, es sei ge-
schmacklos, Familienbilder irgendwo anders als im Schlafzimmer aufzuhängen.

Fiona schob ihren Koffer auf die Treppe zu und hinterließ zwei
lange dünne Kratzer auf dem Dielenboden. »Ach, laß nur«, sagte
Maggie zu ihr. »Ira trägt ihn dir gleich rauf.«

Wie sich Fiona wohl fühlen mochte, wenn sie jetzt nach so langer
Zeit zurückkehrte – wenn sie über die Veranda ging, auf der sie
sich entschlossen hatte, ihr Kind zu behalten, wenn sie durch die
Haustür trat, die sie so oft hinter sich zugeschlagen hatte, wenn
sie verärgert hinausgegangen war? Sie sah abgespannt und be-

drückt aus. In der plötzlichen Helligkeit hatte sich die Haut um ihre Augen gerunzelt. Sie ließ ihren Koffer los und zeigte auf ein Foto, das hoch an der Wand hing. »Da bin auch mal *ich* drauf«, sagte sie zu Leroy. »Falls es dich interessiert.«

Sie meinte ihr Brautfoto. Maggie hatte es vergessen. Ein Hochzeitsgeschenk von Crystal, die eine Kamera mit zu der Feier gebracht hatte, man sah darauf ein junges, irgendwie ahnungsloses Mädchen in einem zerknitterten Kleid. Der Rahmen war ein schwarzer Urkundenrahmen aus Plastik, der von Woolworth stammen mußte. Leroy betrachtete das Foto, ohne ihre Miene zu verziehen. Dann betrat sie das Wohnzimmer, wo Ira gerade die Lampen anschaltete.

Maggie brachte die Lebensmittel in die Küche, dicht gefolgt von Fiona. »Wo ist er denn nun?« fragte Fiona mit leiser Stimme.

»Na ja, also wahrscheinlich...« Sie knipste die Deckenlampe an und sah auf die Uhr. »Ich habe ihm gesagt, wir würden um halb sieben essen, jetzt ist es erst gerade halb sieben, und du weißt ja, wie wenig Zeitgefühl er hat, also mach dir keine Sorgen –«

Fiona sagte: »Ich mache mir keine Sorgen! Wer sagt denn, daß ich mir Sorgen mache? Es ist mir egal, ob er kommt oder nicht.«

»Ja, natürlich«, sagte Maggie beschwichtigend.

»Ich habe bloß Leroy hergebracht, damit sie euch besuchen kann. Mir ist egal, ob er kommt.«

»Ja, gewiß.«

Fiona setzte sich mit einem Ruck auf einen Küchenstuhl und warf ihre Handtasche auf den Tisch. Wie der förmlichste Gast trug sie diese Handtasche von Zimmer zu Zimmer mit sich herum; manche Dinge veränderten sich nie. Maggie seufzte und fing an, die Lebensmittel auszupacken. Sie legte das Eis ins Gefrierfach, dann schnitt sie die beiden Hähnchenpackungen auf und schüttete den Inhalt in eine Schale. »Welches Gemüse mag Leroy am liebsten?« fragte sie.

Fiona sagte: »Hmm? Gemüse?« Die Frage schien an ihr vorbeizugehen. Sie blickte auf den Wandkalender, der immer noch den Monat August zeigte. Ach, das hier war kein besonders ordentlicher Haushalt, aber Fiona hatte kein Recht, sich zu beschweren. Die

Ablageflächen schienen auf eigene Faust herumfliegende Gegenstände zu sammeln. Die Schränke waren gefüllt mit verstaubten Gewürzgläsern und Getreideflockenschachteln und nicht zusammengehörendem Geschirr. Schubladen klafften und ließen das Durcheinander in ihrem Inneren sehen. An einer Schublade blieb Maggies Blick hängen, sie ging hinüber und blätterte die verschiedenen Schichten von Papieren durch, mit denen sie vollgestopft war. »Also, ich hatte doch irgendwo hier«, sagte sie, »ich könnte schwören...«

Sie stieß auf eine Mitteilung der Schulpflegschaft. Ein Rezept für etwas, das sich Tolle Torte nannte. Ein Paket Postkarten mit Wünschen zur Guten Besserung, nach dem sie seit dem Tag suchte, an dem sie es gekauft hatte. Und dann: »Aha«, sagte sie und hielt einen Reklamezettel hoch.

»Was ist das?«

»Ein Bild von Jesse als Erwachsenem. Für Leroy.«

Sie brachte es zu Fiona hinüber: eine dunkle Fotokopie eines Fotos der Band. Lorimer saß vorne mit dem Schlagzeug, Jesse stand dahinter und hatte seine Arme den beiden andern, Dave und Wiehieß-er-doch-Gleich, locker um den Hals gelegt. Alle waren in Schwarz, und Jesse machte mit seinen zusammengekniffenen Augenbrauen absichtlich ein finsteres Gesicht. SPIN THE CAT stand in pelzigen, getigerten Buchstaben unter dem Bild, und in einem freien Feld darunter konnte man mit der Hand ein bestimmtes Datum und einen Ort eintragen.

»Er ist natürlich nicht gut getroffen«, sagte Maggie. »Diese Rock-Gruppen wollen immer, ich weiß nicht, so griesgrämig aussehen; ist dir das schon mal aufgefallen? Vielleicht sollte ich ihr einfach den Schnappschuß zeigen, den ich in meiner Brieftasche habe. Da lacht er zwar auch nicht, aber er runzelt auch nicht die Stirn.«

Fiona nahm das Blatt und betrachtete es genauer. »Wie komisch«, sagte sie. »Die sind sich alle gleich geblieben.«

»Gleich?«

»Na ja, die waren doch immer so gewaltig unterwegs nach irgendwohin, fandest du nicht? Immer hatten sie diese großartigen Pläne. Und ständig veränderten sie sich, wechselten ihre Ansichten über Musik. Also, einmal hat mich Leroy gefragt, was für Stücke ihr Daddy eigentlich spielen würde, New Wave oder Punk oder Heavy Metal oder was – ich glaube, sie wollte bei ihren Freundinnen damit angeben –, und ich sagte: ›Gott, inzwischen könnte es so ziemlich alles sein; ich habe nicht die geringste Ahnung.‹ Aber jetzt sieh sie dir mal an.«

»Ja und?« fragte Maggie. »Was sieht man denn da?«

»Lorimer hat noch immer diesen albernen Struwwelkopf mit dem Schwänzchen im Nacken, das ich ihm immer so gern abgeschnitten hätte«, sagte Fiona. »Sie ziehen sich sogar immer noch im gleichen Stil an. Immer noch diese altmodischen Hell's-Angels-Klamotten.«

»Altmodisch?« fragte Maggie.

»Man kann sich direkt vorstellen, wie sie mit vierzig sein werden, dann spielen sie an den Wochenenden immer noch zusammen, falls ihre Frauen sie lassen, bei der Versammlung vom Rotary Club und so.«

Maggie ärgerte sich hierüber, aber sie ließ es sich nicht anmerken. Sie wendete sich wieder ihrer Schüssel mit den Hähnchenteilen zu.

Fiona sagte: »Wen hat er denn zum Abendessen mitgebracht?«

»Wie bitte?«

»Du hast gesagt, er hätte mal so eine Frau zum Abendessen mitgebracht.«

Maggie sah zu ihr hinüber. Fiona hielt immer noch das Foto in der Hand und betrachtete es versonnen. »Niemand Wichtiges«, sagte Maggie.

»Wer war es denn?«

»Irgendeine Frau, die er irgendwo kennengelernt hatte; davon hatten wir schon eine ganze Reihe. Nichts Langfristiges.«

Fiona legte das Foto auf den Tisch, sah es aber weiterhin an.

Von der Hi-Fi-Anlage im Wohnzimmer dröhnte jetzt wilde Musik herüber. Offenbar hatte Leroy eine von Jesses ausgemusterten Platten gefunden. Maggie hörte *Hey hey* und *Every day* und ein Saitengeschwirre, das ihr bekannt vorkam, wenngleich sie nicht sagen konnte, wer da spielte. Sie nahm eine Tüte Buttermilch aus dem Kühlschrank und goß sie über die Hähnchenteile. Um ihre Stirn zogen sich Kopfschmerzen zusammen. Jetzt, wo sie darüber nachdachte, bemerkte sie, daß die Schmerzen schon eine ganze Weile bohrten.

»Ich rufe Jesse mal an«, sagte sie plötzlich zu Fiona.

Sie ging hinüber zum Wandtelefon und nahm den Hörer ab. Es kam kein Amtszeichen. Statt dessen hörte sie ein Läuten am anderen Ende. »Ira muß vom zweiten Apparat aus telefonieren«, sagte sie und legte auf. »Gut. Also jetzt. Gemüse. Welches Gemüse mag Leroy essen?«

»Gemischten Salat ißt sie gern«, sagte Fiona.

»Ach je, ich hätte Kopfsalat mitbringen sollen.«

»Maggie«, sagte Ira, der jetzt die Küche betrat, »was hast du mit meinem Anrufbeantworter gemacht?«

»Ich? Nichts.«

»Aber ganz bestimmt hast du etwas gemacht!«

»Nein! Von diesem kleinen Versehen gestern abend habe ich dir erzählt, aber dann habe ich eine Nachricht auf das Band gesprochen.«

Er krümmte den Finger und winkte sie ans Telefon. »Versuch's«, sagte er zu ihr.

»Was denn?«

»Versuch, den Laden anzurufen.«

Achselzuckend kam sie ans Telefon. Nachdem sie gewählt hatte, klingelte es am anderen Ende dreimal. Ein Klicken. »Also dann mal los«, sagte Maggies eigene Stimme weit weg und blechern. »Mal sehen: Drücken Sie Knopf A und warten Sie auf das rote Licht . . . oh, Mist.«

Maggie sah verdutzt drein. »Da muß ich was falsch gemacht haben«, fuhr ihre Stimme fort. Und dann mit der Fistelstimme, mit der sie oft sprach, wenn sie mit ihren Kindern herumalberte: »Wer, ich? Was falsch gemacht? Ich, die kleine Alleskönnerin? Allein schon der Gedanke schockiert mich!«

Dann ein zerfetztes Schrillen, wie ein Tonband im Schnellvorlauf, gefolgt von einem Piepston. Maggie legte auf und sagte: »Tja, hm . . .«

»Weiß der Himmel, was meine Kunden jetzt denken«, sagte Ira.

»Vielleicht hat niemand angerufen«, sagte sie hoffnungsvoll.

»Ich weiß gar nicht, wie du das geschafft hast! Dieser Apparat ist angeblich narrensicher.«

»Na, daran sieht man mal wieder: Heutzutage kann man sich nicht einmal auf die einfachsten Apparate verlassen«, sagte sie. Sie nahm den Hörer noch einmal ab und begann, Jesses Nummer zu wählen. Während das Telefon lange, lange klingelte, drehte sie das Kabel zwischen ihren Fingern hin und her. Ihr war bewußt, daß Fiona ihr und Ira zusah, sie saß am Tisch und hatte das Kinn in die hohle Hand gestützt.

»Wen rufst du an?« fragte Ira.

Maggie tat, als hörte sie nichts.

»Wen ruft sie an, Fiona?«

»Na, Jesse, denke ich«, sagte Fiona zu ihm.

»Hast du vergessen, daß sein Apparat nicht klingelt?«

Maggie sah ihn an. »Ach ja!« sagte sie.

Sie legte den Hörer zurück und sah ihn dann bedauernd an.

»Also«, sagte Fiona, »vielleicht ist er ja unterwegs. Es ist ja immerhin Samstag abend; wie lange arbeitet er denn?«

»Gar nicht lange.«

»Und *wo* arbeitet er eigentlich?«

»In Chick's Moto-Shop. Er verkauft Motorräder.«

»Haben die denn jetzt noch nicht Schluß?«

»Natürlich haben sie Schluß. Sie machen um fünf zu.«

»Warum rufst du denn dann überhaupt dort an?«

»Nein, nein, sie hat in seiner Wohnung angerufen«, sagte Ira.

Fiona sagte: »In seiner –«

Maggie kehrte zu ihrer Schale mit Hähnchenteilen zurück. Sie schwenkte sie in der Buttermilch. Sie nahm eine braune Papiertüte aus einer Schublade und schüttete etwas Mehl hinein.

»Jesse hat eine Wohnung?« fragte Fiona Ira.

»Aber ja.«

Maggie maß Backpulver, Salz und Pfeffer ab.

»Eine Wohnung außerhalb?«

»Oben in der Calvert Street.«

Fiona ließ sich das durch den Kopf gehen.

Maggie sagte: »Was ich dich schon immer fragen wollte, Fiona!« Wieder hatte sie diese angestrengte Munterkeit in der Stimme. »Weißt du noch, ein paar Monate, nachdem du weggegangen warst?« fragte sie. »Als Jesse dich anrief und sagte, du hättest ihn zuerst angerufen, und du sagtest, das hättest du nicht? Also, hattest du nun angerufen oder hattest du nicht? Warst du das, der bei uns anrief, wo ich dann sagte: ›Fiona?‹ und du aufgelegt hast?«

»Ach du meine Güte...«, sagte Fiona unbestimmt.

»Ich meine, es muß doch so gewesen sein, warum hätte die Person denn auflegen sollen, als ich deinen Namen gesagt habe?«

»Ich kann mich wirklich nicht erinnern«, sagte Fiona, griff nach ihrer Handtasche und stand auf. Müßig und ziellos, als würde sie gar nicht recht bemerken, daß sie hinausging, schlenderte sie aus der Küche und rief: »Leroy? Wo bist du denn?«

»Siehst du?« sagte Maggie zu Ira.

»Hmm?«

»Sie war es. Ich wußte es.«

»Sie hat es aber nicht gesagt.«

»Ach, Ira, manchmal bist du so schwer von Begriff«, sagte sie.

Sie schloß die braune Papiertüte und schüttelte sie, um die Gewürze zu mischen. Du kannst nicht immer beides haben, hätte sie zu Fiona sagen sollen. Du kannst ihn nicht auslachen, weil er derselbe geblieben ist, und dann etwas dagegen haben, wenn er sich verändert. Was denn? Natürlich war er ausgezogen! Dachte Fiona etwa, er hätte hier die ganzen Jahre nur herumgesessen und gewartet?

Und doch wußte Maggie, was Fiona empfand. Man hat da so ein Bild von einem Menschen; und in dieser ganz bestimmten Haltung hat man ihn in seinem Gedächtnis verstaut.

Sie sah wieder auf das Foto von Jesses Band auf dem Tisch. Sie waren alle einmal so begeistert gewesen, überlegte sie. So viel Kraft hatten sie investiert. Ihr fielen die Proben am Anfang in der Garage von Lorimers Eltern ein und dann die vielen Monate, in denen sie ganz aufgeregt waren, wenn sie auch ohne Bezahlung irgendwo auftreten durften, und dann der Abend, an dem Jesse nach Hause kam und triumphierend mit einem Zehn-Dollar-Schein winkte – sein Anteil an ihrer ersten Gage.

»Ist das Daisy?« fragte Ira.

»Was?«

»Ich glaube, ich habe die Haustür gehört.«

»Oh!« sagte Maggie. »Vielleicht ist es Jesse.«

»Rechne nicht damit!« sagte er zu ihr.

Aber nur Jesse schleuderte die Haustür so gegen das Bücherregal.

Maggie wischte sich die Hände ab. »Jesse?« rief sie.

»Da bin ich.«

Sie stürzte hinaus auf den Gang, und Ira kam langsamer hinterher. Jesse stand im Eingang. Er sah ins Wohnzimmer hinüber, wo Leroy wie ein aufgeschrecktes kleines Tier ganz still stand, einen Fuß hatte sie nach hinten genommen und angehoben. Jesse sagte: »Tag, du.«

»Tag«, sagte Leroy.

»Wie geht's?«

»Gut.«

Er sah zu Maggie hinüber. Maggie sagte: »Ist sie nicht gewachsen?«

Seine schwarzen Augen kehrten zu Leroy zurück.

Maggie ging jetzt auf ihn zu und nötigte ihn weiter ins Haus hinein. (Er sah aus, als wolle er im nächsten Augenblick wieder verschwinden.) Sie faßte seinen Arm und sagte: »Ich mache Brathähnchen; es dauert noch ein paar Minuten. Setz dich doch und gewöhnt euch aneinander.«

Aber er war nie leicht zu lenken gewesen. Er trug eine Strickjacke, und unter der dünnen Wolle spürte sie seinen Widerstand – den stählernen Muskel über dem Ellbogen. Seine Schuhe standen wie angewachsen auf dem Boden. Er wollte sich Zeit lassen und die Situation auf seine Weise auskosten.

»Was hörst du denn da?« fragte er Leroy.

»Och, irgend so eine Platte.«

»Bist du ein Fan von den Dead?«

»Dead? Hm, klar.«

»Willst du eine bessere Platte von ihnen hören?« fragte er. »Die hier ist zu sehr nach dem Massengeschmack.«

»Oh, ja«, sagte sie, »das habe ich auch gerade gedacht.«

Er sah wieder zu Maggie hinüber. Dabei zog er sein Kinn in die Länge, genau wie Ira es machte, wenn er ein Lächeln zu unterdrücken versuchte.

»Sie ist auch sehr sportlich«, sagte Maggie. »Hat ihren Baseballhandschuh mitgebracht.«

»Tatsächlich?« fragte er Leroy.

Sie nickte. Der dicke Zeh ihres in der Luft schwebenden Fußes zeigte zierlich nach unten, wie bei einer Balletttänzerin.

Dann gab es oben ein Gepolter, und Fiona rief: »Maggie, wo –?«

Sie erschien auf dem Treppenabsatz. Alle sahen zu ihr hinauf.

»Oh«, sagte sie.

Und nun begann sie, die Treppe hinabzusteigen, sehr gleichmäßig und ruhig, mit einer Hand am Treppengeländer entlangfahrend. Man hörte nur, wie ihre Sandalen gegen ihre nackten Fersen schlappten.

Jesse sagte: »Schön, dich zu sehen, Fiona.«

Sie war jetzt unten angelangt und sah zu ihm hinauf. »Ich freue mich auch«, sagte sie.

»Du hast was mit deinem Haar gemacht, oder?«

Während sie ihm noch immer ins Gesicht sah, hob sie eine Hand und streifte an der Unterkante ihrer Frisur entlang. »Ja, vielleicht«, sagte sie zu ihm.

Maggie sagte: »Also ich glaube, ich muß wieder in die –«

Und Ira sagte: »Soll ich dir in der Küche helfen, Maggie?«

»Ja bitte!« sang sie fröhlich.

Fiona sagte zu Jesse: »Ich war gerade oben und habe nach meiner Seifendose gesucht.«

Maggie zögerte.

»Seifendose?« fragte Jesse.

»Ich habe die Schublade von deiner Kommode versucht, aber sie ist leer. Ich fand nur ein paar Mottenkugeln darin. Hast du meine Seifendose mitgenommen, als du in deine Wohnung gezogen bist?«

324

»Von welcher Seifendose redest du?«

»Von meiner Perlmuttseifendose! Die du behalten hast.«

Jesse sah Maggie an. Maggie sagte: »Du erinnerst dich doch an ihre Seifendose.«

»Nein, also nicht, daß ich wüßte«, sagte Jesse und nahm seine Stirnlocke zwischen die Finger, wie er es immer tat, wenn er verwirrt war.

»Du hast sie behalten, als Fiona wegging«, sagte Maggie zu ihm. »Ich habe dich mit ihr gesehen. Es war ein Stück Seife darin, weißt du noch? Diese helle Seife, durch die man hindurchsehen kann.«

»Ach ja«, sagte Jesse und ließ seine Stirnlocke los.

»Erinnerst du dich?«

»Klar.«

Maggie entspannte sich. Sie warf Leroy, die ihren Fuß nun gesenkt hatte und unsicher um sich blickte, ein aufmunterndes Lächeln zu.

»Wo ist sie denn nun?« fragte Fiona. »Wo ist meine Seifendose, Jesse?«

»Ja, also, hat deine Schwester sie denn nicht mitgenommen?«

»Nein.«

»Ich dachte, sie hätte sie zusammen mit den anderen Sachen eingepackt.«

»Nein«, sagte Fiona. »Du hattest sie in deiner Kommode.«

Jesse sagte: »Mensch, Fiona. Dann hat sie inzwischen vielleicht jemand weggeworfen. Aber hör zu, wenn sie dir so viel bedeutet, also ich kaufe dir gern –«

»Aber du hast sie aufgehoben, weil sie dich an mich erinnerte«, sagte Fiona. »Sie roch nach mir! Du hast die Augen zugemacht und meine Seifendose an die Nase gehalten.«

Jesses Blick schwenkte wieder zu Maggie hinüber. Er sagte: »Ma? Hast du ihr das erzählt?«

»Soll das heißen, daß es nicht stimmt?« fragte ihn Fiona.

»Hast du gesagt, ich würde herumlaufen und an Seifendosen schnüffeln, Ma?«

»Aber das hast du!« sagte Maggie. Obwohl sie es ihm nicht gern ins Gesicht hinein wiederholte. Sie hatte nie vorgehabt, ihn zu demütigen. Sie wendete sich an Ira (der genau jene schockierte, vorwurfsvolle Miene machte, die sie erwartet hatte) und sagte: »Er hatte sie in der obersten Schublade.«

»In deiner Schatzschublade«, sagte Fiona zu Jesse. »Glaubst du vielleicht, ich wäre den ganzen Weg hierher gekommen, wie so ein ganz normales... Groupie, wenn deine Mutter mir das nicht erzählt hätte? Ich brauchte nicht zu kommen! Ich kam prima zurecht! Aber deine Mutter sagte, du hättest so an meiner Seifendose gehangen und wolltest nicht, daß Crystal sie einpackt, du hast die Augen zugemacht und den Duft ganz tief eingesogen, du hast sie bis heute aufgehoben, hat sie gesagt, du hast sie immer bei dir, wenn du nachts schläfst, legst du sie dir unters Kopfkissen.«

Maggie rief: »Das habe ich nie gesagt –!«

»Wofür hältst du mich? Für einen Spinner?« fragte Jesse Fiona.

»Also hört mal«, sagte Ira.

Alle schienen froh, daß er das Wort ergriff.

»Damit ich da nichts falsch verstehe«, sagte er. »Ihr redet über eine Plastikseifendose.«

»*Meine* Plastikseifendose«, sagte Fiona zu ihm, »die Jesse jede Nacht mit in sein Bett nimmt.«

»Also, da scheint mir doch ein Irrtum vorzuliegen«, sagte Ira. »Wie soll Maggie das denn überhaupt wissen? Jesse hat jetzt eine eigene Wohnung. Und soviel *ich* weiß, ist das einzige, was er mit in sein Bett nimmt, der Empfang vom Autosalon.«

»Wie bitte?«

»Ach, lassen wir's.«

»Was soll das heißen, der Empfang vom Autosalon?«

Es entstand eine Pause. Dann sagte Ira. »Weißt du: die Person, die an der Tür steht, wenn man hereinkommt, um einen Wagen zu kaufen. Sie schreibt sich deinen Namen und deine Adresse auf, bevor sie einen Verkäufer ruft.«

»Sie? Meinst du eine Frau?«

»Richtig.«

»Jesse schläft mit einer Frau?«

»Richtig.«

Maggie sagte: »Du mußtest unbedingt alles verderben, Ira, nicht wahr?«

»Nein«, sagte Ira zu ihr, »es ist die schlichte Wahrheit, die alles verdirbt, Maggie, und die Wahrheit ist, daß sich Jesse mit einer anderen eingelassen hat.«

»Aber das ist doch niemand Wichtiges! Ich meine, sie sind nicht verlobt und nicht verheiratet und gar nichts! An der liegt ihm doch gar nicht viel!«

Sie sah hilfesuchend zu Jesse hinüber, aber der betrachtete nur beflissen die Spitze seines linken Schuhs.

»Ach, Maggie, gib's doch zu«, sagte Ira. »So *ist* das eben. Und so wird er bleiben. Er hatte nie das Zeug zum Ehemann! Er wechselt von einer Freundin zur anderen, und länger als ein paar Monate scheint er es in keinem Job auszuhalten; und bei jedem Job, den er verliert, war irgend jemand anderes schuld. Der Chef ist ein Blödmann, oder die Kunden sind Blödmänner, oder die anderen Angestellten sind —«

»Jetzt mach mal halblang«, setzte Jesse an, während Maggie sagte: »Warum mußt du immer und immer so übertreiben, Ira! In dem Schallplattenladen hat er ein ganzes Jahr gearbeitet, hast du das vergessen?«

»In Jesses Bekanntschaft«, schloß Ira ganz ruhig seine Rede, »steht aufgrund irgendeines magischen Zusammentreffens am Ende jeder als Blödmann da.«

Jesse machte kehrt und marschierte aus dem Haus.

Irgendwie machte es alles noch beängstigender, daß er die Haustür nicht hinter sich zuschlug, sondern sie ganz vorsichtig ins Schloß fallen ließ.

Maggie sagte: »Er kommt zurück.« Sie sagte es zu Fiona, aber als Fiona nicht reagierte (ihr Gesicht war wie aus Holz; sie starrte Jesse nach), da wendete sie sich Leroy zu: »Du hast gesehen, wie er sich gefreut hat, dich zu sehen, nicht wahr?«

Leroy stand mit offenem Mund da.

»Er ärgert sich über das, was Ira von ihm gesagt hat, das ist alles«, sagte Maggie zu ihr. Und dann: »Ira, das werde ich dir nie verzeihen.«

»Mir!« sagte Ira.

Fiona sagte: »Schluß!«

Sie drehten sich um.

»Hört auf, beide«, sagte sie. »Ich bin es satt. Ich bin ihn satt, diesen Jesse Moran, und euch beide bin ich auch satt, immer wieder dieselben blöden Streitereien, das ewige Genörgel und Gezanke, Ira immer im Recht und Maggie immer bereit, unrecht zu behalten.«

»Was denn... Fiona?« sagte Maggie. Sie war gekränkt. Vielleicht war es albern von ihr, aber insgeheim hatte sie immer geglaubt, Außenstehende würden sie wegen ihrer Ehe beneiden. »Wir zanken nicht, wir diskutieren«, sagte sie. »Wir halten unser beider Ansichten gegeneinander.«

Fiona sagte: »Ach, hört doch auf. Ich verstehe gar nicht, warum ich geglaubt habe, hier hätte sich irgend etwas verändert.« Und dann trat sie ins Wohnzimmer und drückte Leroy an sich, die aus großen Augen ganz verdattert dreinblickte. Sie sagte: »Komm, Liebling, ist schon gut«, und dann vergrub sie ihr Gesicht in Leroys Halsbeuge. Offensichtlich war es Fiona selbst, die Trost brauchte.

Maggie warf Ira einen Blick zu. Er sah anderswohin.

»Seifendose?« fragte Ira. »Wie konntest du bloß so eine Geschichte erfinden?«

Sie antwortete nicht. (Alles, was sie sagen konnte, hätte wie Gezänk geklungen.) Sie ließ ihn stehen. Würdevoll schweigend, so hoffte sie jedenfalls, kehrte sie in die Küche zurück, aber Ira kam hinterher und sagte: »Hör mal, Maggie, du kannst nicht andauernd in dieser Weise im Leben von anderen Leuten herumfuhrwerken. Sieh den Tatsachen ins Gesicht! Wach auf und rieche den Kaffee!«

Die Lieblingsfloskel von Ann Landers: Wach auf und rieche den Kaffee. Sie konnte es nicht leiden, wenn er Ann Landers zitierte. Sie ging hinüber zur Anrichte und fing an, die Hähnchenteile in die Papiertüte zu stopfen.

»Seifendose!« staunte Ira vor sich hin.

»Willst du Erbsen zu deinem Hähnchen?« fragte sie. »Oder grüne Bohnen?«

328

Aber Ira sagte: »Ich muß mir mal Gesicht und Hände waschen«, und ging hinaus.

Da stand sie nun ganz allein. Tja! Sie wischte sich eine Träne weg. Mit jedem in diesem Haus hatte sie es sich verdorben, aber sie hatte es nicht besser verdient; wie üblich hatte sie sich aufgedrängt und eingemischt. Dabei hatte es gar nicht wie Einmischung ausgesehen, während sie es tat. Sie hatte nur das Gefühl gehabt, daß die Welt ein ganz kleines bißchen aus der Paßform geraten war, daß die verschiedenen Farben nicht ganz genau übereinanderlagen – wie bei einer schlecht gedruckten Anzeige in der Zeitung – und daß alles wieder stimmen würde, wenn sie nur ein wenig daran rückte.

»Dummkopf!« sagte sie zu sich selbst, während sie die Hähnchenteile in der Tüte schüttelte. »Du dumme Vorwitznase!« Sie knallte eine Pfanne auf den Herd und goß zuviel Öl hinein. Wütend drehte sie an dem Knopf, trat dann einen Schritt zurück und wartete, bis die Platte heiß wurde. Nun sieh dir das an! Lauter Ölspritzer vorne auf ihrem besten Kleid, über der Wölbung ihres Bauches. Ungeschickt war sie, einen dicken Bauch hatte sie und nicht mal genug Verstand, beim Kochen eine Schürze anzuziehen. Außerdem hatte sie für dieses Kleid zuviel bezahlt, sechsunddreißig Dollar bei Hecht's. Ira wäre empört, wenn er es erführe. Wie konnte sie nur so besitzgierig sein? Sie tippte sich mit dem Handrücken an die Nase. Atmete tief ein. Na ja. Trotzdem.·

Das Öl war noch nicht heiß genug, aber sie begann jetzt trotzdem, die Hähnchenteile hineinzugeben. Leider waren es sehr viele. Zu viele, wie ihr jetzt schien. (Außer wenn sie Jesse überreden konnten, noch vor dem Essen zurückzukommen.) Sie mußte die Stücke zu dicht aneinanderdrücken, damit auch die letzten Unterschenkel Platz fanden.

Erbsen oder grüne Bohnen? Das war noch immer nicht geklärt. Sie wischte sich die Hände an einem Küchenhandtuch ab und ging ins Wohnzimmer hinüber, um zu fragen. »Leroy«, sagte sie, »was würdest du gerne –?«

Aber das Wohnzimmer war leer. Leroys Platte klang jetzt abgeleiert, als würde sie zum zweiten oder dritten Mal gespielt. *Truckin'*, *got my chips cashed in...*, sangen da eine Gruppe verbissener Männer. Auf dem Sofa saß niemand und in den Sesseln auch nicht.

Maggie ging durch den Flur auf die Vorderveranda und rief: »Leroy? Fiona?«

Keine Antwort. Vier leere Schaukelstühle waren der Straßenbeleuchtung zugewendet. »Ira?«

»Oben«, rief er, seine Stimme klang gedämpft.

Sie machte in der Tür kehrt. Fionas Koffer, Gott sei Dank, stand noch immer am Fuß der Treppe; also konnte sie nicht weit weg sein. »Ira, ist Leroy oben bei dir?« rief Maggie.

Er erschien auf dem Absatz mit einem Handtuch um den Hals. Während er sich noch das Gesicht abtrocknete, sah er zu ihr hinunter.

»Ich kann sie nicht finden«, sagte sie. »Ich kann sie beide nicht finden.«

»Hast du auf der Veranda nachgesehen?«

»Ja.«

Er kam mit dem Handtuch die Treppe hinunter. »Vielleicht sind sie gegangen und zurückgefahren«, sagte er.

Sie folgte ihm durch die Haustür und um das Haus herum. Die Nachtluft war warm und feucht. Eine Kribbelmücke oder ein Moskito sirrte in ihrem Ohr, sie wischte sie weg. Wer mochte sich um diese Zeit schon gern hier draußen aufhalten? Leroy und Fiona offenbar nicht. Der Garten hinter dem Haus, den sie jetzt erreicht hatten, war ein kleines, leeres Quadrat Dunkelheit.

»Sie sind fort«, sagte Ira zu ihr.

»Fort? Meinst du, für immer?«

»Wo sollen sie denn sonst sein?«

»Aber ihr Koffer steht noch im Flur.«

»Na ja, der ist ziemlich schwer«, sagte er, dann nahm er sie beim Arm und lotste sie die Stufen zur hinteren Veranda hinauf. »Wenn sie zu Fuß unterwegs sind, dann wollten sie ihn wahrscheinlich nicht mitschleppen.«

»Zu Fuß«, sagte sie.

In der Küche brutzelten die Hähnchenteile vor sich hin. Maggie achtete nicht darauf, aber Ira stellte die Platte kleiner.

»Wenn sie zu Fuß sind, können wir sie noch einholen«, sagte Maggie.

»Maggie, warte –«

Zu spät; sie war fort. Sie hastete durch den Flur, zur Tür hinaus, die Stufen zur Straße hinunter. Fionas Schwester wohnte irgendwo westlich von hier, in der Nähe des Broadway. Also waren sie vermutlich nach links gegangen. Unter der blendenden Straßenlampe legte Maggie die Hand über die Augen und spähte ein Stück menschenleeren Fußweg entlang. Sie sah eine weiße Katze, die allein daherkam, zögernd und mit hochgekrümmtem Körper, wie Katzen sich in fremder Umgebung bewegen. Im nächsten Augenblick schoß ein Mädchen mit langem dunklen Haar aus einer Seitengasse hervor, nahm sie hoch und rief: »Turkey! *Da* bist du!« Ihr Rock wehte hoch, und sie verschwand wieder. Ein Wagen fuhr vorbei und ließ einen Fetzen von einem Baseballspiel hinter sich zurück: »...keine Outs und die Grundlinien vollbesetzt, es geht hoch her heute abend, hier an der Dreiunddreißigsten Straße, liebe Zuhörer...« Am Himmel über dem Industriegelände hing ein rötlichgraues Glimmen.

Ira holte sie ein und legte ihr eine Hand auf die Schulter. »Maggie, Liebling«, sagte er.

Aber sie schüttelte ihn ab und machte sich auf den Weg zurück zum Haus.

Wenn sie sich aufregte, verlor sie jeden Orientierungssinn, und sie konzentrierte sich jetzt auf ihren Weg wie ein Blinder, tastete suchend nach der kleinen Buchsbaumhecke neben dem Gehweg und stolperte zweimal, als sie die Stufen zur Veranda hinaufstieg. »Liebste«, sagte Ira hinter ihr. Sie ging durch den Flur zum Fuß der Treppe. Sie legte Fionas Koffer auf den Boden und kniete sich davor, um die Schnallen zu öffnen.

Drinnen stieß sie auf ein rosa Baumwollnachthemd und einen Kinderschlafanzug und eine Art Bikiniunterteil mit Spitze – nichts davon gefaltet, alles einfach hineingestopft wie gebrauchte Geschirrtücher. Und darunter einen Kosmetikkoffer mit Reißverschluß, zwei Stapel zerlesener Comic-Bücher, eine halbes Dutzend Mode- und Kosmetikzeitschriften, eine Schachtel Dominosteine, einen riesigen, abgewetzten Band mit Pferdegeschichten. Lauter Dinge, ohne die Fiona und Leroy gut auskommen konnten. Die Sachen, ohne die sie nicht auskommen konnten – Fionas Handtasche und Leroys Baseballhandschuh –, waren mit ihnen verschwunden.

Während sie diese Ablagerungen von Habseligkeiten durchsuchte und Ira schweigend hinter ihr stand, erschien Maggie ihr ganzes Leben plötzlich wie ein unendlicher Kreislauf. Es wiederholte sich immerzu und ermangelte jeglicher Hoffnung.

4

In Maggies Altenheim gab es einen Mann, der glaubte, wenn er in den Himmel käme, würde ihm alles, was er in seinem ganzen Leben verloren hatte, zurückgegeben werden. »O ja, was für eine gute Idee!« hatte Maggie gesagt, als er ihr davon erzählte. Sie hatte gemeint, er denke an immaterielle Dinge – jugendliche Kraft zum Beispiel oder die Fähigkeit junger Menschen, sich mitreißen zu lassen und sich begeistern zu können. Aber als er dann weiterredete, merkte sie, daß er etwas sehr viel Handfesteres im Sinn hatte. Am Himmelstor, so erklärte er, würde ihm der heilige Petrus alles in einem Jutesack zurückerstatten: den kleinen roten Pullover, den ihm seine Mutter, kurz bevor sie starb, gestrickt hatte, den er dann während des vierten Schuljahrs in einem Bus vergessen hatte und seither schmerzlich vermißte. Das Spezialtaschenmesser, das sein älterer Bruder aus purer Bosheit in ein Maisfeld geworfen hatte. Den Diamantring, den seine erste Liebe ihm nicht zurückgegeben hatte, als sie die Verlobung löste und mit dem Sohn des Geistlichen davonlief.

Dann überlegte sich Maggie, was sie in ihrem Jutesack finden würde – die verlegten Schminkdosen, einzelne Ohrringe und Regenschirme, bei denen sie oft erst Wochen oder Monate später bemerkt hatte, daß sie sie verloren hatte. (»Hatte ich nicht immer so einen...?« – »Was ist bloß mit meinem...?«) Auch Dinge, die sie freiwillig weggegeben, sich später jedoch wieder zurückgewünscht hatte – zum Beispiel jetzt, wo die Röcke wieder länger wurden: all die Röcke aus den fünfziger Jahren, die sie zur Kleider-

333

sammlung gegeben hatte. Und dann hatte sie noch einmal »O ja« gesagt, aber nicht mehr ganz so bestimmt, denn es schien ihr, als habe sie nicht so bittere Verluste erlitten wie der alte Mann.

Jetzt aber (während sie die vom Abendessen übriggebliebenen Hähnchenteile als Lunch für Ira in Plastikbehälter umfüllte) ließ sie sich diesen Jutesack noch einmal durch den Kopf gehen, und diesmal blähte er sich viel stärker. Ihr fiel ein grünes Kleid ein, das Natalie, die Frau ihres Bruders Josh, eines Tages so bewundert hatte. Maggie hatte gesagt: »Nimm du es, es paßt zu deinen Augen«, denn das tat es wirklich, und sie hatte sich für Natalie gefreut; sie hatte sie geliebt wie eine Schwester. Aber dann hatten sich Josh und Natalie scheiden lassen, Natalie war fortgezogen, und auch ihre Verbindung zu Maggie war abgerissen, als wäre sie auch von ihr geschieden worden, und jetzt wollte Maggie dieses Kleid zurückhaben. Es fiel so angenehm beim Gehen! Es war eines von diesen Kleidern, die überall passen, in denen man sich bei jeder Gelegenheit wohl fühlt.

Und sie hätte gern dieses lustige Kätzchen zurückbekommen, Distelwolle, es war Iras allererstes Geschenk für Maggie gewesen, in ihrer Zeit als Liebespaar, vor der Heirat. Es war ein witziges, schelmisches Geschöpf gewesen, immerzu kämpfte es mit seinen Nadelzähnen und seinen weichen grauen Pfoten gegen imaginäre Feinde, und Maggie und Ira spielten stundenlang mit ihm. Aber dann hatte Maggie das arme Ding unabsichtlich ermordet, als sie den Wäschetrockner ihrer Mutter einschaltete, ohne vorher hineinzusehen, und als sie dann die Kleider herauszog, fand sie auch die kleine Distel, so schlaff und flauschig und knochenlos wie das, woher sie ihren Namen hatte, und Maggie hatte lange, sehr lange geweint. Später hatte es noch eine ganze Reihe von Katzen gegeben – Lucy und Chester und Pumpkin –, aber jetzt wollte Maggie auf einmal unbedingt Distel zurückhaben. Bestimmt würde der heilige Petrus auch Tiere in den Jutesack lassen, oder? Würde er auch all die mageren, anspruchslosen Hunde von der Mulraney Street hineinlassen, diese Promenadenmischlinge, deren ferne Stimmen sie an jedem Abend ihrer Kindheit in den Schlaf gebellt hatten? Würde er die Rennmaus der Kinder hineinlassen, die sich jahrelang unermüdlich in ihrer Drahttretmühle abgerackert hatte, bis Maggie sie aus Mitleid freiließ und Pumpkin sie einfing und fraß?

Und dieser kitschige Schlüsselanhänger, den sie früher besessen hatte, eine Metallscheibe, die sich auf einer Achse drehte, mit LIEBT MICH auf der einen Seite und LIEBT MICH NICHT auf der anderen. Boris Drumm hatte ihn ihr geschenkt, und als Jesse seinen Führerschein machte, da hatte sie diesen Schlüsselanhänger sentimental, wie sie war, an ihn weitergegeben. Sie hatte ihn in seine Hand gedrückt, nachdem sie ihn von der Fahrprüfung nach Hause gefahren hatte, aber dummerweise war noch ein Gang eingelegt gewesen, so daß der Wagen anfing zu rollen, als sie ausstieg. »Stramme Leistung, Ma«, hatte Jesse gesagt und nach der Bremse gegriffen; und irgend etwas an seiner überlegenen Belustigung hatte sie dazu gebracht, ihn zum ersten Mal als Mann zu sehen. Aber jetzt hatte er seine Schlüssel in einem Ledertäschchen – Schlangenhaut, glaubte sie. Sie hätte diesen Schlüsselanhänger gern zurückbekommen. Sie konnte ihn tatsächlich zwischen ihren Fingern spüren – das leichtgewichtige, billige Metall und die erhabenen Buchstaben, die zerstreute Drehung, in die sie das Scheibchen versetzte, wenn sie sich mit Boris unterhielt: Liebt mich, liebt mich nicht. Und noch einmal sah sie Boris vor ihrem Wagen auftauchen, während sie Bremsen übte. Er hatte doch nur sagen wollen: Hier bin ich! Schenk mir ein bißchen Aufmerksamkeit!

Und auch ihre hellbraune Perlenkette, die aussah wie dunkler Bernstein. Antikes Plastik, hatte das Mädchen in dem Second-Hand-Laden dazu gesagt. Ein Widerspruch in sich, sollte man meinen; aber Maggie hatte diese Kette gern gehabt. Genau wie Daisy, die sie sich zusammen mit einem Paar von Maggies Stöckelschuhen als Kind oft ausborgte, und am Ende hatte sie sie auf der Gasse irgendwo hinter dem Haus verloren. Sie hatte die Kette an einem Sommerabend beim Seilhüpfen getragen und war in Tränen nach Hause gekommen, weil sie verschwunden war. Die würde doch ganz bestimmt in dem Jutesack sein. Und der Sommerabend auch, warum denn nicht – die nach Schweiß riechenden Kinder, die

Leuchtkäfer, die warmen Holzdielen der Veranda, die leicht an den Kufen des Schaukelstuhls haftenblieben, die Stimmen, die aus der Gasse herüberschallten: »*Das* soll ein Schlag gewesen sein?« und »Eine kleine Micky Mouse zog sich mal die Hosen aus...«

Sie stellte die Behälter mit den Hähnchenteilen vorne ins Gefrierfach, wo Ira sie nicht übersehen konnte, und malte sich dann die Verwunderung des heiligen Petrus aus, wenn er sah, was da noch alles zum Vorschein kam: eine Flasche Wind, ein Schachtel frischer Schnee und eine dieser bedrohlichen, vom Mond beschienenen Wolken, die wie Zeppeline über sie hinweggezogen waren, wenn Ira sie von der Chorprobe nach Hause begleitete.

Die Teller auf dem Abtropfständer waren jetzt trocken, sie stapelte sie und stellte sie in den Schrank. Dann machte sie sich eine große Schale Eiscreme zurecht. Sie wünschte sich, sie hätte Pfefferminz mit Schokosplittern gekauft. Vanille mit Schokolade schmeckte zu milchig. Während sie ihren Löffel hineintauchte, stieg sie die Treppe hinauf. An der Tür von Daisys Zimmer blieb sie stehen. Daisy kniete auf dem Fußboden und packte Bücher in einen Karton. »Möchtest du Eis?« fragte Maggie.

Daisy sah kurz hoch und sagte: »Nein, danke.«

»Du hast zum Abendessen nur einen Unterschenkel gegessen.«

»Ich bin nicht hungrig«, sagte Daisy und schob sich eine Locke aus der Stirn. Sie hatte Sachen an, die sie nicht mitnehmen würde – ausgebeulte Jeans und eine Bluse mit eingerissenem Knopfloch. Ihr Zimmer sah schon so aus, als wäre es unbewohnt; der Krimskrams, der früher auf den Borden gestanden hatte, war schon seit Wochen verpackt.

»Wo sind denn deine Kuscheltiere?« fragte Maggie.

»In meinem Koffer.«

»Ich dachte, du wolltest sie zu Hause lassen.«

»Das wollte ich auch, aber ich habe es mir anders überlegt«, sagte Daisy.

Sie hatte während des Essens kaum etwas gesagt. Maggie wußte, daß sie wegen morgen unruhig war. Aber es war typisch für sie, daß sie nichts davon sagte. Man mußte die Zeichen deuten – ihren

Mangel an Appetit, den Entschluß, ihre Stofftiere nun doch mitzunehmen. Maggie sagte: »Gut, Liebes, sag mir Bescheid, wenn du Hilfe brauchst.«

»Danke, Mom.«

Maggie ging den Flur entlang zu dem Schlafzimmer, das sie mit Ira teilte. Ira saß im Schneidersitz auf dem Bett und legte eine Patience. Er hatte die Schuhe ausgezogen und die Hemdärmel hochgekrempelt. »Lust auf Eis?« fragte Maggie ihn.

»Nein, danke.«

»Eigentlich dürfte ich ja auch nicht«, sagte sie. »Aber diese Fahrten sind irgendwie so anstrengend. Es kommt mir vor, als hätte ich allein durch das Sitzen in diesem Auto eine Million Kalorien verbrannt.«

Im Spiegel über der Kommode jedoch war sie eindeutig fettleibig. Sie stellte ihr Eis auf das Kommodendeckchen und lehnte sich nach vorn, um ihr Gesicht genauer zu betrachten, wobei sie die Wangen einsog, damit sie eingefallen wirkten. Es funktionierte nicht. Sie seufzte und wendete sich ab. Sie ging hinüber ins Badezimmer, um ihr Nachthemd zu holen. »Ira«, rief sie, und ihre Stimme hallte von den Fliesen wider, »glaubst du, Serena ist immer noch böse auf uns?«

Sie mußte durch die Tür spähen, um seine Antwort mitzubekommen: ein Achselzucken.

»Ich habe mir überlegt, ich könnte sie anrufen und fragen, wie es ihr geht«, erklärte sie ihm, »aber ich fände es schrecklich, wenn sie dann einfach auflegt.«

Sie knöpfte ihr Kleid auf, zog es sich über den Kopf und warf es auf den Deckel der Toilette. Dann trat sie neben ihre Schuhe. »Weißt du noch, damals, als ich ihr half, ihre Mutter im Altenheim unterzubringen?« fragte sie. »Da hat sie monatelang nicht mit mir gesprochen, und jedesmal, wenn ich anrief, hat sie den Hörer auf die Gabel geknallt. Ich haßte es, wenn sie es tat. Dieser Rums am anderen Ende der Leitung. Ich kam mir so klein dabei vor. Ich kam mir vor, als säße ich wieder in der dritten Klasse.«

»Das lag daran, daß sie sich wie eine Drittkläßlerin benommen hat«, sagte Ira.

337

Maggie kam in ihrem Unterkleid aus dem Bad, um noch einen Löffel Eis zu nehmen. »Und ich weiß gar nicht, warum sie sich so geärgert hat«, sagte sie zu Iras Bild im Spiegel. »Es war wirklich bloß ein Irrtum! Ich hatte die besten Absichten der Welt! Ich sagte zu ihrer Mutter: ›Passen Sie auf‹, sagte ich, ›wollen Sie bei den anderen Bewohnern ein bißchen Eindruck machen? Wollen Sie dem Personal gleich mal zeigen, daß Sie nicht so eine langweilige alte Dame sind?‹ Schließlich war es Anita! Die früher rote Toreadorhosen getragen hatte! Ich konnte doch nicht zulassen, daß sie sie von oben herab behandelten, oder? Deshalb sagte ich zu Serena, wir sollten sie erst am Sonntagabend hinbringen, da war Halloween, und deshalb nähte ich ihr auf meiner eigenen Maschine dieses Clownskostüm und bin die ganze Eastern Avenue heruntergelaufen zu einem Wie-heißt-es-doch-Gleich. Wie nennt man es?«

»Theaterartikelgeschäft«, sagte Ira, während er eine neue Reihe Karten auslegte.

»Zu einem Theaterartikelgeschäft, um weiße Schminke zu besorgen. Woher sollte ich denn wissen, daß sie die Kostümparty in diesem Jahr auf den Samstag verlegt hatten?«

Sie nahm ihr Eis mit zum Bett hinüber und setzte sich. Ihr Kopfkissen stützte sie gegen das Kopfbrett. Ira runzelte die Stirn über seinen Karten. »So wie sich Serena dann aufführte«, erzählte Maggie ihm, »hätte man meinen können, ich hätte ihre Mutter absichtlich lächerlich gemacht.«

Aber vor sich sah sie in diesem Augenblick nicht Serena, sondern Anita: ihr geschminktes Gesicht, ihre rote Perücke, die Dreiecke, die Maggie ihr unter die Augen gemalt hatte. Sie ließen ihre Augen unnatürlich hell aussehen und so, als wären sie mit Tränen gefüllt, genau wie bei einem richtigen Zirkusclown. Und dann ihr zitterndes Kinn mit dem nach innen bebenden Grübchen, als sie in ihrem Rollstuhl saß und Maggie fortgehen sah.

»Ich war ein Feigling«, sagte Maggie plötzlich und stellte ihre Schale hin. »Ich hätte bleiben und Serena helfen sollen, sie umzuziehen. Aber ich kam mir so dumm vor; es kam mir so vor, als hätte ich alles durcheinandergebracht. Ich sagte bloß: ›Also tschüs!‹ und ging hinaus, und als letztes sah ich sie in dieser verboten aussehenden Perücke dasitzen wie jemand ... der nicht dahingehört, senil und jämmerlich, und alle um sie herum waren ganz normal gekleidet.«

»Ach, Liebling, sie hat sich dann doch gut eingelebt«, sagte Ira. »Warum nimmst du es noch so schwer?«

»Du hast ihren Blick nicht gesehen, Ira. Und außerdem trug sie eine von diesen Stützen, weißt du. Eine von diesen Haltevorrichtungen, weil sie von selbst nicht mehr aufrecht sitzen konnte. Ein Clownskostüm und so eine Halterung! Ich war blöd, das sage ich dir.«

Sie hoffte, Ira würde ihr weiter widersprechen, aber er legte nur einen Kreuzbuben auf eine Königin.

»Ich weiß gar nicht, warum ich mir einrede, ich würde in den Himmel kommen«, sagte Maggie.

Schweigen.

»Soll ich sie nun anrufen oder nicht?«

»Anrufen? Wen?«

»Serena natürlich. Von wem reden wir denn die ganze Zeit?«

»Klar, wenn du magst«, sagte Ira.

»Aber wenn sie nun gleich wieder auflegt?«

»Dann denk einfach an die Telefongebühren, die du gespart hast.«

Sie zog ihm eine Grimasse.

Sie nahm das Telefon vom Nachttisch und stellte es auf ihren Schoß. Betrachtete es einen Augenblick nachdenklich. Nahm den Hörer ab. Ira beugte sich taktvoll tiefer über seine Karten und begann zu pfeifen. (Was Ungestörtheit anging, war er so rücksichtsvoll, aber Maggie wußte aus eigener Erfahrung, daß man eine ganze Menge mitbekommen konnte, auch wenn man so tat, als würde man sich ganz auf sein Lied konzentrieren.) Langsam und überlegt tastete sie Serenas Nummer ein, als würde ihr das bei dem Gespräch helfen.

Serenas Telefon klingelte zweimal kurz, statt einmal lang. Maggie erschien das provinziell und ein wenig rückständig. *Briip-briip* machte es. *Briip-briip*.

Serena sagte: »Hallo?«

»Serena?«

»Ja?«

»Ich bin's.«

»Oh, grüß dich.«

Vielleicht hatte sie noch nicht bemerkt, wer »ich« war. Maggie räusperte sich und sagte: »Maggie.«

»Grüß dich, Maggie.«

Maggie entspannte sich, lehnte sich gegen ihr Kissen und streckte die Beine aus. Sie sagte: »Ich wollte hören, wie es dir geht.«

»Sehr gut!« sagte Serena. »Oder, na ja, ich weiß nicht. Ehrlich gesagt, eigentlich nicht so doll. Ich renne hier ständig hin und her, von einem Zimmer ins andere. Irgendwie halte ich es nirgendwo länger aus.«

»Ist Linda nicht da?«

»Ich habe sie weggeschickt.«

»Weshalb?«

»Sie ging mir auf die Nerven.«

»Auf die Nerven! Wieso denn?«

»Ach, mal so und mal so. Ich hab's vergessen. Sie haben mich zum Essen mitgenommen, und... Ich gebe ja zu, es war teilweise meine Schuld. Ich war irgendwie bockig. Das Restaurant hat mir nicht gefallen, und ich konnte die Leute nicht ertragen, die dort aßen. Immerzu habe ich gedacht, wie gut es wäre, allein zu sein und das Haus für mich zu haben. Aber jetzt bin ich hier, und es ist so still. Als wäre ich in Watte gepackt oder so. Ich war ganz aufgeregt, als ich das Telefon klingeln hörte.«

»Wenn du doch bloß ein bißchen näher wohnen würdest«, sagte Maggie.

Serena sagte: »Ich habe niemanden, mit dem ich über den Alltagskram reden kann, was mit der Heizung los ist und daß die roten Ameisen wieder in der Küche sind.«

»Du kannst es *mir* erzählen«, sagte Maggie.

»Aber es sind ja nicht deine roten Ameisen, nicht wahr? Ich meine, du und ich, wir stecken nicht zusammen da drin.«

»Oh«, sagte Maggie.

Es entstand eine Pause.

Was pfiff Ira denn da? Irgend etwas von einer Platte, die Leroy heute abend gespielt hatte, der Text lag Maggie auf der Zunge. Er schob eine Reihe Karo zusammen und legte sie auf einen König.

»Weißt du was?« sagte Serena »Immer wenn Max auf Geschäftsreise war, hatten wir uns so viel zu erzählen, wenn er nach Hause kam. Er redete in einem fort, und *ich* redete in einem fort, und dann, weißt du, was wir dann taten?«

»Was denn?«

»Wir bekamen einen riesigen, fürchterlichen Krach.«

Maggie lachte.

»Und dann rauften wir uns wieder zusammen und gingen zusammen ins Bett«, sagte Serena. »Verrückt, nicht wahr? Und jetzt überlege ich die ganze Zeit: Wenn Max in diesem Augenblick wiederauferstehen würde, gesund und munter, würden wir dann wieder so einen großen Krach bekommen?«

»Na, ich denke ja«, sagte Maggie.

Sie fragte sich, wie es wäre, wenn sie wüßte, daß sie Ira zum allerletzten Mal auf dieser Erde gesehen hatte. Wahrscheinlich würde sie es nicht glauben können. Mehrere Monate lang würde sie wohl irgendwie immer noch erwarten, daß er wieder hereingeschlendert käme, so wie er an diesem ersten Frühlingsabend vor dreißig Jahren in die Chorprobe hereingeschlendert war.

»Mhm, und außerdem, Serena«, sagte sie, »wollte ich mich entschuldigen für das, was nach der Beerdigung passierte.«

»Ach, vergiß es.«

»Nein, wirklich, es war uns beiden ganz scheußlich zumute.«

Sie hoffte, daß Serena nicht Ira im Hintergrund hören konnte; ihre Entschuldigung wäre dann vielleicht unaufrichtig erschienen. *Lately it occurs to me, what a long, strange trip it's been . . .*, pfiff er munter, *jetzt wird mir klar, was für 'ne lange, seltsame Tour das war*.

»Vergiß es; bei mir ist einfach die Sicherung durchgebrannt«, sagte Serena zu ihr. »Witwennerven oder so was. Die reine Dummheit. Ich bin über die Phase hinaus, wo man alte Freunde ohne viel Nachdenken fallenläßt; so etwas kann ich mir nicht mehr leisten.«

341

»Ach, sag das nicht!«

»Was, *willst* du etwa, daß ich euch fallenlasse?«

»Nein, nein . . .«

»War bloß ein Witz«, sagte Serena. »Maggie, danke, daß du angerufen hast, wirklich. Es war gut, deine Stimme zu hören.«

»Bis bald.«

»Tschüs.«

»Tschüs.«

Serena legte auf, einen Augenblick später auch Maggie.

Dieses Eis war nicht mehr eßbar. Es hatte sich in Suppe verwandelt. Außerdem kam sich Maggie übermäßig vollgestopft vor. Sie sah an sich herunter – das Oberteil ihres Unterkleides spannte über ihren Brüsten. »Ich bin ein Elefant«, sagte sie zu Ira.

Er sagte: »Nicht schon wieder.«

»Ehrlich.«

Er tippte sich mit einem Zeigefinger an die Oberlippe und musterte seine Karten.

Na ja. Sie stand auf, kehrte, während sie sich im Gehen auszog, ins Badezimmer zurück und nahm ihr Nachthemd vom Haken. Als sie es sich über den Kopf fallen ließ, legte es sich locker und kühl und schwerelos um sie. »Puuh!« sagte sie. Sie wusch sich das Gesicht und putzte die Zähne. Eine Spur von Unterwäscheteilen führte vom Schlafzimmer ins Bad; sie sammelte sie auf und stopfte sie in den Korb.

Nach einem besonders anstrengenden Tag hatte sie manchmal den Drang, alles, was sie am Leib getragen hatte, zu verbrennen.

Während sie dann ihr Kleid auf einen Bügel schob, kam ihr plötzlich ein Gedanke. Sie sah zu Ira hinüber. Sie sah wieder weg. Sie hängte ihr Kleid in den Kleiderschrank neben ihre einzige Seidenbluse.

»Du liebe Güte«, sagte sie und wendete sich ihm wieder zu. »War Cartwheel nicht mickrig?«

»Mm.«

»Ich hatte ganz vergessen, wie mickrig«, sagte sie.

»Mmhmm.«

»Ich wette, die Schule da ist auch mickrig.«

Keine Reaktion.

»Glaubst du, daß die Schule in Cartwheel eine gute Ausbildung bietet?«

»Keine Ahnung«, sagte Ira.

Sie machte die Schranktür fest zu. »Also, *ich* weiß es«, sagte sie zu ihm. »Sie müssen ein ganzes Jahr hinter den Schulen in Baltimore zurück sein. Vielleicht auch zwei.«

»Und die Schulen von Baltimore sind natürlich erstklassig«, sagte Ira.

»Zumindest sind sie besser als die von Cartwheel.«

Er sah sie mit hochgezogenen Augenbrauen an.

»Ich meine, höchstwahrscheinlich jedenfalls«, sagte Maggie.

Er griff nach einer Karte, schob sie auf eine andere, überlegte es sich dann wieder anders und nahm sie zurück.

»Wir könnten doch folgendes machen«, sagte Maggie. »Wir schreiben Fiona und fragen sie, ob sie schon mal über Leroys Ausbildung nachgedacht hat. Bieten ihr an, sie hier in Baltimore einzuschulen, und lassen Leroy neun Monate im Jahr bei uns wohnen.«

»Nein«, sagte Ira.

»Oder sogar zwölf Monate, wenn es sich so ergibt. Du weißt ja, wie sehr Kinder an ihren Klassenkameraden hängen. Vielleicht will sie dann gar nicht mehr weg.«

»Maggie, sieh mich an.«

Sie wandte ihm ihr Gesicht zu, die Hände an den Lippen.

»Nein«, sagte er.

Sie hätte noch viele Argumente vorbringen können. Alle möglichen Argumente!

Aber aus irgendeinem Grund tat sie es nicht. Sie ließ die Hände sinken und wanderte zum Fenster hinüber.

Die Nacht war warm, dunkel, still, es ging gerade so viel Wind, daß die Schnur des Rollos ein wenig pendelte. Sie ließ das Rollo ein Stück weiter hoch und lehnte sich hinaus, bis ihre Stirn gegen das Fliegengitter stieß. Die Luft roch nach Gummireifen und Gras. Fetzen von Abenteuermusik wehten aus dem Fernseher der Lockes von nebenan herauf. Auf der anderen Straßenseite stiegen gerade die Simmons die Stufen zu ihrem Haus hoch. Der Mann klimperte mit den Hausschlüsseln. *Die* würden noch nicht zu Bett gehen; ganz bestimmt nicht. Sie waren eines dieser jungen, glücklich kinderlosen Paare, zwei Menschen, die Augen nur füreinander hatten, und bestimmt kamen sie gerade von einem Essen in einem Restaurant zurück und würden jetzt ... was tun? Vielleicht irgendeine romantische Musik auflegen, etwas mit Geigen, sich auf dem fleckenlosen weißen Sofa für zwei niederlassen und ein angenehmes Gespräch führen, jeder ein Weinglas in der Hand, aus diesem dünnen, höchst zerbrechlichen Kristallglas, das nicht mal einen Rand an der Oberkante hat. Vielleicht tanzten sie auch. Maggie hatte sie einmal auf ihrer Vorderveranda tanzen sehen – die Frau auf Pfennigabsätzen, das lange Haar zu einem Iglu hochgesteckt, während ihr Mann sie förmlich und voller Bewunderung ein wenig von sich fernhielt.

Maggie drehte sich um und kam zum Bett zurück. »O Ira«, sagte sie und ließ sich neben ihm nieder, »was sollen wir denn nun mit dem ganzen Rest unseres Lebens anfangen?«

Sie hatte einen Stoß seiner Karten ins Rutschen gebracht, aber er verkniff es sich freundlicherweise, sie wieder einzusammeln, sondern streckte einen Arm aus und zog sie heran. »Ach komm, Liebste«, sagte er und bettete sie neben sich. Während er sie festhielt, schob er eine Pik-Vier auf eine Fünf, und Maggie lehnte ihren Kopf an seine Brust und sah zu. Er hatte jetzt den interessanten Teil des Spiels erreicht, erkannte sie. Er hatte die frühe, oberflächliche Phase hinter sich, in der die unterschiedlichsten Züge möglich scheinen, jetzt war sein Raum für Entscheidungen begrenzt, und er mußte wirklich Geschick und Urteilskraft zeigen. Sie spürte einen Anflug von irgendwas, das wie ein Erröten über sie ging, eine Art von innerem Auftrieb, und hob ihren Kopf, um die warme Wölbung seines Backenknochens zu küssen. Dann löste sie sich von ihm und glitt auf ihre Seite des Bettes hinüber, denn morgen hatten sie eine lange Autofahrt vor sich, und sie wußte, daß sie viel Schlaf brauchen würde, bevor sie losfuhren.

Anne Tyler

Atemübungen
Roman
Aus dem Amerikanischen von Reinhard Kaiser
Band 10924

Caleb oder Das Glück aus den Karten
Roman
Aus dem Amerikanischen von Günther Danehl
Band 10829

Nur nicht stehenbleiben
Roman
Aus dem Amerikanischen von Günther Danehl
Band 11409

Die Reisen des Mr. Leary
Roman
Aus dem Amerikanischen von Andrea Baumrucker
Band 8294

Fast ein Heiliger
Roman
Aus dem Amerikanischen von Anne Ruth Frank-Strauss
352 Seiten. Geb. S. Fischer Verlag

Segeln mit den Sternen
Roman
Aus dem Amerikanischen von Reinhard Kaiser
286 Seiten. Geb. S. Fischer Verlag

Fischer Taschenbuch Verlag

Amerikanische Erzähler

Ernest Hemingway
Wem die Stunde schlägt
Roman. Aus dem Amerikanischen von Paul Baudisch
Band 408

Arthur Miller
Laßt sie bitte leben
Short Stories
Aus dem Amerikanischen von Harald Goland
Band 11412

Sylvia Plath
Die Bibel der Träume
Erzählungen, Prosa aus den Tagebüchern
Aus dem Amerikanischen von
Julia Bachstein und Sabine Techel
Band 9515

Thornton Wilder
Theophilus North
oder Ein Heiliger wider Willen
Roman. Aus dem Amerikanischen von Hans Sahl
Band 10811

Tennessee Williams
Moise und die Welt der Vernunft
Roman. Aus dem Amerikanischen von Elga Abramowitz
Band 5079

Fischer Taschenbuch Verlag

fi 540 / 5

Amerikanische Erzähler

Mark Helprin
Eine Taube aus dem Osten
und andere Erzählungen
Aus dem Amerikanischen von Hans Hermann. Band 9580

Richard Ford
Wildlife
Wild Leben
Roman. Aus dem Amerikanischen von Martin Hielscher
Band 11299

Bobbie Ann Mason
Shiloh und andere Geschichten
Erzählungen. Aus dem Amerikanischen von
Harald Goland. Band 5460

Jayne Anne Phillips
Maschinenträume
Roman. Aus dem Amerikanischen von Karin Graf
Band 9199

Robert M. Pirsig
Zen und die Kunst, ein Motorrad zu warten
Roman. Aus dem Amerikanischen von Rudolf Hermstein
Band 2020

Anne Tyler
Nur nicht stehenbleiben
Roman. Aus dem Amerikanischen von Günther Danehl
Band 11409

Fischer Taschenbuch Verlag

fi 541 / 7

Margaret Atwood

Katzenauge
Roman. 492 Seiten. Geb. S. Fischer
und als Fischer Taschenbuch Band 11175

Tips für die Wildnis
Short Stories. 272 Seiten. Geb. S. Fischer

Die Giftmischer
Horror-Trips und Happy-Ends
Eine Sammlung literarisch hochkarätiger Prosa
Band 11824

Lady Orakel
Roman. Band 5463

Der lange Traum
Roman. Band 10291

Der Report der Magd
Roman. Band 5987

Unter Glas
Erzählungen. Band 5986

Die eßbare Frau
Roman. Band 5984

Die Unmöglichkeit der Nähe
Roman. Band 10292

Verletzungen
Roman. Band 10293

Wahre Geschichten
Gedichte. Band 5983

Fischer Taschenbuch Verlag

fi 602 / 12

Jayne Anne Phillips

Das himmlische Tier
Short-Stories, 255 Seiten, geb. und als
Fischer Taschenbuch Band 5169

»Jayne Anne Phillips' Sprachgebrauch ist äußerst sinnlich.
Bei ihr wird die Gassensprache zur Poesie, an der Grenze
zum Surrealismus schwebend …
Ob sie ein Kind beschreibt, das dem Wind zuhört oder Lie-
bende, die im Drogenrausch gemeinsam baden, immer hat
sie die Fähigkeit, uns zur tiefsten körperlichen Empfindung
zu bringen. Sie kann schreiben: mit der größten Schlicht-
heit und mit metaphorischer Könnerschaft.
Diese Prosa geht unter die Haut.«
Times Literary Supplement

Maschinenträume
Roman. 504 Seiten, geb. und als
Fischer Taschenbuch Band 9199

Ein Familienroman von großer Intensität, der den Einfluß
zweier Kriege, des Zweiten Weltkrieges und des Vietnam-
krieges, auf das Leben in einer amerikanischen Kleinstadt
wiedergibt.

Überholspur
Short-Stories, 192 Seiten, geb. und als
Fischer Taschenbuch Band 10172

Mit der Erzählungssammlung *Black Tickets* wurde Jayne
Anne Phillips in den USA berühmt. Die Literaturkritik
bescheinigte ihr bereits bei diesem Debüt, eine Meisterin
dieser amerikanischsten aller Kunstformen zu sein: der
Short-Story.

S. Fischer

»Alles dörrt, siedet, zischt, grölt, lärmt, trompetet, hupt,
pfeift, rötet, schwitzt, kotzt und arbeitet.«
Georg Grosz, ›New York‹

New York erzählt

23 Erzählungen

Ausgewählt und mit einer Nachbemerkung
von Stefana Sabin

Band 10174

New York ist die heimliche Hauptstadt der USA, die Welthauptstadt des zwanzigsten Jahrhunderts: die Hauptstadt des Geldes und der Ideen, Schmelztiegel von Rassen und Kulturen – Großstadtdschungel und Großstadtromantik. Immer schon Schauplatz von Fiktionen, wurde New York in den letzten Jahren auch von den jüngeren amerikanischen Autoren entdeckt, die eine neue Welle urbaner Literatur angeregt haben. Sie setzen eine Tradition fort, die dieser Band widerspiegelt, indem er mehrere Erzählergenerationen vereinigt. Die Erzählungen, darunter drei als deutsche Erstveröffentlichung, handeln von Geschäft und Erfolg, von Künstlerleben und bürgerlichen Existenzen, von Rassismus und Gewalt, von Liebe und Einsamkeit. Jede zeugt auf ganz eigene Weise von der Faszination der Stadt New York und gibt damit auch den Eindruck von der Vielfalt der amerikanischen Erzählliteratur dieses Jahrhunderts.

Fischer Taschenbuch Verlag